Ellen Block

Die geheime Sprache der Liebe

Roman

Aus dem Amerikanischen
von Veronika Dünninger

blanvalet

Die amerikanische Originalausgabe erschien 2010 unter dem Titel
»The Language of Sand« bei Bantam Books, New York.

MIX
Papier aus verantwortungsvollen Quellen
FSC® C014496
FSC
www.fsc.org

Verlagsgruppe Random House FSC-DEU-0100
Das FSC®-zertifizierte Papier *Holmen Book Cream*
für dieses Buch liefert Holmen Paper, Hallstavik, Schweden.

1. Auflage
Deutsche Erstveröffentlichung Juli 2012
bei Blanvalet, einem Unternehmen
der Verlagsgruppe Random House GmbH, München.

Umschlaggestaltung: bürosüd°, München.
Umschlagmotiv: Umschlagfoto: plainpicture / Arcangel
Redaktion: Margit von Cossart
ES · Herstellung: sam
Satz: DTP Service Apel, Hannover
Druck und Einband: GGP Media GmbH, Pößneck
Printed in Germany
ISBN: 978-3-442-37884-5

www.blanvalet.de

Für meine Eltern
In Liebe

A

Abe|ce|da|ri|um [abetse'da:riʊm], *n.* auch Abe|ce|dar (abe|e|dar), *n.* 1. (*lit.*) alphabetisch strukturierter Text, z.B. ein Gedicht, bei dem jeder Vers mit einem neuen Buchstaben des Alphabets beginnt. 2. (*archäol.*) Inschrift, die nur aus einem Alphabet besteht, vermutlich zum Erlernen des Abc. 3. (*jur.*) alphabetisches Register in juristischen Handbüchern (14. Jh.). [< lat. *abecedārium*, etwa: »ABC-Aufstellung«, »Alphabet«. Abl.: Abe|ce|da|ri|er, *m.* *veraltet* Erstklässler, Abc-Schütze]

Niemals war ein Wort, aus dem sie sich nichts machte. Nicht wegen der Unendlichkeit, die es beinhaltete, oder weil es so verbissen nachtragend klang, sondern weil es, per Definition, unwahrscheinlich war. Unwahrscheinlichkeit irritierte sie.

Niemals, diese vollendete Hyperbel, war ein aufreibendes Wort, vor allem für ein Adverb. Grenzenlos und willkürlich, schaffte *niemals*, was nur wenige Wörter konnten. Es ließ sich nicht eingrenzen, der Vernunft unterwerfen oder länger als für einen einzigen Satz von ihr in die Schranken weisen. *Niemals* widersetzte sich der Logik, und für Abigail Harker gab es nichts Verwirrenderes als das.

Logik war gewissermaßen unverzichtbar für die Ausübung ihres Berufs. Sie war Lexikografin. Wörterbücher herauszugeben war ihr Lebensunterhalt. Der Begriff *Lexikograf* war griechischen Ursprungs, eine Zusammensetzung aus *lexicos*, was Wort bedeutete, und *graphein*, was schreiben hieß. Die gefällige Genauigkeit seiner Etymologie übertrug sich auf den Beruf insgesamt. Es war eine Tätigkeit, bei der Abigails syllogistisches Wesen ihr sehr zugutekam.

Fakten, Beweise und rationales Denken waren ihre Himmelsrichtungen, während ihr die Logik als die Landkarte diente, mit der sie durch die Welt steuerte, die sie auf Kurs hielt und die ihr half, sich zu orientieren. Eine Kompassnadel konnte, selbst wenn sie genau nach Norden zeigte, zittern. Eine Wetterfahne konnte im Wind flattern. Aber Logik war durch nichts zu erschüttern. Sie konnte Abigail führen, wohin sie auch musste, und eines kühlen Oktobertages führte sie die Logik – zusammen mit einer richtigen Landkarte – aus der stillen Seitenstraße eines Bostoner Vororts über sechs Bundesstaaten und mehr als achthundert Meilen unbekannter Highways nach Bourne's Crossing.

Bourne's Crossing war weder Ortschaft noch Stadt, sondern lediglich der Name einer Anlegestelle an einer fingerförmigen Landzunge an der Küste von North Carolina. Der Wind wogte durch das Seegras, das ungehindert zwischen den Stützpfeilern der Holzkonstruktion hindurchwucherte, die ein Stück ins Wasser hinausragte. Das daneben stehende Dockhaus, eine Schindelhütte, die dringend eines neuen Dachs bedurfte, war das einzige Gebäude weit und breit. Als letzte Bastion der Zivilisation an einem verlassenen Küstenstreifen diente Bourne's Crossing ausschließlich dem Zweck, vom Festland auf die entlegene Insel Chapel Isle zu gelangen. Und genau dorthin war Abigail unterwegs.

Sie lenkte ihren Volvo-Kombi bis zur Anlegestelle, deren silbrig schimmernde Holzplanken beunruhigend knarrten. Nicht sicher, ob es ratsam war, noch weiter vorzufahren, hielt sie an und kramte in ihrer Handtasche nach der Broschüre, die ihr das Immobilienbüro geschickt hatte. Den Angaben zufolge verkehrte die Fähre von Bourne's Crossing zweistündlich jeweils zur vollen Stunde. Eine planmäßige Abfahrt war für zwei Uhr vorgesehen. Nach der Uhr auf ihrem Armaturenbrett war es Punkt zwei. Aber es waren keine anderen Autos da, keine Leute und keine Fähre. Ganz unten auf der letzten Seite der Broschüre entdeckte Abigail in diesem Augenblick einen winzigen Hinweis, den sie bis dahin übersehen hatte: *Fährplanänderungen außerhalb der Saison vorbehalten.*

Warum habe ich mir das alles nicht vorher überlegt?, dachte sie seufzend.

Die Idee, nach Chapel Isle zu fahren, war ihr zu Hause in Boston noch völlig logisch erschienen. Jetzt konnte Abigail die Entscheidung als das sehen, was sie war: ein gewaltiger Vertrauensvorschuss. Sie war besorgt, sie könnte zu schwach auf den Beinen sein, um den Schritt zu wagen.

Als sie aus ihrem Wagen stieg und auf das Dockhaus zuging, jagte eine kräftige Meeresbrise kleine Sandwirbel über das Stück Asphaltstraße, das genau an der Anlegestelle endete. Ein Hauch Feuchtigkeit lag in der warmen Herbstluft und verlieh ihr eine würzige Note.

»Hallo?«, rief Abigail, während sie die Fliegentür öffnete.

Im Dockhaus befand sich ein kleines Büro, ausgestattet mit Klappstühlen, einem klobigen hölzernen Schreibtisch und einem Fernseher mit einem verbogenen Kleiderbügel, der als Antenne diente. Ein Kaffeebecher stand auf einem Aktenschrank, als sei, wer immer hier gewesen war, nur für einen Augenblick weggegangen. Abigail stand da, während ihr mit jeder Sekunde etwas mulmiger zu Mute wurde. Nach zehn Minuten gab sie auf und ging wieder ins Freie.

Der Wind fuhr ihr durch die Kleider, zerzauste ihr Haar und rüttelte an der Fliegentür des Dockhauses, während sie sie mit aller Kraft zu schließen versuchte. Zu ihrer Rechten lag die Straße, auf der sie gekommen war. Zu ihrer Linken lag die endlose Weite des Atlantiks.

»Und, was jetzt?«, murmelte sie.

Blinzelnd suchte Abigail den Horizont ab. Die Farbe des Wassers und die Farbe des Himmels gingen ohne erkennbare Grenze in einem tiefen Blauton ineinander über. Sie konnte nicht sagen, ob es eine optische Täuschung war oder ob ihre Sehkraft nach der langen Fahrt allmählich nachließ. Panik stieg in ihr auf. Sie fühlte sich mutterseelenallein.

Fast vierzehn Stunden auf der Straße, und das Delirium hatte offiziell eingesetzt.

Dann tauchte ein dunkler Punkt in der Ferne auf. Abigail starrte ihn an, bis sie spüren konnte, wie sich ihre Pupillen erweiterten. Bald waren die Umrisse eines Wasserfahrzeugs zu erkennen. Es war die Fähre.

Selbst aus der Ferne war offensichtlich, dass das Schiff bessere Zeiten gesehen hatte. Zu viele Jahre auf See hatten die Farbe verwittern lassen und das Logo, eine schaumgekrönte Welle, auf der *Chapel-Isle-Fähre* stand, zu einem schwachen Schatten ausgebleicht. Auf dem breiten Deck waren Reihen mit Sitzbänken angebracht, die die Reling säumten, und es gab Platz für über ein Dutzend Autos, ohne dass im Augenblick auch nur ein einziges darauf stand.

Kaum hatte die Fähre angelegt, sprintete ein schlaksiger junger Mann in einem ölverschmierten Sweatshirt vom Ruderhaus ans Heck und schlang die Lotleinen um einen der Stützpfeiler.

»Kommen Sie oder was?«, rief er Abigail über das Dröhnen des leerlaufenden Motors zu.

»Oh. Natürlich. Entschuldigung.«

Abigail eilte zu ihrem Volvo und lenkte ihn an Deck. Augenblicke später setzte sich die Fähre ächzend in Bewegung. Abigail war sich nicht sicher, ob sie aussteigen oder sitzen bleiben sollte.

»Sie müssen nicht in Ihrem Fahrzeug bleiben, Miss.«

Erschrocken fuhr sie sich mit einer Hand an die Brust. Der junge Mann in dem Sweatshirt stand an ihrem Fenster.

»Ich wusste nicht, ob es sicher ist«, sagte sie, während sie ihren Kragen zurechtrückte, um sich ihren Schrecken nicht anmerken zu lassen.

»Gott, ich weiß auch nicht, ob's sicher ist. Aber es ist 'ne ziemlich lange Überfahrt. Woll'n doch nicht, dass Sie da drinnen 'n Koller kriegen.«

Er sprach mit einem schwerfälligen, gedehnten Südstaatenakzent, jede Silbe schleppte die nächste hinter sich her, wie Güterwaggons an einem langsam dahinzuckelnden Zug. Abigail achtete stets auf Akzente, Slang, umgangssprachliche Ausdrücke. Verbale Gefühlsäußerungen waren aus ihrer Sicht ein Beweis für die Fähigkeit der englischen Sprache, ihre Kraft. Der Missbrauch, den sie erlitt, war eindrucksvoll. Wörter wurden verkürzt, verlängert, verschandelt und verhunzt, und doch lebten sie für immer unverwüstlich fort. Wörter hatten eine kräftige Konstitution, um die sie sie beneidete.

»Hin- und Rückfahrt?«, fragte er.

»Einfach.«

Der junge Mann sah sie zweifelnd an, was Abigail trotz der Sonnenbrille, die er trug, bemerkte. »Das macht dann fünfzehn fünfzig.«

Abigail reichte ihm mit einer entschlossenen Geste einen Geldschein, um ihn – und sich selbst – zu überzeugen, dass sie wusste, was sie tat.

»Auf einhundert«, sagte er mit Blick auf die große Banknote.

Er blätterte ihr das Wechselgeld von einem Bündel Zehn- und Eindollarscheine hin, bei jedem einzelnen laut und monoton mitzählend. Abigail schätzte ihn auf ungefähr fünfundzwanzig, keine zehn Jahre jünger als sie. Seine Kleider mussten gewaschen und seine Haare geschnitten werden, er sah aus wie ein Kind, das sich schon zu lange allein durchschlagen musste.

»Und?«, fragte er, »Sind Sie Doktor oder Anwalt?«

Die seltsame Frage überrumpelte sie. »Doktor. Um genau zu sein, bin ich …«

»Dachte ich mir schon. Wenn nicht Sommer ist, kommen keine Leute nach Chapel Isle. Nur Doktoren und Anwälte. Doktoren, um sich um die Leute zu kümmern. Anwälte, um sich um die zu kümmern, um die sich die Ärzte nicht richtig gekümmert haben.«

»Sie meinen, *niemand* anders kommt im Herbst oder Winter zu Besuch?«

»O doch, schon.« Seine Antwort war entschieden. »Was für 'n Doktor sind Sie denn?«

»Genau genommen, habe ich einen Doktortitel. Ich bin Lexikografin, keine …«

»Ach, Röntgenzeugs. Alles klar.«

Bevor sie ihn berichtigen konnte, streckte der Junge die Hand durchs Fenster und sagte: »Ich bin Denny. Denny Meloch. Ich betreibe die Fähre. Freut mich, Sie kennenzulernen.«

Abigail stellte sich vor und gab ihm die Hand. »Wenn Sie die Fähre betreiben, Denny, wer steuert sie denn dann?«

»Na ja, das ist dann wohl mein Dad«, antwortete er etwas kleinlaut. »Es ist sein Schiff. Das lässt er keinen vergessen. Am allerwenigsten mich.«

Die Fähre nahm Fahrt auf, und der aufheulende Motor übertönte das verlegene Schweigen, das auf seine Bemerkung folgte. Während der Wellengang immer spürbarer wurde, je schneller sie fuhren, begriff Abigail, dass sie noch immer angeschnallt war. Denny hingegen schien völlig unbeeindruckt vom Schwanken des Schiffs. Er blieb breitbeinig stehen und nahm es gelassen hin.

»Sie haben viel Zeugs dabei.« Denny warf einen flüchtigen Blick in Abigails Volvo.

»Sieht so aus, oder?«

Taschen, Kisten und Koffer drückten sich an die Scheiben. Der Wagen enthielt die letzten Besitztümer, die Abigail auf dieser Welt noch hatte. Während des Packens hatte sie sich vorzustellen versucht, ein Haus entrümpeln zu müssen, bis der Inhalt in den Kombi passte. Zu entscheiden, was sich aufzuheben lohnte und was nicht, wäre eine beängstigende Aufgabe gewesen. Nur dass Abigail den Luxus dieser Entscheidung gar nicht hatte. Das Feuer hatte ihr Leben ausgelöscht bis auf ein paar Dinge, die sie im Haus ihrer Eltern untergebracht hatte.

»Ziehen Sie für immer auf die Insel?«

»Wie lange ist denn in Ihren Augen für immer?«, spielte sie den Ernst seiner Frage herunter.

Denny zuckte die Schultern. »Entweder kommt man, um zu bleiben, oder man kommt, um wieder abzufahren. So einfach ist das.«

»Was soll das heißen, ›man kommt, um wieder abzufahren‹?«

»Na, Touristen. Sie fallen in Scharen ein, wenn das Wetter sonnig wird. Und suchen das Weite, sobald es umschlägt. Verstehen Sie mich nicht falsch. Wir brauchen sie. Kämen nicht über die Runden ohne sie. Das Sommergeschäft ist das einzige Geschäft, das wir haben, neben dem Fischen. Aber deswegen müssen wir sie nicht mögen.«

»Denny«, unterbrach ihn eine laute Stimme.

Im Seitenspiegel sah Abigail einen stämmigen Mann, der vom Ruderhaus zu ihnen herüberäugte. Die Krempe seines Huts warf einen Schatten über sein Gesicht.

»Ist das Ihr Vater?«

»O ja. Das ist er.« Denny schoss die Röte in die Wangen. »Wie ich schon sagte, Sie müssen nicht in Ihrem Wagen sitzen bleiben.«

Mit diesen Worten huschte er davon, mit einer Bemerkung, die halb als Tatsache, halb als Herausforderung geäußert wurde. Wenn Abigail in ihrem Wagen blieb, dann würde sie nicht lange auf der Insel durchhalten. Wenn sie ausstieg, war es vielleicht anders.

Das Wasser wurde jetzt kabbeliger, die Wellen verwegener. Abigail schnallte sich ab, und ihr Magen verkrampfte sich augenblicklich. War das Seekrankheit oder Angst? Ersteres, entschied sie sich zu glauben.

Feuchtkalte Luft schlug ihr ins Gesicht, als sie die Wagentür öffnete. Die Feuchtigkeit drang durch ihre Kleidung, kribbelte auf ihrer Haut. Entschlossen stieg sie aus und schlug die Wagentür zu. Die Fähre pflügte schwerfällig durchs Wasser, und nach dem Geräusch zu urteilen, hatte der Motor alle Mühe voranzukommen. Auf dem kurzen Weg vom Wagen zur Reling nicht das Gleichgewicht zu verlieren erforderte Anstrengung. Abigail war, als wäre sie betrunken, aber das war sie nicht.

Schließlich erreichte sie die Bootswand und ließ sich auf eine Bank fallen, froh, von ihr aufgefangen zu werden. Windböen peitschten ihr das Haar in Mund und Augen, und sie strich sich die Strähnen aus dem Gesicht, nur um im nächsten Augenblick wieder von ihnen getroffen zu werden, ein frustrierendes Unterfangen. Sie war nicht die Art Frau, die ihr Haar gern dem Wind überließ, weder im übertragenen noch im wörtlichen Sinn. Ein freier Geist war Abigails Sache nicht. Vieles war nicht leicht auf dieser Welt, wie zum Beispiel vom Wagen zu dieser Bank zu gelangen. Und doch hatte sie es tun müssen. Es war nicht viel, aber es kostete sie Kraft.

Auf dem schaukelnden Schiff wurde Abigail schwindelig, sodass sie den Blick zu der Bank senkte, auf der sie saß. Ein Gewirr von Namen, Daten, Flüchen und schmückenden Beiwörtern war in das Holz geschnitzt, eine Auflistung all derer, die gekommen und gegangen waren, gefangen unter Schichten von Schellack. Herzen in allen Größen waren um Initialen geritzt, eines neben dem anderen. Sie glitt mit einem Finger über die Konturen einiger Buchstaben, spürte die tiefen Einkerbungen im Holz und verharrte mit der Fingerspitze darauf.

Das Bedürfnis, in Erinnerung zu bleiben, war ein Instinkt. Niemand wollte vergessen sein, verschwinden, aus dem Gedächtnis getilgt werden. Das war der Grund, weshalb die Leute Wörter auf alles kritzelten, von Bänken über Autobahnüberführungen bis hin zu frisch betonierten Gehwegen. Durch die Narben, die sie hinterließen, wurden sie unvergesslich. Aber manchmal konnte die Erinnerung schlimmer sein als das Vergessenwerden. Das wusste Abigail nur zu gut. Die Erinnerung hinterließ andere Narben, tiefe Narben.

Die Nachmittagssonne hatte sich hinter einer dunklen Wolkenbank verkrochen. Abigail wusste nicht, wie lange sie schon auf dieser Bank im Wind saß. Ihre Kleidung war feucht, ihr Magen rumorte, und sie zitterte vor Kälte. Sie musste den Elementen weichen. Hinter dem Ruderhaus befand sich ein überdachter Sitzbereich. Immer an der Reling entlang, um ja nicht den Halt zu verlieren, kämpfte sich Abigail mühsam bis zur Tür vor.

Drinnen erwarteten sie weitere Bänke und eine kümmerliche Snackbar, die allerdings geschlossen war. Die Süßwarenvitrine war leer bis auf drei Schachteln Salzwassertoffees, die mit dem Rhythmus der Wellen immer wieder von einem Ende der Vitrine zum anderen rutschten. An den Wänden hingen Poster von Jachten und Schonern, allesamt vergilbt vom Alter, und eine Korkpinnwand, übersät mit kleinen Papierschnipseln, die unter den Reißnägeln abgerissener Reklamezettel hängen geblieben waren. Ein paar Flyer boten Angelausflüge zum halben Preis am Labor-Day-Wochenende an. Andere lockten mit Leihfahrrädern für Feriengäste, frischem Mais und Erdbeeren. Auf wieder einem anderen stand: *Dingi zu verkaufen. Nehme bestes Angebot an.* Spuren eines vergangenen Sommers. Die monatealten Aushänge waren längst überholt.

Neben der Pinnwand hing unter einem Plastikschutz eine große gerahmte Karte der Outer Banks – eine Kette von Düneninseln, die die Küste säumten, mit kleinen Städtchen, die Namen wie Nag's Head, Whalebone, Frisco und Ocracoke trugen. Der Name *Chapel Isle* hob sich von den Namen der anderen Inseln ab. In Abigails Ohren klang er seltsam prüde. Durch den religiösen Bezug schien die Insel weniger abenteuerlich. Das war Abigail jedoch nur recht.

An der Ostküste von Chapel Isle war ein Gebiet von Hand umrandet: SCHIFFSFRIEDHOF stand dort. Die Inschrift darunter konnte Abigail nicht entziffern. Das Plastik war an der Stelle matt geworden, von so vielen Händen berührt, dass die Worte unlesbar waren. Sie rieb mit dem Ärmel über die Stelle und kratzte mit dem Fingernagel darüber, konnte aber immer noch nichts erkennen.

»Ich hatte schon Angst, Sie wären über Bord gegangen«, überraschte Denny Abigail erneut.

»Ich musste mal für eine Weile aus dem Wind.«

Er schnitt eine Grimasse. »Wenn Sie das hier schon windig finden, werden Sie vielleicht doch nicht auf der Insel bleiben wollen.«

Abigail dachte, sie hätte den ersten Test bestanden. Sie hatte nicht mit einem zweiten gerechnet.

»Was steht da?« Sie tippte mit einem Finger auf die unleserliche Inschrift auf der Karte.

»Da steht: *Nicht in Ruhe, aber in Frieden.* Die Männer, die mit ihren Schiffen untergegangen sind, die haben nie ein richtiges Begräbnis gekriegt. Wurden sozusagen nie zur letzten Ruhe gebettet. Soll heißen, dass sie ihren Frieden kriegen, obwohl sie auf See gestorben sind. An dem Ort, den sie geliebt haben.«

Die Erklärung löste eine Flut von Erinnerungen in Abigail aus. Sie kämpfte verzweifelt darum, in der Gegenwart zu bleiben. Denny bemerkte nichts davon. Sein Blick glitt über ihren Körper zu ihren Händen. Er wollte sehen, ob sie einen Ehering trug, und sie begriff, dass er sie zu beeindrucken versuchte, dass er sie attraktiv fand. Unwillkürlich verbarg sie die linke Hand hinter der Hüfte.

»Und so … äh … ist Chapel Isle zu seinem Namen gekommen«, fuhr Denny fort, bevor er sich räusperte. »Da es keine Toten zu beerdigen gab, sind die Familien einfach an den Strand gegangen, ganz in Schwarz gekleidet, und haben die Trauerfeiern dort im Sand abgehalten. Ohne Särge oder irgendwas. Ein Prediger hat die Gebete gesprochen. Ist auch passender so, nehme ich an.«

Abigail konnte sehen, dass ihr seltsames Benehmen Denny unangenehm wurde. Seit dem Feuer verfiel sie hin und wieder in eine Art Dämmerzustand. Sie wirkte dann wie ein Geist, und das machte die Leute nervös. Aber sie konnte nicht anders.

»Wellen geh'n schon 'n bisschen höher. Jetzt haben wir's nicht mehr weit.« Denny trat verlegen von einem Fuß auf den anderen. »Ich muss dann mal wieder an die Arbeit.«

Abigail kam wieder zu sich. »Okay«, sagte sie schließlich. »Lassen Sie sich von mir nicht aufhalten.«

»Okay«, wiederholte Denny und wandte sich zum Gehen.

»Denny?«

»Ja?« Er schnellte beflissen herum.

»Danke, dass Sie mir das mit dem Schiffsfriedhof erklärt haben.«

Er verkniff sich ein Lächeln. »Keine Ursache.«

Die Tür schwang hinter ihm zu, wehte salzige Seeluft in den Raum. Der Geruch weckte in Abigail Kindheitserinnerungen an Sommerwochenenden, die sie mit ihrer Familie an der Küste von Massachusetts verbracht hatte – Picknickessen am Strand, Eimer voller Muscheln, das klebrige Gefühl des Salzwassers, das auf ihrer Haut trocknete. Der Geruch war für sie immer gleichbedeutend mit Glück gewesen. Das war einer der Gründe, weshalb sie nach Chapel Isle gekommen war. Um zu sehen, ob er das immer noch war.

Mit rumorendem Magen ging Abigail zurück zu ihrem Wagen. Denny hatte nicht übertrieben. Die See war deutlich rauer, mit weißen Schaumkronen, die auf der Wasseroberfläche tänzelten. Das Schlingern des Schiffs schlug ihr erst recht auf den Magen.

Sie flüchtete sich in ihren Kombi, rieb sich die Arme, um sich zu wärmen. Sie wollte eben schon den Motor anwerfen, um die Heizung laufen zu lassen, als sie das Schild an der Bootswand sah, das es ihr untersagte: *Motoren abstellen bis zum Anlegen der Fähre.*

Gegen Vorschriften zu verstoßen war nicht Abigails Art. Ihr war kalt genug, um in Erwägung zu ziehen, den Motor zu starten, aber sie wollte Denny keinen Ärger machen. Natürlich konnte es für Vorschriften, genau wie für Definitionen, Ausnahmen geben. Sie hatte den Großteil ihres Erwachsenenlebens damit verbracht, nach Definitionen zu forschen. Die Ausnahme zu verstehen hieß, die Bedeutung zu verstehen. Während sie fröstelnd in ihrem Wagen saß, entschied Abigail, eventuelle Folgen eines Verstoßes nicht herauszufordern.

Ob mit oder ohne Heizung, die Seekrankheit hatte sie inzwischen fest im Griff. Kalter Schweiß lief ihr über den Rücken, und ihr Mund war wie ausgedörrt. Abigail heftete den Blick fest auf den unteren Teil des Lenkrads, um keine Bewegung in ihr Gesichtsfeld zu lassen. Sie war vor Mitternacht losgefahren, und die Fahrt von Boston war eine Tortur gewesen. Ihr Ziel, Chapel Isle an einem einzigen Tag zu erreichen, sollte die Reise etwas erträglicher machen.

Von gespannter Erwartung getrieben, wünschte Abigail, sie hätte Denny gefragt, wie spät sie ankommen würden.

Sie hatte bewusst nicht mehr nach dem Horizont Ausschau gehalten, seit sie abgelegt hatten. Als sie schließlich doch vom Lenkrad aufsah, atmete sie erleichtert auf. In der Ferne hob sich eine Silhouette vom Horizont ab – Chapel Isle. Während sich die Fähre näherte, traten die Umrisse von Bäumen und Häuserdächern allmählich deutlicher hervor. Abigails Magen verkrampfte sich erneut. Das hier war keine Seekrankheit mehr. Das hier war Vorfreude.

Ohne Vorwarnung verlangsamte die Fähre ihre Geschwindigkeit. Abigail hielt sich am Lenkrad fest, während der Motor stampfte und Abgaswolken in den Himmel spie. Sie dachte daran, wie albern sie aussehen musste, während sie das Lenkrad des Volvos umklammerte, der völlig reglos auf dem Deck der Fähre stand. Obwohl sie froh war, dass niemand sie so sehen konnte, versetzte die Erleichterung ihr einen leisen Stich. Sie war ganz mit sich allein.

Chapel Isle war keine halbe Meile mehr entfernt. Aber das Meer machte ihnen die Ankunft schwer. Sollte ich das persönlich nehmen?, dachte Abigail. Wieder ließ eine Welle das Schiff schlingern. Sie fasste es als Ja auf.

Ihr war kalt, und ihr war schlecht, und so tat sie das Einzige, was sie immer beruhigte. Sie rezitierte Latein, indem sie Verben aus dem Gedächtnis konjugierte und jede Zeitform in einem monotonen Sprechgesang vor sich aufsagte.

»Sum, esse, fui, futurus.

»Habeo, habere, habui, habitus.«

Die Verben gingen in ein besänftigendes Gemurmel über, das sie ablenkte. Die Angewohnheit hatte sie als kleines

Mädchen von ihrem Vater übernommen. Er war ein namhafter Chirurg gewesen, auf Lungenkrankheiten spezialisiert, und ein führender Kopf bei den ersten Forschungen über den Zusammenhang zwischen Rauchen und Lungenkrebs. Grau ist selten etwas Gutes, hatte er oft in Anspielung auf die Farbe der Lungen eines Patienten gesagt, eine Philosophie, die er auf die meisten Lebensbereiche anwandte. Er war ein pragmatischer Mann von unermüdlicher Genauigkeit, und er unterteilte alles im Leben danach, ob es etwas Gutes oder etwas Schlechtes war. Für ihren Vater gab es selten Platz für irgendetwas dazwischen.

Wenn sich die Welt doch einmal zu einem Grauton eintrübte, dann zog sich ihr Vater gern in sein Arbeitszimmer zurück und holte sein geliebtes Lateinbuch aus seinen Schultagen hervor. Trotz seines Alters war das Buch noch immer in einem tadellosen Zustand. Der Einband war leicht eingerissen und der Buchrücken nicht mehr ganz fest, aber es hatte keine zerfledderten Seiten, keine Eselsohren, keine Bleistiftmarkierungen an den Rändern.

Als Kind spähte Abigail oft um den Türrahmen, während ihr Vater in den Seiten des dicken Buchs blätterte wie in einem Fotoalbum. Sie sehnte sich danach, sehen zu können, was er sah. Sobald sie alt genug zum Lesen war, nahm Abigails Vater sie mit in sein Arbeitszimmer, setzte sie auf seinen Schoß und ließ sie das Buch aufschlagen.

»Ich will, dass du dir die Worte anhörst, bevor ich dir beibringe, was sie bedeuten«, hatte er gesagt. »Dadurch wird es dir leichter fallen, sie zu lernen, meine Süße. Vertrau mir.«

Und so begannen ihre Lateinstunden mit ihrem Vater,

der ihr Stammwort um Stammwort um Stammwort vorlas. Das rhythmische Umblättern der Seiten verschmolz mit dem Latein zu einer Melodie, die zur Hintergrundmusik ihrer Jugend wurde. Als würde sie ein Märchen in einer fremden Sprache hören, erfasste Abigail intuitiv die Bedeutung hinter den Worten, und ihre Liebe zur Sprache schlug dort im Arbeitszimmer ihres Vaters Wurzeln. Es war eine Liebe, die sich in den Büchern fortsetzte, die sich jetzt in den Kartons stapelten, mit denen ihr Kombi vollgestopft war. Das Fahrgestell lag tief unter der schweren Last. Es hatte etwas Beruhigendes für sie, wie schwer ein Buch sein konnte. Selbst Taschenbücher hatten ein gewisses Gewicht. Dass auf Papier gedruckte Buchstaben eine solche Schwere annehmen konnten, war ein wahres Wunder. Worte erschienen Abigail dadurch nur noch mächtiger.

Die Bücher in den Kartons stammten aus ihrem Elternhaus, die aufbewahrten ausgelesenen Exemplare einer einst umfangreichen Sammlung, die ein ganzes Spektrum von Themen umspannte, von erzählender Literatur bis Geschichte, klassischer Philologie bis Esoterik, Erstausgaben und signierte Exemplare, eine ganze private Bibliothek, die sie im Laufe der Jahre zusammengetragen hatte. Diese Bücher waren die einsamen Überlebenden ihrer Sammlung. Sie waren alles, was Abigail geblieben war.

B

be|tö|ren [bə'tø:rən], *Vb.* 1. bezaubern, in sich verliebt machen. 2. zu törichtem Handeln verleiten. [< mhd. *betœren* »zum Toren machen, betrügen«; s.a. Tor, *m.* einfältiger Mensch, < mhd. *tōr(e)* »Irrsinniger«, mnd. *dōr(e)*, mnl. *dōr* »Narr«. Abl.: Tor|heit, *f.*, < mhd. *tōrheit* »Unvernunft, Dummheit«]

Als sich die Fähre Chapel Isle näherte, wurde die malerische Sicht auf die Insel von einem verstörenden Anblick getrübt. Einer der Stützpfeiler an der Anlegestelle war eingeknickt, und eine geborstene Planke ragte gefährlich über das Wasser hinaus. Die Anlegestelle sah aus, als könnte sie jeden Augenblick in sich zusammenstürzen.

Das sieht aber nicht gut aus, sinnierte Abigail.

Ihre jahrelange Beschäftigung mit Sprache hatte sie gelehrt, dass der erste Eindruck nicht unbedingt verlässlich war. Die Schreibweise eines Wortes und seine Aussprache konnten erstaunlich widersprüchlich sein. Aus diesem Grund war jeder Eintrag im Wörterbuch mit phonetischen Leitzeichen versehen. Abigail zwang sich zu glauben, dass dieselbe Überlegung auch für Chapel Isle galt. Als sie Denny auf ihren Wagen zuschlendern sah, blickte Abigail ihn an.

»Hier sind wir. Endstation«, verkündete er.

Der Motor der Fähre kam tuckernd zum Stillstand. Denny schlang die Lotleinen um einen intakten Stützpfeiler und zog dann eine Rampe über den Spalt zwischen Fähre und Anlegestelle.

»Denny, was ist mit dem Ding passiert?«

»Womit?«

»Mit dieser Anlegestelle.«

»Ach das meinen Sie. Die hat Hank Scokes gerammt.«

»Gerammt?«

»Mit seinem Fischerboot.«

»Absichtlich?«

»Nö, sternhagelvoll war der Alte.«

»Ist es denn sicher, mit dem Auto darüberzufahren?«

»Haben schon viele gemacht.«

»Das ist ja beruhigend«, murmelte Abigail. »Wann hat sich dieser kleine ›Unfall‹ denn ereignet?«

Denny musste kurz nachdenken. »Vielleicht 'n Monat her.«

»Und niemand hat es repariert?«

»Diese Anlegestelle ist reichlich ramponiert. Da muss viel repariert werden, bis alles wieder in Ordnung ist. Aber keine Sorge, ich pass schon auf Sie auf.« Er zwinkerte ihr zu. »Wo wohnen Sie denn überhaupt?«, erkundigte er sich dann, den Kopf anzüglich schräg gelegt.

»Am Leuchtturm. Ich bin die neue Wärterin dort«, erwiderte Abigail, auf eine Anmache gefasst. Doch Dennys Miene wurde ernst. Er kniff die Lippen zusammen, um sich zu verbeißen, was ihm auf der Zunge lag. »So schlimm kann es doch nicht sein«, witzelte sie halbherzig.

»Der Leuchtturm ist ja nicht mehr in Betrieb, da kann ich mir nicht allzu viel Ärger einhandeln.«

»Nein, das ist es nicht. Es ist … ach, egal.«

Nach der langen Reise hatte Abigail nicht die Energie, Denny zu bedrängen, sie aufzuklären. Was immer er da für sich behielt, würde warten müssen.

»Ich sollte mich erst mal bei der Maklerin melden«, sagte sie zu ihm. »Können Sie mir sagen, wie ich zu ihrem Büro komme?«

»Lottie Gilquist, mit der müssen Sie reden. Ist nicht schwer zu finden. Da müssen Sie nur die Ohren aufsperren.«

Ohne ein weiteres Wort der Erklärung begann Denny, die Kette zu lösen, mit der das Autodeck der Fähre am Bug versperrt gewesen war.

Verwirrt lenkte Abigail ihren Kombi neben ihn. »Sagen wir, ich habe kein sehr gutes Gehör – wie würde ich sie dann finden?«

»Fahren Sie immer geradeaus.«

»Okay, geradeaus. Und dann?«

»Einfach geradeaus.«

»Wenn ich einfach geradeaus fahre, lande ich auf der anderen Seite der Insel im Meer.«

»Sie werden Lotties Haus schon sehen, bevor das passiert.«

Ein Pfiff ertönte hinter Abigails Wagen. Dennys Vater stand im Türrahmen des Ruderhauses. Er verschränkte die Arme zu einem wortlosen Befehl.

»Nehmen Sie die Hauptstraße«, erklärte ihr Denny. »Sie können es nicht verfehlen.« Er trottete davon, dann machte er noch einmal kehrt. »Hoppla. Hatte ja versprochen zuzusehen, dass Sie sicher auf die Insel kommen.«

Abigail war froh, dass es ihm wieder eingefallen war, denn sie hatte es nicht vergessen. »Danke«, sagte sie und nahm den Fuß von der Bremse.

»Vielleicht sehen wir uns hier ja mal?«

»Ich denke schon.«

Denny grinste von einem Ohr zum anderen, sodass Abigail ebenfalls lächeln musste. Aber ihr Lächeln schwand schlagartig, als sie den Volvo im Schritttempo auf die Anlegestelle lenkte. Das Holz ächzte und stöhnte unter dem Gewicht des Wagens.

»Keine Angst«, rief Denny aufmunternd. »Nur zu. Wirklich. Das Ding steht wie ein Fels im Wasser.«

Mit angehaltenem Atem fuhr Abigail weiter, während Denny ihr zum Abschied winkte. Sie hätte gern zurückgewinkt, aber sie konnte die Hände nicht vom Lenkrad lösen. Sobald der Wagen von der Anlegestelle auf einen Schotterweg rollte, atmete sie tief aus, dankbar für festen Boden unter den Füßen. Auf einem Schild am Straßenrand stand: WILLKOMMEN AUF CHAPEL ISLE.

»Ein schönes Willkommen«, murmelte Abigail.

Das Dockhaus der Insel war fest verschlossen und ein Getränkestand in der Nähe mit Brettern vernagelt worden. AUF WIEDERSEHEN IM NÄCHSTEN SOMMER hatte jemand auf das Sperrholz gesprüht. Die Feriensaison war eindeutig vorbei. Chapel Isle war in den Winterschlaf gegangen. Die Einsamkeit und Abgeschiedenheit waren noch ein Grund, weshalb Abigail beschlossen hatte herzuziehen, einer, den sie allmählich zu überdenken begann.

Pass auf, was du dir wünschst!

Ihr Vater war der Erste gewesen, der ihr diesen Satz ans Herz gelegt hatte, eine mahnende Lebensweisheit, die sich ihr eingeprägt hatte, da sie sich öfter, als sie sich eingestehen wollte, als zutreffend erwies. Zum Beispiel, als Abigail acht Jahre alt war und ihre Eltern um eine Katze anbettelte. Wochenlang hatte sie sie angefleht und hoch und heilig versprochen, sich um sie zu kümmern, bis sie die beiden schließlich überredet hatte. An dem Tag, an dem sie ihr ein kleines Kätzchen mit nach Hause brachten, brach bei Abigail die Nesselsucht aus – so schwer, dass ihr Vater sie ins Krankenhaus bringen musste.

»Manchmal ist das, was du willst, das Schlechteste für dich«, hatte er erklärt, nachdem ihre Mutter sie mit der im Krankenhaus verschriebenen Cortisonsalbe eingerieben hatte. »Klingt nach so einer Glückskeksweisheit, nur dass es im Allgemeinen stimmt.«

Lektion gelernt. Zumindest, was das Halten von Haustieren betraf. Mit nichts als einem Schotterweg zur Orientierung und keiner Menschenseele in Sicht fragte sich Abigail, ob sie die Lehre je wirklich beherzigt hatte.

Die Straße von der Anlegestelle führte landeinwärts. Zu beiden Seiten erstreckten sich weite Salzmarschflächen, durchsetzt mit Gezeitenbecken. Das hohe Seegras wogte in der Brise, betonte mit seinen goldgelben, ins Grünliche schimmernden Bahnen den bewölkten Himmel.

Von Zeit zu Zeit konnte Abigail einen Blick auf die Küste erhaschen, dort, wo zwischen den Dünen ein Trampelpfad zum Strand entstanden war. Der Geruch des Meeres war berauschend, und sie ließ auch die anderen Fenster herunter. Der plötzliche Luftstoß nahm Abigail den Atem.

»Das reicht an Wind für heute«, rief sie in die frische Luft hinaus, fuhr die Fenster wieder hoch und pustete sich eine widerspenstige Strähne aus der Stirn.

In der Ferne kauerte sich eine Strandhütte an den Wegrand. Abigail ging vom Gas, um sie besser betrachten zu können. Es war ein Imbissstand, das Ausgabefenster mit einem Vorhängeschloss versperrt.

Eine Meile weiter wich das sanfte Marschland Bäumen und einer Reihe von Schindelhütten. Sie glichen einander wie ein Ei dem anderen. Es gab keine Autos in den Auffahrten, keine Lichter, keine Bewegung, kein Geräusch. Mietferienhäuser, dachte Abigail. Sie stellte sich vor, dort zu wohnen, am Morgen nach dem Aufwachen die Tür zu öffnen und das Meer zu hören – dasselbe Rauschen, das man hörte, wenn man sich eine an den Strand gespülte Muschel ans Ohr hielt.

Vor ihr machte die Straße eine Biegung, und dann bekam Abigail ihre Belohnung: die Postkartenidylle eines kopfsteingepflasterten Marktplatzes, im Hintergrund eine Bucht mit Booten, die dicht gedrängt am Pier lagen. Der Platz war von Geschäften gesäumt, die größtenteils nautische Namen trugen und auf Fischereibedarf oder Geschenke spezialisiert waren. Sie boten entweder Köder und Angelzubehör oder Souvenirs und Sammlergegenstände an. Gemeinsam war den kleinen Läden, dass alle geschlossen waren.

Abigail stellte den Wagen ab und schlenderte über den

Platz. Zwischen den Geschäften entdeckte sie eine Bank, ein Café und eine Post, aber kein Immobilienbüro. Ganz am Ende der Ladenreihe duckte sich ein malerisches Cottage. Auf dem kleinen Rasenstück davor wimmelte es von unzähligen rosafarbenen Plastikflamingos, klappernden Kreiseln, wirbelnden Windrädchen und einer ganzen Galerie von Gartenzierrat. Es war ein atemberaubendes Spektakel, ein Feuermeer aus Farbe und Bewegung im Streit zwischen Pracht und Kitsch. Inmitten dieses grellbunten Chaos befand sich ein frei stehender Briefkasten mit einer kleinen Miniaturflagge und einem aufgemalten Slogan: *Geordnetes Chaos.*

Abigail lächelte. Das nenne ich ein passendes Oxymoron, fuhr ihr durch den Kopf, mehr können sich zwei Begriffe nicht widersprechen. Und dann entdeckte sie endlich, wonach sie suchte. Auf der Markise über der Cottage-Tür stand: *Gilquist Immobilien.* Jetzt wurde es interessant.

Sie schlängelte sich durch das kleine Gartenweglabyrinth und ging in Gedanken die Synonyme für *Chaos* durch – noch eine Angewohnheit, um ihre Ängstlichkeit in den Griff zu bekommen. Die Alternativen reichten von eher milden Ausdrücken wie *Unordnung* oder *Verwirrung* bis hin zu manischen wie *Aufruhr* und *Anarchie* – Gilquist Immobilien musste irgendwo bei *unerträglich unordentlich* liegen.

Was Abigail dann im Inneren des Hauses entdeckte, nachdem sie geklopft hatte und eingetreten war, ähnelte eher einem Pandämonium. Jede verfügbare Fläche des Büros war mit einem bunten Schnickschnacksammelsurium vollgestopft – Meerjungfrauen, eine Flotte von Flaschenschiffen, Stofftiere, kitschige Salz- und Pfefferstreuer, mit Muschelschalen verzierte Aschenbecher. Dekogegenstände quollen aus allen Ecken und Winkeln, hingen von den Wänden, wimmelten auf den Fensterbrettern und baumelten zu Dutzenden von den Lampen. Abigail blinzelte, ließ den Wirrwarr auf sich wirken.

»Nichts für schwache Nerven, was?«, sagte eine rundliche Frau in einem pastellfarbenen Sweatshirt mit dem Airbrushbild eines Delfins darauf. Sie saß hinter einem Schreibtisch. Zwischen dem ganzen Krempel hatte Abigail sie gar nicht gesehen.

»Kinkerlitzchenhimmel sagt mein Mann dazu. Dahin geht der Nippes zum Sterben.«

Die Frau stieß ein Lachen aus, das wie eine Glocke schepperte. Das musste Denny gemeint haben.

»Lottie Gilquist?«, fragte Abigail.

»Die bin ich.«

Der herzförmige Anhänger, den Lottie um den Hals trug, klimperte, als sie lachte. Die rundliche Form passte zu seiner Besitzerin. Lottie war füllig, hatte fleischige Wangen und einen dichten Haarschopf, den sie sich zu einem Dutt hochgesteckt und passend zu den unzähligen Puppen, die auf Verkaufsständern im Raum verstreut standen, maisgelb aufgehellt hatte.

»Und Sie sind sicher …«

»Abigail Harker. Ich bin hier wegen …«

»Ach ja, ich hab schon auf Sie gewartet. Hab mich gefragt, ob Sie die Fähre erwischen oder nicht. Ein Glück, dass Sie's geschafft haben, die nächste wäre erst morgen gefahren.«

Davon hatte die Broschüre nichts erwähnt, und Lottie ebenso wenig, als sie Anfang der Woche telefoniert hatten. Abigail war sich nicht sicher, was sie davon halten sollte.

»Dann wollen wir mal Ihren Papierkram erledigen, Liebes.«

Lottie setzte sich eine lila umrandete Lesebrille auf die Nase und forderte Abigail mit einer Handbewegung auf, Platz zu nehmen. Das Sitzpolster des Stuhls war mit aufgebügelten Seesternstickern übersät.

»Ich brauche nur noch Ihre Unterschrift, Mrs. Harker, dann kann ich Ihnen das Objekt zeigen. Möchte wetten, Sie können's kaum noch erwarten.«

»Sie können mich Abigail nennen«, beeilte sich Abigail, sie zu berichtigen.

Lotties Blick schoss zu Abigails linker Hand, genau wie Dennys, zu schnell für Abigail, um ihren nackten Ringfinger zu verbergen.

»Alles klar, Abby. Unterschreiben Sie hier.«

Abigail zuckte leicht zusammen. Niemand nannte sie Abby. Sie hatte eigentlich nichts gegen Spitznamen. Aber sie fand, dieser wurde ihr nicht gerecht. Die Lockerheit lag ihr nicht. Abby klang peppig, vertraulich und lässig. Der Name passte einfach nicht zu ihr.

Abigail las den Mietvertrag sorgfältig durch, dann hielt Lottie ihr einen Stift hin.

»Ist der nicht einfach süß?«, fragte sie.

Auf dem Ende des Stifts steckte ein Wuschelkopf mit Kulleraugen, der wippte, als Abigail ihre Unterschrift leistete. Es machte sie misstrauisch, ein verbindliches Rechtsdokument damit zu unterzeichnen.

»Von wem hatten Sie gleich wieder den Tipp, Abby?«

»Das war …« Ihre Kehle schnürte sich zusammen. »Ein Freund.«

»Na schön«, plapperte Lottie fröhlich weiter. »Ich hole die Schlüssel, und wir treffen uns vor dem Haus. Sie können mir in Ihrem Wagen nachfahren.«

Falls Lottie Abigails Zögern bemerkt hatte, ließ sie es sich jedenfalls nicht anmerken. Abigail wünschte nur, *sie* hätte es sich nicht anmerken lassen.

Entfernung war eine messbare Größe, gleich ob in Millimetern, Metern oder Meilen. Was Abigail suchte, das war irgendetwas Messbares, das sie zwischen sich und das Feuer bringen konnte. Auch Zeit war eine messbare Größe, eine, über die sie momentan keine Kontrolle hatte. Sie konnte die Minuten nicht schneller verstreichen lassen, geschweige denn die Monate. Was Abigail tun konnte, das war, von dem Ort wegziehen, den sie aus ihren Gedanken vertreiben wollte. Und genau das war sie im Begriff zu tun.

Sie streckte ihre schmerzenden Glieder, die von der langen Fahrt steif geworden waren. Auch Muskeln hatten ein Gedächtnis, und inzwischen wollten ihre Muskeln ebenso sehr vergessen wie sie.

Lottie fuhr in einem riesigen Suburban neben Abigails Kombi vor und drückte auf die Hupe. »Ich kann's kaum erwarten, dass Sie den Leuchtturm sehen«, rief sie fröhlich durch ihr Fenster.

Neben ihrem verbliebenen Besitz hatte Abigail eine Reihe von Vermutungen im Gepäck, darunter vor allem die, dass die Bewohner von Chapel Isle bieder waren. Sie stellte sich ernste, wettergegerbte Fischer und stille, einfühlsame Frauen vor. Was sie stattdessen zu sehen bekam, war Lottie, die zweifellos die größte Frohnatur war, der Abigail je begegnet war. Ihre übersprudelnde gute Laune ließ vermuten, dass auf Chapel Isle niemals etwas Schlimmes geschehen konnte – was sich, wie Abigail hoffte, als zutreffend erweisen würde.

Lottie führte sie über eine der Schotterstraßen, die von dem kleinen Dorfzentrum in alle Richtungen abgingen und sich in schmalere Feldwege auffächerten. Der Stil der Häuser änderte sich im Verlauf der Fahrt. Abigail sah beeindruckende viktorianische Bauten mit ringsum verlaufenden Veranden und Wintergärten. Eine Hausauffahrt war entzückender als die andere – manche hatten filigrane Torbogen, bewachsen mit wildem Wein, andere niedrige, das Grundstück umgebende Steinmauern. Abigail spürte, wie ihr Körper zu kribbeln begann, und unwillkürlich gab sie sich der Aufregung hin.

Lotties Suburban holperte weiter über die von Kiefernbüschen gesäumten unbefestigten Wege, und sie drangen immer tiefer ins südliche Ende von Chapel Isle vor. Der Leuchtturm schien deutlich weiter vom Dorf entfernt zu sein, als Abigail angenommen hatte. Sie waren schon eine ganze Zeit unterwegs.

Und dann endlich mündete der Weg in eine Wiese und gab den Blick auf einen gewundenen Küstenstreifen frei. Abigails Herz schlug höher. Vor einer zerklüfteten Mole aus blauschwarzen Felsen erhob sich mächtig der weiß getünchte Leuchtturm. Er strahlte eine angemessene Würde aus, als hätte sich seine Umgebung dem Gewicht der Welt gebeugt, als hätte er allein hoch erhobenen Hauptes von jeher allen Widrigkeiten des Meeres getrotzt.

Langsam näherten sich die Fahrzeuge dem Leuchtturm und kamen davor zum Stehen. Der Anblick, der sich Abigail jetzt bot, verwandelte ihre gerade erst aufgekommene Vorfreude jäh in Niedergeschlagenheit. Der weiße Farbanstrich, der von Weitem frisch ausgesehen hatte, war rissig und blätterte ab. An den Leuchtturm angebaut war das Cottage des Leuchtturmwärters, das baufälliger aussah als der Turm selbst. Der schlichte einstöckige Backsteinkasten drückte sich an den Leuchtturm, als kämpfte er ums nackte Überleben. Das Dach hing durch, ein paar Fensterläden hatten sich aus den Angeln gelöst. Abigail schaffte es kaum, ihre Enttäuschung im Zaum zu halten. Nichts von dem, was sie hier sah, entsprach dem Foto, das Lottie ihr gefaxt hatte. Sie war gespannt auf die Erklärung der Immobilienmaklerin.

Lottie rutschte vom Fahrersitz über das Trittbrett in den überwucherten Vorgarten. Neben dem Fahrzeug sah sie winzig aus, dazu stand sie jetzt bis zu den Knien in dem hohen Gras. Abigail hätte vielleicht darüber lachen können, wenn sich ihre Enttäuschung nicht in maßlose Wut gesteigert hätte. Sie sprang aus ihrem Wagen und stürmte auf Lottie zu, bereit, sie wegen ihrer Unehrlichkeit zusammenzustauchen. Aber Lottie kam ihr zuvor.

»Mir ist bewusst, dass es nicht so ist, wie ich es beschrieben habe, Liebes.«

»Stimmt, nicht einmal annähernd«, gab ihr Abigail zynisch Recht. Sie konnte ihren Ärger kaum verhehlen.

»Aber ich schwöre Ihnen, es ist genau das, was Sie suchen«, fuhr sie fort. »Still. Friedlich. Hier haben Sie die Welt für sich allein.«

Die Aufrichtigkeit in Lotties Blick stimmte Abigail etwas milder. Sie wollte ihr gern glauben. Und sie wollte auch glauben, dass die lange Fahrt nicht vergeblich und ihre Entscheidung kein Riesenfehler gewesen war.

»Okay. Gehen wir ins Haus.«

Zusammen stiegen sie die ausgetretenen Stufen hoch. Lottie steckte einen Schlüssel in die Tür, aber sie ließ sich nicht öffnen, als wollte sie die neue Bewohnerin nicht einlassen.

»Sie kann nicht kaputt sein«, sagte Lottie, während sie an der Tür rüttelte. »Niemals.«

Da war dieses Wort. *Niemals.* Abigail spürte, wie die Wut erneut aufwallte, während sie zusah, wie Lottie mit dem Türknauf kämpfte, bis das Schloss schließlich nachgab.

»Wenn ich Ihnen das Haus rasch zeigen darf«, keuchte Lottie.

Als die Tür aufschwang, schlug Abigail eine Welle scheußlichen Gestanks entgegen – eine Mischung aus vermoderndem Holz, Schimmel und abgestandener Luft.

»Lottie …«

»Augenblick, Liebes. Ich werde nur rasch ein paar Fenster öffnen, dann ist gleich alles in bester Ordnung.«

Als Lottie die Jalousien hochzog, erhellte das schwindende Sonnenlicht eine schauerliche Szene.

Was Abigail ursprünglich gefallen hatte, war die Tatsache, dass das Leuchtturmhaus möbliert vermietet wurde. Zu ihrer großen Bestürzung ließ die Einrichtung viel zu wünschen übrig. Die Haustür führte in einen großen Wohn- und Essbereich. Die Begriffe wohnen und essen konnten darauf allerdings nur sehr begrenzt angewandt werden. Das Sofa war schäbig und abgewetzt, die Vorhänge verblichen. Ein Sammelsurium unterschiedlicher Stühle stand um einen pockennarbigen Tisch, zwei mottenzerfressene, zerschlissene Teppiche lagen auf dem ausgetretenen Holzboden, der Kamin war so verrußt, dass Abigail nicht glauben konnte, dass er je wieder befeuert werden konnte.

»Lottie …«

Doch Lottie beachtete sie nicht. Sie hantierte an einem der Fenster, um es zu öffnen, was ihr jedoch nicht gelang. Ein zweites Fenster ließ sich ebenfalls nicht bewegen. Schließlich gab sie auf.

»Na, dann zeige ich Ihnen jetzt mal das Haus, ja?«, sagte sie unbeschwert. Abigail kochte vor Wut, doch Lottie winkte sie ohne eine weitere Erklärung in den hinteren Teil des Hauses. »Hier haben wir eine entzückende kleine Küche.«

In einer Nische stand eine Spüle. Der riesige Herd mit Ofen und der eintürige Kühlschrank stammten aus grauer Vorzeit. Die Küchenschränke waren verzogen. Der untere Teil der Wände war holzverkleidet, den oberen zierte eine altmodische Blümchentapete in Weiß und Kornblumenblau, die ihre besten Zeiten schon lange hinter sich hatte.

»Da fehlt nur die Hand einer Frau, um die historischen …«

»Lottie!«

»Keine Sorge, Abby. Es funktioniert alles. Es gibt Strom,

das Telefon ist angeschlossen, Wasser fließt. Was brauchen Sie mehr?«

Lottie drehte den Hahn auf, und braune Brühe spritzte heraus, bevor das Wasser nach einer Weile sauber lief. Abigail stemmte fassungslos die Hände in die Hüften und holte tief Luft, um ihren Protest zu bekunden, doch Lottie wich ihr rasch aus.

»Gehen wir hoch in den ersten Stock«, rief sie fröhlich und stapfte schon auf eine schmale Treppe zu, die vom Wohnraum aus hochführte.

Jede Stufe knarrte unter ihren Schritten, das Geländer wackelte bedrohlich. Die Treppe mündete in eine kleine Diele, von der drei Türen abgingen.

»Hier links haben wir das große Schlafzimmer.«

Lottie führte Abigail in ein geräumiges Zimmer, das in einem fahlen Grün gestrichen war. Ein klobiges Bett mit einer alten Quiltdecke stand darin, daneben ein eingestaubter Nachttisch mit einer Messinglampe. Eine bescheidene Kommode befand sich an der gegenüberliegenden Wand, in einer Ecke kauerte ein Schaukelstuhl. Das Schlafzimmer war so spartanisch eingerichtet wie eine Mönchszelle.

Lottie bedachte Abigail mit einem ermunternden Blick. »Möchte wetten, Sie können es sich hier richtig gemütlich machen. Ein paar Zierkissen, dann sieht es gleich ganz anders aus.«

»Ich denke, hier braucht man schon ein bisschen mehr als ein paar Zierkissen«, gab Abigail ungehalten zurück.

»Werfen Sie mal einen Blick in das andere Schlafzimmer«, schlug Lottie vor und huschte davon, bevor Abigail noch ein Wort sagen konnte.

Das nächste Zimmer war kaum größer als ein begehbarer Kleiderschrank, und da die Decke aufgrund der Dachschräge so niedrig war, musste sich Abigail ducken, als sie durch die Tür trat. Ein winziger Schreibtisch, ein klobiges Bücherregal und ein Klappbett für zwei Personen standen dort.

»Das hier war die Wachstube, wo der Leuchtturmwärter saß und nach Schiffen Ausschau hielt, wenn es einen Sturm gab. Es war immer ein Junggesellenturm, aber ich habe hier ein weiteres Bett hineingestellt, damit mehr Leute im Haus schlafen können.«

»Ein Junggesellenturm?«

»Ein Leuchtturm, in dem keine Familie lebte.«

Abigail fuhr ein Stich durchs Herz. Die Bedeutung dieser Worte war allzu schmerzlich. Lottie ahnte nicht, was ihre Bemerkung bewirkte.

»Das könnten Sie gut als Gästezimmer nutzen, Abby. Sie können damit rechnen, dass Sie scharenweise Besuch bekommen werden, sobald Ihre Verwandten und Freunde hören, dass Sie in einem Leuchtturm leben.«

»Das bezweifle ich«, sagte Abigail matt. Es würde keine Besucher geben, es bestand kein Bedarf für ein Gästezimmer.

»Dann eben als Arbeitszimmer. Sehen Sie, ein Schreibtisch steht schon da. Hat nur auf Sie gewartet.«

Der Schreibtisch war eine alter Schultisch. Abigail war sich nicht sicher, dass ihre Knie darunterpassen würden.

»Er ist ein bisschen … klein, oder?«

»Das ist, weil die Leute damals viel kleiner waren. Verglichen mit früheren Generationen sind wir Riesen.«

Der Kommentar klang ironisch, angesichts der Körpergröße Lotties. Abigail hätte vielleicht etwas Witziges dahingehend gesagt, wenn sie nicht kurz davor gewesen wäre, die kleine Frau vor ihr zu erwürgen.

»Wirklich«, rief Lottie. »Ich habe im Fernsehen einen Bericht darüber gesehen. Da haben sie vorausgesagt, dass wir laut Statistik in fünfzig Jahren echte Giganten sein werden. So groß wie Basketballspieler.«

Lottie riss die Augen weit auf, fasziniert von ihren eigenen Worten. Wieder war es ihr gelungen, Abigail von ihrem Zorn abzulenken.

»Und zu guter Letzt dürfen wir die Crème de la Crème nicht vergessen«, sagte Lottie. »Warten Sie, bis Sie das gesehen haben.«

Wild gestikulierend, als wollte sie der Moderatorin einer Spielshow Konkurrenz machen, führte Lottie das Badezimmer vor. Verglichen damit war das Arbeitszimmer riesig. Der Toilettendeckel fehlte, die Armaturen waren verrostet, das Porzellanwaschbecken rissig, die Badewanne besaß zwar Klauenfüße, aber der Lack blätterte ab. Der Spiegel über dem Waschbecken hing schief. In den Fugen der Bodenfliesen war der Schmutz der letzten Jahrzehnte festgebacken.

»Ist diese Wanne nicht wundervoll? Das nenne ich authentisch!«

Das einzig Authentische des Badezimmers war, wie Abigail fand, seine Abscheulichkeit. Aber Lottie schien das anders zu sehen. Unbeirrt fuhr sie fort zu reden.

»Das Haus versprüht einen solchen Charme, nicht wahr?«

Abigail drehte vorsichtig den Wasserhahn auf. Die Rohre ächzten, und dann spritzte wieder braune Rostbrühe aus dem Hahn.

»Etwas versprüht es allerdings«, sagte sie, »aber mit Charme hat das meiner Ansicht nach nicht viel zu tun.«

Lottie ignorierte die Bemerkung, klatschte feierlich in die Hände und lief die Treppe hinunter. »Nun, nachdem Sie sich hier umgesehen haben, kommen wir zur Sache.«

»Zur Sache?«

»Zum Leuchtturm, meine Liebe. Zum Leuchtturm.«

C

Co|na|tus [ko'na:tʊs], *m.* 1. Anstrengung, Bemühung. 2. Wagnis, Unternehmen. 3. (*in der Philosophie Spinozas*) Trieb, Streben nach Selbsterhalt eines jeden lebenden Geschöpfs. [< lat. *cōnātus, -ūs*, Pp. zu *cōnāri* »versuchen«]

Abigail hatte angenommen, dass die Tür unten neben der Treppe zu einem Wandschrank gehörte, aber so war es nicht.

»Das ist der Eingang zum Leuchtturm«, erklärte Lottie. Sie öffnete die Tür, und die letzten Strahlen der Nachmittagssonne fluteten ins Wohnzimmer. »Und? Was sagen Sie jetzt?«

Abigails Erfolgsquote, was Mutmaßungen an diesem Tag anging, war nicht besonders hoch. Bislang hatte sie Dutzende von Vermutungen über die Insel, den Leuchtturm und das, was sie erwartete, angestellt, die größtenteils falsch waren. Was kam nun wohl noch?

»Ich würde Sie ja gern hochführen«, sagte Lottie, »aber dieser verflixte Ischias lässt mich nicht.« Sie rieb sich das Bein, um ihren Worten Nachdruck zu verleihen.

Auf alles gefasst, steckte Abigail den Kopf durch die Tür. Eine schmiedeeiserne Wendeltreppe schlängelte sich im Inneren des Leuchtturms bis in die Spitze hoch und bot einen atemberaubenden Blick von unten hinauf, ganz zu schweigen davon, wie die Aussicht von oben sein musste. Die Treppe warf ein faszinierendes Schattenmuster an die weiß getünchten Wände. Abigail war hingerissen. Auch wenn das Haus unbestreitbar eine Bruchbude war, der Leuchtturm war wirklich außergewöhnlich.

»Da kann ich später hochgehen«, sagte sie so beiläufig sie konnte.

Sie ärgerte sich noch immer, dass Lottie sie nicht über den Zustand des Hauses informiert hatte, aber sie spürte auch ein neues Gefühl in sich aufwallen – Begeisterung. Und sie war nicht bereit, sich dieses neue Gefühl so schnell wieder nehmen zu lassen.

»Wie ich am Telefon bereits erwähnte, ist der Leuchtturm nicht mehr in Betrieb«, begann Lottie. »Das nimmt ihm jedoch nichts von seiner Schönheit oder Bedeutung.« Das war eine kurze Einführung zu dem einstudierten Vortrag, der nun folgte. »Der Leuchtturm von Chapel Isle wurde im Jahr 1893 errichtet«, fuhr Lottie begeistert fort. »An seiner Fertigstellung wurde über neunzehn Monate gearbeitet. Unsere bewundernswerte Wendeltreppe führt über einhundertzwei Stufen den Turm hoch. Das Glas der Linse des Leuchtfeuers ist eigens für Leuchttürme entwickelt, um eine möglichst hohe Leuchtkraft zu erzeugen und eine große Reichweite zu gewährleisten. Dies ist einer der ältesten Leuchttürme des Landes, und die Anzahl der Schiffe, die sicher in den Hafen geleitet wurden, solange das Leuchtfeuer noch in Betrieb war, wird auf mehrere tausend geschätzt. Der Leuchtturm von Chapel Isle ist ein wesentlicher Bestandteil des amerikanischen Kulturguts.«

Lottie verschränkte die Arme vor der Brust, um zu zeigen, dass sie fertig war. Ob sie beeindruckt von der Geschichte des Leuchtturms war oder eher von sich selbst, war schwer zu sagen.

»Da Sie hier als Wärterin fungieren werden, werden Sie für alles zuständig sein, was noch in Betrieb ist«, sagte sie mit Nachdruck.

Abigail stutzte. »Eben haben Sie doch gesagt, der Leuchtturm sei nicht mehr in Betrieb.«

»Streng genommen nicht. Aber wir müssen doch den Schein wahren, oder? Einen *gewissen* Schein jedenfalls. Der Leuchtturm ist der ganze Stolz der Einheimischen; daher ist es wichtig, an den Traditionen festzuhalten.«

Damit traf Lottie Abigails Nerv. »Was denn für Traditionen?«

»Es freut mich, dass Sie danach fragen.« Lottie wies auf eine kleine Tür unter der Treppe, die wohl in den Keller führte. »Den Wasserboiler sollten Sie besser im Auge behalten. Der kann ein bisschen launisch sein. Vor allem im Winter.«

Wenn der Wasserboiler ein Hauptbestandteil dieser angeblichen Traditionen ist, dachte Abigail, was mögen dann die anderen sein?

»Was ist mit der Heizung?«, fragte sie.

»Was für eine Heizung?«

»Es gibt hier keine Heizung? Wie wird das Haus denn beheizt?«

»Auf altmodische Weise.«

Lottie schloss die Tür, die zum Leuchtturm hinausführte, ab und wies mit einem Nicken auf den offenen, rauchgeschwärzten Kamin. Ein Haufen Asche lag in der Feuerstelle.

Die Möglichkeit, dass ein offenes Feuer ihre einzige Möglichkeit zu heizen sein könnte, war Abigail gar nicht in den Sinn gekommen, als sie dem Mietvertrag für das Cottage zugestimmt hatte. Sie hatte eine Mietminderung herausgehandelt, nachdem Lottie ihr mitgeteilt hatte, dass sie als Bewohnerin des Leuchtturmhauses zu Wartungsarbeiten verpflichtet sein würde. Jetzt gewann sie den Eindruck, Lottie sollte *sie* dafür bezahlen, dass sie bereit war, in dem baufälligen kleinen Haus zu wohnen. Abigails Magen begann zu rumoren, Angst kroch ihr langsam den Rücken herauf.

»Ich sollte außerdem erwähnen, dass sich im Keller eine alte Zisterne befindet, ein unterirdischer Wasserspeicher. Ach ja, und vergessen Sie nicht, nach dem Generator zu sehen, um sicher zu sein, dass er richtig läuft. Wenn auf der Insel der Strom ausfällt, werden Sie die Erste sein, die keinen mehr hat.«

Lottie plapperte munter weiter, während sie erklärte, wie man den Rauchabzug öffnete und wie man vermied, dass die Wasserleitungen einfroren. Die Maßnahmen, die im Notfall zu ergreifen waren, klangen ebenso trostlos wie die Schilderungen der möglichen Notfälle selbst. Die Liste der Verantwortlichkeiten, die Abigail zu übernehmen hatte, wurde immer länger, und allmählich brachte sie durcheinander, was sie tun sollte und was nicht.

»Gestatten Sie, dass ich Sie unterbreche, Lottie. Könnten

wir vielleicht bei den grundsätzlichen Dingen anfangen? Zum Beispiel, wo der Sicherungskasten ist?«

»Im Keller, Liebes.«

»Dann sollten wir uns da vielleicht dort noch umsehen. Schließen wir die Besichtigung ab.«

»Ich … ich … ich kann da nicht hinuntergehen.« Lottie wich unwillkürlich einen Schritt von der Kellertür zurück. »Ich meine, mein Ischias lässt mich nicht.«

»Ich gehe schon. Sagen Sie mir einfach, wo ich den Sicherungskasten finde.«

»Jetzt?«

»Wieso denn nicht?«

»Weil wir noch anderes zu tun haben. Genug. Mehr als genug. Wir müssen noch … noch …«, sie rang sichtlich nach einer Antwort, »… den Schuppen ansehen.«

»Den Schuppen?«

Lottie wurde rot und machte plötzlich einen seltsam nervösen Eindruck. Sie fuhr sich mit einer Hand ans Herz, als ob sie sich erschreckt hätte.

»Ja, Gartenschläuche, Rechen, die Heckenschere. Das … das sind wichtige … Geräte«, stammelte sie.

Abigail war verwirrt. Was war in die bisher so unbeschwerte Maklerin gefahren?

»Geht es Ihnen gut, Lottie?«, fragte sie.

»Alles in Ordnung, Liebes«, erklärte Lottie, während sie auf die Tür, die nach draußen führte, zustürzte. »Wirklich, es ist alles in Ordnung.«

»Na schön, dann sehen wir uns den Schuppen an, wenn es Sie beruhigt.«

Obwohl Chapel Isle an derselben Küste lag wie Boston, auf demselben Kontinent, in derselben Hemisphäre, hatte Abigail von dem Moment an, in dem sie die Insel betreten hatte, das Gefühl, in einer anderen Welt zu sein. Woran das lag, hatte sie noch nicht herausgefunden. Ob es ihr verändertes Bewusstsein war? Sie spürte Sonne und Wind auf ihrer Haut, nahm das Gekreisch der Möwen wahr, die am Himmel ihre Bahnen zogen, hörte das Zirpen der Grillen im hohen Gras, das im Wind wogte, während sie mit Lottie um den Leuchtturm herum zum Schuppen ging. Die Maklerin riss sie jäh aus ihren Gedanken.

»Sie haben sicher schon bemerkt, dass es hier keinen Fernseher gibt. Aber das Haus hat eine Antenne. Sie können die Kabelgesellschaft auf dem Festland anrufen, damit sie Ihnen alles anschließt. Einen Fernseher haben Sie doch sicher mitgebracht, oder?«, fragte Lottie. Der Wind zerfetzte ihre Worte in der Luft.

»Nein, habe ich nicht.«

Abigails Leben war monatelang stumm gewesen, die Bilder verschwommen. Die Lautstärke kam allmählich wieder, und was immer sie an ihr Gehör dringen ließ, war endlich wieder klar und deutlich zu verstehen. Das war der Grund, aus dem Abigail keinen Fernseher wollte.

Lottie blieb unvermittelt stehen, völlig entgeistert. »Du liebe Güte, Abby. Sind Sie verrückt?«

»Darüber ließe sich streiten.«

»Ich würde es nicht aushalten ohne meine Soaps. Ich danke Gott jeden Tag dafür, dass er uns das Fernsehen geschenkt hat. Was ist mit einem Computer? Haben Sie den mitgebracht?«

»Nein.«

Ihr Laptop war ebenfalls dem Feuer zum Opfer gefallen. Abigail schätzte ihren Computer als Arbeitsmittel, aber sie konnte ohne Internet und E-Mail, selbst ohne Handy leben, solange sie einen Festnetzanschluss hatte. Es gab vieles, ohne das sie leben konnte. Es gab noch viel mehr, ohne das zu leben sie erst noch würde lernen müssen.

»Ich habe mit Computern auch nichts am Hut«, bemerkte Lottie. »Ich kann auf dem, den mein Mann gekauft hat, Solitär spielen. Aber viel mehr auch nicht. Für mich ist das nur ein riesiger Briefbeschwerer. Das dort drüben ist übrigens das Brennstoffhaus.« Sie wies auf einen kleinen Anbau am Fuß des Leuchtturms. »Dort hat man das Kerosin gelagert, mit dem das Leuchtfeuer betrieben wurde. Es steht jetzt leer, da können Sie ganz beruhigt sein.«

Eine Sorge weniger auf einer immer länger werdenden Liste, dachte Abigail.

»Du liebe Güte, Abby. Was werden Sie hier denn bloß machen, so ganz allein ohne Fernseher oder Computer?«

»Ich habe meine Bücher.«

»Na, ich hoffe, Sie haben genügend dabei, denn hier werden Sie jede Menge brauchen. Ich selbst verschlinge fast jeden Tag einen Liebesroman. Gott, das bringt mein Blut so richtig in Wallung. Ich muss Ihnen unbedingt mal einen leihen.«

Abigail hatte nicht das geringste Interesse an Lotties Liebesromanen. Sie bemühte sich aber um eine höfliche Antwort.

»Ich will Ihnen keine Umstände machen.«

»Das macht doch keine Umstände. Überhaupt keine.«

Lottie hatte sich wieder von einem zitternden Häufchen Elend in ihr fröhliches Selbst zurückverwandelt. »So, da sind wir schon. Das ist der Schuppen.«

Der Schuppen war aus Holzbrettern errichtet, große Steine vom Strand dienten als Fundament. Lottie sperrte das Vorhängeschloss auf. »Hier haben wir das Brennholz. Und das dort drüben sind die Kerosinlaternen. Ohne die geht gar nichts. Und hier sind Schaufeln, Eimer, ein Rasenmäher …«

Während Lottie Abigail die Geräte zeigte und die Aufgaben aufzählte, die damit verbunden waren, traf sie das enorme Ausmaß ihrer Entscheidung auf einmal mit voller Wucht. Sie war offiziell die Wärterin eines Leuchtturms. Was immer getan werden musste, würde sie tun müssen. Sie hatte diesen Lebensstil romantisiert, hatte ihn sich mit kleineren Aufgaben ausgemalt wie zum Beispiel, die Glasscheiben des Turms zu putzen und hin und wieder ein bisschen Unkraut zu zupfen. Dieser schmuddelige kleine Schuppen mit seinen schmutzverkrusteten, völlig veralteten Werkzeugen war ein Hinweis darauf, wie sehr Abigail die Aufgaben eines Leuchtturmwärters unterschätzt hatte.

»Haben Sie mich verstanden, Abby?«

»Jedes Wort.«

Sie hatte nicht eine Silbe von dem, was Lottie gesagt hatte, wahrgenommen.

»Merle Braithwaite drüben im Haushaltswarenladen kann Ihnen helfen, wenn Sie noch irgendwelche Fragen haben.«

»War er der letzte Leuchtturmwärter?«

»Merle? Gott, nein. Er ist von der Insel. Ein Einheimischer. Hat hier nach dem Rechten gesehen, seit der letzte Wärter gegangen ist.«

»Wann war das denn?«

»Ach Gott, das weiß ich gar nicht mehr.«

Abigail starrte Lottie zweifelnd an, überzeugt, dass das eine weitere ihrer unzähligen Lügen war.

»Man muss schon eine arme Seele sein, um sich um ein Wahrzeichen wie dieses kümmern zu wollen«, fügte sie jetzt völlig arglos, und anscheinend ohne sich der Bedeutung ihrer Worte bewusst zu sein, an.

Wenn »arme Seele« gleichbedeutend mit Idiot ist, dachte Abigail, dann ist das das Ehrlichste, was Lottie über die Lippen gekommen ist, seit wir uns begegnet sind.

»Ich sollte dann mal wieder zurück ins Büro, ich lasse Sie hier in Ruhe auspacken, und dann sehen wir weiter.«

»Ja. Na klar. Okay.«

Abigail folgte Lottie benommen in den Vorgarten. Diese kletterte in den Suburban und warf Abigail einen Satz Schlüssel für das Haus zu.

»Die hätte ich doch fast vergessen«, rief sie lachend.

Der Schlüsselring fiel schwer in Abigails Hand. Es waren Dutzende, und einer sah aus wie der andere.

»Augenblick. Da ist ja keiner gekennzeichnet.«

»Na, so was. Wo habe ich denn bloß meinen Kopf? Ich habe sie schon so lange, dass ich einfach weiß, welcher welcher ist. Wissen Sie was, ich schreibe Ihnen einen Spickzettel und besorge Ihnen ein paar von diesen Gummidingern, die Sie daraufstecken können. Die finde ich ja so süß!« Lottie ließ den Motor an. »Und vergessen Sie nicht,

Abby, rufen Sie mich an, wenn Sie noch irgendwas brauchen. Oder reden Sie mit Merle. Er kennt das Haus wie seine Westentasche.«

Sie hupte zum Abschied und fuhr davon. Abigail stand allein in dem überwucherten Garten und sah ratlos auf die Unmenge nicht zuzuordnender Schlüssel in ihrer Hand. Auf einmal wurde ihr bewusst, dass sich ihre Identität seit ihrer Ankunft auf Chapel Isle von Grund auf verändert hatte. Sie war von einer angesehenen Lexikografin zur Wärterin eines baufälligen Leuchtturms geworden, von einer Vorstädterin zur Bewohnerin einer Insel, die mitten im Nirgendwo lag. Sie war von Abigail in *Abby* verwandelt worden, eine Frau, die ihr völlig unvertraut war, eine Fremde.

Und dann fuhren ihr die Worte ihres Vaters wieder durch den Kopf. Er hatte sie schon vor langer Zeit gewarnt.

Pass auf, was du dir wünschst!

Die Dämmerung brach herein und hüllte die Küste in ein fahles Grau, während Abigail verbissen ihren Wagen auspackte. Die Luft kühlte zunehmend ab, und sie kämpfte gegen den Wind, der um den Leuchtturm pfiff. Es gab nichts, das ihn aufhalten konnte. Immer wieder lief sie zwischen ihrem Kombi und dem Haus hin und her, bis auch das letzte Buch, das sich unter einem der Sitze oder zwischen den Kissen versteckt hatte, ausgeräumt war. Erschöpft ging Abigail ins Haus.

Drinnen war es ebenso dunkel wie kalt. Sie schaltete das Licht an, und der Messingkronleuchter in der Mitte des

Raums flackerte auf, zögernd wurde es heller. Abigail wusste, was sie jetzt zu tun hatte. Sie musste Feuer machen.

»Du schaffst das. Du musst das schaffen. Sonst erfrierst du!«, sprach sie sich Mut zu.

Der Wind peitschte ihr ins Gesicht, als sie zum Schuppen stiefelte, um Holz zu holen. Sie ging die unzähligen Schlüssel der Reihe nach durch, während sie Lottie dafür verfluchte, dass sie das Vorhängeschloss wieder vorgelegt hatte. Beim achten Versuch war sie erfolgreich.

Abigail stapelte so viel Brennholz auf ihren Armen, wie sie tragen konnte. Dann ging sie hinaus und knallte mit dem Fuß die Schuppentür zu. Nach vier Anläufen hatte sie es endlich geschafft, wieder abzuschließen.

Der Brennholzständer stöhnte, als sie das Holz hineinwarf.

»Du bist nicht der Einzige, der sich beklagt, glaub mir«, maulte sie.

Sie baute sich vor dem Kamin auf, die Hände in die Seiten gestemmt wie eine Revolverheldin. Jetzt brauchte sie nur noch Streichhölzer. Ein Durchstöbern der Küchenschubladen brachte jedoch keinen Erfolg. Die meisten klemmten ohnehin, und von denen, die sie aufstemmen konnte, enthielt die erste einen Satz angelaufenes Silberbesteck und die zweite einen schmuddeligen Schneebesen. Die dritte war voller Krümel. Es sah nicht sehr vielversprechend aus.

Die oberen Küchenschränke waren Abigails letzte Hoffnung. Teller und Schalen, die nicht zusammenpassten, standen wahllos übereinandergestapelt hinter der ersten Doppeltür. Die nächste enthielt ein buntes Sammelsurium von Bechern und Gläsern. Jetzt blieb ihr nur noch ein Schrank. Unter einem Berg zerkratzter Töpfe und Pfannen ragte eine Schachtel Streichhölzer hervor. Wunderbar! Sie hatte Streichhölzer und Holz. Sie würde es schaffen.

Abigail nahm ein paar Scheite und legte sie auf die Feuerstelle. Ihre Hände zitterten, als sie den Rauchabzug öffnete und der Schachtel ein Streichholz entnahm. In dem Augenblick, als sie es entfachen wollte, brach sie die Aktion ab. Sie brauchte Anzündmaterial. Papier oder eine Zeitung. Ihr schoss der Gedanke durch den Kopf, eine Seite aus einem ihrer Bücher zu reißen, aber sie verwarf ihn rasch. Eine erneute Suche in den Küchenschränken und -schubladen würde nichts bringen. Abigail kramte in ihrer Handtasche und fand die Tourismusbroschüre von Chapel Isle, die Lottie ihr geschickt hatte. Sie war angekommen. Die Broschüre brauchte sie nicht mehr.

Vor dem Kamin kniend, hielt sie das Streichholz zwischen den Fingerspitzen, aber sie konnte es nicht entfachen. Sie schaffte es einfach nicht. Verzweifelt warf sie die Broschüre beiseite und rollte sich auf dem Sofa zusammen. Die Kälte steckte ihr in allen Knochen, und doch war sie außer Stande, ein Feuer zu entfachen.

Feuer, Feuer, Feuer.

Abigail hatte in jener Nacht zu träumen geglaubt, als sie die Augen aufschlug und ihr eigenes Haus bis auf die Grundmauern niederbrennen sah. Tragende Balken bogen sich und barsten mit einem ohrenbetäubenden Donnern, Fenster platzten, Glas klirrte, während der Gestank versengten Dämmmaterials, schmelzenden Metalls und chemischer Dämpfe ins Freie strömte. Das Dach ächzte, als es sich aus seiner Verankerung löste. Die Wände stürzten mit einem krachenden Getöse in sich zusammen. Sie hatte alles gesehen und gehört und gerochen, während sie auf der Straße lag, kaum bei Bewusstsein, geknebelt von dem Rauch, der ihr die Kehle verbrannt hatte, außer Stande, den Feuerwehrleuten zu sagen, dass ihr Mann und ihr vierjähriger Sohn Justin noch drinnen waren.

Und während das Haus vor Abigails Augen in sich zusammenstürzte, füllte sich die Luft mit einem Wirbelsturm aus brennender Asche, einem Sternenmeer aus Glutpartikeln, das durch die Rauchwolken wogte, als hätte sich das Himmelszelt für eine einzige Nacht auf die Erde herabgesenkt. Weder ihr Mann noch ihr Kind hätten überleben können. Es gab keine Worte, die Abigail in den Sinn kamen, keine Worte, die sie gesagt hätte, selbst wenn sie es gekonnt hätte.

Als Abigail im Krankenhaus aufwachte, sah sie die Gesichter ihrer Eltern, ihres Bruders und zweier Polizisten. Ihr Vater schilderte ihre Verletzungen, gab ihr ihre Prognose. Ihre Luftröhre war verletzt, aber mit der Zeit würde sie wieder sprechen können. Ihre Mutter flehte sie an, nicht zu versuchen, etwas zu sagen. Ihr Bruder bedrängte sie, den Polizisten zuzuhören, die ihr erklärten, der Nachbar, der die Feuerwehr verständigt hatte, habe gesehen, wie ihr Mann Paul sie aus dem Haus trug. Er habe sie sanft aufs Gras gelegt und sei dann zurück ins Haus gerannt, um ihren Sohn zu holen.

Abigail wusste, wieso Paul sie zuerst gerettet hatte. Er war Mathematiker, und wenn es um Berechnungen ging, war er in seinem Element. Justin wog ungefähr dreißig

Pfund, Abigail etwa viermal so viel. Es war eine einfache Gleichung. Er hatte entschieden, die Kraft, die er besaß, zu verwenden, um zuerst sie in Sicherheit zu bringen und dann noch einmal zurückzulaufen und ihren Sohn zu holen. Er hatte nicht damit gerechnet, dass das Haus einstürzen würde.

Die Feuerwehr hatte nichts unversucht gelassen, um die beiden zu retten; dessen versicherten die Beamten Abigail. Das Inferno tobte zu wild. Sie benötigten fünf Feuerwehrwagen aus drei Städten, um den Brand zu löschen.

Es gab nur eine Frage, die Abigail an die Polizisten hatte, auch wenn die Medikamente, die die Ärzte ihr gegeben hatten, sie so benebelten, dass sie ihr immer wieder zu entgleiten drohte. Die Kombination aus Angst und starken Beruhigungsmitteln lähmte ihr Denkvermögen. Sie versuchte verzweifelt, bei Bewusstsein zu bleiben, während sie mit einer Handbewegung um einen Notizblock bat.

Sie schrieb das Wort: *Wie?*

Die Polizisten tauschten einen Blick mit ihrem Vater. Abigail spürte, wie sich ihre Familie auf ihre Reaktion gefasst machte.

Die Ursache des Feuers war ein Gasleck an ihrem neuen Herd gewesen, der an jenem Tag eingebaut worden war. Aus einer ungenügend installierten Leitung war Gas in das Mauerwerk des Hauses gedrungen. Irgendwann hatte es sich entzündet. Die genaue Ursache konnte die Feuerwehr nicht feststellen. Ein Spannungsanstieg. Ein defektes Stromkabel. Schon das Betätigen eines schadhaften Lichtschalters könnte ausgereicht haben, um das Gas zu entzünden, das in das Gemäuer eingedrungen war. Trotz der

Medikamente begriff Abigail, was die Beamten ihr sagten, und sie wusste sofort Bescheid.

Sie und Paul hatten den Herd eine Woche zuvor gekauft. Stundenlang hatten sie sich alle möglichen Angebote angesehen, hatten Ausstattungen und Preise verglichen. Der Herd, den Abigail sich wünschte, war teuer, daher war sie auch für andere Modelle offen gewesen. Aber Paul wollte nichts davon wissen.

»Du sollst den Herd haben, den du willst«, hatte er gesagt und ihre Hand genommen. »Du hast ihn verdient«, waren seine Worte gewesen. »Vergiss das Geld. Denk lieber an die ersten Zimtplätzchen, die du backen wirst. Ich kann sie schon riechen.«

Zimtplätzchen waren die Lieblingsplätzchen ihres Sohns, und so fuhr Abigail an dem Vormittag, an dem der Herd geliefert wurde, los und kaufte die Zutaten dafür ein. Sie hatte vor, sie am nächsten Tag zu backen. Sie sollte nicht mehr dazu kommen.

Abigail blieb einen Monat im Krankenhaus. Ihre Familie und ihre Freunde besuchten sie täglich, aber ihre Gesellschaft trug kaum dazu bei, sie zu trösten. Die Medikamente machten sie so schläfrig, dass sie nur nicken konnte, wenn jemand das Wort an sie richtete. Ihre Verletzungen verheilten langsamer, als die Ärzte vorausgesagt hatten. Bei dem Feuer hatte Abigail eine Mischung aus brennendem heißem Gas und Rauch eingeatmet, die ihr Lunge und Kehle versengt hatte. Allein das Atmen wurde zu einer Qual, das Schlucken zu einer Strapaze. Abigail konnte die Schwere der Luft spüren, die durch ihre Nasenlöcher und weiter bis in ihre Brust drang. Obwohl die Medikamente ihr Denkvermögen lähmten, war sie froh, dass ihr die schlimmsten Schmerzen genommen wurden. Ihre Trauer hingegen war ein Leid ganz eigener Art, das mit keinem Thermometer gemessen werden konnte. Die Ironie war, dass sie innere Verbrennungen erlitten hatte. Die Flammen hatten ihre Haut verschont, aber innere Brandwunden hinterlassen, die nicht verheilen wollten.

Das Feuer schwärzte alles, was Abigail je etwas bedeutet hatte, brandmarkte ihre Vergangenheit ebenso wie ihre Zukunft. Der Prozess, den ihr Bruder, ein Rechtsanwalt, für sie gegen die Firma anstrengte, die den Herd installiert hatte, würde sich über Monate, vielleicht sogar Jahre hinziehen. Bis dahin war das Geld von Pauls Lebensversicherung ein schwacher Trost.

Dass Abigail dadurch eine ganze Weile nicht würde arbeiten müssen, bedeutete ihr nichts, denn sie liebte ihren Beruf. Sie war die leitende lexikografische Beraterin eines Unternehmens, das elektronische Wörterbücher für ausländische Märkte herstellte, ein Traumjob. Aber sie hatte nicht mehr den Ehrgeiz zu arbeiten und ebenso wenig die Kraft, sich anhaltend zu konzentrieren. Jedes Mal, wenn sie etwas zu lesen versuchte, purzelten die Wörter durcheinander. Fetzen von Gesprächen, die sie mit Paul geführt hatte, schossen ihr durch den Kopf, oder sie hatte aus heiterem Himmel das Gefühl, sie würde Justin mit den Fingern durchs Haar fahren. Er hatte Engelslöckchen gehabt, die ihm in die Augen fielen, wenn sie zu lang wurden. Sie spürte für einen Augenblick sein Haar zwischen ihren Fingern, dann war das Gefühl vorbei. Das war das Einzige, was ihr von ihrer Familie geblieben war – Erinnerungen.

Abigail nahm all ihre Kraft zusammen und stand auf. Draußen war es so finster, dass man das Meer nicht sehen konnte, und im Haus war es so kalt. Sie blies in ihre Hände, um sie zu wärmen, aber es half nicht. Als sie sich eine Strähne aus dem Gesicht strich, spürte sie, dass sie geweint hatte. Sie hatte es gar nicht bemerkt.

Nach ihrer Armbanduhr war es acht Uhr. Es kam ihr viel später vor. Abigail hatte seit Stunden nichts mehr gegessen. Ein Apfel, ein Überbleibsel ihres Fahrtproviants, war alles, was sie an Essbarem noch hatte. Sie musste damit vorliebnehmen, sonst blieben nur die Krümel aus den Küchenschubladen.

Ihr »Abendessen« in einer Hand und einen Seesack in der anderen, stapfte Abigail die Treppe hoch und trug ihr Gepäck ins Schlafzimmer. Auf halbem Weg nach oben blieb der Riemen des Seesacks am Geländer hängen. Sie zerrte und zerrte an ihm, ohne Erfolg. Verschlossene Türen, klemmende Schubladen, ein Furcht einflößender Kamin und jetzt dies. Ihr blieb an diesem Tag wirklich nichts erspart.

Abigail nahm den Apfel zwischen die Zähne, um auch die andere Hand frei zu haben, und zog mit einem kräftigen Ruck an dem Seesack. Der Riemen löste sich vom Geländer, aber durch die Wucht fiel ihr die Frucht aus dem Mund. Hilflos sah sie zu, wie der Apfel die schmutzige Treppe hinunterkullerte. Vor der Haustür rollte er aus.

So viel zum Thema Abendessen, dachte Abigail.

Zu erschöpft, um sich darüber weiter den Kopf zu zerbrechen, warf Abigail den Seesack aufs Bett. Eine deprimierende Staubwolke stieg in die Luft auf.

»Und so viel zum Thema angenehme Nachtruhe«, murmelte sie.

Mit zusammengebissenen Zähnen zog sie das Bett ab und ersetzte die schmuddelige Quiltdecke durch ein paar der Handtücher, die sie mitgebracht hatte. Mit den anderen würde sie sich zudecken müssen. Als Abigail in ihren Pyjama schlüpfte, wurde ihr rasch klar, dass die Handtücher nicht ausreichten, um sie warm zu halten. Im Haus war es eiskalt. Abigail streifte noch zwei Pullover und eine Jogginghose über.

Jetzt musste sie es nur noch schaffen, ihre Zähne zu putzen. Der Gedanke an das Badezimmer jagte Abigail einen Schauer über den Rücken. Und richtig, als sie das Licht anknipste und den Wasserhahn aufdrehte, spritzte dieselbe Brühe, die schon an diesem Nachmittag aus der Leitung gekommen war, heraus. Bräunliche Rostpartikel sammelten sich im Waschbecken. Abigail ließ das Wasser laufen, bis sie der Leitung einen sauberen Strahl entlocken konnte, und putzte ihre Zähne. Sie sah in den Spiegel über dem Waschbecken und erkannte sich kaum wieder. Mit der zusätzlichen Kleiderschicht sah sie ungefähr doppelt so dick aus wie sonst, ihr Haar war vom Wind zerzaust, ihre Augen blutunterlaufen und ihr Gesicht verquollen vom Weinen.

War das *Abby*?

Wenn ihr vollständiger Name für die Person stand, die sie vor dem Feuer gewesen war, dann blieb noch zu definieren, wer sie jetzt sein würde.

Sie schlurfte völlig übermüdet ins Schlafzimmer. Und dann fiel ihr ein, dass sie ihre Kontaktlinsen noch herausnehmen musste. Als sie zurück ins Bad ging, war das Licht noch an. Abigail konnte nicht glauben, dass sie vergessen hatte, es auszuschalten. Ein Kurzschluss in der Leitung? Ein Kabelbrand. Es war ein altes Haus. Sie schnupperte ängstlich, auf alles gefasst. Hastig nahm sie dann ihre Kontaktlinsen heraus und setzte ihre Brille auf. Abigail knipste das Licht aus und hielt den Schalter eine Weile gedrückt. Die Glühbirne erlosch langsam, ließ sie in völliger Finsternis stehen. Sie kroch ins Bett, legte den Kopf auf das T-Shirt, mit dem sie das Kissen bezogen hatte, und wickelte sich zitternd in die Handtücher.

Draußen blies der Wind stürmisch ums Haus. Jede Windböe ließ die Fensterscheiben in den Rahmen erbeben.

So viel zum Thema Ruhe und Frieden, fuhr Abigail durch den Kopf, bevor sie in einen tiefen, traumlosen Schlaf sank.

D

dar|ben ['darbən], *Vb.* an etw. Mangel leiden, etw. entbehren. [9. Jh., < ahd. *tharbēn* »ermangeln, entbehren, verzichten«, mnd., mnl. *darven*, auch *derven*, vermutl. Abl. v. ahd. *tharba*, mhd. *darbe* »Bedarf, Mangel«]

Als Abigail aufwachte, war sie einen Moment orientierungslos. Ein warmes, angenehmes Gefühl auf ihrem Gesicht, das sie nicht einordnen konnte, ließ sie die Augen aufschlagen. Sie fuhr im Bett hoch, um zu ergründen, woher die Wärme kam. Ein paar angespannte Sekunden später begriff sie, dass es die Morgensonne war, die durchs Fenster schien und sie geweckt hatte. Erleichtert ließ sie sich auf ihr Kissen zurücksinken.

Seit dem Feuer hatte Abigail einen unruhigen Schlaf. Sie wälzte sich hin und her und verhedderte sich in ihrem Bettzeug, wie es auch in dieser Nacht mit den Handtüchern geschehen war, die als provisorisches Bettzeug dienten. Oft hatte sie am nächsten Morgen Schlaffalten im Gesicht, Spuren ihrer nächtlichen Kämpfe, doch sie erinnerte sich selten an ihre Träume, die sie Nacht für Nacht heimsuchten, und dafür war sie sehr dankbar.

Abigail nahm all ihre Kraft zusammen und schwang

ihre Beine aus dem Bett. Der Boden unter ihren Füßen war eisig, sie spürte die Kälte durch ihre Socken. Schnell schlüpfte sie in ihre Schuhe.

Ihr ganzer Körper schmerzte, und ihre Augen brannten. In ihrem Toilettentäschchen hatte sie Augentropfen. Kaum hatte Abigail die Schlafzimmertür geöffnet, sah sie, dass das Licht im Bad wieder brannte. Das musste ein Kurzschluss sein. Sie würde zu Lottie fahren und ihr sagen, dass das nicht akzeptabel war. Es konnte nicht sein, dass mitten in der Nacht das Licht an- und ausging. Sie musste sofort einen Elektriker herschicken. Und eine Putzkolonne.

Abgesehen vom Licht war das Badezimmer so, wie Abigail es hinterlassen hatte. Ihre Zahnbürste lag auf dem Rand des Waschbeckens neben einer Tube Zahnpasta. Ihr Kontaktlinsenbehälter lag auf dem Spülkasten der Toilette. Sobald sie ihre Kontaktlinsen eingesetzt hatte, inspizierte sie noch einmal den Schalter. Sie konnte keinen Fehler feststellen. Abigail knipste das Licht aus. Auf halbem Weg den Flur hinunter machte sie noch einmal kehrt und schaltete es wieder ein.

»So wird es keine unliebsamen Überraschungen mehr geben«, murmelte sie vor sich hin und lief die knarrende Treppe hinunter ins Wohnzimmer.

Unten fand Abigail die Broschüre und die Streichhölzer neben dem Kamin, Spuren ihres Scheiterns. Als sie aufstöhnte, konnte sie ihren Atem sehen. Sie hätte gut daran getan, ein Feuer zu machen, aber sie war der Sache nicht gewachsen.

Aus purer Gewohnheit ging sie in die Küche, um sich eine Tasse Tee zu machen. Und dann fiel ihr ein, dass sie gar keinen Tee hatte. Vielleicht gab es nicht mal eine Teekanne in diesem Haus.

Das Stöbern in den Küchenschränken förderte einen zerkratzten Wasserkocher mit einer Delle im Gehäuse zu Tage. Das war immerhin etwas.

Abigail schlenderte ins Wohnzimmer zurück und sah auf ihre Armbanduhr. Es war kurz vor sieben. Sie war seit einer Ewigkeit nicht mehr so früh wach gewesen, nicht seit Justin ein Kleinkind war. Damals wachte sie auf, sobald sie sein leises, beharrliches Weinen hörte, oft mitten in der Nacht, und schlich in sein Zimmer, die Schritte gedämpft vom Teppich. Sie nahm Justin in die Arme, bis sein Weinen allmählich verstummte. Es war so beglückend für sie, dass ihre Berührung ihn besänftigen konnte, dass sie so viel Macht besaß. Sie lächelte, dann schauderte sie vor Kälte und verscheuchte die Erinnerung.

Abigail rieb sich die Arme, um wenigstens ein wenig Wärme zu erzeugen. Was war jetzt zu tun?

Der Leuchtturm, dachte sie. Sie würde den Leuchtturm erkunden.

Warum Lottie die Tür zum Turm abgesperrt ließ, war ihr ein Rätsel. Es war eigentlich überflüssig, da die Haustür so sicher war wie ein Tresor und selbst mit dem passenden Schlüssel kaum zu öffnen. Aber aus Lotties Logik schlau zu werden hätte bedeutet, die eigene aufzugeben.

Abigail fand den passenden Schlüssel und wappnete sich für den Aufstieg. Ein paar Schritte die Wendeltreppe hoch begannen die eisernen Stufen beängstigend zu scheppern. Abigail erstarrte, voller Angst, die Treppe könnte nicht halten. Um ihre Stabilität zu prüfen, rüttelte sie am Geländer und sprang auf dem unteren Treppenabsatz auf und ab. Das Schmiedeeisen gab nicht nach, und sie setzte ihren Aufstieg zögernd fort. Auf halber Höhe beging Abigail den Fehler, einen Blick über das Geländer zu werfen. Die Treppe schlängelte sich Schwindel erregend steil an den Wänden des Turms hinunter.

»O nein!«, rief sie. Sie durfte nicht nach unten sehen.

Der Turm wirkte wie ein riesiges Megafon, das ihre Worte nachhallen ließ. Abigail konnte nicht widerstehen, es noch einmal zu versuchen.

»*O say, can you see*«, sang sie.

Abigails Gesang prallte von den Wänden ab, gab ihre Worte als eindrucksvolles Echo zurück.

Pass auf, Celine Dion, dachte sie lächelnd.

Abigail hatte schon so manches Selbstgespräch geführt, aber das hier war das erste Mal, dass ihre Stimme nicht durch ihre eigenen Ohren gefiltert wurde. Das Echo klang anders als das, was sie zu hören gewohnt war. Es bestand ein gewaltiger Unterschied zwischen dem, wie sie zu klingen glaubte, und dem, wie sie *wirklich* klang. Das war der Grund, weshalb Abigail immer Paul die Ansagen auf ihren Anrufbeantworter sprechen ließ. Seine Stimme war nicht besonders tief oder markant, aber seine Sprechweise hatte etwas Würdevolles an sich. Jedes Wort wurde so präzise wie möglich ausgesprochen, was Abigail als Erstes an ihm aufgefallen war, als sie sich während ihres Aufbaustudiums kennenlernten. Sie waren in der Bibliothek gewesen, und sie hatte sich an denselben Arbeitstisch gesetzt, an dem er saß. Als die Mädchen am Tisch daneben zu laut zu reden begannen, bemerkte Paul, dass es Abigail störte.

»Könntet ihr bitte etwas leiser sprechen?«, bat er sie.

Sein Tonfall sprach Bände. Die Mädchen verstummten augenblicklich, und Paul warf Abigail einen Blick zu. Sie lächelte zum Dank, und er erwiderte ihr Lächeln. Auch wenn es nicht das war, was sie geködert hatte. Es war seine Stimme, es waren diese sechs kurzen Worte, die er gesagt hatte.

Eine Woche lang kehrte Abigail jeden Tag in die Bibliothek zurück, um zu sehen, ob er da war. Und er war da, saß immer an demselben Tisch an derselben Stelle. Keiner von ihnen hatte den Mut, den anderen anzusprechen, bis Abigail Paul eines regnerischen Abends im Vorraum der Bibliothek über den Weg lief und er ein Gespräch anknüpfte. Sie war so hingerissen von seiner entschiedenen Art zu sprechen, dass sie nicht einen Satz von dem mitbekam, was er sagte. Die Bedeutung löste sich von den Substantiven und Verben, stutzte sie zurück auf eine Aneinanderreihung von Silben, eine bloße Lautfolge. Pauls Stimme war wie die Flöte eines Schlangenbeschwörers, die sie völlig in ihren Bann zog. Abigail hätte ihm mit geschlossenen Augen verfallen können.

Danach trafen sie sich öfter, und sie gingen noch immer zusammen, als Abigail ihr Linguistikdiplom machte und Paul seine Doktorarbeit in angewandter Mathematik abschloss. Anfangs erschien ihr das Thema trocken und unzugänglich. Aber wenn sie Paul davon reden hörte, hätte sie schwören können, dass er ein Kunstwerk beschrieb. Seine Leidenschaft für Zahlen stand Abigails Leidenschaft für Worte in nichts nach, und seine Begeisterung war ansteckend. Er war wie verwandelt, wenn er ihr einen Lehrsatz veranschaulichte, wurde immer lebhafter mit jedem Zeichen, das er auf Servietten oder Platzdeckchen oder Zeitungen, was immer zur Hand war, kritzelte. Abigail war völlig gefesselt von seinen Ausführungen über die Mathematik und seinem beispiellosen Respekt davor. Wenn er schon Zahlen mit einer solchen Leidenschaft lieben konnte, dann konnte sie sich nicht vorstellen, wie es sein musste, von ihm geliebt zu werden.

Nachdem beide ihren Abschluss erworben hatten, zogen sie in eine gemeinsame Dreizimmerwohnung. Bei ihren neuen Jobs standen sie am unteren Ende ihrer Karriereleitern, und sie sparten am Essen und am Notwendigsten, um über die Runden zu kommen. Abigail fand eine Stelle in einem Online-Research-Unternehmen. Paul arbeitete in einer Denkfabrik. Da ihre Aufstiegschancen weitaus höher waren als ihr Anfangsgehalt, waren sie bereit, sich einzuschränken. Außerdem steckte Abigails Vater ihr hin und wieder etwas Geld zu, wenn sie ihn ließ. Er war so stolz, dass sie sich für eine Laufbahn als Lexikografin entschieden hatte, dass er anderen Leuten gern erzählte, es sei, als würde der älteste Sohn einer katholischen Familie ins Priesterseminar eintreten.

Abigail fühlte sich geschmeichelt, aber sie stellte ihrem Vater gegenüber klar, dass sie es gern allein zu etwas bringen wollte. Es machte ihr nichts aus, sich einzuschränken, solange sie Paul hatte. Er lenkte ein, indem er in größeren Abständen kleinere Schecks schickte.

Eines Abends, auf dem Weg zu ihrem Lieblingsimbiss, nahm Paul Abigail beiseite.

»Ich habe eine Idee. Ich finde, wir sollten diesen Laden

überfallen, uns das Geld schnappen und dann nach Las Vegas durchbrennen und heiraten.«

Abigail wusste, dass er einen Witz machte, aber Paul ließ nicht locker. Er zerrte sie in den winzigen chinesischen Takeaway, eine Hand mit ausgestrecktem Finger in der Tasche vergraben, als würde er eine Waffe verbergen.

»Mir nach«, befahl er.

»Paul«, protestierte Abigail lachend.

Als sie ihm die Hand aus der Jackentasche wand, zauberte er eine samtene Ringschachtel hervor. Er ließ sich auf ein Knie fallen und öffnete die Schachtel, in der ein traumhafter Verlobungsring verborgen war.

»Ich könnte niemals irgendjemanden mehr lieben als dich, Abigail. Niemals. Willst du mich heiraten?«

Die Köche und Servicekräfte sahen erwartungsvoll zu. Abigail war sprachlos. Sie wischte sich die Augen und brachte nur ein einziges Wort über die Lippen: Ja.

Paul war alles, was sie nicht war – furchtlos, draufgängerisch, durch nichts zu erschüttern. Er war immer für eine Überraschung gut, und an seiner Seite hatte sie das Gefühl, als könnte sie selbst eines Tages vielleicht auch für eine Überraschung gut sein.

Nie wieder würde Abigail die Stimme ihres Mannes hören, das wurde ihr schlagartig bewusst, während sie sich an das Eisengeländer klammerte und einen Blick in den Schacht des Leuchtturms wagte, ungeachtet ihrer eigenen warnenden Worte.

Hastig, um ihre Gedanken möglichst schnell zu verdrängen, stieg sie die letzten Stufen bis zur Spitze des Leuchtturms hoch ins kreisrunde Lampenhaus. Der Zugang erfolgte durch eine falltürartige Luke. Die massive Lampe stand in der Mitte des verglasten Raums, eingefasst von schweren Glasplatten, die mit erhöhten konzentrischen Rillen überzogen waren. Abigail fuhr ehrfürchtig mit einer Hand darüber und umrundete vorsichtig den Sockel der Lampe. Ein Blecheimer, den sie nicht bemerkt hatte, kullerte mit einem lauten Scheppern über den Boden, als sie dagegenstieß, und sie stellte ihn zur Seite.

Die Aussicht vom Lampenhaus war atemberaubend. Die endlose Weite des Meeres erstreckte sich nach Osten, während sich im Westen das Marschland der Insel ausdehnte. Die Sonne, die sich langsam über den Horizont schob, tauchte die Wolken in goldenes Licht.

Abigail öffnete eine kleine Tür, die vom Lampenhaus hinausführte, und trat an die Brüstung, wobei sie Acht gab, die Tür nicht zuschlagen zu lassen. Sie konnte es sich nicht erlauben, hier oben festzusitzen. Sie war ein Neuankömmling auf Chapel Isle, und kaum jemand wusste, dass sie ihren Wohnsitz am Leuchtturm bezogen hatte. Wer würde auf die Idee kommen, nach ihr zu suchen? Wer würde sie vermissen?

Vermissen. Da war es wieder, das allgegenwärtige Gefühl. Sie vermisste ihren Mann. Sie vermisste ihren Sohn. Sie vermisste das Leben, das sie mit den beiden hätte haben sollen. Und sie begann bereits, die Person zu vermissen, die sie auf dem Festland zurückgelassen hatte, die Frau, die sie gewesen war, bevor sie Abby geworden war.

Ein niedriges Geländer verlief an der Brüstung des Leuchtturms, zu niedrig, um sich daran festzuhalten. Abigail glitt mit den Fingerspitzen darüber, während sie ihren

Gedanken nachhing. Die Strahlen der Sonne holten sie in die Wirklichkeit zurück. Sie wünschte, sie hätte eine Kamera dabei.

Ein Bild sagt mehr als tausend Worte …

Abigail verabscheute dieses Klischee, das unterstellte, Sprache sei unzureichend, unvollkommen. Für sie war es der Gipfel der Beleidigung. Aber das Feuer hatte ihr gezeigt, wie zutreffend diese Redensart sein konnte. Es schmerzte sie zuzugeben, dass es Augenblicke gab, in denen Worte eben doch herzzerreißend unzulänglich waren.

Während sie die Wendeltreppe wieder hinunterstieg, wurde ihr bewusst, dass der Abstieg weitaus beängstigender war als der Aufstieg. Die Stufen ächzten unter ihren schweren Schritten, und Abigail zählte sie, um nicht die Fassung zu verlieren. Benommen verließ sie den Turm und ließ sich erschöpft im Wohnzimmer auf das Sofa fallen. Wie um seinen Unmut kundzutun, stieß es eine gewaltige Staubwolke aus.

Na wunderbar! Das Haus hatte ein Großreinemachen dringend nötig. Aber Abigail war entschieden der Ansicht, dass sich darum Lottie kümmern müsste. Leider war es noch zu früh, um ins Dorf zu fahren und mit ihr um die nächste Mietminderung zu feilschen oder einen kostenlosen Putzdienst zu verlangen. Und selbst wenn Lottie sich bereiterklären sollte, sie irgendwie zu entschädigen, wer konnte schon sagen, wann sie dazu kommen würde? Noch eine Nacht auf Handtüchern zu schlafen kam für Abigail nicht infrage, daher entschied sie, die Bettwäsche in Angriff zu nehmen, bevor sie weiter auspackte. Lottie hatte eine Waschmaschine und einen Trockner erwähnt.

Es gab nur einen Ort, wo sich die Haushaltsgeräte befinden konnten.

Lottie hatte die Kellertür unter der Treppe nicht aufgesperrt, sodass Abigail zehn Minuten damit zubringen musste, die Schlüssel an dem Schlüsselring durchzugehen, um den richtigen zu finden. Sobald sie die Kellertür öffnete, schlug ihr ein Ekel erregender Geruch entgegen – eine Mischung aus Moder, Schimmel und noch irgendetwas, das sie nicht genau benennen konnte. Sie schaltete das Licht ein. Wenigstens das funktionierte.

Wenn es irgendwo im Haus einen Kurzschluss gab, dann gingen die Glühbirnen vielleicht willkürlich an oder aus. In einem unbekannten Keller im Dunkeln festzusitzen war jedoch sicher nicht die beste Art, den Tag zu beginnen.

»Bitte bleib an«, flehte Abigail, während sie zögernd einen Schritt weiterging. »Bitte bleib an.«

Die Treppe knarrte unter ihren Schritten, aber sie hatte nichts anderes erwartet.

Zwei Lichtquellen befanden sich im Keller, und es gab sogar ein kleines Fenster, an dem allerdings der Schmutz mehrerer Jahre haftete. Eine der funzligen Lampen befand sich neben der Treppe, die zweite auf der gegenüberliegenden Seite des Kellerraums. In der hinteren Ecke meinte Abigail, die Waschmaschine auszumachen. Sie schlich durch den Raum, bis sie gegen irgendetwas stieß und sich das Schienbein hart anschlug. Abigail sah, dass sie gegen einen Stapel verstaubter Kisten gelaufen war. Noch mehr Staub. Es nahm kein Ende.

Ganz langsam tastete sie sich an einer der Wände weiter.

Das Gemäuer fühlte sich kalt und rau an. Der ungewohnte Geruch wurde stärker, sie konnte ihn jedoch nicht einordnen. Und dann stieß Abigail auf die Wasserzisterne, die Lottie erwähnt hatte: eine riesige Vertiefung, in die Erde gehauen, groß genug, um einen Kleinwagen darin unterzubringen. Das war die Quelle des fauligen Geruchs.

Als Abigail einen Schritt von der Zisterne zurücktrat, um nach Luft zu schnappen, stieß sie gegen irgendetwas Kaltes und Hartes – ein tiefes Porzellanbecken. Das war es, was sie in dem diffusen Licht für eine Waschmaschine gehalten hatte. Daneben stand eine vorsintflutliche Waschwanne mit einer Handkurbel, um Kleider auszuwringen.

Das hätte ich mir denken müssen. Vermutlich ist es das, was Lottie mit Waschmaschine und Trockner gemeint hat, dachte sie erbost.

In diesem Augenblick begann die Glühbirne über ihr zu flackern. Abigail stürzte auf die Treppe zu, stieß wieder gegen einen Berg Kisten und schlug sich das andere Schienbein an. Sie rannte die Treppe hoch ins Wohnzimmer und schlug erleichtert die Tür zum Keller zu.

Ihr weggerollter Apfel lag noch immer auf dem Boden und erinnerte Abigail, dass sie eine Tasse Kaffee und etwas zu essen brauchte und dass sie vor allem Lottie einen Besuch abstatten musste. Vielleicht war das Café, das sie im Dorf gesehen hatte, ja zum Frühstück geöffnet, und vielleicht konnte ihr dort jemand sagen, wo es einen Waschsalon gab.

Die staubigen Betttücher, die sie am Abend zuvor abgezogen hatte, hingen über dem Schaukelstuhl im Schlafzimmer. Abigail knüllte sie und die Handtücher zusammen. Angesichts der vielen Kleidungsstücke, die sie über ihrem Pyjama tragen musste, um nicht zu frieren, drohte ihr Wäschevorrat schon bald zu einem ernsten Problem zu werden.

Abigail zog die Kleider aus, in denen sie geschlafen hatte, und schlüpfte in eine Khakihose und ein Stricktop aus ihrem Seesack. Sie machte sich zwar nicht allzu viele Gedanken über ihr Aussehen, aber ihr fiel doch auf, dass es im ganzen Haus keinen langen Spiegel gab.

Abigail fragte sich, ob sie nach einer Weile vergessen haben würde, wie sie vom Hals an aufwärts aussah.

E

eli|die|ren [eli'di:rən], *Vb.* 1. (*ling.*) Auslassen (meist unbetonter) Vokale oder Silben. 2. (etwas) übergehen, ignorieren, außer Acht lassen. 3. (*jur.*) annullieren. [< lat. ēlīdere »herausschlagen, -stoßen«. Abl.: Eli|si|on, *f.*]

Die morgendliche Ebbe legte eine größere Felsengruppe an der Küste frei, einen natürlichen Deich, der den Leuchtturm schützte. Am Strand verstreut wie die eingestürzten Mauern einer Festung lag das schwere Gestein da, nicht einmal die tosende Brandung unzähliger Jahre hatte ihm etwas anhaben können. Der Deich war ein Symbol der Standfestigkeit. Abigail schöpfte Mut aus seiner Gegenwart, während sie auf der Eingangsstufe des Leuchtturmhauses stand und versuchte, den richtigen Schlüssel zu finden, um die Tür abzusperren. Irgendwann war sie tatsächlich erfolgreich und stieg in ihren Wagen.

Auf den holprigen Schotterstraßen in Richtung Dorf kam sie nur langsam voran. Abigail versuchte, sich Orientierungspunkte in der Landschaft einzuprägen, während sie fuhr. Die Wiese, ein schiefer Telefonmast, ein kahler Baum. Die Namen der Straßen und kleinen Feldwege klangen verwirrend ähnlich. *Bayside Drive, Beach-*

comber Road, Breezeway Avenue. Sie waren leicht zu verwechseln.

Nach ihrem Mietvertrag hatte sie zwölf Monate Zeit, um sich einzugewöhnen. Ihre Familie hatte versucht, ihr den Umzug auszureden. North Carolina war so weit von Boston entfernt, ein Jahr so lang. Aber mit ihren Ersparnissen und der zu erwartenden Abfindung von der Versicherung gab es keinen Druck, eine feste Arbeit anzunehmen, nichts, was sie hielt. Wenn Abigail Chapel Isle hassen sollte, konnte sie immer noch nach Hause zurückkehren. Aber trotz des erbärmlichen Zustands des Hauses wollte sie das Haus oder die Insel nicht hassen.

Und dann lag der Marktplatz vor ihr. Die taufrische Seeluft verlieh dem Kopfsteinpflaster einen matten Glanz. Der Platz war verlassen bis auf ein Trio von Männern, die Kühlboxen in einen Kleinlaster luden, und eine Frau am Stock, die langsam über den Gehsteig schlurfte.

Wow! Vier Leute, dachte Abigail, das ist ja fast schon ein Volksauflauf.

Verglichen mit Martha's Vineyard, Nantucket und den beliebteren Inseln der Outer Banks war Chapel Isle ein eher unbekanntes Reiseziel. Es schien weder überkommerzialisiert noch übervölkert. Restaurantketten und teure Luxusboutiquen suchte man hier vergeblich. Der Reiz der Insel lag in ihrer stillen Bescheidenheit. Schaufenster waren mit handgemalten Postern aufgehübscht und die Markisen vom Wind zerfranst. Die Tür zu einem Café namens *Kaffeekanne* hatte einen Sprung in der Scheibe. Über dem Sprung hing ein GEÖFFNET-Schild, was Abigail als Einladung genügte.

Eine Glocke bimmelte, als sie eintrat. Das Café hatte das Flair eines Fernfahrerlokals. Rot karierte Wachsdecken waren an die Tische geheftet, und die Holztäfelung durch jahrzehntelange Abnutzung zerkratzt.

Zwei ältere Männer mit John-Deere-Mützen saßen in einer Sitznische. Ein anderer Mann, er trug eine Leinenjacke, hockte vor einer Tasse Kaffee am Tresen. Eine Kellnerin stand neben der Registrierkasse und füllte Zuckerstreuer auf.

»Setzen Sie sich, wohin Sie wollen, Süße«, sagte sie. »Bin gleich bei Ihnen.«

Die Männer in der Sitznische folgten Abigail mit den Augen, während sie sich an einen freien Platz am Tresen setzte. Sie schenkte ihnen ein freundliches Lächeln, bekam dafür aber nur ein Stirnrunzeln zurück.

»Harte Jungs«, flüsterte sie.

»Wie bitte, Süße?«

»Ach, nichts.«

Selbstgespräche zu führen, wenn man Mithörer hatte, war vermutlich keine gute Idee, vor allem nicht für einen Neuankömmling. Abigail würde sich bemühen müssen, diese Eigenheit einzuschränken.

»Kaffee?«

»Sehr gern.«

Eine Zweistärkenbrille baumelte der Kellnerin an einer Kette um den Hals, ihre Polyesterschürze war mit Knöpfen und Broschen verziert. Sie schien in den Sechzigern zu sein, aber Abigail konnte sehen, dass die Frau in ihrer Jugend eine echte Schönheit gewesen war.

»So, bitte sehr. Frisch aufgebrüht.«

Die Kellnerin reichte ihrem neuen Gast eine Speisekarte, während sie ihr gleichzeitig eine Tasse Kaffee randvoll einschenkte. Abigail nahm einen Schluck und japste nach Luft. Der Kaffee war kochend heiß.

»Haben sich verbrannt, was?«, fragte die Kellnerin.

In mehr als einer Hinsicht, dachte Abigail.

»Ich hole Ihnen etwas Eiswasser.«

Die Bedienung brachte ihr das Wasser in einem Marmeladeglas. Noch ein Hauch von Ländlichkeit, der Abigail vor Augen führte, dass sie nicht mehr in der Großstadt war.

»Wissen Sie schon, was Sie wollen?«

»Rühreier mit Weizentoast«, keuchte sie.

»Sollen Sie haben, Süße.«

Die Kellnerin nahm ihr die Speisekarte ab und verschwand in die Küche. Abigail spülte sich den Mund mit Wasser aus, um ihre Geschmacksknospen zu kühlen. Sie sah, dass die Männer in der Ecke sie unverwandt anstarrten. Ihr wurde unbehaglich unter ihren musternden Blicken, und sie schaute weg. Ihr Blick fiel auf ein paar Fotos, die seitlich an der Registrierkasse klebten. Die meisten waren Schnappschüsse und zeigten ein örtliches Baseballteam in einheitlichen Trikots. Die Jungs grinsten. Abigail freute sich, endlich eine fröhliche Seite von Chapel Isle zu sehen.

»Das ist unser Team«, erklärte ihr der Mann in der Leinenjacke stolz. »Haben letztes Jahr bei den Playoffs die Meisterschaft geholt.«

»Gute Leistung«, erwiderte Abigail, froh, dass überhaupt jemand gewillt war, ein Wort mit ihr zu wechseln.

Der Mann zog ein Foto aus seiner Brieftasche und

rutschte näher, um es ihr zu zeigen. »Das sind meine Söhne. Sie haben Rechts- und Linksaußen gespielt. Aber das ist natürlich schon ein paar Jahre her. Sie sind inzwischen erwachsen. Jetzt spielen ihre Kinder in der Little League, genau wie sie selbst damals.«

Das alte Foto war ein Gruppenbild einer Familie bei einer Gartengrillparty. Der Mann hatte den Arm um seine Frau gelegt. Sie trug ein geblümtes Hauskleid, und die beiden jugendlichen Söhne zu beiden Seiten des Paars steckten in Schlaghosen.

»Hübsche Kinder«, sagte Abigail.

Der Mann starrte das Bild einen Moment an. Sein dankbarer Gesichtsausdruck verriet Abigail, dass er schon eine ganze Weile kein Kompliment mehr bekommen hatte.

»Das ist, weil sie nach ihrer Mom kommen«, erwiderte er mit einem selbstironischen Schulterzucken. »Wir hatten schon ein paar gute Zeiten damals.«

Das war der Augenblick, in dem Abigail wahrnahm, dass der Mann nach Alkohol roch, außerdem bemerkte sie, dass sein Flanellhemd vom Kragen hinunter falsch zugeknöpft war. Sie ahnte, wer er war.

»Frühstück ist fertig.«

Die Kellnerin stellte Abigail ihr Frühstück hin, als ob sie das Gespräch absichtlich unterbrechen wollte. Der Mann steckte das Foto wieder ein, warf zwei Dollar auf den Tresen und verzog sich in Richtung Tür. Er nickte Abigail und der Kellnerin zum Abschied kurz zu.

»Immer schön langsam, Hank«, sagte sie. Die Türglocke begleitete seinen Abgang, und die Frau wandte sich Abigail zu. »Dachte, Sie wollten vielleicht in Ruhe essen.«

»War das Hank Scokes?«

»Sie haben von ihm gehört?«

»Gewissermaßen. War das nicht der, der mit seinem Boot die Fähranlegestelle gerammt hat?«

»Das war er allerdings.«

Wenn an der Geschichte mehr dran war, dann war die Kellnerin jedenfalls nicht gewillt, es ihr zu sagen.

»Ihr Koch arbeitet ja wirklich flott«, versuchte Abigail etwas ungeschickt, das Thema zu wechseln.

»Das Essen hier wird schnell serviert, wenn Sie zur richtigen Zeit kommen. Wenn Sie früher hier gewesen wären, hätten Sie schon warten müssen.«

»Früher?« Abigail dachte, sie sei früh dran.

»Gott, ja. Bevor die Männer für den Tag aufs Meer fahren, frühstücken sie hier – im Stehen, wenn's sein muss. Dann gibt's hier nämlich für viele keinen freien Platz mehr.«

Abigail war nicht auf die Idee gekommen, dass es auf der Insel deshalb so still war, weil die meisten ihrer Bewohner auf Fischerbooten unterwegs waren, um ihren Lebensunterhalt zu verdienen. Bei der Erkenntnis fiel ihr ein Stein vom Herzen. Chapel Isle war wohl doch nicht so trostlos, wie es auf den ersten Blick schien.

»Erstes Mal hier, nehme ich an?«

»Ist das so offensichtlich?«

»Nach dem Labor Day sehen wir hier nicht allzu viele neue Gesichter.«

Die Glocke über der Tür bimmelte wieder, als eine Frau mit einem übergroßen Sweatshirt hereinstürzte, das Haar nass vom morgendlichen Duschen.

»Kann ich ’n Kaffee zum Mitnehmen haben, Ruth? Ich hab die Kinder im Auto, und ich bin sowieso schon spät dran.«

»Na klar, Janine.«

Abigail stocherte in ihren Rühreiern. Sie schmeckten gut, aber das Kauen tat ihr weh. Wenn schon die weichen Eier ein Problem für sie waren, dann war sie sich nicht sicher, ob sie von ihrem Toast überhaupt abbeißen sollte. Als sie noch einen Schluck Wasser trank, bemerkte sie, wie Janine sie unverhohlen musterte. Die Augen der Frau glitten zu Abigails linker Hand, womit sie die dritte Person in weniger als vierundzwanzig Stunden war, die bei ihr nach einem Ehering Ausschau hielt.

»So, bitte sehr.« Ruth drückte einen Deckel auf einen Pappbecher. »Grüß Clint und die Kinder von mir.«

»Mache ich.«

Janine warf Abigail auf dem Weg nach draußen einen vernichtenden Blick zu.

»Entschuldigung. Ruth, richtig? Habe ich der Frau irgendwas getan?«

»Wem? Janine? Süße, Sie könnten hier in einer Nonnentracht sitzen, und sie würde Sie schief ansehen, weil Sie keinen Ehering tragen.«

»Warum denn das?«, fragte sie verwirrt.

»Auf Chapel Isle gibt es zwei Sorten Männer: verheiratete Männer und alte Männer. Eine alleinstehende Frau ist hier wie der sprichwörtliche Fuchs im Hühnerstall. Da fliegen schon mal die Federn.«

»Und ich bin hier jetzt der Fuchs?«

»Aber ja. Sehen Sie, Inselleute sind wie Dieselmotoren.

Brauchen eine Weile, bis sie warm werden, vor allem mit Leuten, die vom Festland kommen. Wenn sie erst mal ihr Vertrauen gewinnen, dann ist auf sie hundertprozentig Verlass. Aber bei dieser Janine Wertz, da würde ich nicht damit rechnen, dass sie irgendwann warm wird, so ist das.«

Mit diesen Worten wandte sich Ruth ab, um dem John-Deere-Gespann Kaffee nachzuschenken, und Abigail schaffte noch ein paar Happen von ihren Eiern, ließ Toast und Kaffee allerdings stehen. In weniger als einer Stunde hatte Abigail sich beim Trunkenbold der Insel lieb Kind gemacht und ungewollt eine Frau provoziert, die sie noch gar nicht kennengelernt hatte.

»Muss ein neuer Landgeschwindigkeitsrekord sein«, murmelte sie.

»Haben Sie was gesagt, Süße?«, fragte Ruth, während sie Abigails Rechnung eintippte.

»Nein. Das heißt, ja. Können Sie mir sagen, wo ich Merle Braithwaite finde?«

»In seinem Laden, Island Hardware. Wenn die Tür abgeschlossen ist, klopfen Sie oder gehen Sie einfach ums Haus nach hinten. Der Laden macht erst um zehn auf, aber meistens ist er da und werkelt irgendwo herum.«

»Danke.«

Abigail sah ungläubig auf die Rechnung, bezahlte und warf das Trinkgeld auf den Tresen – doppelt so viel, wie sie schuldig war.

»Keine Sorge, Liebes«, sagte Ruth mit einem Augenzwinkern. »Ein neues Gesicht bleibt nie lange neu.«

Lange war ein relativer Begriff. Wenn es in diesem Tempo weiterging, war sich Abigail nicht sicher, wie lange sie auf der Insel durchhalten würde: zwölf Monate, zwölf Tage oder nur zwölf Stunden.

Als Abigail den Marktplatz wieder betrat, sah sie, dass selbst die Geschäfte, die geöffnet hatten, leer waren. Denny hatte sie auf der Fähre gewarnt.

Die Tür zu Merles Laden war verschlossen, wie Ruth bereits angedeutet hatte. Wie Lotties Immobilienbüro war auch Island Hardware früher ein privates Wohnhaus gewesen. Auf das ursprüngliche Wohnzimmerfenster des flachen Bungalows war in gold-grüner Folienschrift der Name des Geschäfts geschrieben worden. Das Ladeninnere lag im Dunkeln. Abigail klopfte an die Tür und wartete. Dann klopfte sie noch einmal lauter. Als keine Antwort kam, ging sie ums Haus nach hinten, wie Ruth ihr empfohlen hatte, und sah, dass die Hintertür angelehnt war.

Sie stieß sie sanft auf und rief: »Hallo? Ist da jemand?«

Die Tür führte in eine Küche voller Fischereibedarf. Durch den Bungalow konnte Abigail bis nach vorn zur Ladentür sehen, an die sie eben geklopft hatte.

»Hallo?«, rief sie noch einmal.

Auf einmal tauchte ein korpulenter Mann in einem marineblauen Kittel auf. Abigail zuckte zusammen und schrie auf.

»Herzstillstand, wir kommen«, sagte er, ebenso verdutzt wie sie. Er war von hünenhafter Statur und überragte alles andere im Raum. »Wollen Sie mich umbringen, Lady?«, fragte er, während er sich mit einer schweren Hand durch sein flaumiges graues Haar fuhr.

»Ich habe *Sie* erschreckt?«

»Entschuldigen Sie, wenn ich nicht damit rechne, dass in aller Herrgottsfrühe eine Frau in meiner Küche herumschleicht.«

»Es tut mir leid. Wirklich. Ich habe vorn geklopft. Es kam keine Antwort, und diese Tür hier stand offen, daher …«

»… dachten Sie, Sie könnten einem älteren Mann zu einem Herzinfarkt verhelfen.«

»Nach einem älteren Mann sehen Sie mir nicht aus.«

»Jetzt raspeln Sie aber Süßholz.«

»Klappt es denn?«

»Ein bisschen«, gab er zu. »Der Laden ist noch nicht offen, aber Sie können gern hereinkommen, wenn Sie sich durch diesen ganzen Krempel einen Weg schlagen können.«

Die Küche war eine Kultstätte der Fischerei. Angelruten lehnten in allen Ecken, Angelkästen, Kühlboxen und Dosen mit Trockenköder stapelten sich auf dem Boden unter Dutzenden bunter Lockmittel, die an eigens dafür gebauten Regalen hingen. Fotos preisgekrönter Fische hingen an den Wänden, wo es der Platz zuließ.

»Hören Sie, es tut mir leid, dass ich einfach so hereingeplatzt bin. Ich bin Abigail Harker. Die neue Wärterin des Leuchtturms.«

»Hätte ich mir denken müssen«, sagte er etwas freundlicher. »Ich bin Merle Braithwaite. Besitzer von Island Hardware, leidenschaftlicher Angler und seit über fünfzig Jahren in Folge Sieger von Chapel Isles Größter-Mann-Wettbewerb, zu Ihren Diensten.«

Sie streckte die Hand aus, und Merle schüttelte sie sanft,

als wäre er nicht sicher, ob er seine Kraft unter Kontrolle hätte.

»Lottie hat mir schon gesagt, dass Sie vielleicht vorbeischauen würden. Ich würde ja gern sagen, nehmen Sie Platz, aber …«

Er wies auf die Stühle, auf denen sich unzählige Ausgaben von Angelzeitschriften stapelten.

»Schon gut. Ich kann sowieso nicht bleiben. Zu viel zu tun. Ich bin nur vorbeigekommen, um Ihnen ein paar Fragen zu dem Leuchtturmhaus zu stellen.«

»Schießen Sie los.«

»Na ja, das Licht im Badezimmer geht ständig an und aus. Ich mache mir Sorgen, dass es ein Problem mit der elektrischen Leitung sein könnte. Wenn Sie mir einen Elektriker empfehlen könnten …«

»Leitung ist in Ordnung. Hab ich letzte Woche selbst überprüft.«

»Vielleicht sollten Sie sie noch mal überprüfen, denn …«

»Würde auch nichts ändern, wenn ich das ganze Haus neu verkabeln würde«, donnerte Merles Stimme. »Er pfuscht immer an diesem Licht herum.«

»Er *wer*?«

»Der Wärter.«

»Ich dachte, ich sei die Wärterin.«

»Sind Sie ja auch. Jetzt.«

»Und wer ist dann *er*?«

»Heißt Wesley Jasper.«

»Lottie hat nichts von einem anderen Wärter erwähnt.«

»Nö, da möchte ich wetten.«

»Warum sagen Sie das?«

»Weil Mr. Jasper streng genommen nicht mehr der Wärter ist.«

»Ich kann Ihnen nicht ganz folgen.«

Merle lehnte sich schwer gegen den Kühlschrank, sichtlich verärgert, dass er diese Neuigkeit überbringen musste.

»Ma'am, die Sache ist die, im Leuchtturm spukt es.«

»Wie bitte?« Abigail war überzeugt, sich verhört zu haben.

»Es spukt.«

»Sagen Sie das noch einmal.«

»Es spukt«, sagte er jetzt deutlich betont. »So hochgestochen ist das Wort doch nicht.«

»Ich verstehe schon, was spuken heißt. Aber Sie nehmen mich auf den Arm, oder?«

»Das muss ich Lottie ja lassen. Die Frau könnte einem Eskimo einen Kühlschrank verkaufen. Kein Wunder, dass sie nichts von dem Geist gesagt hat, bevor Sie unterschrieben hatten.«

Abigail traute ihren Ohren nicht. »Hören Sie, Mr. Braithwaite …«

»Nennen Sie mich Merle. Mich nennt schon lange niemand mehr Mr. Braithwaite.«

»Na schön, Merle, wenn das hier eine Art Initiation für Nichtinselbewohner ist, dann bringen wir's einfach hinter uns. Ich habe eine beschwerliche Fahrt hinter mir, kaum geschlafen, und ich habe mir heute Morgen bei meiner ersten Tasse Kaffee die Zunge verbrannt, daher bin ich nicht zu Scherzen aufgelegt.«

»*Beschwerlich* – das ist jetzt aber doch ein bisschen hochgestochen.«

»Ich meine …«

»Oh, ich weiß, was Sie meinen!« Merle begann, die Kühlteile aus den Kühlboxen im Gefrierfach seines Kühlschranks zu verstauen, als sei alles in bester Ordnung. »Ist bloß kein Wort, das man in der Gegend hier oft hört. Gefällt mir. Sollte ich vielleicht öfter benutzen. ›Ich hatte einen beschwerlichen Morgen, als ich heute in der Bucht fischen war.‹ Oder: ›Ich hatte einen beschwerlichen Tag mit der Arbeit im Laden.‹ Hat doch was, oder?« Bevor Abigail antworten konnte, fuhr er bereits fort: »Haben sich die Zunge verbrannt, sagen Sie? Muss ja höllisch wehgetan haben. Der Kaffee bei Ruth Kepshaw ist immer heiß wie geschmolzene Lava. Sagen Sie ihr das nächste Mal, sie soll Ihnen einen Eiswürfel in die Tasse tun.«

»Mr. Braithwaite – Merle, nur damit ich Sie recht verstehe: Sie sagen mir, der Grund, weshalb das Licht in meinem Badezimmer immer wieder angeht, ist der Geist des alten Leuchtturmwärters?«

»So ungefähr. Und keine Sorge wegen des Geruchs von Pfeifenrauch. Angeblich ist das ein Hinweis darauf, dass Mr. Jasper in der Nähe ist.«

Das war der Geruch, den Abigail im Keller neben der Zisterne schwach wahrgenommen hatte – süßer Pfeifentabak, durchsetzt mit einem schweren Geruch von Fäulnis.

»Er wird Sie nicht belästigen, solange Sie den Leuchtturm so belassen, wie er ist. Heißt seit Jahren, dass er ein kleiner Pedant ist. Deswegen ist er auf Lottie nicht besonders gut zu sprechen. Weil sie das alles so vor die Hunde hat gehen lassen. Sie können sie selbst fragen. Sie ist überzeugt, dass Mr. Jasper versucht hat, sie die Treppe hinunterzustoßen.«

»Wie bitte?«

»Lottie wollte die Zisterne inspizieren, nachdem wir hier einen Sturm hatten. Sie war auf halbem Weg die Treppe hinunter, als die Kellertür auf einmal zugeknallt ist. Sie hat einen Mordsschreck gekriegt und ist ›gestolpert‹. Ist einfach hinuntergepurzelt. Sie geht nicht mal mehr in die Nähe des Kellers. Lässt die Tür abgesperrt. Die zum Leuchtturm auch. Diese Wendeltreppe würden Sie sie nicht hochkriegen, selbst wenn Sie ihr von oben mit einem Tausenddollarschein winken würden.«

»Schon verstanden. Schon verstanden. Sie machen sich auf meine Kosten lustig. Offen gestanden ist das nicht sehr lustig.«

»Mir ist im Laufe meines Lebens ja schon vieles unterstellt worden. Lustig zu sein war bis jetzt noch nicht dabei. Kleine Kinder an Halloween erschrecken, das geht auf mein Konto. Späße, nicht mein Fall.«

Abigail verschränkte empört die Arme. »Können Sie mir ungelogen sagen, dass Sie an einen Geist im Leuchtturmhaus glauben? Ganz ehrlich?«

»Könnte es der Wind gewesen sein, der diese Tür hinter Lottie zugeschlagen hat? Denkbar wär's. Vielleicht auch nicht. Ich kann's nicht mit Sicherheit sagen. Aber eigentlich ist gar nichts dabei«, beschwichtigte Merle sie. »Ich kümmere mich jetzt schon zwölf Jahre um diesen Turm, und …«

»Zwölf Jahre!?! Es ist zwölf Jahre her, seit dort ein richtiger Leuchtturmwärter gewohnt hat?«

»Mehr noch. Der letzte Bursche war vor fast zwanzig Jahren hier. Das war so ein Hippietyp. Hat behauptet, er würde seine Memoiren schreiben und bräuchte einen Ort, um mit seinem Geist ›Verbindung aufzunehmen‹. Mit einem Geist hat er allerdings Verbindung aufgenommen. Ist ganze zwei Tage geblieben. Kann mir nicht denken, dass Mr. Jasper ihn besonders gut leiden konnte.«

»Und was soll ich machen, wenn dieser Mr. Jasper mich nicht leiden kann?«

»Warum sollte er? Sie scheinen doch ganz nett zu sein. Ein bisschen überdreht vielleicht.«

»Ich bin nicht überdreht. Ich bin … gewissenhaft.«

»Na schön. Hören Sie, wenn ich dort nach den Wasserleitungen oder irgendwas sehe, begrüße ich ihn immer freundlich und erkläre ihm, dass ich nur da bin, um dafür zu sorgen, dass mit dem Leuchtturm alles im Lot ist. Zeigen Sie ihm ein bisschen Respekt. Dann wird er Ihnen auch welchen zeigen. So einfach ist das.«

Aber nichts von dem, was Merle gesagt hatte, war einfach, und Abigail war mit ihrer Geduld am Ende. Sie stürmte durch die Küche in den Laden, vorbei an Gängen mit Werkzeugen und Regalen voller Ersatzteile, und weiter zur Haustür.

»Wohin wollen Sie denn so stürmisch?«, rief Merle ihr nach.

»Zu Lottie. Ich will endlich ein paar ehrliche Antworten.«

Sie versuchte die Tür zu öffnen. Sie ging nicht auf. Abigail rüttelte an dem Knauf, bis Merle angetrottet kam und den Riegel zurückschob.

»Wenn Sie auf eine ehrliche Antwort aus sind, dann ist Lottie die Letzte, der Sie einen Besuch abstatten sollten. Verstehen Sie mich nicht falsch, ich liebe sie wie eine Schwester. Na ja, eher wie eine Art Schwägerin, wo sie mit meinem Cousin zweiten Grades verheiratet ist. Tatsache ist, Lottie ist niemand, der eine Schwindelei zugeben würde. Und sie ist niemand, der sich einen Mieter durch die Lappen gehen lässt, wenn sie es verhindern kann.«

Merle war aufrichtig. Aber trotzdem liefen Abigails Füße schneller, als ihr Gehirn arbeitete. Sie stürmte zur Tür hinaus auf Kollisionskurs mit Lotties Immobilienbüro.

»Ach ja, und verstellen Sie den Öleimer im Lampenhaus nicht«, rief er ihr nach. »Mr. Jasper ist es lieber, alles bleibt so, wie es ist.«

Aber Abigail war bereits verschwunden.

F

fah|rig ['fa:rɪg], *Adj.* unruhig, haltlos, zerstreut. [< spätmhd. *verec, veric* »zur Ausfahrt bereit«, nhd. *ferig* »behend, rasch, hurtig« (16. Jh.), danach erst wieder in der heutigen Bedeutung seit dem 18. Jh. durchgehend gebräuchlich. Abl.: Fah|rig|keit, *f.*]

Eine kräftige Brise wehte von der Bucht herein, ließ eine weggeworfene Getränkedose über den Platz rappeln und die Flagge vor dem Postamt von Chapel Isle flattern. Abigail war zu aufgebracht, um etwas davon wahrzunehmen.

Die Kreisel und Windrädchen klapperten auf dem Rasen vor dem Immobilienbüro vor sich hin. Drinnen war es dunkel, die Tür abgesperrt. Abigail hämmerte dagegen.

»Lottie!«, rief sie. »Ich bin's, Abigail Harker. Wir müssen reden.«

Ein Zettel klebte am Fenster. GESCHLOSSEN war mit rosa Tinte mehrfach unterstrichen.

»Was für ein Zufall!«, stieß Abigail wütend aus.

Sie stapfte die Stufen hinunter, bis sie mitten in dem kreiselnden Gartenzierrat stand. Die Geduld, die sie Lottie am Tag zuvor noch entgegengebracht hatte, war in pure Empörung umgeschlagen.

»Augenblick«, rief sie sich dann zur Ordnung. »Irgendein Fremder erzählt dir eine Lagerfeuergeschichte, und du bist drauf und dran, das Weite zu suchen? Vermutlich ist er hier der Irre von der Insel. Und du wirst gleich nach ihm den zweiten Platz belegen, wenn du noch länger hier auf der Straße stehst und Selbstgespräche führst.«

Sie wich den Gartenzwergen aus, die den Fußweg wie Wachposten säumten, und ging zurück zu ihrem Wagen. Der Wäscheberg! Den hatte sie ganz vergessen!

Abigail ging kurz entschlossen noch einmal zur *Kaffeekanne.* Das John-Deere-Gespann hockte noch immer in seiner Ecke. Ruth sah von der Zeitung auf, in der sie blätterte.

»Schon wieder da, Süße? So gut ist das Essen hier doch auch wieder nicht.«

»Bitte sagen Sie mir, dass es auf Chapel Isle einen Waschsalon gibt, sonst werde ich meine Bettwäsche in der Bucht waschen müssen.«

»Wir sind vielleicht ein Provinznest, aber so schlimm ist es nun auch wieder nicht. Wir haben einen richtigen Waschsalon. Fahren Sie etwa einen Block weit die Straße hoch. Er ist nicht zu verfehlen.«

Erleichtert verabschiedete Abigail sich zum zweiten Mal an diesem Tag. Da es offenbar nur ein Katzensprung war, entschied Abigail, ihr Wäschebündel zu schultern und sich zu Fuß auf den Weg zu machen. Souvenirladen reihte sich allerdings an Souvenirladen, und die Arme wurden ihr schon nach kurzer Zeit schwer. Wo war dieser Laden bloß?

Abigail war schon drauf und dran, die weiße Flagge zu hissen, als sie eine kleine Gasse zwischen zwei Geschäften entdeckte. Im Zugang hing ein Holzbrett mit einem eingefrästen Schriftzug: *Waschsalon.*

Am Ende der Gasse befand sich eine umfunktionierte Garage, in der eine Reihe Münzwaschmaschinen und -trockner aufgestellt waren, versteckt wie eine Mondscheinkneipe. Das war ja kaum zu verfehlen, dachte Abigail. Sie fühlte sich allmählich, als sei Chapel Isle eine Art Privatclub, für den man ihr das geheime Klopfzeichen nicht verraten hatte. Sie warf ihre Wäsche auf einen Sortiertisch und sichtete den Berg, als sie auf einmal hörte, wie hinter ihr jemand hüstelnd seine Gegenwart ankündigte.

»Hier, um Wäsche zu machen?«

An der Schwelle des Waschsalons stand ein Mann in einer grob gerippten Kordhose, die er sich bis zu seiner beleibten Taille hochgezogen hatte. Er hatte den ausgeprägten Unterbiss einer Bulldogge und war einen ganzen Kopf kleiner als Abigail.

»Äh … ja. Ja, das bin ich.«

»Geht doch nichts über frisch gewaschene Kleidung.«

»Da gebe ich Ihnen Recht.«

»Sie werden Seife brauchen. Haben Sie welche?«

»Nein, jetzt, wo Sie es sagen! Habe ich nicht.«

Der Mann legte mitleidig den Kopf auf die Seite. »Ohne Seife können Sie nicht waschen.«

»Da gebe ich Ihnen schon wieder Recht.«

»Ich könnte Ihnen welche leihen«, sagte er, mit Betonung auf dem Wort *leihen*.

»Wirklich? Ich kann sie Ihnen bezahlen.« Abigail griff nach ihrer Handtasche.

»Will kein Geld.«

Abigail fragte sich, was er stattdessen wohl wollte. Der Mann schlurfte zu einem Abstellraum, zerrte eine riesige Tonne Waschmittel hervor und wuchtete sie auf den Sortiertisch.

»Meinen Sie, Sie haben da genug für mich?«, witzelte sie.

Er legte die Stirn in Falten, während er ihr das Waschmittel in Pappbecher abfüllte. Mit todernster Miene sagte er: »Seife kann man nie genug haben. Bringen Sie das nächste Mal, wenn Sie kommen, welche mit. Das ist alles.«

»Mache ich.«

Sie nahm den ersten Schwung Handtücher, um ihn in die Waschmaschine zu stopfen, die am nächsten stand, und der Mann schnalzte missbilligend mit der Zunge. Sie trat an die nächste. Er tat dasselbe. Als Abigail einen Schritt auf die dritte zuging, nickte er zustimmend. Als sie die nächste Ladung in eine andere Waschmaschine stecken wollte, schnalzte der Mann wieder mit der Zunge, bis sie die richtige Maschine gewählt hatte.

»Haben Sie Vierteldollars?«

Abigail kramte in ihrer Geldbörse. Sie hatte nicht genug für beide Maschinen.

»Gibt es hier keinen Wechselautomaten?«, fragte sie.

»Ich kann Ihnen wechseln.«

Er nahm ihre Eindollarscheine und fischte in seiner Hosentasche, förderte eine Hand voll Vierteldollarmünzen zu Tage. Das war einfach zu seltsam. Abigail konnte es sich nicht verkneifen nachzuhaken.

»Sind Sie hier der Besitzer?«

»Wer, ich?«, entgegnete er geschmeichelt. »Nö.«

»Sie kümmern sich nur gern um die Wäsche?«

»Das kann man so sagen. Wenn Sie wollen, können Sie gehen. Ich passe auf Ihre Wäsche auf.«

»Danke. Ich überleg's mir.«

»Ein Waschgang dauert fünfundzwanzig Minuten. Dann müssen Sie hier sein, um die Sachen in die Trockner zu stecken.«

Das war eher ein Befehl als eine Empfehlung. Abigail warf einen letzten Blick auf den merkwürdigen Mann mit dem Unterbiss, während ihre wehrlose Wäsche bereits in den Maschinen wirbelte, schnappte sich ihre Handtasche und ging.

Fünfundzwanzig Minuten waren nicht viel Zeit, um auf große Erkundungstour zu gehen, aber Abigail konnte sich immerhin ein bisschen das Dorf ansehen. Alles war ihr lieber, als noch länger in diesem Waschsalon zu bleiben. Die Schreie der Möwen lockten sie zum Pier. Viele der Boote, die sie am Tag zuvor gesehen hatte, waren nicht da. Es gab keine Jachten oder Vergnügungskreuzer, nur eine Hand voll kleiner Kähne, denen man ihr Alter ansah, während sie sanft im Wasser schaukelten. Wie beneidenswert ist es, so unbeschwert zu sein, dachte Abigail, so unerschütterlich.

Sie schlenderte über den Pier. Langsam kam die Flut, und die Krebse, Rankenfußkrebse, die unten an den Stützpfeilern hingen, würden bald verschwunden sein. Ihre gesprenkelten weißen Körper hoben sich deutlich von dem dunklen Holz ab. Abigail ließ sich das Wort *Rankenfußkrebs* auf der Zunge zergehen, etwa so, wie ein Weinkenner einen guten Wein verkostete. Es war ein sperriges Substantiv, das sich in den Backentaschen breitmachte und gegen die Zähne schlug. Das war die Schönheit der Sprache. Laute erzeugten Worte, die ihrerseits Bedeutung erzeugten. Liebe war nicht Liebe ohne diese präzisen Konsonanten und Vokale. Dasselbe galt für Angst. Abigail war in beidem sehr bewandert. Sie wusste, wie Liebe als auch Angst ihren Atem beschleunigte, ihr ein Kribbeln über die Haut jagte und den Kopf völlig verwirrte. Liebe und Angst besaßen nicht mehr als fünf Buchstaben, und doch lagen Welten zwischen ihnen.

Jahre bevor Abigail auch nur einen Fuß auf Chapel Isle gesetzt hatte, wusste sie schon, wie es war, von dort mit einem Schlauchboot aufs Meer hinauszufahren, am Strand Muscheln zu sammeln, den unberührten Sand durch die Zehen rieseln zu lassen. Sie kannte sogar die Farbe des Sonnenuntergangs, wenn er den Himmel tönte. Paul hatte ihr alles über die Insel erzählt, auf der er die Sommer seiner Kindheit verbracht hatte. Seine Jugenderinnerungen hatten sich Abigail so tief eingeprägt, als wären es ihre eigenen. Sie konnte fast hören, wie die Wellen gegen die Küste brandeten. Weiter hatte ihre Fantasie sie nicht getragen. Sie hatten vorgehabt, ihre Flitterwochen auf Chapel Isle zu verbringen, aber dann hatten Abigails Eltern ihnen zur Hochzeit eine Reise nach Maui geschenkt. Paul hatte ihr versprochen, eines Tages, wenn sie genügend Geld hätten, mit ihr Urlaub auf Chapel Isle zu machen. Aber sobald sie es sich leisten konnten, wurden ihre Pläne immer wieder von irgendwelchen Widrigkeiten durchkreuzt. Der richtige Zeitpunkt kam nie.

In den Monaten vor dem Feuer begann Abigail, Paul mit der Reise nach Chapel Isle in den Ohren zu liegen, wobei sie Justin als Argument anführte. Sie wollte, dass ihr Sohn dieselben besonderen Kindheitserfahrungen machte wie er. Trotz seines dicht gedrängten Terminkalenders beantragte Paul zwei Wochen Urlaub im August, damit sie als Familie auf die Insel fahren konnten. Damit er ihnen all die schönen Dinge zeigen konnte, für die er sich in seiner Jugend so begeistert hatte – vor allem den Leuchtturm, den er wie einen kostbaren Schatz in seinem Gedächtnis bewahrte. Jedes Mal, wenn Paul von ihm sprach, umspielte unwillkürlich ein Lächeln seine Lippen.

»Der Turm war das Wundervollste, was ich je gesehen habe«, sagte er oft von kindlicher Ehrfurcht ergriffen. »Es war, als ob es auf der ganzen Welt nichts Größeres gäbe. Ich träumte oft, der Leuchtturm wäre noch immer in Betrieb, und ich würde dort leben und die Schiffe durch stürmische See in den Hafen leiten, dafür sorgen, dass die Seeleute sicher nach Hause kommen. Das waren mit die schönsten Träume, die ich je hatte.«

Pauls Träume wurden zu Abigails. Oft wachte sie auf, nachdem sie die Nacht mit fiktiven gestrandeten Seeleuten in einem Leuchtturm verbracht hatte, den sie nie gesehen hatte. Es war derselbe Traum, den sie in der Nacht vor seiner Beerdigung hatte. Nur wenige sterbliche Überreste ihres Ehemanns und ihres Sohns konnten aus den Flammen geborgen werden, kaum mehr als verkohlte Knochen. Abigail hatte trotzdem zwei Särge für eine Beisetzung bestellt, einen für einen Erwachsenen und einen für ein Kind. In Justins Sarg legte sie einen Spielzeuglaster, den er im Kindergarten vergessen hatte. In Pauls Sarg lag ihr Ehering.

Die Möwen, die sie an den Pier geführt hatten, entrissen sie dem harten Griff der Vergangenheit, ihre Schreie holten sie zurück in den Augenblick. Abigail fand sich am äußersten Ende des Piers wieder. Sie konnte sich nicht erinnern, wie sie dorthin gekommen war. Dreißig Minuten waren unbemerkt verstrichen.

Seit dem Feuer hatte sie gelegentlich Erlebnisse gehabt, die ähnlich wie schlafwandeln waren. Minuten, wenn nicht gar Stunden, konnten einfach vorbeirauschen. Das Wissen, dass sie ihren Körper verlassen konnte und er allein, vielleicht sogar gegen ihren Willen, handelte, beunruhigte sie.

Als sie zurück zum Waschsalon kam, war der Mann mit dem Unterbiss verschwunden. Ihre nasse Wäsche lag auf dem Sortiertisch. Er hatte sie für sie herausgenommen.

»Wenigstens ist *er* kein Geist«, murmelte sie vor sich hin.

»Das mache ich auch.«

Mit rotem Kopf schnellte Abigail auf dem Absatz herum. Der Mann stand in der Tür zu einem kleinen Abstellraum.

»Was machen Sie auch?«

»Selbstgespräche führen. Kein Grund, sich zu schämen. Es gibt keinen besseren Zuhörer als die eigenen zwei Ohren.«

»Das ist …«, sie suchte nach einem Kommentar, der nicht kränkend sein würde, »… wohl wahr.«

»Ich habe Ihnen ein paar Trocknertücher besorgt.«

»Das geht schon so, ohne.«

Der Mann fuchtelte mit einem Finger. »Würde ich nicht empfehlen. Werden statisch aufgeladen. Bis zu zwölftausend Volt. Die Trocknertücher haben einen Weichmachereffekt.«

»Wow. Wer hätte das gedacht?«

Er hielt ihr die Trocknertücher hin, als wollte er sagen: Ich habe es so gemacht, und das sollten Sie auch.

»Geht das aufs Haus?«, fragte Abigail.

»Aufs Haus.«

Als sie die triefende Bettwäsche eben schon wahllos in einen der Trockner stecken wollte, wandte sie sich noch einmal um: »Können Sie mir den Trockner des Tages empfehlen?«

Strahlend holte er aus: »Meiner Meinung nach ist Nummer acht mit Abstand der beste für Bettbezüge und Laken, wenn auch nicht ideal für Feinwäsche. Da hatte ich schon mal Probleme mit der Abstimmung. Läuft richtig heiß. Für Ihre Handtücher würde ich Ihnen Nummer elf empfehlen. Da bleibt die Hitze schön gleichmäßig.«

»Nummer acht also.« Unter den wachsamen Blicken des Mannes stopfte Abigail die tropfnasse Wäsche in den Trockner.

»Halten Sie sich in vierzig Minuten bereit«, informierte er sie.

»Alles klar. Können Sie mir vielleicht sagen, wo ich hier einen Supermarkt finde?«

Sie wollte nicht die ganze Zeit mit ihm über Stromspannung und Hitzeregulierung reden, und sie brauchte dringend Lebensmittel.

»Die Straße hoch auf der rechten Seite, da gibt's einen Kaufladen. Er ist nicht zu verfehlen.«

Nicht zu verfehlen, dachte sie. Ach ja? Das habe ich heute schon mal gehört.

Ein Schild so groß wie eine Reklametafel stand auf dem Dach eines scheunenartigen Gebäudes einen Block weiter – WELLER'S MARKET. Abigails neuer Gesprächspartner aus dem Waschsalon hatte Recht. Sie hätte es nur mit verbundenen Augen übersehen können.

Der Markt mutete wie ein behelfsmäßiger Laden für die Landbevölkerung an. Reihen mit Sperrholzregalen und Verkaufsständer auf umgedrehten Kisten vermittelten das Flair eines fahrenden Marktstandes, der jederzeit abgebaut und an einen neuen Standort verlegt werden konnte. Die Kassen am Eingang waren frei, aber irgendwo im Laden konnte Abigail ein Schlurfen hören. Sie nahm sich einen Einkaufswagen und machte sich auf den Weg durch die Gänge, während sie bereute, sich keine Einkaufsliste geschrieben zu haben. Aber es war egal. Sie brauchte alles.

Eines der Räder an ihrem Wagen eierte, sodass sie ihn nur mühsam manövrieren konnte. Das kaputte Rad quietschte monoton, und der Wagen scherte immer wieder aus. Je mehr sie in ihren Wagen lud, desto anstrengender wurde es. Da Lottie sich anscheinend einfach verkrümelt hatte, standen Reinigungsmittel für sie jetzt an oberster Stelle. Sie konnte den ganzen Staub nicht noch eine Nacht ertragen, und so landeten all jene Produkte, die behaupteten, am effektivsten und aggressivsten zu sein, in ihrem Einkaufswagen. Außerdem warf sie jedes Lebensmittel mit dazu, nach dem es sie gelüstete. Hunger hatte diesen Effekt. Ihr Wagen war kurz vor dem Umkippen und Abigail bereit, zur Kasse zu gehen.

An der Kasse, in einen Liebesroman vertieft, hing Janine, die Frau, der sie schon im Café begegnet war. Abigail lud ihre Einkäufe aus, in der Hoffnung, dass Janine sich vielleicht nicht an sie erinnerte. Bedauerlicherweise tat sie es doch.

»Haben Sie Wertmarken?«, fauchte die Frau.

Abigail war seit vor dem Feuer nicht mehr einkaufen gewesen. Ihre Handtasche lag auf dem Kindersitz des Einkaufswagens und erinnerte sie auf einmal an Justin. Ein trauriger Stich ging ihr durchs Herz, und für einen Moment wurde ihr ganz schwindelig.

»Ich sagte, haben Sie irgendwelche Wertmarken?«

»Ich? Wertmarken? Nein, nein, habe ich nicht. Nicht dass ich sie nicht verwende«, stammelte Abigail, besorgt, Janine könnte ihre Verwirrung als Herablassung aufgefasst haben. »Ich habe nur heute keine dabei. Ich bin neu hier. Ich bin erst gestern angekommen, und ich habe noch nicht mal ausgepackt, und ich habe letzte Nacht nicht gut geschlafen, und ich … ich … ich halte jetzt besser den Mund.«

Janine kniff die Augen zusammen und tippte Abigails Einkäufe schweigend ein. Als Abigail begann, die Lebensmittel in Tüten zu verstauen, hielt Janine sie auf.

»Ich mache das schon.«

»Ich dachte, ich helfe Ihnen.«

»Lassen Sie's einfach.«

Abigails Gesicht glühte vor Verlegenheit. Außer Stande, sich eine scharfe Antwort einfallen zu lassen, wartete sie ab, bis Janine alles eingepackt hatte und ihr die Summe nannte. Es war mehr, als Abigail erwartet hatte. Sie hatte sich vor ihrer Abreise aus Boston mit zusätzlichem Bargeld für solche Fälle eingedeckt und reichte der Kassiererin nun drei große Scheine, womit sie ihr noch einen Grund gab, sie nicht zu mögen.

Janine knallte Abigail das Wechselgeld hin. »Schönen Tag noch.«

»Mache ich mir.«

Es war eine unglaubwürdige Retourkutsche, aber wie sollte man auch triumphierend aussehen, während man einen eiernden Einkaufswagen aus einem Laden zu seinem Kombi schob. Glücklicherweise war sie mit dem Wagen bis vor das Geschäft gefahren.

»Was hat diese Frau denn bloß?«, knurrte Abigail, während sie die Einkaufstüten verstaute. »Ich habe sie kaum kennengelernt, und trotzdem hasst sie mich. Wie kann man denn jemanden hassen, dem man noch nicht einmal vorgestellt wurde?«

Dann sah Abigail das John-Deere-Gespann aus dem Café kommen. Die drei Männer standen an der Ecke und starrten sie an, während sie Selbstgespräche führte. Sie errötete.

»Hallo.« Sie winkte kurz.

Die Männer zuckelten davon, so schnell es ihre arthritischen Beine zuließen. Na toll. Jeder, den sie bis jetzt getroffen hatte, hasste sie oder hielt sie für verrückt.

Apropos verrückt, dachte Abigail, Zeit, die Wäsche zu holen.

Als Abigail zum Waschsalon kam, war der Mann mit dem Unterbiss dabei, ihre Bettwäsche zusammenzulegen.

»Muss man machen, solange sie heiß sind, sonst zerknittern die Sachen«, erklärte er, während er über den Stoff strich und die Falten glättete. »Die Handtücher auch. Die habe ich schon fertig.«

»Ich weiß nicht, was ich sagen soll. Ich meine, ich weiß *wirklich* nicht, was ich sagen soll.«

Dass er ihre Bettwäsche und Handtücher berührte, irritierte sie. Sie musste sich beherrschen, nicht das Gesicht zu verziehen.

»Hier. Ich wusste nicht, welche Marke Sie bevorzugen. Ich hoffe, ich habe die richtige Wahl getroffen.«

Abigail hatte in dem Laden einen Karton Waschmittel und eine Packung Trocknertücher für ihn gekauft.

Der Mann sah blinzelnd auf das Mitbringsel. »Das ist vom Feinsten. Beste Ware. Wär nicht nötig gewesen.«

»Schon gut.«

»Danke.«

»Nicht der Rede wert.«

Im Ernst, dachte sie. Nicht der Rede wert.

Abigail wollte sich endlich wieder in den Schutz ihres Leuchtturms flüchten. Sie sammelte ihre Wäsche ein und schob sich in Richtung Tür.

»Ich muss los. Hab noch viel zu tun.«

»Okay, na dann, schönen Tag noch.«

Auf der Fahrt zurück zum Leuchtturm ließ Abigail sich die Ereignisse des Vormittags noch einmal durch den Kopf gehen. Sie fragte sich, ob sie sich überhaupt die Mühe machen sollte auszupacken. Sie konnte aus dem Mietvertrag aussteigen und den noch offenen Betrag begleichen. Nur dass das heißen würde, sich geschlagen zu geben.

Monatelang hatte Abigail sich geschlagen gefühlt. Das Feuer hatte sie aus dem Hinterhalt überfallen, die Trauer hatte sie außer Gefecht gesetzt und ihren Lebensmut in die Knie gezwungen. An manchen Tagen wachte sie auf und wähnte sich im Körper eines anderen, oder sie betete darum, ein anderer zu sein. Oft starrte sie auf ihre Finger, außer Stande, sich zu erinnern, ob ihre Nägel schon immer so kurz gewesen waren. Oder sie musterte ihre Sommersprossen in einem Spiegel, nicht sicher, wie lange sie schon da waren. Ihre Arme erschienen ihr plump, ihre Beine schlaksig, ihr Brustkorb zu klein für sie, prall gefüllt mit ihrem geschwollenen Herzen. Abigail hatte einen scheinbar aussichtslosen Kampf geführt, um zu sich selbst zurückzufinden, aber sie konnte es sich nicht leisten, gerade jetzt aufzugeben.

Sie fuhr an der Wiese vorbei, einem der Orientierungspunkte, die sie sich eingeprägt hatte. Dieser hier zeigte an, dass sie auf halbem Weg zum Leuchtturm war. Plötzlich stand ein Reiher vor ihr in einem Meer aus leuchtend grünem Schilfgras. Er stakste anmutig weiter, ließ sich vom Motorengeräusch nicht irritieren. Abigail bremste ab, und der Reiher verschwand im Dickicht.

Das, dachte Abigail entschieden, ist ein Zeichen. Paul hatte Chapel Isle geliebt. Und sie würde es ebenfalls lieben.

»Du bleibst«, bestimmte sie. »Das ist genau das, was du brauchst.«

Es sich zu sagen war jedoch eine Sache. Es zu glauben eine völlig andere.

G

Geseire[s] [gəˈzairə[s]], *n.* unnützes, verworrenes Gerede, Geschwätz, Gejammer. [19. Jh., > vermutl. von jidd. *gesera* »Bestimmung, Verordnung«, neuhebr. *gezērā*, Plur. *gezērōth,* über Jiddisch und Gaunersprache in die Alltagssprache übernommen]

Die Mittagssonne lugte über die Spitze des Leuchtturms, warf einen breiten Schatten, der eine ganze Seite des Hauses einhüllte. Abigail bog in die Kiesauffahrt ein, parkte absichtlich außerhalb der Reichweite des Schattens. Sie beugte sich über das Lenkrad vor und spähte zum Leuchtturm hoch. Der einst prächtige Bau, dessen Anblick sich Paul so ins Herz gegraben hatte, war ein Bild des Jammers. Das betrübte Abigail zutiefst.

Sie entlud den Wagen, wuchtete die schweren Einkaufstüten in die Küche und legte die frisch gewaschene Wäsche auf eine Tischkante, die sie mit dem Ärmel abgestaubt hatte. Ihr Gespräch mit Merle schoss ihr unvermittelt durch den Kopf. Abigail hielt inne, sah sich im Wohnzimmer nach irgendwelchen Veränderungen um. Alles war so, wie sie es zurückgelassen hatte.

Was hatte sie denn auch erwartet? Ein Gespenst in

einem weißen Laken? Sie war sich nicht sicher, was sie erwarten sollte. Das war es, was ihr keine Ruhe ließ.

Der Kühlschrank musste ausgewaschen werden, aber Abigail musste die frischen Lebensmittel darin verstauen, bevor sie verdarben. Die Trockenvorräte konnten warten, denn zuerst mussten die Schrankfächer sauber gewischt werden. Sie baute ihre Brigade von Reinigungsmitteln auf dem Küchentresen auf und war sich sicher, dass sie eine Veränderung zum Besseren bewirken konnte.

Veränderung gehörte zum Leben und zur Sprache. Abigails Vorgänger auf dem Gebiet der Lexikografie hatten überflüssige Buchstaben wie zum Beispiel das archaische *H* in *Thür* und *Thor* aus Gründen der Zweckmäßigkeit, Effizienz und Ästhetik aus dem Wörterbuch getilgt. Abigails heutiges Ziel war nicht annähernd so hochgesteckt; dennoch waren Zweckmäßigkeit, Effizienz und Ästhetik auch ihre größten Anliegen.

Mit den Küchenschubladen und -schränken würde sie keine allzu große Mühe haben, aber die jahrzehntealten Haushaltsgeräte würden ihr schwer zu schaffen machen. Insbesondere der Herd bereitete Abigail Kopfzerbrechen. Sie hatte nicht daran gedacht, eine Mikrowelle mitzunehmen, was sie jetzt bereute. Das hätte eine Menge Probleme gelöst. Das einzige Elektrogerät, das sie eingepackt hatte, war ein kleines Radio mit CD-Player, ein veraltetes Modell aus der Garage ihrer Eltern.

»Mit ein bisschen Musik wird die Arbeit gleich erträglicher sein«, sagte sie sich, während sie das Radio aus dem Stapel Kartons im Wohnzimmer heraussuchte.

Aber egal, in welche Richtung Abigail die Antenne auch

bog, es kam nur ein statisches Rauschen, daher nahm sie eine Klassik-CD aus ihrem Koffer und legte sie ein. Musik erleichterte das Arbeiten. Während die sanften Klänge eines Violinkonzerts das Haus erfüllten, streifte sie ihre neuen Gummihandschuhe über und trat entschlossen auf die Küchenschränke zu. Abigail schätzte, dass die Küche nicht mehr gründlich geputzt worden war, seit der letzte Leuchtturmwärter hier gelebt hatte. Das war zwanzig Jahre her …

Sie räumte die Regale aus und inspizierte den Inhalt: angeschlagene Teller, verformte Plastikbecher und verbeultes Kochgeschirr. Eine Dinnerparty würde sie hier noch nicht geben können.

Auf einmal blieb die CD hängen. Gleich ging Abigail Merles Geschichte über Wesley Jasper durch den Kopf. Quatsch, da ist nichts, sagte sie sich dennoch entschieden. Sie wollte eben nach dem Gerät sehen, als das Konzert auch schon wieder einsetzte. Lächelnd verscheuchte sie ihre Gedanken.

Abigail schrubbte die Küchenschränke wie besessen von innen und außen, als Nächstes war der Kühlschrank an der Reihe. Schimmel in allen Regenbogenfarben hatte sich dort eingenistet, das Innere des Gefrierfachs war von einer zwei Zentimeter dicken Eisschicht überzogen. Abigail hackte mit einem Serviermesser auf das Eis ein, bis es in großen Stücken abbrach. Zu guter Letzt musste sie sich den Herd vornehmen. Verglichen mit dem Rest reinigte sie ihn nur oberflächlich. Sie entschied, sich stattdessen auf den Küchentresen und den Spritzschutz zu konzentrieren.

Die ganze Küche könnte einen neuen Anstrich gebrauchen, überlegte sie. Und diese Tapete muss verschwinden.

Die CD blieb jäh wieder hängen, die Violinen brachen mitten im Takt ab. Abigail schluckte schwer und wartete. Sekunden später setzte die Musik wieder ein.

Ermutigt zupfte sie vorsichtig an der Tapete, die sich mühelos löste. Der Kleister war völlig brüchig geworden.

»Wenn du sie abziehst und die Wand mit frischer Farbe streichst, wird es gleich um Welten besser aussehen«, murmelte sie.

Und dann merkte sie, wie hungrig sie war. Abigail hatte seit dem Frühstück im Café nichts mehr gegessen, und selbst da hatte sie ihr Essen kaum angerührt. Sie spülte einen Teller ab und machte sich ein Sandwich. Truthahn, Tomaten und Mayonnaise war nicht unbedingt Haute Cuisine, aber bei dem Gedanken, wie sanft das Sandwich zu ihren verbrannten Geschmacksknospen sein würde, klang es doch wie eine Delikatesse.

Abigail räumte eine Ecke des Tischs frei, auf dem sie das Geschirr aus den Schränken gestapelt hatte, um Platz zum Essen zu haben. Dann setzte sie sich auf den einzigen Stuhl, der nicht aussah, als würde er unter ihr zusammenbrechen.

Ihre Zunge brannte noch immer von dem kochend heißen Kaffee. Aber Abigail war so ausgehungert, dass es ihr egal war. Seit dem Feuer hatte sie nur noch etwas zu sich genommen, um bei Kräften zu bleiben, und weil ihre Eltern sie dazu gezwungen hatten. Wenn sie die Mahlzeiten nicht genau vor sie hingestellt hätten, dann hätte Abigail das Essen völlig vergessen. Es schien keine Notwendigkeit mehr zu sein. Sie war ständig satt, abgefüllt mit Gefühlen, um die sie niemand beneiden würde. An diesem Tag verspürte sie zum ersten Mal wieder ein Essbedürfnis.

Nachdem sie gegessen hatte, machte Abigail dort weiter, wo sie aufgehört hatte. Anstatt die Trockenvorräte und Dosen in den Küchenschränken zu verstauen, ließ sie sie zusammen mit dem Geschirr auf dem Tisch stehen. Warum sollte sie sich die Mühe des Einräumens machen, wenn sie die Küche doch streichen würde?

Abigail stapelte allen Krempel, der in der Küche im Weg war, im Wohnzimmer. Wenn sie diese Sache anpacken würde, dann richtig. Sie nahm die Tapete dort in Angriff, wo sie sich an den Rändern bereits gelöst hatte. Das blauweiße Blümchenmuster hatte vielleicht einen schrulligen ländlichen Charme ausgestrahlt, als die Tapete ursprünglich angebracht wurde, aber jetzt schimmerte der Kleister an den weißen Stellen gelblich hindurch und verstärkte den Eindruck, dass die Küche schmutzig war.

Nicht jede Bahn kam freiwillig herunter. Abigail kratzte an losen Ecken, bis beide Daumennägel abbrachen. Sie musste ein Buttermesser zu Hilfe nehmen, um die hartnäckigeren Stellen und den Kleister zu entfernen, der an der Wand haftete, und sie verdoppelte ihre Anstrengungen. Eine Wolke aus winzigen Papierschnipseln schwebte durch die Sonnenstrahlen, die durch die Küchenfenster ins Zimmer fielen.

Im Verlauf des Nachmittags ertappte sich Abigail immer wieder dabei, wie sie darauf wartete, dass die CD erneut hängen blieb, doch die Musik lief ohne Unterbrechung weiter. Abigail begann zu summen, verlor sich in den beschwingten Klängen der Violinen. Paul hatte Cellomusik bevorzugt. Sie hatten oft darüber debattiert, was sie im Auto hören sollten, hatten um Symphonien gewetteifert und die Vorzüge jedes Saiteninstruments verglichen, als würden sie politische Standpunkte vertreten. Für Paul sprach das Cello mit seiner weichen, klangvollen Stimme die Seele an. Abigail zog die leichteren, luftigeren Klänge der Violine vor. Der tiefe Tenor des Cellos war für ihren Geschmack zu melancholisch, lange bevor sie überhaupt wusste, wie sich echte Melancholie anfühlte.

Tapetenstreifen türmten sich in immer größer werdenden Haufen zu ihren Füßen, ihre Fingerspitzen verfärbten sich bläulich. Schließlich gab das Buttermesser dem Druck des ständigen Kratzens an dem verhärteten Kleister nach. Zu spät fiel Abigail ein, dass sie als Mieterin gar nicht das Recht hatte, die Tapete herunterzureißen. Der Leuchtturm war nicht ihr Eigentum.

Aber sie leisteste gute Arbeit und wähnte sich damit auf der sicheren Seite. Was geschehen war, war geschehen, und niemand – nicht einmal Lottie – würde bestreiten, dass die Küche ohne die veraltete Tapete geräumiger wirkte, eine außerordentliche Leistung angesichts ihrer Ausmaße. Abigail sah ihre Feststellung als Sieg an. Sie gönnte sich eine Pause, um die Fenster zu öffnen und etwas Luft ins Zimmer zu lassen. Die Brise blähte die hauchdünnen Vorhänge auf. Staub hatte sich in den Spitzenborten gesammelt, so viel, dass Abigail beschloss, dass auch sie verschwinden mussten. Kaum hatte sie den Gedanken zu Ende gedacht, brach die Vorhangstange herunter. Und dann hörte sie einen Rums.

War das oben? Sie musste jetzt ganz entspannt bleiben, durfte nicht überreagieren.

Abigail nahm auch die Vorhangstange des anderen Fensters ab. Nichts passierte. Die Violinen spielten weiter, sonst hörte sie nichts.

»Du schnappst allmählich über, Abby«, flüsterte sie.

Ja, sie schnappte eindeutig über, wenn sie sich schon selbst »Abby« nannte.

Nach ihrem Großangriff gegen die Küche sah es aus, als hätten dort Plünderer ihr Unwesen getrieben. Leere Schubladen hingen heraus. Die Schranktüren standen sperrangelweit offen, kahle Regale starrten sie vorwurfsvoll an. Aber wichtig war nur, dass jetzt alles sauber war. Abigail hatte die Haushaltsgeräte von jahrealtem Fett und die Spüle von jahrzehntealtem Schmutz befreit. Jetzt konnte sie sich gut vorstellen, wie die Küche einmal ausgesehen hatte: gemütlich, heimelig. Vielleicht konnte sie so wieder werden.

Das große Schlafzimmer stand als Nächstes auf dem Programm. Abigail legte die frische Bettwäsche und die Handtücher auf den Schaukelstuhl, klopfte die Matratze aus und begann, das Bett zu beziehen. Ohne Laken sah die Ausbuchtung in der Mitte der Matratze aus wie ein Krater.

Vielleicht war die andere Seite nicht so durchgelegen. Die Matratze zu wenden erforderte Muskelkraft. Schwer, wie sie war, schwankte sie und sackte dann mit voller Wucht auf den Sprungfedern zusammen. Ein Stück Papier flatterte auf den Boden, während eine Staubwolke das Zimmer einhüllte.

Manche Leute versteckten Geld unter ihrer Matratze. Oder unanständige Zeitschriften. Abigail war gespannt, was sie hier vorfand. Hustend hob sie das Papier auf – es war ein Zeitungsartikel.

Die Zeitungsnotiz war bernsteingelb vom Alter und fein säuberlich ausgeschnitten. Die fett gedruckte Schlagzeile lautete: *MÄTRESSE* DES BISCHOFS SINKT, GESAMTE CREW GEHT UNTER.

Abigail warf den Artikel auf den Nachttisch und ging ins Bad, um etwas Wasser zu trinken. Ein Schluck aus dem Hahn, und sie war wieder wohlauf, wenn auch aufgewühlt. FRAU BEIM HAUSPUTZ AN STAUB ERSTICKT, dachte sie, wäre ein guter Aufmacher für einen Zeitungsartikel.

Abigail bezog das Bett mit der frischen Wäsche und legte die nach Weichspüler duftende, ebenfalls gewaschene Quiltdecke darüber. Sie war doch hübscher, als sie auf den ersten Blick schien. Die Decke war handgemacht, aus blauen und gelben Stoffquadraten. Irgendjemandes Herzblut war in diese Decke geflossen.

Abigail schleppte den Eimer und den Schrubber, die sie gekauft hatte, hoch und begann, den Schlafzimmerboden zu scheuern. Ohne den schwärzenden Schmutzfilm zeigten die Holzdielen bald ihre schöne Maserung. Das klare Wasser im Eimer trübte sich rasch. Sie musste das Schmutzwasser immer wieder in der Badewanne ausschütten, bevor sie den Boden für sauber erklären konnte. Weder der Nachttisch noch die Kommode änderten ihr Aussehen so wie der Boden, aber Seife und Putzlappen verliehen ihnen dennoch neuen Glanz. Nachdem Abigail auch noch den

Staub aus den Kommodenschubladen gewischt hatte, begann sie mit dem Auspacken.

Der Wandschrank war winzig nach modernen Maßstäben. Der Kühlschrank unten war geräumiger. Fünf hölzerne Kleiderbügel hingen an einem vorstehenden Metallarm, der als Kleiderstange diente.

Keines von Abigails Kleidern hatte das Feuer überlebt, daher hatte ihre Mutter ihr eine ganze neue Garderobe aus einem Katalog bestellt, während sich Abigail im Krankenhaus erholte. Es war gut gemeint gewesen, ihre Mutter wollte ihr nur helfen, damit sie eine Sorge weniger hatte. Aber als Abigail jetzt die Oberteile in den Schrank hängte und die Hosen zusammenlegte und in den Kommodenschubladen verstaute, hatte sie doch eindeutig das Gefühl, an der Gepäckausgabe des Flughafens den falschen Koffer erwischt zu haben. Selbst jemand, der ihr so nahestand wie ihre Mutter, kannte ihren Geschmack nicht.

Und während sie vor dem Wandschrank stand, wurde sie von plötzlicher Sehnsucht übermannt. Sie vermisste ihre alten Kleider. Die Seidenblusen und wollenen Designerhosen, die sie im Laufe der Jahre gekauft hatte, galten gewiss nicht als Haute Couture, aber sie hatten ihr dennoch viel bedeutet. Ob sie zu einem Consulting-Job oder einer Lexikografie-Konferenz fuhr, ihre Garderobe bestand im Allgemeinen aus Tweedröcken und maßgeschneiderten Blusen. Bei ihrem Gehalt konnte sie sich hochwertige Teile dieser Art eigentlich nicht leisten, daher durchkämmte Abigail systematisch die Ständer mit Sonderangeboten und kaufte in guten Secondhandshops. Ihre Beharrlichkeit zahlte sich zuweilen aus – einmal hatte sie im Schlussverkauf einen reinen Kaschmirpullover für vierzig Dollar erstanden. Es war ein wunderbar weicher burgunderroter Rollkragenpullover gewesen, der ihr stets Komplimente eingebracht hatte. Abigail stellte sich vor, wie dieser Pullover in ihrem früheren Kleiderschrank hing, bevor er vom Bügel rutschte und hell lodernd in Flammen aufging. Seufzend glitt sie mit den Fingern über die Baumwollstricksachen und Oxfordblusen, die ihre Mutter für sie erstanden hatte. Sie würde sich wohl oder übel mit der neuen Abby abfinden müssen.

Abigail öffnete die Fenster, um das Schlafzimmer zu lüften, das schon viel freundlicher aussah, trotz der grauenhaften grünen Wandfarbe und der scheußlichen Polyestervorhänge.

Es ist ein Anfang, sprach sie sich im Stillen Mut zu und schnappte sich den Eimer mit Schmutzwasser, um ihn ein letztes Mal auszuschütten. Der Zeitungsartikel blieb völlig vergessen auf dem Nachttisch liegen.

Als die Sonne unterging, fiel die Temperatur rasch ab. Abigail schaltete den CD-Player, der unzählige Male dasselbe Violinkonzert gespielt hatte, aus. Die Musik erstarb mit einem Mal, als würde alle Wärme aus dem Zimmer entweichen. Wenn sie nicht erfrieren wollte, dann musste sie unbedingt Feuer machen.

Abigail brauchte nicht noch mehr Brennholz, der Holzständer war voll. Aber zum Schuppen zu gehen, um noch mehr zu holen, zögerte den Prozess hinaus, vor dem ihr so graute. Während sie durch das hohe Gras stapfte, dachte sie wieder über Merle Braithwaites Worte nach.

»Warum haben Sie denn den Rasen nicht gemäht, wenn es Ihnen so wichtig ist, Ihren Mr. Dingsda bei Laune zu halten? Wie sieht's damit aus?«, brummelte sie vor sich hin.

Sie entschied, nicht länger darüber nachzugrübeln, was Merle an diesem Morgen zu ihr gesagt hatte. Mit dem Hausputz hatte sie sich ganz bewusst ablenken wollen. Wovon sie sich nicht ablenken konnte, das war der Gedanke an noch eine Nacht in bitterer Kälte. Die Türangeln ächzten, als Abigail den Schuppen aufsperrte.

O mein Gott, dachte sie, du bist nicht das Einzige, was hier ächzt.

Ihre Unterarme waren am Abend zuvor schon reichlich strapaziert worden, während sie die geviertelten Scheite aufgesammelt und gestapelt hatte. Das musste doch auch einfacher gehen.

Während Abigail nach einem Behälter suchte, um das Holz ins Haus zu tragen, entdeckte sie hinter einer Reihe von Kerosinlaternen stattdessen eine Taschenlampe. Wenn die elektrischen Leitungen im Haus so unzuverlässig waren, konnte sich eine Taschenlampe als sehr nützlich erweisen. Abigail knipste die Taschenlampe an. Nichts. Sie schüttelte sie. Batterien sollte sie also auch noch auf die Einkaufsliste setzen, neben Farbe, Malerrollen, Schmirgelpapier …

Sie durchstöberte den Schuppen nach Maler- und Tapeziersachen. Die Pinsel, die sie fand, waren beinhart, die Borsten wie versteinert von Farbe. Noch ein Besuch bei Merle würde sich nicht vermeiden lassen.

Taschenlampe und Brennholz in den Armen, trat Abigail die Schuppentür zu und ging ins Haus zurück. Es war Zeit, Feuer zu machen. Aber Lotties Broschüre war irgendwo im Chaos von Kisten und Küchenkram verbuddelt, und sie hatte kein Papier bis auf ihr Scheckbuch mit den Schecks. Abigail fiel der Zeitungsartikel ein, den sie unter der Matratze gefunden hatte. Nur dass es ihr nicht richtig erschien, ihn zu verbrennen. Der Artikel hatte zu viele Jahre überdauert, um nun ein solches Schicksal zu erleiden. Papiertüten vom Einkauf hatte sie jetzt jedoch genügend. Sie knüllte sie zusammen und warf sie auf die Holzscheite, die noch vom Vorabend im Kamin gestapelt lagen.

Abigail kämpfte gegen ihre Beklommenheit an, während sie das erste Streichholz entfachte. Sie versuchte, der Flamme die Stirn zu bieten, aber der Mut ließ sie im Stich. Sie warf das Streichholz in den Kamin, und die Flamme erfasste die Tüten und griff dann auf das Holz über.

Das erste Mal ist immer das schwerste, dachte Abigail, aber sie fürchtete sich davor, dass es jedes Mal, wenn sie ein Feuer entfachen musste, schwer für sie sein würde. Sie schauderte bei dem Gedanken, dass sie es von nun an vielleicht jeden Tag würde tun müssen.

Da der Kamin kein Schutzgitter hatte, blieb sie in der Nähe, hielt Wache vor dem Feuer, während sie darüber nachdachte, dass das Wort *Feuer* fast ebenso alt war wie das, wofür es stand. Seine Geschichte reichte Jahrtausende zurück. Die Griechen nannten es *pyr*. Im Altenglischen wurde es als *fyr* bezeichnet, im Althochdeutschen als *fiur*. Feuer war ein elementarer Bestandteil des Lebens und daher der Sprache. Die Angst vor dem Feuer war ebenso elementar. Abigails Ängste waren gerechtfertigt. Sie hatte ein Recht auf sie.

»Vielleicht wirst du dich ja daran gewöhnen«, flüsterte sie. »Vielleicht …«

Die Nacht zog allmählich über der Küste herauf, während Abigail die Bücherkisten sichtete, die auf dem Wohnzimmerboden verstreut standen. Es war höchste Zeit, in dem kleinen Arbeitszimmer oben ein Zuhause für sie zu finden. Sie löschte das Feuer mit ein paar Gläsern Wasser und hievte einen der Kartons hoch. Die Treppe knarrte bemitleidenswert bei jedem Schritt.

»Ja, ja, ja, ich habe dich gehört!«, rief Abigail.

Im Obergeschoss war es stockfinster. Abigail knipste hastig alle Lichter an – die Deckenbeleuchtung im Arbeitszimmer, die Glühbirne im Bad und die Lampe im Schlafzimmer. Sofort konnte sie leichter atmen und sich aufs Auspacken konzentrieren.

Viele Treppenstufen später war das Arbeitszimmer randvoll. Kartons stapelten sich auf dem Schreibtisch, dem Klappbett und dem Boden. Die Bücher in das Regal zu räumen war ein Projekt, an dem Abigail ihre helle Freude hatte. Eingepackt hatte sie sie in aller Eile, ohne Sinn für Ordnung; daher war jede Kiste für sie jetzt wie ein Geschenkkarton an Weihnachten.

Abigail wischte die Regalbretter ab, und während sie die Bücher einräumte, gestattete sie sich immer wieder, in die ein oder andere Geschichte hineinzuschnuppern. Es war, als würde sie alten Bekannten auf der Straße begegnen, die man einfach nicht ignorieren konnte.

Sie war noch nicht ganz fertig, als ihr knurrender Magen ihr sagte, dass es wieder Zeit zum Essen war. Trotz der reichen Auswahl an Lebensmitteln, die sie eingekauft hatte, um sich eine anständige Mahlzeit zuzubereiten, stand Abigail der Sinn nicht nach Kochen. Denn das würde bedeuten, dass sie den Herd anmachen musste. Sie war hungrig, aber *so* hungrig nun auch wieder nicht.

Schnell machte sie sich wieder ein Sandwich, legte es auf ein Stück Küchenpapier und nahm es mit nach oben ins Arbeitszimmer. Sie aß, während sie in einem Hemingway-Roman blätterte, den sie auf dem Speicher ihrer Eltern gefunden hatte, eine Erstausgabe von *Fiesta*, die ihr Vater zufällig bei einem Garagenverkauf entdeckt und ihr geschenkt hatte.

Abigail war so in das erste Kapitel vertieft, dass sie alles um sich herum vergaß. Das Gewicht des Romans in ihrer Hand wirkte so beruhigend. Sie hatte den Tag noch immer deutlich vor Augen, an dem ihr Vater ihr das Buch mitgebracht hatte. Es war Sommer. Sie war eben vierzehn geworden. Sie erinnerte sich, wie sie auf ihrer Veranda auf dem Bauch gelegen und jenes erste Kapitel gelesen hatte, während die Grillen in der Hitze zirpten. Abigail hätte schwören können, die Verandabretter unter ihren Ellenbogen zu spüren und das Chlor vom Swimmingpool ihrer Nachbarn zu riechen, obwohl sie in Wirklichkeit eingezwängt an dem kleinen Schreibtisch des Arbeitszimmers saß.

Plötzlich wurde das Backsteingemäuer des Hauses von einem dumpfen Rums erschüttert. Abigail zuckte zusammen.

Da ist nichts. Da ist nichts. Da ist nichts, wiederholte eine Stimme in ihrem Kopf, in synkopischem Rhythmus. Sie versuchte aufzustehen, ihre Beine gehorchten ihr jedoch nicht.

»Sitzen ist in Ordnung. Sitzen ist gut. Bleib einfach, wo …«

Noch ein dumpfer, hohl klingender Knall schallte durchs Haus, diesmal deutlicher.

Der Öleimer.

Abigails Gedanken schnellten zurück zu diesem Morgen, als sie die Wendeltreppe hochgestiegen war, das Lampenhaus betreten und versehentlich den Blecheimer umgestoßen hatte. Was hatte Merle gesagt, als sie seinen Laden verließ? Er hatte ihr geraten, ihn nicht zu verstellen.

Nur dass das lächerlich war. Es gab keinen Geist.

Aber auch rationales Denken konnte Abigail nicht von ihrem Schreibtisch loseisen. Wie erstarrt saß sie da. Sie überlegte, ob sie zum Lampenhaus hochgehen sollte, um der Sache auf den Grund zu gehen, oder lieber bis zum Morgen damit warten sollte, wenn sie das Tageslicht auf ihrer Seite hatte. Es war dunkel. Sie hatte keine Taschenlampe. Ein falscher Schritt auf dieser Treppe, und … Abigail wollte sich lieber nicht ausmalen, was nach diesem Und kommen würde.

Eine Weile noch saß sie bewegungslos da, dann stand sie auf und schlüpfte in ihren Pyjama. Am liebsten wollte sie einfach ins Bett klettern und sich unter der Decke verkriechen, aber sie hatte sich noch nicht die Zähne geputzt oder ihre Kontaktlinsen herausgenommen.

Vergiss das Zähneputzen. Angst zu haben sticht Mundhygiene allemal aus, dachte sie dann, stürzte ins Bad und nahm in Rekordzeit ihre Kontaktlinsen heraus. Als sie die Schlafzimmertür hinter sich zuknallte, wirbelte der Zeitungsartikel vom Nachttisch hoch und flatterte unter das Bett. Abigail war zu erschöpft, um ihn aufzuheben. Sie zog sich die Decke über die Schultern und kuschelte sich ein.

Justin war nachts oft von bösen Träumen aufgewacht. Sie und Paul hatten ihn dann immer getröstet, ihm über den Kopf gestrichen, ihn auf beide Wangen geküsst und gesagt, die Küsse würden die Albträume vertreiben.

Er hat dir geglaubt, dachte Abigail. Ihr hatte dieses bedingungslose Vertrauen so viel bedeutet, dieses unerschütterliche Vertrauen, das nur ein Kind seiner Mutter erweisen konnte. Es war eine einzigartige Ehre. Und sie würde ihr niemals mehr widerfahren. Diesmal ließ sie den Tränen, als sie kamen, freien Lauf.

»Amo, amare, amavi, amatus.

Oro, orare, oravi, oratus.«

Abigail schlang die Arme um sich und murmelte lateinische Verben, bis sie sie in den Schlaf wiegten.

H

Ha|mar|tie [hamar'ti:], *f.* nicht treffen, verfehlen, *in der Tragödientheorie des Aristoteles*: Fehlverhalten des Helden, das zur Katastrophe führt. [< griech. *hamart* (Stamm zu *hamartánein* »irren«) + *ia* »Fehler«]

Der Sonnenaufgang war anders am Meer. Er kam schnell und war unmöglich zu ignorieren. Abigail tastete auf dem Nachttisch nach ihrer Brille, um zu sehen, wie spät es war. Es war nach sechs. Sie fühlte sich gehetzt, als hätte sie verschlafen, dabei gab es nichts Dringendes zu erledigen, nichts, was auf sie wartete. Ihre Arme schmerzten von der wilden Putzaktion. Das verknüllte Bettzeug und die Schlaffalten auf ihrer Haut zeugten von den Träumen, die sie in der Nacht heimgesucht hatten.

Abigail schlüpfte in ihre Turnschuhe und schüttelte das Bettzeug auf. Während sie die Laken feststeckte und die Quiltdecke glatt strich, fiel ihr ein, dass es gar nicht nötig war, das Bett zu machen oder gar selbst vorzeigbar auszusehen. Sie lebte jetzt allein. Niemand konnte sie sehen. Sie musste sich lediglich um den Leuchtturm kümmern und der Vielzahl von Verpflichtungen nachgehen, die damit verbunden waren.

Zwei Wochen nach ihrer Entlassung aus dem Krankenhaus hatte Abigail Lotties Immobilienbüro ausfindig gemacht und sich bereiterklärt, das Leuchtturmhaus zu mieten, bevor Lottie ihr auch nur ein Foto davon gefaxt hatte. Es war die spontanste Aktion in Abigails Leben bisher, eine, die sie allmählich zu hinterfragen begann.

Sie steckte den Kopf in den Flur, während sie betete, das Licht im Bad möge nicht brennen.

Es brannte nicht.

Misstrauisch drehte sie eine Runde durch das obere Stockwerk, achtete auf jede noch so kleine Veränderung. Ihr Kontaktlinsenbehälter lag unverrückt neben dem Wasserhahn. Berge von Büchern türmten sich auf dem Schreibtisch im Arbeitszimmer. Sie fragte sich, ob sie sich das Geräusch am Abend zuvor vielleicht nur eingebildet hatte.

Es gab nur eine Möglichkeit, das herauszufinden.

Der Aufstieg in den Leuchtturm ging an diesem Morgen schneller als am Tag zuvor. Abigail war nicht mehr ganz so vorsichtig. Sie wusste noch ungefähr, welche der Stufen bedrohlich schepperten, und überstieg sie einfach. Und sie zählte jede einzelne, bis sie oben war.

Diese kleine Übung war beruhigend. Als sie das Lampenhaus erreichte, machte Abigail sich darauf gefasst, was sie vielleicht gleich sehen würde, aber der Öleimer schien dort zu stehen, wo sie ihn zurückgelassen hatte. Ob er an *genau* derselben Stelle stand wie davor, wusste sie allerdings nicht. Abigail wollte auf Nummer sicher gehen. Der Eimer stand vor dem Lampensockel, genauer gesagt vor einer dort angebrachten rostüberzogenen Plakette, in die eine Jahreszahl eingraviert war – 1893, das Jahr, in dem der Leuchtturm errichtet wurde. Abigail prägte sich genau ein, wo der Eimer stand, dann schob sie ihn mit der Spitze ihres Tennisschuhs ein Stück von dem Lampensockel weg, sodass der Eimer die Plakette an keiner Stelle mehr berührte.

»Das ist nur ein Test, ein Test, um zu sehen, ob … ich übergeschnappt bin oder nicht«, sprach sie sich Mut zu.

Sie hoffte, sie würde ihn bestehen.

Abigail schlängelte sich die Wendeltreppe hinunter. Von unten starrte sie zum Lampenhaus hoch. Die hauchzarten Strahlen der Sonne warfen wieder den Schatten des schmiedeeisernen Gittergeflechts an die Wände des Turms. Vielleicht war das, was am Abend zuvor geschehen war, nur ein Zufall gewesen. Vielleicht würde es nicht wieder geschehen. Das Wort *vielleicht* hieß, dass etwas möglich oder wahrscheinlich und dennoch ungewiss war. Es war diese Ungewissheit, die ihr keine Ruhe ließ.

Der Anblick der Küche im hellen Morgenlicht war ernüchternd. Als Abigail den Raum im Tageslicht betrat, wollte sie sich am liebsten wieder ins Bett verkriechen. Alles war sauber, aber die fleckigen Wände wirkten ernüchternd, und die Schränke waren verzogener, als Abigail sie in Erinnerung gehabt hatte.

Koffein wird diesen Anblick vielleicht erträglicher machen, dachte sie.

Sie stellte den Kessel auf den Herd, um Teewasser zum Kochen zu bringen, aber der Gasbrenner ging nicht an, obwohl sie das Gas zischen hörte. Davor, den Gasherd ein zweites Mal anzuzünden, graute Abigail. Staub zu wischen konnte einem nichts anhaben. Oder die Badewanne zu schrubben. Oder die Böden zu bohnern. Doch es half nichts – sie musste es noch einmal versuchen. Nachdem sie das Gas, das in die Luft entwichen war, weggefächelt hatte, zündete Abigail ein Streichholz an. Das Gas ließ die Flamme sofort hochschlagen. Abigail zuckte zurück. Sie bezweifelte, dass sie sich je an den Schrecken gewöhnen würde, der sie jedes Mal durchfuhr, wenn ein Streichholz Feuer fing. Und doch würde sie sich hier im Leuchtturmhaus dieser Angst immer wieder aufs Neue stellen müssen.

Abigail brachte das Wasser zum Kochen, nahm den Teekessel von der Flamme, bevor er pfeifen konnte, eine Angewohnheit, die von ihrem Zusammenleben mit Paul herrührte. Jahrelang war sie immer eine halbe Stunde vor ihm aufgestanden und still ihrer Morgenroutine nachgegangen, stets darauf bedacht, ihn nicht früher zu wecken, als es notwendig war. Sie duschte, dann machte sie Toast und Tee und nahm den Teekessel genau im richtigen Moment vom Herd, bevor er pfiff. Traurig gestand sie sich ein, dass auch das jetzt nicht mehr nötig war. Sie konnte den Teekessel pfeifen lassen, so lange sie wollte. Sie hatte seit dem College nicht mehr allein gelebt, und zum ersten Mal nach dem Unglück fragte sich Abigail, ob sich ihre eingefahrenen Verhaltensweisen aus ihrer Zeit als Ehefrau und Mutter vielleicht in neue Gewohnheiten verwandeln würden. Die Gewohnheiten alleinstehender Leute.

Nach zwei vergeblichen Versuchen, im Ofen Toast zu machen, gab Abigail auf. Beide Male wurde das Brot pechschwarz. Wie alles im Haus hatte auch der Herd seinen eigenen Charakter, an den sie sich würde gewöhnen müssen. Also gab es nur Joghurt zum Frühstück.

Abigail nutzte die Zeit, bis es spät genug war, um zum Haushaltswarenladen zu fahren, damit, weiter aufzuräumen und den Müll zu entsorgen. Und sie nahm sich fest vor, sich dieses Mal nicht zu verplaudern. Sie würde ihre Besorgungen erledigen und sich dann schnellstmöglich wieder daran begeben, ihr neues Heim bewohnbar zu machen.

Es war nach zehn, als Abigail in der Nähe des Island Hardware vorfuhr, aber wieder war die Tür fest verschlossen. Sie ging ums Haus nach hinten. Merle saß an einem Klapptisch vor der Hintertür und nahm einen großen Fisch aus.

»Morgen. Ich bin's … äh … Abigail Harker.«

»Morgen, Abby.«

Schon wieder dieser Name.

Sie lächelte mit zusammengebissenen Zähnen. »Ja, ich bin's.«

Merle schnitt die Eingeweide des Fischs mit einem gebogenen Messer heraus und warf sie ins Gras.

»Das ist ein Prachtexemplar, was?«, sagte er und wies auf seinen Fang. »Südflunder, achteinviertel Pfund. Ein paar europäische und Zwergflundern habe ich auch noch. Aber das hier ist der Hauptgewinn.«

»Ich will ja nicht unhöflich sein, aber stimmt mit Ihrem Fisch irgendetwas nicht?«

Merkwürdigerweise lagen beide Augen auf einer Seite des Kopfs. Merle warf den Fisch herum – auf der anderen

Seite war nichts zu sehen bis auf Kiemen und ein sichelförmiges Maul. Er lachte über Abigails Kommentar.

»Flundern gehören zur Plattfischfamilie«, erklärte er. »Sie haben schmale, komprimierte Körper, und sie schwimmen auf der Seite, deshalb haben sie die Augen auf der Seite, die nach oben zeigt. Diese Seite ist im Allgemeinen dunkel und die Unterseite weiß. Manche sind linksäugig, das heißt, dass ihre linke Seite nach oben zeigt. Andere sind rechtsäugig.«

»Gibt's einen bestimmten Grund für diese Laune der Evolution?«

»Keine Ahnung. Vielleicht ist es dasselbe wie mit Rechts- und Linkshändern bei den Menschen. So hat die Natur sie eben geschaffen.«

Das war eine Feststellung, wie sie von Paul hätte sein können, die vielfältigsten Eigenarten des Universums zu einer schlichten, klaren Tatsache zusammengefasst, unwiderlegbar. Es war einfach so, weil es eben so war.

»Na ja, eigentlich bin ich hier, um ein paar Sachen in Ihrem Laden zu kaufen. Grundierfarbe, Schmirgelpapier, Pinsel.«

»Sagen Sie mir bitte nicht, Sie wollen …«

»Das Haus streichen? Doch, genau das habe ich vor.«

»Würde ich Ihnen nicht unbedingt empfehlen.«

»Merle, das Haus sieht fürchterlich aus. Wie soll ich denn so leben?«

»Finden Sie nicht, dass Sie ein bisschen übertreiben?«

»Das Haus hat keinen Schrubber oder Pinsel mehr gesehen, seit dieser Hippie sich verdrückt hat.«

»Ich gebe ja gern zu, dass es innen ausgebessert werden

muss. Aber lassen Sie mich trotzdem zwei Gründe anführen, weshalb es unklug von Ihnen sein könnte, das Haus zu streichen. Erstens dürfen Sie das gar nicht. Steht in Ihrem Mietvertrag. Und zweitens: Was, wenn Mr. Jasper sich nicht damit anfreunden kann, dass Sie sich an seinem Leuchtturm zu schaffen machen?«

»Ich habe allmählich genug von diesem Unsinn, Merle. Ich will nichts mehr hören von Mr. Jasper oder irgendwelchen Geistern oder … oder irgendetwas, was nicht normal ist.«

»Wenn Sie nach Chapel Isle gekommen sind, um etwas Normales zu finden, Abby, dann sind Sie an den falschen Ort gekommen.«

Merle warf den Fisch auf die Unterseite, sodass seine beiden Augen zum Himmel zeigten, und ging ins Haus.

Da könnten Sie Recht haben, dachte Abigail und folgte ihm in den Laden zu den Farben.

»Haben Sie irgendetwas Bestimmtes im Sinn?«

So weit voraus hatte Abigail nicht gedacht, und sie überflog rasch das Angebot.

»Ich nehme Hellblau, Buttergelb und weißen Lack. Und dann brauche ich noch Rollen und Pinsel und Schmirgelpapier.«

»Ist das alles? Wie wär's mit 'nem neuen Kühlschrank? Großbildfernseher?«

Abigail verdrehte die Augen. »Batterien. Ich brauche welche für die Taschenlampe, die ich im Schuppen gefunden habe.«

»Vergessen Sie's. Diese Taschenlampe ist hinüber.«

»Und Sie haben sie aufgehoben wegen …?«

»Bin nie dazu gekommen, sie in den Müll zu werfen.«

»Na schön. Hier ist noch eine Frage, die ich sicher gleich bereuen werde. Warum ist das ganze Brennholz im Schuppen? Kann es nicht genauso gut im Freien gelagert werden?«

»Von Holz verstehen Sie wohl nicht viel, was?«

»Ist das so offensichtlich?«

»Ich habe das Holz dort hineingetan, damit es niemand stiehlt.«

»Wer würde denn Brennholz stehlen?«

Merle trug Abigail die Farbkübel an die Kasse und sah sie an.

»Sie werden sich noch wundern, wenn Sie herausfinden, was die Leute hier so alles stehlen. Die meisten Häuser auf der Insel werden als Ferienhäuser vermietet, sind nur drei oder vier Monate im Jahr bewohnt, wenn überhaupt. Und sie sind randvoll mit Fernsehern, Radios, kleinen Haushaltsgeräten. Da kann sich jeder bedienen. Ich mache für Lotties Mann Franklin nachts den Wachschutz bei seinen Immobilien, damit er nicht bis aufs Hemd ausgezogen wird.«

»Wachschutz?«

»Ich fahre herum. Überprüfe jedes seiner Ferienhäuser. Sehe nach, ob irgendwo eingebrochen wurde.«

»Ist das denn schon mal vorgekommen?«

»Vor drei Nächten. Ostseite der Insel. Ferien-Cottage, ein Fenster eingeschlagen. Sie haben die Mikrowelle, den Toaster und eine von diesen Videospielmaschinen mitgenommen.«

»Vielleicht sollte ich auch mal in ein Haus einsteigen.

Eine Mikrowelle und einen Toaster könnte ich gut gebrauchen.«

»Ist nicht so witzig, wenn es Ihr Zeug ist, das gestohlen wird.«

Abigail schämte sich für ihre Bemerkung im selben Moment, in dem sie ihr herausgerutscht war. Ausgerechnet sie hatte doch am eigenen Leib zu spüren bekommen, wie schmerzlich es war, seine Habe zu verlieren.

»Sollte ich meine Tür ab jetzt nachts besser abschließen?«

»Sie? Nö, dem Leuchtturm würde niemand zu nahe kommen.«

»Warum denn nicht? Sind ein zerschlissenes Sofa und ein paar angeschlagene Suppentassen keine gute Beute?«

»Sie … hätten Angst davor.«

Abigail seufzte verärgert. »Merle, wenn Sie aus irgendwelchen persönlichen oder territorialen Gründen etwas gegen mich haben oder mich einfach nicht leiden können, meinetwegen. Aber Sie sollten wissen, wenn das ein Versuch sein soll, mich zum Verlassen des Leuchtturms zu bewegen, dann werden Sie damit keinen Erfolg haben.«

»Ich habe nicht gesagt, dass ich Sie nicht leiden kann, Abby. Im Gegensatz zu Ihrer Vermieterin versuche ich nur, offen und ehrlich zu Ihnen zu sein.«

Merle sah sie treuherzig an. Im Grunde ihres Herzens glaubte Abigail, dass er es gut meinte und nur ihr Bestes wollte, aber genau das beunruhigte sie. Schnell verscheuchte sie ihre Gedanken wieder.

»Also gut. Trotzdem nehme ich jetzt erst mal meine Farbe mit, dann können Sie weiter Ihren Fisch entgräten.«

Merle tippte den Betrag ein und legte Abigail eine Taschenlampe hin.

»Hier, die schenke ich Ihnen«, sagte er.

Abigail bedankte sich und kramte ihre Brieftasche hervor.

»Sie müssen mich nicht jetzt bezahlen.«

Erstaunt sah sie Merle an. »Warum denn nicht?«

Er zuckte die Schultern. »So ist das hier eben.«

»Was ist nur los mit diesem Dorf? Sie wollen nicht einmal einen Cent für Einkäufe im Wert von über hundert Dollar annehmen? Gestern hatte ich schon ein ähnlich seltsames Erlebnis im Waschsalon.«

»Haben den Professor getroffen, was?«

»Wenn Sie ihn so nennen.«

»Ich nenne ihn nicht so. Seine Studenten am MIT nennen ihn so.«

»Wie bitte?« Abigail war sprachlos.

»Heißt Bertram Van Dorst. Hat zwanzig Jahre am MIT Astrophysik gelehrt. Er ist auf der Insel geboren, und als er in den Ruhestand gegangen ist, ist er zurückgekommen.«

»Sie wollen mir sagen, der Mann ist Raketenwissenschaftler?«

»Ein bisschen exzentrisch ist er ja, da gebe ich Ihnen gern Recht.«

»Das ist sehr vorsichtig ausgedrückt.«

»Bert ist der schlaueste Bursche, der je hier gelebt hat. Hat Preise gewonnen. Für die NASA gearbeitet. Wenn ein so genialer Typ wie er zurück nach Chapel Isle kommen will, dann muss das heißen, Chapel Isle ist es wert, dass man zurückkommt.«

Merles Stolz erinnerte Abigail an Denny und wie er sie zum Bleiben ermuntert hatte. Auf einmal sah sie Chapel Isle als ein hübsches junges Mädchen, das für mehr als nur sein gutes Aussehen Anerkennung wollte. Für die meisten Leute war die Insel ein Ferienziel, eine Flucht. Für die Leute, die hier lebten, war Chapel Isle ihre Welt.

»Das heißt, ich kann bei Ihnen anschreiben lassen?«, fragte Abigail.

»Kommt drauf an, ob Sie noch länger bleiben.«

»Sie wissen ja, wo Sie mich finden, wenn Sie das Geld von mir brauchen. Ich werde dort sein.«

»Bei der ganzen Arbeit, die Sie mit dem Streichen haben werden, auf jeden Fall noch eine ganze Zeit.« Merle öffnete die Ladentür für Abigail und hielt sie ihr auf, während sie die Farbkübel und Malerutensilien nach draußen schleppte. »Soll ich Ihnen helfen, das zu Ihrem Wagen zu schaffen?«

»Nein, nein, es geht schon.« Es war anstrengend, aber sie war entschlossen, es allein zu schaffen. »Oh, Augenblick. Ich brauche noch ein paar Streichhölzer.«

Merle steckte eine Schachtel in eine der Tüten, mit denen Abigail sich abmühte, noch eine Dreingabe.

»Viel Glück«, sagte er.

»Ich werde vielleicht mehr als nur Glück brauchen.«

»Da könnten Sie Recht haben.«

I

Ins|tau|ra|ti|on [ɪnstauraˈtsio:n], *f.* 1. Wiedereinführung, -einsetzung einer Institution, insbesondere des Königtums einer Dynastie. 2. Wiederherstellung, Erneuerung. [< lat. *instaurātiō, -ōnis* »Erneuerung, Wiederholung«]

Glück war ein Wort, über das Abigail eine ganze Menge wusste. Der Begriff war mit dem mittelenglischen Wort *lucke* verwandt und mit dem mittelniederländischen *luc*, einer Kurzform von *gheluc*. Es bezeichnete ein Gefühl, das die Interessen oder die innere Befriedigung eines Menschen beeinflusste und als zufällig, willkürlich auftretend erachtet wurde. Je nachdem, wie sie es betrachten wollte, hatte Abigail in letzter Zeit entweder sehr wenig Glück gehabt, da sie ihre Familie verloren hatte, oder sehr viel, da sie überlebt hatte. Daher widerstrebte es ihr, irgendetwas außer dem Glück dem Zufall zu überlassen.

Merles Angebot auszuschlagen war ein Fehler gewesen. Ihre Arme fühlten sich an, als würden sie an den Ellenbogen abreißen. Abigail verstaute die Einkäufe in ihrem Kombi, bereit, zurück zum Leuchtturm zu fahren, als ihr wieder einfiel, was sie noch im Dorf zu erledigen hatte.

»Lottie.«

Eine neue Notiz klebte an der Tür des Immobilienbüros. *Bin aufs Festland gefahren* stand in Kursivschrift darauf. Abigail riss den Zettel von der Tür und zerpflückte ihn zu kleinen Schnipseln. Ironischerweise schien die Zwergenschar, die sich längs des Gartenwegs vor dem Haus tummelte, ihr fröhlich zuzulächeln.

»Hört schon auf zu grinsen, sonst trete ich euch eure kleinen Zwergenzähne ein!«, rief Abigail wütend.

»Nicht sehr freundlich, jemandem zu drohen, der ein Zehntel so groß ist wie Sie«, mahnte eine Stimme.

Ein Mann in einer offiziell aussehenden Uniform musterte sie vom Gehsteig aus. Er trug eine goldumrandete Sonnenbrille, und was von seinem Haar noch übrig war, war zu einem kurzen Bürstenschnitt gestutzt.

Abigails Wangen liefen rot an. »Das klang vermutlich ein bisschen …«

»… verrückt?«

»Eher unpassend.«

»In dieser Gegend nehmen wir es sehr ernst, wenn jemand kleine Keramikmänner drangsaliert.«

Der Mann verzog keine Miene. Aber dann sagte er: »Ich nehme Sie nur auf den Arm!«

»Oh! O ja, das war mir schon klar.«

»Auch hier, um mit Lottie zu sprechen?«

»Ich versuche es. Schon den zweiten Tag in Folge.«

»Sie wird sich rarmachen, bis die Tinte auf Ihrem Mietvertrag als Leuchtturmwärterin trocken ist.«

Abigail klappte allen Ernstes der Kiefer herunter. »Woher wissen Sie …?«

»Das ist keine Intuition. Das ist der gute alte Buschfunk. Denny Meloch hat mir erzählt, dass er Sie getroffen hat.«

»Kein Wunder, dass hier in der Gegend jeder über jeden alles weiß.«

»Es gibt auf Chapel Isle genug, worüber man sich wundern kann, glauben Sie mir. Wenn Sie je damit aufhören, heißt das nur, dass Sie nicht lange genug hier waren.«

Das ist genau das, was ich brauche, dachte Abigail. Noch mehr unlogische Plattheiten.

»Danke für den Tipp.«

»Ich bin Caleb Larner. Ich bin der Sheriff hier.«

»Abby Harker.«

Abigail gab ihm die Hand, verdutzt, wie sie sich vorgestellt hatte. Sie tat es als unbewussten Versprecher ab.

»Freut mich, Sie kennenzulernen«, sagte er. »Es ist schön, dass sich jemand um den Ort kümmert. Der Leuchtturm ist, was wir hier noch am ehesten als Denkmal bezeichnen können.«

Da war er wieder, dieser Inselstolz. Wenn sich die Einheimischen allerdings so um ein Wahrzeichen kümmerten, dann wurde Denkmalschutz bei ihnen offenbar nicht sehr großgeschrieben.

»Und, wie haben Sie sich eingelebt?«

Aus dem Ton des Sheriffs hörte Abigail mehr als nur Interesse heraus. Er stocherte. Wonach, das konnte sie nicht sagen.

»Fabelhaft. Bin begeistert«, log sie.

»Das freut mich zu hören.«

Eine verlegene Gesprächspause folgte. Sie durchschauten einander.

»Weswegen wollten Sie Lottie denn sprechen, Sheriff? Hat sie irgendwas ausgefressen – vielleicht ihre Mieter übers Ohr gehauen?«

»Wohl kaum. Ich wollte mit ihr über einen Einbruch vor ein paar Nächten reden. Ich muss die Seriennummern der gestohlenen Gegenstände ans Festland übermitteln. Ich wollte sicherstellen, dass sie registriert sind.«

»Ans Festland? Wieso das denn?«

»Sie überprüfen die Pfandhäuser. Sehen, ob da irgendwelche der Nummern auftauchen. Die Leute versuchen oft zu verkaufen, was sie gestohlen haben.«

»Sollte ich …«

»Beunruhigt sein? Nein. Wachsam? Ja. Diese Typen scheinen relativ harmlos zu sein. Brechen ausschließlich ein, um sich an fremdem Eigentum zu vergreifen. Trotzdem, man kann nie wissen.«

Aus dem Mund des Dorfsheriffs klang das nicht sehr beruhigend.

»Na ja«, seufzte er. »Man sieht sich.«

»Ja, man sieht sich.« Abigail zwang sich zu einem Lächeln.

Sheriff Larner wollte eben schon gehen, als er sich noch einmal umwandte. »Hey, Sie sollten heute Abend beim Bingo vorbeischauen.«

»Bingo?«

»Heute ist Spielabend in der Feuerwache.«

Laut Abigails Broschüre strotzte Chapel Isle nur so von Orten und Aktivitäten, die man auf gar keinen Fall verpassen durfte. Die Feuerwache hatte nicht an erster Stelle auf der Liste der Broschüre gestanden, und auf Abigails stand sie ebenso wie ein Bingo-Abend erst recht nicht an erster Stelle.

»Das ist lustig. Fast alle Inselbewohner werden da sein. Ist eine Gelegenheit für Sie, die Einheimischen kennenzulernen.«

»Ich werde versuchen vorbeizuschauen.«

»Ich hoffe, Sie dort zu sehen.«

Der Sheriff winkte zum Abschied. Trotz seiner Bemühungen stimmte die Geste nicht mit seinem Tonfall überein. Sprache war wie Wasser. Sie konnte Bedeutung fließend in sich tragen, konnte durch eine Veränderung ihres Rhythmus zu Eis gefrieren oder durch eine leicht abgewandelte Betonung hochkochen. Abigail kam zu dem Schluss, dass sie und der Sheriff sich nicht zufällig über den Weg gelaufen waren. Er schnüffelte herum. Die Frage war nur, weshalb.

Auf der Fahrt zurück zum Leuchtturm grübelte Abigail über ihre Begegnung mit dem Hüter des Gesetzes nach. Hatte er eine Show abgezogen, oder sollte sie seine Worte für bare Münze nehmen? In der Lexikografie Wörter für bare Münze zu nehmen konnte bedeuten, dass man etwas falsch interpretierte. Selbst die alltäglichsten Wörter konnten vielerlei Bedeutungen haben, unterschiedlich je nach Gebrauch. Das Substantiv *Lauf* konnte ein Wettrennen bedeuten, das In-Betrieb-Sein einer Maschine, das Rohr einer Schusswaffe oder eine schnelle Tonfolge. Das Verb *laufen* konnte heißen, sich schnell zu Fuß zu bewegen, zu fließen oder zu strömen, vonstattenzugehen oder in Betrieb zu sein, zu funktionieren. Der erste Eindruck mancher Wörter war unverlässlich, eine Eigenschaft, die Abigail respektierte, da sie auf die Vielschichtigkeit der Sprache hinwies. War ihr erster Eindruck von Sheriff Larner verlässlich? Das würde sich erst mit der Zeit herausstellen. Ihr erster Eindruck des Leuchtturms bestätigte allerdings, dass der Schein eben doch nicht immer trog.

Das wurde Abigail erneut bewusst, als sie ihren Wagen jetzt davor parkte. Drinnen begann sie sofort, alle Möbel des Erdgeschosses in die Mitte des Wohnzimmers zu räumen. Dann öffnete sie die Fenster.

Sie hatte vergessen, Abdeckplanen zu kaufen. Andererseits konnte es eigentlich nicht schlimmer werden, als es im Augenblick schon aussah. Musik – jetzt brauchte sie nur noch Musik, um mit neuem Schwung mit ihrer Renovierungsaktion zu beginnen. Abigail startete einen weiteren Versuch, das Radio einzuschalten, und tatsächlich – es war nicht so verrauscht wie am Tag zuvor. Sie suchte einen Sender und blieb bei einem Nachrichtenkanal hängen, der vom Festland ausgestrahlt wurde. Abigail sehnte sich nach etwas Kontakt mit der Außenwelt, und so brachte sie die nächsten zehn Minuten damit zu, das Radio so lange durchs Zimmer zu schleppen und die Antenne immer wieder anders auszurichten, bis der Sender schließlich klar und deutlich zu hören war. Am besten war der Empfang, wenn das Radio auf der Treppe stand und die Antenne wie ein Dolch nach oben zeigte.

Und während der Sender die wichtigsten Ereignisse aus der näheren Umgebung und dann der ganzen Welt zusammenfasste, forderte das Wohnzimmer sein erstes Opfer des Tages. Abigail nahm die ausgeblichenen, fadenscheinigen

Vorhänge von den Fenstern und stopfte sie energisch in einen Müllsack. Dann machte sie sich daran, die Fenster- und Türrahmen abzukleben – erstaunlicherweise hatte sie in einer der Küchenschubladen eine dicke Rolle Klebeband gefunden. Das Radio brachte nach den Nachrichten eine Diskussionssendung, bei der eine Expertenrunde über die Qualitäten von Senatskandidaten debattierte. Abigail hörte nur mit halbem Ohr zu. Für sie erfüllten die Stimmen der Diskussionsteilnehmer den Raum einfach nur mit menschlichen Geräuschen, während sie den ersten Farbkübel aufriss.

Abigail begann, eine Wand nach der anderen in dem warmen Gelb zu streichen, das sie für das Wohnzimmer ausgewählt hatte. Als sie fertig war, sah sie, dass ein zweiter Anstrich unumgänglich war. Die Wände dürsteten so sehr nach einer Veränderung, dass sie die Farbe einfach in sich aufsogen.

Abigail überlegte, ob sie das Zimmer jetzt gleich ein zweites Mal streichen sollte, als die nächste Radiosendung begann. Es war eine Talkshow mit Zuhöreranrufen zu einem aktuellen Thema, moderiert von einem Mann mit einer rauen Stimme namens Dr. Walter. Was für einen Doktor er hatte, wurde nicht gesagt.

Eine Frau rief an, um sich über die Schließung eines Waffengeschäfts zu beschweren. Sie sagte: »Schusswaffen töten keine Menschen. Menschen töten Menschen.« Darauf erwiderte Dr. Walter: »Vielen Dank für Ihren überaus originellen Beitrag. Bitte rufen Sie wieder an, wenn Sie das längst Bekannte begriffen haben.«

Abigail musste laut lachen. Sie erschrak – sie hatte seit

einer Ewigkeit nicht mehr gelacht. Schuldbewusst machte sie den Mund zu und biss die Zähne zusammen. Sie sollte in Trauer sein. Leute in Trauer lachten nicht. Das dachte Abigail zumindest. Trauer war ihr neuer Job, für den sie keine Ausbildung und keine Erfahrung besaß. Ob es eine Stelle auf Lebenszeit oder eine befristete Beschäftigung sein würde, wusste sie noch nicht.

Hörer riefen einer nach dem anderen an, um Dr. Walter Kontra zu geben, der die meisten ihrer Kommentare als töricht abtat und sich weiter durch die Sendung kämpfte. Unterdessen versah Abigail auch die Fensterrahmen und -bänke mit einem frischen weißen Anstrich, den sie mit einer Präzision auftrug, die ihren Vater, den Chirurgen, mit Stolz erfüllt hätte. Nachdem das Gesims gestrichen war, flehte nun auch die schmuddelige Decke um frische Farbe, und dann erfolgte der zweite Anstrich der Wände.

»Erstklassige Arbeit, wenn ich das sagen darf«, erklärte sie wem auch immer, während sie das Zimmer aus allen Winkeln begutachtete.

Das Wohnzimmer war deutlich verjüngt worden. Abigail hingegen hatte sich vollkommen verausgabt. Sie hatte stundenlang gestrichen, und der Geruch machte ihr allmählich Kopfschmerzen. Nachdem sie so lange im Haus eingepfercht gewesen war, sehnte sie sich nach draußen. Und sie stand kurz vorm Verhungern.

Abigail entschied sich für ein Picknick am Strand. Sie packte ein Sandwich ein und schnappte sich ihre Schlüssel, die sie auf einem Beistelltisch neben dem altmodischen Telefon abgelegt hatte. Der Anblick des Telefons löste eine Flut von Schuldgefühlen in ihr aus. Abigail hatte ihren Eltern versprochen, sich bei ihnen zu melden, sobald sie sich eingerichtet hätte. Sie hatte den Anruf vor sich hergeschoben. Das Gespräch würde zweifellos gespickt mit aufgesetzten Fragen nach der Insel und dem Leuchtturm sein, von denen jede einzelne nur darauf abzielte, ihre seelische Verfassung abzuschätzen – herauszufinden, ob sie unverzüglich gerettet werden musste. Abigail warf einen letzten Blick auf das schwere schwarze Ding, dann öffnete sie entschlossen die Tür und sperrte sie hinter sich ab.

Die Sonne stand tief, als Abigail den Küstenstreifen erreichte, an dem sie am Tag ihrer Ankunft auf Chapel Isle entlanggefahren war. Sie parkte neben einem mit Brettern vernagelten Imbissstand, stieg über einen Dünenkamm und setzte sich auf eine sandige Anhöhe. Die Wellen platschten träge an den Strand. Gemächlich aß Abigail ihr Sandwich und ließ ihren Gedanken freien Lauf. Die Insel war wunderschön. Sie konnte verstehen, warum Paul hier so glücklich gewesen war. Sie konnte sich vorstellen, wie er mit Justin am Strand ganz nah am Wasser entlangging. Sie konnte das Platschen ihrer Schritte hören, Justins Freudenschreie, während das Wasser um seine dünnen Beinchen schwappte. Die Bilder waren greifbar. Sie fühlten sich echt an. Abigail konnte Paul und Justin überall sehen, wenn sie es zuließ. Sie konnten auf der anderen Seite eines Zimmers vor ihr auftauchen, im Auto bei ihr sitzen, neben ihr im Bett liegen, überall und nirgendwo zugleich.

Als sich die Dämmerung über die Küste senkte, wurde es zu kalt, um noch länger am Wasser zu bleiben. Abigail merkte, dass sie geweint hatte. Als sie aufstand und sich den Sand von der Hose abklopfte, dachte sie, wie sehr sich der Sand und die Sprache ähnelten. Ein einzelnes Korn, ein einzelnes Wort bedeutete wenig, verglichen mit dem, was es im Zusammenspiel mit seinesgleichen bewirkte. Millionen winziger Körnchen ergaben einen Strand – Millionen von Wortkombinationen eine Sprache. Das Ganze würde ohne seine Einzelteile aufhören zu existieren. *Trauer* war ein Wort, ein Korn, das Abigail am liebsten von dem Ganzen trennen würde, aber das war keine Option.

J

Je|re|mia|de [jere'mia:də], *f.* wortreiche, bewegte Klage, Klagelied, Gejammer. [2. Hälfte 18. Jh., gebildet nach dem Namen des biblischen Propheten Jeremias; möglicherweise gleichbed. dem frz. *jérémiade* (1. Hälfte 18. Jh.) zu frz. *Jérémie*]

Mangels Straßenlaternen oder Verandalichtern oder eines Lichtscheins aus dem Fenster eines Nachbarn war die Nacht stockfinster. Abigail hatte vergessen, ein Licht anzulassen. Sie brauchte eine Weile, bis sie die Haustür aufgeschlossen hatte. Drinnen tastete sie dann nach dem Schalter. Das Wohnzimmer sah besser aus, als sie es in Erinnerung hatte, und der Farbgeruch hatte sich etwas gelegt.

»Das ist, weil du die Fenster offen gelassen hast, du Schlaukopf«, schalt sie sich. »Hat Sheriff Larner dir nicht gesagt, du sollst wachsam sein?«

Der Gedanke, dass sich kriminelle Elemente auf der Insel herumtrieben, um leer stehende Häuser zu plündern, war beunruhigend. Ohne Abigails Anwesenheit und ihren Wagen in der Auffahrt konnte das Leuchtturmhaus eindeutig für leer stehend gehalten werden. Es bot Gelegenheit für leichte Beute.

Die Farbe sah wirklich wunderbar aus, was Abigail von sich selbst nicht behaupten konnte. Wenn sie ehrlich zu sich war, sah sie grauenhaft aus. Und sie roch auch grauenhaft.

Abigail fiel ein, dass sie seit ihrer Ankunft nicht mehr gebadet hatte. Sie hatte das Putzen des Badezimmers vor sich hergeschoben, jetzt gab es keine Ausreden mehr. Einen Eimer mit Putzmitteln in der Hand, machte sie sich auf den Weg nach oben.

Die Badewanne war mit einem dicken Staubfilm überzogen. Sie konnte zwar mit minimalem Aufwand ausgewischt werden, aber die verrosteten Armaturen zeigten sich weniger gefügig. Auch die Toilette setzte sich tapfer zur Wehr. Am widerspenstigsten war jedoch der Boden. Tief in den Fugen zwischen den Fliesen ließ sich der Schmutz nicht so leicht lösen. Erst als Abigail mit einer Wurzelbürste und einem Cocktail ätzender Reinigungsmittel, von dem ihr die Augen tränten, gegen ihn vorging, gab er sich endlich geschlagen.

Der Spiegel war das Letzte, was geputzt werden musste, und beim Anblick ihres Spiegelbilds stockte Abigail der Atem. Ihr Gesicht war mit weißen Farbspritzern gesprenkelt, Sand haftete in ihrem Haar, das in Strähnen herunterhing. Ihre Kleidung war von den Schultern bis zu den Schuhen mit gelber Farbe bekleckert. Sie erkannte sich selbst kaum wieder. Abigail ließ die Wanne fast bis zum Rand mit Wasser volllaufen. Zu dumm, dass sie keinen Badezusatz hatte – oder Stahlwolle, denn die würde sie brauchen, um dieses Zeug abzukriegen.

Ein Bild von Justin in der Badewanne, wie er in die

Hände klatschte, um Seifenblasen zerplatzen zu lassen, stieg ungebeten vor ihr auf. Abigail schloss die Augen, schlug die emotionale Tür zu, während eine Flut von Erinnerungen an den Angeln rüttelte.

Nolo, nolle, non vis, non vult.

Celo, celare, celari, cela.

Dampf stieg von dem heißen Wasser auf, das in der Wanne auf sie wartete. Sie hatte seit Jahren nicht mehr gebadet. Duschen ging schneller, war einfacher. Früher hatte sie keine Zeit für ein Bad gehabt. Jetzt hatte Abigail keine andere Wahl und mehr Zeit, als sie auszufüllen wusste. Besser in Schuss gehalten, wäre diese Klauenfußbadewanne wirklich prunkvoll gewesen. In ihrem jetzigen Zustand war sie nur noch ein Fall für den Schrottplatz. Genau – sie selbst fühlte sich auch wie ein Fall für den Schrottplatz.

Als Abigail sich in die Wanne gleiten ließ, schwappte das Wasser über die Ränder auf den Boden. Sie würde den Boden noch mal wischen müssen. Doch das spielte keine Rolle. Das dampfende Wasser linderte den Schmerz in ihren Muskeln. Einmal mit einem eingeseiften Waschlappen gewaschen, und schon fühlte sie sich wieder ein bisschen menschlicher. Eigentlich war Baden doch sehr angenehm.

Plötzlich wurde Abigail von einem dumpfen Knall aus den Gedanken gerissen. Sie fuhr mit einem Ruck hoch, bedeckte ihren Oberkörper mit den Armen. Ein paar Sekunden Stille, dann hatte sie sich wieder gefasst.

»Falls da eben … irgendjemand war, ich liege in der Badewanne. Ich bin nackt. Könnten wir dieses Gepolter vielleicht auf später verschieben?«, rief sie.

Das Haus schwieg. War das eine Antwort? Wenn nicht, dann hatte Abigail jedenfalls nicht vor, noch länger auf eine zu warten. Sie kletterte aus der Wanne, schnappte sich ein Handtuch, huschte ins Schlafzimmer und knallte die Tür zu. Patschnass und bibbernd sah sie zur Zimmerdecke hoch.

»Ich fahre für eine Weile weg. Lass dir ein bisschen Privatsphäre. Du hast das Haus für dich«, zischte sie.

Eilig schlüpfte sie in frische Kleidung und schoss die Treppe hinunter. Das Radio! Abigail segelte durch die Luft, nahm die letzten drei Treppenstufen auf einmal und landete auf allen vieren. Ihre Handflächen schmerzten, und als sie aufstand, war sie ganz wackelig auf den Beinen.

»Autsch«, stöhnte sie, mehr vor Schreck als vor Schmerz.

Abigail humpelte zur Haustür hinaus und zu ihrem Volvo, stieg ein und überlegte, was sie jetzt tun sollte. Ihr Haar triefte und durchnässte ihr Hemd. Wo sollte sie nur hin?

Und dann fiel es ihr wieder ein. »Heute ist Bingo«, seufzte sie. »Warum eigentlich nicht? Viel schlimmer kann dieser Abend nicht mehr werden.«

Um die örtliche Feuerwache zu finden, musste Abigail nur der Reihe parkender Autos folgen, die sich vom Dorfzentrum in eine kleine Seitenstraße schlängelte. Sie band sich das nasse Haar zu einem Knoten zusammen und steckte das Hemd in die Hose, um etwas vorzeigbarer auszusehen. In der Eile ihres Aufbruchs hatte sie vergessen, Socken anzuziehen, und ihre Schuhe quietschten, als sie ging. Sie würde einen tollen ersten Eindruck machen – Soundeffekte inklusive.

Die Feuerwache war ein schmuckloser Schlackensteinbau, zwei Stockwerke hoch. Auf einer Tafel, die den Haupteingang der Wache offen hielt, stand: *Heute Abend Bingo*. Abigail steckte sich eine nasse Haarsträhne hinters Ohr und nahm all ihren Mut zusammen.

Jetzt oder nie, dachte sie.

Ein großer Veranstaltungssaal erstreckte sich über den gesamten ersten Stock der Feuerwache. Er war vollgestellt mit Klapptischen und Stühlen. Fast jeder Platz war besetzt. Der Geruch von Popcorn und gegrillten Hotdogs waberte durch die Luft. Erwachsene und Kinder gleichermaßen scharten sich um die Tische und schwatzten durcheinander. Abigail hörte, wie Leute über die Einbrüche redeten. Sie waren *das* heiße Thema an jedem Tisch, und alle spekulierten darüber, wer die Täter sein könnten. Manche nahmen an, es sei ein Haufen Jugendlicher. Andere vermuteten dahinter irgendwelche zwielichtigen Gestalten, die nachts mit Booten vom Festland herüberkamen. Der Einzige, der sich nicht an den Diskussionen über die Raubzüge beteiligte, war ein Mann mit Hosenträgern, der ganz vorn im Saal stand. Er war zu beschäftigt damit, Zahlen in ein Mikrofon zu rufen, während er gleichzeitig Bingo-Kugeln aus einer Trommel nahm. Die Bingo-Tafel hinter ihm leuchtete jedes Mal auf, wenn er eine neue Zahl aufrief.

Abigail stand verlegen an der Tür und überlegte schon, ob sie wieder nach Hause fahren sollte, als sie eine vertraute Stimme ihren Namen rufen hörte.

»Hey, Abby! Ich bin's, Denny Meloch. Von der Fähre. Kennen Sie mich noch?«

Er bahnte sich durch das Gedränge einen Weg zu ihr, einen Hotdog in einer Hand, eine Dose Bier in der anderen.

»Oh, hi. Natürlich kenne ich Sie noch.«

Dennys Augen leuchteten auf. »Wirklich? Und wie gefällt's Ihnen hier so?«

»Es ist … interessant.«

Leute warfen ihr flüchtige Blicke zu. Sie war eine Fremde, und sie sah anders aus als die meisten Inselbewohnerinnen. Einige Frauen an einem Tisch ganz hinten in der Ecke starrten sie feindselig an und flüsterten miteinander.

»Warum habe ich bloß das Gefühl, ich sähe aus wie eine Außerirdische?«

Denny verzog keine Miene, die Anspielung entging ihm anscheinend.

»Woll'n Sie sich setzen?«, fragte er und nahm einen Biss von seinem Hotdog. »Ich kann Ihnen Karten holen, Ihnen zeigen, wie man spielt.«

»Äh …«

»Da sind Sie ja, Süße. Ich habe Ihnen einen Platz frei gehalten.«

Ruth Kepshaw winkte ihr von einem Tisch in der Nähe zu, lieferte Abigail eine willkommene Ausrede.

»Danke, Denny, aber Ruth hat schon … äh … Sie haben doch nichts dagegen, oder?«

»Nein, das ist cool. Das ist cool.«

»Wir sprechen uns später, okay?«

»Na klar. Später. Super.«

Er gab ihr ein Daumen-hoch-Zeichen. Nicht sicher, wie sie darauf reagieren sollte, gab Abigail ihm auch eines, bevor sie sich durch die Menge einen Weg zu Ruths Tisch bahnte.

»Danke, dass …«

»… dass ich Sie vor Denny gerettet habe? Keine Ursache.«

Vor Ruth lagen ein Dutzend Bingo-Karten, die sie mit der geübten Schnelligkeit eines erfahrenen Profis überflog und mit einem Tintenstift markierte. Sie gab vier ihrer Karten Abigail, zusammen mit einem orangefarbenen Bingo-Marker.

»Nehmen Sie ein paar von denen, okay? Ich habe hier eine ganz heiße, die ich im Auge behalten muss.«

»Ich habe nicht mehr gespielt, seit ich ungefähr acht war.«

»Das ist nicht Schach. Das ist Bingo. Und jetzt geben Sie auf diese Karten Acht.«

»Sehr wohl, Ma'am.«

Zwischen den Zahlen ließ Abigail die Blicke durch den Saal schweifen. Es waren so viele Leute, so viele unbekannte Gesichter. Drei Tische rechts von sich entdeckte sie Sheriff Larner. Er sah sie ebenfalls und nickte ihr zu.

Mitten in der Runde bemerkte sie, dass die Gruppe Frauen in der Ecke sie immer noch scharf unter die Lupe nahm. Eine deutete genau auf sie. Janine Wertz war unter ihnen, sie rauchte mürrisch eine Zigarette.

»O Mann.«

»Was denn?«, fragte Ruth.

»Diese Hühner, von denen Sie mir erzählt haben – die sind nicht allzu begeistert, dass ich hier bin.«

»Warum? Was machen sie denn?«

»Sie gaffen und zeigen auf mich. Ich verstehe das nicht. Ich habe ihnen doch gar nichts getan.«

»Na ja, sie gaffen und zeigen vermutlich auf Sie, weil ich ihnen erzählt habe, dass Ihr Mann Sie hat sitzen lassen und mit seiner Sekretärin durchgebrannt ist.«

»Wie bitte? Das ist nicht …«

»… nicht wahr? Habe ich auch nicht gedacht. Ich habe mir erlaubt, diese kleine Lügengeschichte zu spinnen, damit diese Frauen Sie nicht von der Insel verscheuchen. Jetzt können sie Mitleid mit Ihnen haben, anstatt Sie zu hassen.«

Wenn sie wüssten, was wirklich passiert ist, dachte Abigail, dann würden sie erst recht Mitleid mit mir haben.

»Sehen Sie's als Kompliment an. Wenn Sie hässlich wie die Nacht wären, würde sich keine von denen das Maul über Sie zerreißen.«

»Das ist eine kreative Interpretation.«

»Ich gebe mir Mühe.«

Ein Mädchen mit Zöpfen auf der anderen Seite des Saals rief »Bingo!«, und Ruth fluchte und zerknüllte ihre Karten.

»Diese Göre. Mir hat nur noch die N-31 gefehlt.«

»Wir könnten sie überfallen und ihr ihren Gewinn abknöpfen. Sie ist klein. Ich möchte wetten, Sie könnten es locker mit ihr aufnehmen.«

»Denken Sie bloß nicht, dass ich mir das nicht auch schon überlegt habe.«

Runde um Runde kam und ging, während Abigail sich immer mehr auf das Spiel einließ. Jedes Mal, wenn irgendjemand »Bingo!« rief, murrte Ruth über ihren Verlust und schob Abigail einen neuen Satz Karten hin. Am Ende jedes Spiels verzogen sich ein paar Leute an die Bar am hinteren Ende des Saals, wo es zu essen gab. Einige Männer saßen auf Hockern und hielten dort die Stellung.

»Unsere nächste Runde ist ein X-Muster«, verkündete der Bingo-Ausrufer, während er die Trommel schüttelte. Er wollte eben schon die erste Nummer ziehen, als Hank Scokes, der Mann, den Abigail im Café getroffen hatte, zum Haupteingang hereingetorkelt kam, wobei er einen Satz Klappstühle umstieß. Das Geklapper hallte durch den Saal, und etliche Köpfe wandten sich um.

Hank schwankte, sichtlich betrunken. Er trug dieselbe Kleidung, in der Abigail ihn am Tag zuvor gesehen hatte.

»'tschuldigung«, brummte er, bevor er über einen der Stühle stolperte und auf dem Boden landete.

Sheriff Larner sprang von seinem Platz auf, drauf und dran, Hank aus dem Feuerwehrsaal zu schleifen, aber einer der Typen von der Bar eilte ihm bereits zu Hilfe. Er war jünger, und die Krempe seiner Mütze verdeckte fast sein ganzes Gesicht. Er zerrte Hank hoch und führte ihn zum Ausgang, als Hanks Blick auf Abigail fiel.

»Hey, dich kenn ich doch«, rief er erfreut, als sei sie eine lange verloren geglaubte Freundin.

Nahezu alle Gäste sahen Abigail an.

Dann änderte sich sein Ton schlagartig. »Was gibt's 'n da zu glotzen?«, knurrte er.

Wenn es in Abigails Macht gestanden hätte, sich in Luft aufzulösen, dann hätte sie es in diesem Augenblick getan.

»Nat, schaff ihn raus hier«, befahl Larner.

Der Ausrufer drehte erneut an der Trommel und versuchte, die allgemeine Aufmerksamkeit wieder auf das Spiel zu lenken.

»Seht euch eure Karten an, Leute. Wie ich schon sagte, dieses Spiel ist ein X-Muster.«

Abigail zitterte, so gedemütigt fühlte sie sich. »Das war …«, begann sie, aber sie führte den Satz nicht zu Ende, denn sie konnte sich nicht entscheiden, ob *erniedrigend* oder *entwürdigend* das treffendere Adjektiv war.

Ruth nahm ihr die Entscheidung ab. »… das Letzte. Das war echt das Letzte.«

»Was hat er denn?«

»Herzprobleme«, erwiderte Ruth.

»Nicht eher Leberprobleme? Er war doch stockbetrunken.«

»Hanks Frau ist vor ungefähr einem halben Jahr gestorben. Das ist sein Problem.«

»Oh!«, war alles, was Abigail zu Stande brachte. Sie verspürte Mitleid mit dem Mann, obwohl sie sich nicht auf eine Stufe mit ihm stellen wollte. Mit dem widerlichen Säufer, der hier eine Szene machte, hatte sie nicht das Geringste gemein. »War das sein Sohn bei ihm?«

Ruth schnaubte verächtlich. »Gott, nein. Das ist Nat Rhone. Er arbeitet auf Hanks Fischkutter. Ist ständig von einem Boot aufs nächste gewechselt, weil ihn keiner in Vollzeit nehmen wollte.«

»Warum denn nicht?«

»Er hat ein höllisches Temperament.«

»Warum hat Hank ihn dann angeheuert?«

»Es gibt nicht viele Leute, die so leicht aus der Haut fahren wie Hank Scokes. Aber neben Nat sieht er sanft wie ein Lamm aus.«

»Ist Nat von der Insel, ein Einheimischer?«

»Nein. Ist vor ungefähr vier Jahren hergekommen. Keiner weiß, woher. Nach allem, was ich gehört habe, musste der Letzte, der ihn danach gefragt hat, mit ein paar Stichen genäht werden.«

»Netter Typ.«

»Irgendwo, irgendwann hat irgendwer Nat ein Unrecht angetan. Und das hat er nie vergessen.«

»Vielleicht hat sich sein Mann von ihm scheiden lassen und ist mit seiner Sekretärin durchgebrannt.«

»Eins zu null für Sie«, gab Ruth zurück. »Der eigentliche Hammer ist, Nat ist der einzige halbwegs gut aussehende Mann auf dieser Insel. Nur dass man einen Schwertransporter bräuchte, um sein emotionales Gepäck zu schleppen.«

»Ist das Ihre klinische Diagnose?«, zog Abigail sie auf.

»Achten Sie auf Ihre Karten, Missy.«

Die Männer von der Bar sammelten die umgefallenen Stühle auf und machten dabei einen Mordskrach. Der Bingo-Ausrufer musste sich mit lauter Stimme Gehör verschaffen.

»Was machen diese Typen denn bei einem Bingo-Abend, wenn sie gar nicht spielen?«

»Die meisten gehören zur freiwilligen Feuerwehr. Sie sind dabei, damit sie hier zweimal die Woche zum halben Preis trinken können.«

»Sehr altruistisch.«

Einer der Männer, der größte aus der Gruppe, bot seine

Hilfe beim Aufräumen der Stühle an. Die anderen wimmelten ihn ab. Er war fast ebenso betrunken wie Hank und hielt sich nur mühsam auf den Beinen.

»Oh-oh. Gleich könnte es ein Instant Replay geben.«

»Das ist Clint Wertz. Bei dem sollten Sie aufpassen«, warnte Ruth sie.

»Irgendein bestimmter Grund?«

»Er lässt, wie eine Dame vielleicht sagen würde, gern ›die Blicke schweifen‹, aber ich würde eher sagen, er hat Probleme damit, seine Hose zuzulassen. Kein Wunder, dass Janine immer so schlecht drauf ist.«

»Das ist Janines Mann?«

»Verstehen Sie jetzt, warum sie nicht besonders nett zu Ihnen war? In ihren Augen sind Sie eine Verlockung für ihren Mann.«

Clint Wertz bahnte sich einen Weg zur Bar und bestellte noch eine Runde. Abigail ertappte Janine dabei, wie sie ihn wehmütig betrachtete. Ihr Gesichtsausdruck verriet Abigail, dass die Sehnsucht nach etwas, was man eigentlich noch besaß, ebenso schmerzlich sein konnte wie die nach dem, was für immer verloren war.

»Das letzte Spiel heute Abend ist eine Jackpotrunde«, verkündete der Ausrufer ins Mikrofon. »Das Preisgeld beträgt dreihundert Dollar.«

Bei diesen Worten verebbte der Lärmpegel im Saal auf der Stelle. Ruth krempelte die Ärmel hoch, als würde sie sich für einen Nahkampf wappnen.

»Das ist der Knüller, Süße, und mein Name steht drauf. Zugegeben, das sage ich jede Woche. Aber diesmal meine ich es ernst.«

»Und was soll ich dabei machen?«

»Sie passen wie ein Schießhund auf diese Karten auf.«

Abigail nickte Ruth kurz zu und tat, wie ihr befohlen war.

Mit jeder aufgerufenen Nummer stieg die Spannung im Saal. Selbst die Männer an der Bar verstummten allmählich. Abigail hatte zwei Karten, auf die sie Acht geben musste. Keine von beiden sah besonders vielversprechend aus. Ruth hätte sie mühelos allein spielen können, aber sie tat, als bräuchte sie einen Partner, eine Geste, die Abigail sehr zu schätzen wusste. Sie hatte seit einer Ewigkeit nicht mehr das Gefühl gehabt, gebraucht zu werden.

»Bingo!«, rief ein kahlköpfiger Mann in einem gelben Pullunder.

»Ach, verdammt!« Ruth zerknüllte ihre Karten und schmiss sie auf den Tisch.

»Der Typ ist ungefähr siebzig«, flüsterte Abigail Ruth zu. »Dem könnten Sie das Geld aus der Tasche ziehen, ohne dass er's überhaupt merkt.«

»Das könnte diesem senilen Elton Curgess so passen, dass ich ihm in die Hosentaschen grapsche. Verschwinden wir von hier, bevor ich ihn erwürge.«

Abigail und Ruth reihten sich zusammen in das Gedränge von Leuten ein, die aus dem Saal der Feuerwache zu ihren Wagen strömten. Sheriff Larner gesellte sich draußen zu ihnen.

»Schön, dass Sie kommen konnten«, sagte er zu Abigail.

»Ja, das hat Spaß gemacht. Ich habe seit einer Ewigkeit nicht mehr gespielt.«

»Ach nein? Na, in Ruth haben Sie auf jeden Fall eine hervorragende Lehrmeisterin. Die Beste der Besten. Wenn Ihnen hier jemand zeigen kann, wie der Hase läuft, dann sie.«

Ruth setzte ein falsches Grinsen auf. »Genau – ich bin die Bingo-Meisterin.«

»Fahrt vorsichtig, Mädels«, sagte er zu ihnen, bevor er davonschlenderte.

»Ist er immer so …?«

»Dass er die Nase in deine Angelegenheiten steckt und so tut, als ob nicht? O ja. Aber er ist der einzige Polizist, den wir auf der Insel haben – außer seinem Stellvertreter Ted Ornsey. Die Sache mit Caleb Larner ist, man kann ihm nichts vormachen. Das macht ihn zu einem verdammt guten Sheriff. Und zu einer echten Landplage.«

Das bestätigte Abigails anfänglichen Verdacht. Der Sheriff war nicht einfach nur gastfreundlich. Er fühlte ihr auf den Zahn.

»Aber Caleb hatte in letzter Zeit wirklich das Recht dazu, eine Landplage zu sein«, fuhr Ruth fort. »Er hat eine Tochter, die in Raleigh lebt. Sie ist sechsundzwanzig. Hat Bauchspeicheldrüsenkrebs und keine allzu gute Krankenversicherung. Calebs Frau ist seit Monaten bei ihr, und Caleb hilft, so gut er kann, indem er Überstunden macht, aber er kann nicht oft aufs Festland fahren, um sie zu besuchen. So schrecklich, in dem Alter.«

Abigail kannte Sheriff Larner kaum, aber sie konnte seinen Schmerz dennoch nachempfinden. Es gab keine passenden Worte dafür, keine Redewendung, die nicht klischeehaft oder abgedroschen klang.

»Das ist so traurig«, sagte sie.

»Das ist es mit Sicherheit.«

»Soll ich Sie noch zu Ihrem Wagen begleiten, Ruth? Ich habe gehört, auf der Insel treiben kriminelle Elemente ihr Unwesen.«

»Diese Einbrüche. Das Dorfgespräch. Alle schwatzen darüber, und niemand weiß etwas Genaues. Wäre nicht schlecht, wenn jemand mal darüber schwatzen würde, wer es denn nun ist.« Sie schüttelte den Kopf. »Danke für Ihr Angebot, mein Bodyguard zu sein, aber mein Wagen steht gleich hier.«

Ruth hatte einen Parkplatz genau vor der Feuerwache ergattert.

»Sie Glückspilz. Ich habe so weit weg geparkt, dass ich meinen Wagen gleich hätte zu Hause lassen können.«

»Glück ist das nicht – man muss nur eine Stunde früher kommen.«

»Wow, Sie sind ja übereifrig.«

»*Übergeschnappt*, meinen Sie wohl.«

»Streng genommen ist das kein Synonym, aber manchmal bedeutet es dasselbe.«

Ruth stieg in eine himmelblaue Oldtimer-Limousine mit einem *Stürzt Nixon*-Aufkleber auf der Stoßstange. Am Armaturenbrett befand sich ein Stereokassettendeck, und die puderblauen Ledersitze waren wie neu. Der Wagen sah aus, als würde er die Garage nur selten verlassen.

»Das ist ja ein schöner Schlitten. Fahren Sie ihn oft?«

»Süße, ich lebe auf einer Insel. Hier gibt's nicht viel, wohin man fahren könnte.«

»Das wird mir allmählich klar.«

Ruth ließ ihren Wagen an. »Schön zu sehen, dass Sie sich unter die Leute mischen, Abby.« Abigail hatte sich Ruth nicht mit ihrem Namen vorgestellt. Aber sie erfuhr sofort, woher sie ihn kannte. »Merle hat mich über Sie aufgeklärt, Süße. Und ich verspreche Ihnen, nächstes Mal wird Ihr Kaffee nicht mehr so heiß sein.«

Während sie Ruth nachsah, fragte sich Abigail, was Merle sonst noch so über sie erzählt hatte. Abigail war nicht nach Chapel Isle gekommen, um Freunde zu finden, aber mit Janine, dem John-Deere-Gespann, Hank Scokes und seinem Kumpel Nat Rhone hatte sie sich offenbar schon ein paar Feinde gemacht. Sie hoffte nur, dass Merle sie nicht auch auf dem Kieker hatte.

»Ich bin wieder da«, verkündete Abigail, während sie den Kopf durch die Tür des Leuchtturmhauses steckte.

Zum Glück brannten etliche Lampen, und sie musste das Haus nicht in völliger Dunkelheit betreten wie am Abend zuvor. Dann wurde ihr bewusst, dass sie die Lichter nicht absichtlich angelassen hatte. In ihrer Eile hatte sie vergessen, sie auszuschalten.

Da Abigail die Fenster geschlossen hatte, nahm sie als Erstes den beißenden Geruch von Farbe und Reinigungsmitteln wahr. Und auch das Feuer vom Abend zuvor konnte sie riechen.

»Hör zu, ich habe einen anstrengenden Tag hinter mir, und ich würde es sehr begrüßen, wenn es heute Nacht keinen weiteren Krach gäbe«, rief sie, während sie das umgestoßene Radio auf dem Weg die Treppe hoch wieder aufstellte. »Bitte!«

Abigail zog zwei Pyjamas übereinander an, nahm in Rekordzeit ihre Kontaktlinsen heraus, putzte ihre Zähne und schoss aus dem Bad, nachdem sie sich vergewissert hatte, dass das Licht ausgeschaltet war. Zweimal. Abigail wandte sich noch einmal um, bevor sie die Schlafzimmertür hinter sich schloss. Das Licht war tatsächlich aus. Wenn es doch nur so bliebe.

K

Kal|fak|tor [kal'fakto:ɐ], *m.* auch Kal|fak|ter (kal|faktɐ), *m.* 1. Mensch, der diverse Hilfsdienste od. Hausarbeiten erledigt. 2. Sträfling, der dem Gefängniswärter hilft. 3. *landsch.* auch Aushorcher, Zuträger. [> 15. Jh., mlat. *cal(e)factor* »Heizer«, eigentl. »Warmmacher«. Abl.: kal|fak|tern, *Vb.* 1. Dienste verrichten 2. sich in fremde Angelegenheiten einmischen, > lat. *cal(e)facere* »erhitzen, wärmen« (aus lat. *calēre* »warm sein« + *facere* »machen, tun«)]

Als Abigail am nächsten Morgen die Augen aufschlug, lag sie mit dem Gesicht nach unten auf dem Kissen, das Bettzeug zwischen ihren Armen und Beinen verheddert, als würde sie in einer Zwangsjacke stecken. Sie wand sich frei, und ihre Gliedmaßen kribbelten, als auf einmal wieder Blut durch sie schoss.

Wovon in aller Welt hatte sie nur geträumt? Sosehr sie es auch versuchte, Abigail war außer Stande, den Traum ans Tageslicht zu holen. Was ihr stattdessen durch den Kopf schoss, war der Test mit dem Öleimer im Leuchtturm, den sie angesetzt hatte.

Wie bei den Träumen, die sie quälten, war es vielleicht

besser für sie, wenn sie das Ergebnis nicht kannte. Abigail saß im Bett und rang mit sich. Der Leuchtturm lief ihr nicht davon. Sie hatte noch immer mehr als genug zu streichen. Und – wem wollte sie eigentlich etwas vormachen? Sie war ein Feigling und konnte der Sache nicht ins Auge sehen.

Nein! Das stimmte vielleicht in diesem Augenblick, aber normalerweise? Auf der Intensivstation des Krankenhauses hatte Abigail drei verschiedene Zimmergenossen gehabt, die alle vor ihr entlassen wurden, ein Hinweis darauf, wie ernst ihr Zustand gewesen war – und das betraf nur ihre körperlichen Verletzungen. Sie hatte Mut; aber ihre Kraftreserven waren gering. Zu gering, um an diesem Morgen in den Leuchtturm hinaufzusteigen.

Sie aß ein Müsli zum Frühstück, dann zog sie ihre farbverschmierten Sachen vom Vortag wieder an. Es war an der Zeit, die Küche zu streichen. Sie würde die Wände gründlich abschmirgeln müssen, um sie von den letzten Resten Tapetenkleister zu befreien. Es erforderte einige Mühe, aber die Vorarbeit, auch wenn sie anstrengend war, machte sich bezahlt. Geglättet von dem Schmirgelpapier, nahmen die Wände die gelbe Farbe schön gleichmäßig an. Da Abigail an die Stellen hinter dem Kühlschrank und dem Herd nur schwer herankam, hielt sie sich damit gar nicht erst auf. Da sah sowieso niemand hin.

Die Holzverkleidung abzuschmirgeln war dann eine wirkliche Herausforderung. Das dünne Schmirgelpapier war den versteinerten Farbtropfen nicht gewachsen, daher kratzte Abigail die gröbsten Kleckse mit einem Messer ab, bevor sie einen frischen weißen Anstrich auftrug. Als

Nächstes waren die Schränke an der Reihe. Nachdem sie mit einem Schraubenzieher, den sie im Schuppen fand, die Eisenteile abgeschraubt hatte, ging Abigail mit Malerrolle und Pinsel von Schrank zu Schrank und Schublade zu Schublade. Mit der strahlend weißen Farbe sah alles gleich viel besser aus. Sie überlegte, ob sie sich auch noch neue Türgriffe gönnen sollte – Merle würde staunen, wenn sie schon wieder vorbeikam, um sich mit noch mehr Renovierungszubehör einzudecken.

Abigail ließ die leeren Küchenschränke zum Trocknen offen stehen. Sie verschlang in Rekordzeit ein kaltes Sandwich, dann schleppte sie ihre Malerutensilien nach oben. Vor die Wahl zwischen Arbeitszimmer, Bad und Schlafzimmer gestellt, dachte Abigail einen Moment nach. Das Arbeitszimmer konkurrierte mit dem Bad um den ersten Platz. Aber dann entschied sie sich doch, das Schlafzimmer zuerst in Angriff zu nehmen.

Sie rückte das schwere Bett und die Kommode von den Wänden ab, danach stellte sie den Schaukelstuhl und den Nachttisch in die Mitte des Zimmers, genau wie sie es unten getan hatte. Ihr Blick fiel auf den Zeitungsartikel, der unter dem Bett auf dem Boden gelegen hatte.

Abigail hob den Ausschnitt auf und begann den Artikel laut zu lesen. »*Letzte Nacht wurde das Frachtschiff* Mätresse *des Bischofs …*«

Ein schrilles Läuten ließ sie zusammenfahren. Erst beim zweiten Klingeln begriff Abigail, dass es das Telefon war. Sie stopfte sich den Artikel in die Hosentasche und stürzte nach unten.

»Hallo?«

»Abby? Abby, sind Sie da?«

»Lottie? Sind Sie das?«

»Ja, Liebes, ich bin's.« Ein plötzliches Knistern in der Leitung übertönte ihre Stimme.

»Lottie, wo haben Sie denn gesteckt? Ich habe versucht …«

»Was sagten Sie, Liebes? Ich kann Sie nicht hören. Dieses verdammte Handy, das ich von meinem Mann bekommen habe, ist das Plastik nicht wert, aus dem es besteht.«

»Wo haben Sie gesteckt?« Abigail sprach jedes Wort laut und deutlich aus.

»Ich bin in Hatteras in der Notaufnahme. Meine Cousine hat sich die Hüfte gebrochen. Ist ausgerutscht und gestürzt, als sie in ihr Korsett schlüpfen wollte. Bin seit gestern früh hier und kümmere mich um sie.«

Dass Lottie ihr nicht absichtlich aus dem Weg ging, besänftigte Abigail ein wenig. Aber wirklich nur ein wenig.

»Ich wollte mich nur mal nach Ihnen erkundigen, Liebes. Wie geht's Ihnen denn so?«

»Ich bin …«

Ein erneutes Knistern unterbrach die Verbindung erneut wieder.

»Was war das, Liebes?«, rief Lottie. »Ich konnte Sie nicht verstehen.«

»Ich bin …«

»Noch mal, bitte.«

Das ist deine Chance, fuhr Abigail durch den Kopf. Verschwinde von hier. Sag Lottie, dass du die Putzarbeit bereits erledigt hast, die sie hätte organisieren sollen. Sag ihr, sie hätte das unbedeutende Detail eines angeblichen Geistes vielleicht erwähnen sollen. Sag ihr, dass du aus diesem Mietvertrag aussteigen willst.

Abigail holte tief Luft. »Es ist alles in Ordnung, Lottie. Hier ist alles in bester Ordnung.«

»Wunderbar. Na, ich muss los. Ich glaube, der Akku in diesem Handy wird jeden Augenblick ...«

Die Verbindung brach ab. Abigail legte auf und sah sich um. Die Möbel standen wild durcheinander in der Mitte des Wohnzimmers, Geschirr stapelte sich kreuz und quer auf dem Boden, die Hälfte ihrer Einkäufe wartete darauf, weggeräumt zu werden, und doch sah das Haus zweifellos besser aus.

Vielleicht war ja wirklich alles in bester Ordnung.

Das Streichen des Schlafzimmers ging Abigail leicht von der Hand. Eine frische Meeresbrise wehte durch die Fenster herein, das Radio sorgte für Ablenkung. Sie zog die cremefarbenen Polyestervorhänge von den Stangen und funktionierte sie zu Abdecktüchern um. Bald verdrängte das neue Hellblau das schale Grün der Wände.

An diesem Tag diskutierte Dr. Walter über moderne Romantik und die neuen Regeln des Umwerbens. Der strittige Punkt war die Etikette beim ersten Date.

Ein junger Mann tobte sich am Telefon aus: »Ich weiß, was Frauen wollen, nämlich nichts von diesem süßen, verständnisvollen Scheiß. Sie brauchen einen Mann, der weiß, wie der Hase läuft, und der das Heft in der Hand hält. Türen aufhalten und über deine Gefühle reden wird dir gar nichts bringen, außer dass du samstagabends alleine nach Hause fährst.«

»Hören Sie mal zu, Casanova«, witzelte Dr. Walter jetzt, »ich habe den leisen Verdacht, Sie können ein Date mit einer Frau nur bekommen, wenn sie betrunken oder begriffsstutzig ist oder dafür bezahlt wird. Warum versuchen Sie also nicht, erst einmal aufrecht zu stehen?«

Der knallharte Doktor brach die Verbindung ab, bevor der Anrufer etwas erwidern konnte.

»Jetzt haben Sie's ihm aber gegeben, Dr. Walter«, frohlockte Abigail.

»Haben Sie eine Geschichte von einem Horrordate? Sind Sie ein unverbesserlicher Romantiker? Ist Ritterlichkeit wirklich ausgestorben? Die Telefonleitungen sind freigeschaltet!«, hörte sie.

Ein Anrufer nach dem anderen erzählte Geschichten von Blind-Date-Katastrophen oder von Volltreffern, die in Hochzeiten mündeten. Unterdessen wandte Abigail ihre Aufmerksamkeit von den Wänden, wo nun die Farbe trocknete, den Schlafzimmermöbeln zu. Sie stellte den Schaukelstuhl auf einen der Vorhänge und begann, ihn weiß zu streichen. Als Nächstes war der unscheinbare Nachttisch an der Reihe. Weiß gestrichen sah er gleich viel fröhlicher aus. Dasselbe galt für die triste Kommode, die das Weiß nach ein bisschen Abschmirgeln gut annahm. Abigail hielt einen Augenblick inne und warf einen verstohlenen Blick an die Decke in Richtung Lampenhaus, um sich zu vergewissern, dass das, was sie tat, in Ordnung war. Das Einzige, was zu hören war, war Dr. Walter. Lächelnd strich sie weiter.

»Dieser Typ hat mich einfach versetzt«, schniefte eine Anruferin. »Finden Sie es nicht grausam, einem das anzutun, wenn man sein schönstes Kleid angezogen und sich die Nägel für sündhaft viel Geld hat machen lassen? Ich finde, das ist einfach gemein.«

Der im Allgemeinen bissige Doktor wurde auf einmal ganz einfühlsam. »Weinen Sie nicht, meine Liebe. Ich bin sicher, Sie haben an jenem Abend wunderschön ausgesehen. Und ich bin auch sicher, dass eine bestimmte Ecke der Hölle für Männer reserviert ist, die Frauen versetzen.« Er seufzte. »Die ganz normale Höflichkeit – was ist nur aus ihr geworden? Zeigen Sie Ihren Mitmenschen ein bisschen Respekt, und die Welt wird Ihnen auch welchen entgegenbringen.«

Ein bisschen Respekt … War es respektlos von ihr, ein Haus zu streichen, das ihr nicht gehörte? In gewisser Weise schon. Andererseits war es so, dass sie ein lange vernachlässigtes Haus auf Vordermann brachte. Aber wie man die Frage auch betrachtete, sie war müßig, denn Abigail war so gut wie fertig mit dem Renovieren. Wenn es tatsächlich respektlos von ihr war, eigenmächtig zu handeln, dann war sie so überzeugt wie Dr. Walter, dass sie es bald herausfinden würde.

Sie straffte sich. Jetzt mussten nur noch die Möbel wieder an Ort und Stelle gerückt werden. Mit den alten Vorhängen, die sie unter jedes Möbelstück gelegt hatte, um den Boden zu schonen, ließen sie sich auch leicht bewegen. Abigail schob das Bett schräg in die Ecke, vertauschte die ursprünglichen Plätze von Nachttisch und Schaukelstuhl und stellte die Kommode zwischen die Fenster. Die neue Anordnung war wohnlicher, der Raum besser ausgenutzt. So sah es in einem schicken Ferienhaus aus. Es fehlten nur noch Jalousien und ein neuer Lampenschirm. Dann würde es richtig gemütlich.

Während Abigail das Arrangement bewunderte, stieg ein Bild vor ihr auf, wie sie in dem Jahr, bevor Justin geboren wurde, mit Paul in ihr Haus gezogen war. Jedes Zimmer bot eine Menge Potenzial. Paul hatte in der Zeit zuvor mehr Geld verdient, und ihr neues Heim war dreimal so groß wie ihr früheres. Sie hatten nicht annähernd genügend Möbel, um es zu füllen, aber Pauls Einstellung war: Was wir nicht haben, das können wir kaufen. Er hatte Abigail bei der Einrichtung völlig freie Hand gelassen. Das Haus war im Kolonialstil errichtet, ihrem Lieblingsstil. Mit seinen hohen Decken, den eingelegten Böden, Intarsienschränken und kunstvollen Stuckleisten war es bis ins kleinste Detail stilgetreu. Obwohl es ihr viel Freude bereitet hatte, die Wandfarben auszuwählen und maßgefertigte Möbel zu bestellen, dachte sie gern an jene Zeit zurück, als das Haus noch leer und voller Möglichkeiten war. Tränen traten ihr in die Augen.

Dann jedoch riss Abigail sich zusammen. Nein. Sie würde nicht hinnehmen, dass das, was sie an diesem Nachmittag geleistet hatte, überschattet wurde von schmerzlichen Erinnerungen, dass es so schnell verloren ging. Abigail stürmte die Treppe hinunter, schoss zur Haustür hinaus und krümmte sich im hohen Gras, nicht sicher, ob sie das Bewusstsein verlieren würde.

Durchatmen!, befahl sie sich im Stillen. Du musst durchatmen.

Mit schwankenden Schritten ging sie zu ihrem Kombi. Abigail ließ den Motor an und schoss verzweifelt davon.

Sie musste weg, irgendwohin, nur im Leuchtturmhaus konnte sie jetzt nicht bleiben.

Boote reihten sich am Pier dicht gedrängt aneinander, Masten ragten schräg in den dunkler werdenden Himmel. Kleinlaster säumten den Marktplatz. So belebt hatte Abigail ihn seit ihrer Ankunft noch nicht gesehen. Ein Parkplatz vor der *Kaffeekanne* war noch frei. Das genügte ihr als Grund, um dort anzuhalten.

Abgekämpft und mit Farbe bekleckert drückte Abigail die Tür des Cafés auf – und musste im selben Augenblick gegen den Drang ankämpfen, sie prompt wieder zu schließen. Das Lokal war brechend voll. Jeder Hocker am Tresen war besetzt und nicht eine Sitznische frei. Alle Augen – einschließlich Janine Wertz' – richteten sich auf sie, als sie eintrat. Janine trank Kaffee und rauchte eine Zigarette mit einer der Frauen, mit der Abigail sie beim Bingo gesehen hatte.

»Na, so eine Überraschung, Sie hier zu sehen, Abby«, rief jemand.

Es war Denny. Sie hätte es wissen müssen. Er war mit einem Satz bei ihr.

»Diesmal hat Ruth Ihnen keinen Platz frei gehalten. Woll'n Sie sich zu uns setzen? Bei uns gibt's noch einen.«

»Na klar«, erwiderte Abigail. Als sie an Janine vorbeiging, blies die provozierend eine Rauchwolke in ihre Richtung. »Danke für die Einladung.«

Denny führte sie zu dem Tisch, an dem er mit seinem Vater saß, und bot ihr mit einer galanten Geste einen Platz an. Abigail sah Nat Rhone am Nebentisch sitzen. Er war mit drei anderen Männern da – sie trugen Flanellhemden, Leinenjacken, Mützen und schwere Stiefel. Die meisten Stammgäste hatten Kaffeebecher vor sich stehen, aber keine Teller. Entweder hatte Abigail den Essensansturm versäumt, oder es aß niemand etwas. Die *Kaffeekanne* schien eher ein Inseltreff als ein Speiselokal zu sein.

»Hey, Dad, das ist die Dame, die wir neulich vom Festland herübergebracht haben. Sie heißt Abby.«

Dennys Vater knurrte einen Gruß und spielte mit seiner Kaffeetasse. Er schien sich der allgemeinen Aufmerksamkeit ebenso schmerzlich bewusst wie Abigail.

»Haben Sie gemalert?«, erkundigte sich Denny.

»Ja, und dabei hab ich mich ganz schön bekleckert«, räumte sie verlegen ein.

»Macht doch nichts«, sagte er. Da war mehr Wahres dran, als Abigail in letzter Zeit zu hören bekommen hatte. »Haben Sie Hunger? Ich kann Ihnen die Speisekarte holen.«

»Nein, nein, ich kann …«

Denny war bereits aufgesprungen. »Ich geh schon.«

»Hey, Denny. Ist das deine Freundin?«, fragte Nat Rhone von der anderen Seite des Gangs.

»Äh … nein«, sagte Denny sichtlich verlegen. »Ich wollte nur …«

»Ist nicht so toll für ein erstes Date, sie zum Essen mit deinem Dad einzuladen.«

Die anderen Männer am Tisch lachten. Dennys Vater schlürfte wortlos seinen Kaffee.

»Wenn du ein paar Tipps brauchst, wie man eine Dame behandelt, die kann ich dir geben. Zum Nulltarif.«

»Hey, Casanova«, fuhr Abigail ihn an. »Ich hab den Eindruck, Sie können ein Date mit einer Frau nur bekommen, wenn sie betrunken oder begriffsstutzig ist oder dafür bezahlt wird. Warum kümmern Sie sich also nicht einfach um Ihre eigenen Angelegenheiten?«

Das Zitat aus Dr. Walters Sendung kam Abigail mühelos über die Lippen, und die Beleidigung lag in der Luft wie der Geruch eines abgefeuerten Knallkörpers. Alle hatten sie gehört. Die Schärfe ihrer Worte ließ Nats Gesicht rot anlaufen.

Denny klatschte in die Hände. »Au weia, jetzt hat sie's dir aber gegeben.«

Nat sprang von seinem Stuhl auf. Im nächsten Augenblick hatte er Denny im Schwitzkasten und trommelte auf seinen Magen ein. Denny krümmte sich, aber niemand schritt ein, nicht einmal sein Vater. Abigail sprang auf, aber sie konnte nur hilflos am Rande des Handgemenges stehen und den Männern zurufen aufzuhören, während andere sie weiter anstachelten. In diesem Augenblick betrat Merle Braithwaite das Café. Mit zwei großen Schritten war er zwischen Nat und Denny. Er legte Nat eine schwere Hand auf die Schulter und trennte die beiden Streithähne, aber Nat riss sich aus seinem Griff los, um einen letzten Faustschlag zu landen. Denny duckte sich, um dem Schlag auszuweichen, und er traf Merle, der taumelnd zu Boden ging und ein paar Stühle mit sich riss. Das ganze Lokal verstummte.

Ruth stürzte aus der Küche an Merles Seite. »Raus hier, alle. Das Café ist geschlossen. Und du«, wandte sie sich an Nat Rhone, »lass dich hier nie wieder blicken.«

Er schnappte sich seine Mütze, die heruntergefallen war, und stolzierte davon. Seine Kumpel folgten ihm, zusammen mit den restlichen Stammgästen. Einige der Männer schimpften, weil sie ihre vollen Kaffeebecher zurücklassen mussten. Janine warf im Vorbeigehen einen hasserfüllten Blick auf Abigail, andere starrten sie an. Mit einem einzigen Streich hatte Abigail eine Schlägerei ausgelöst und dafür gesorgt, dass drei Männer verletzt waren. Sie eilte zu Merle.

»Alles okay mit Ihnen?«

»Wenn auf dem Boden liegen okay ist, ja, dann geht's mir prima.«

»Lassen Sie sich von mir aufhelfen.«

»Nur wenn Sie einen Gabelstapler in Ihrer Handtasche haben.«

»Ich mach das schon.« Bert Van Dorst, der Mann aus dem Waschsalon, kam vom Tresen herübergeschlurft. »Hab dich fallen sehen, Merle. Hat's wehgetan?«

»Das könnte man sagen.«

»Was macht Ihre Wäsche?«, fragte er Abigail.

»Bert, das ist jetzt vielleicht nicht der richtige Zeitpunkt«, riet ihm Merle.

»Ich mach doch nur Smalltalk.«

Ruth schloss die Tür des Cafés und sperrte sie kurzerhand ab. Die Glocke bimmelte leise.

Gemeinsam hievten Denny, sein Vater und Bert Merle auf einen Stuhl. Abigail versuchte, Blickkontakt zu Dennys Vater aufzunehmen. Er weigerte sich, ihn zu erwidern. Ihr erster Gedanke war, dass er sauer auf sie war, weil sie die Schlägerei angezettelt hatte. Dann dämmerte ihr, dass er verlegen sein könnte, wegen Denny und der Tatsache, dass er seinem eigenen Sohn nicht den Rücken stärkte.

»Lass mich mal diesen Knöchel ansehen, Merle.« Er zuckte zusammen, als Ruth ihm den Stiefel auszog. »Er schwillt schon an. Meinst du, du kannst ihn belasten?«

Merle setzte den Fuß auf den Boden auf und versuchte es. »Nicht sehr lange.«

»Gebrochen ist er allerdings nicht.«

»Woher wollen Sie das wissen?« Denny ging in die Hocke, um selbst nachzusehen.

»Weil er sonst seinen Mageninhalt wieder hinausbefördern würde, sobald er den Fuß aufsetzt. Früher haben die Leute eine Stimmgabel angeschlagen, um festzustellen, ob ein Knochen gebrochen war. Von der Schwingung hat der Knochen gebebt. Der Test mit dem Mageninhalt wird ausreichen müssen.«

»Hier gibt's doch jede Menge Gabeln. Ich kann Ihnen welche holen.«

»Nein, Süßer.« Ruth tätschelte Dennys Schulter. »Ich glaube, er ist nur schlimm verstaucht.«

»Sollten wir ihn nicht zum Arzt bringen?«, fragte Abigail. »Nur um sicherzugehen?«

Ruth schüttelte den Kopf. »Die Mädels vom ND will ich damit nicht behelligen.«

»Wir haben einen Notdienst auf der Insel«, erklärte Bert. »Zwei Schwestern und einen Arzt in Bereitschaft. Die Leute versuchen, sie nur zu bemühen, wenn es einen Notfall gibt.«

»Ruth hat Recht«, sagte Merle. »Es ist eine Verstauchung, kein Schlaganfall, mein Gott.«

Abigail riss die Augen auf. Es gab auf der ganzen Insel praktisch keine richtige medizinische Versorgung? »Wollen Sie damit sagen, dass es hier auf Chapel Isle kein Krankenhaus und nur einen Arzt gibt?«

»Außerhalb der Saison, ja«, erklärte Ruth knapp.

»Aber wir haben ja Ruth«, plapperte Denny fröhlich dazwischen. »Sie ist praktisch Ärztin.«

»Wirklich?«, fragte Abigail.

Ruth überging das Thema und wies Denny und seinen Vater an, Merle nach Hause zu bringen. »Bert, du begleitest sie. Sie werden noch ein Paar helfende Hände brauchen. Sieh zu, dass er sich ins Bett legt und einen Eisbeutel auf diesen Knöchel legt. Ich werde morgen früh bei ihm vorbeischauen und nach ihm sehen.«

»Ruth, das ist wirklich nicht nötig …«

»Leg dich nicht mit mir an, Merle Braithwaite, sonst wird diese Verstauchung noch die geringste deiner Verletzungen sein.«

Er lenkte ein, und die Männer stützten ihn, um ihm zu helfen, aus dem Café zu humpeln. Abigail konnte nichts weiter tun, als ihnen die Tür aufzuhalten.

»Es tut mir so leid, Merle.«

»Ihnen muss gar nichts leidtun, Abby.«

Tatsächlich gab es, wie Abigail fand, mehr als genug, was ihr leidtun sollte, sie eingeschlossen. Es wäre schön, wenn Merle ihr nicht die Schuld gab. Sie gab sich selbst schon an zu vielem die Schuld.

Vom Fenster des Cafés aus sahen sie und Ruth zu, wie die Männer Merle in seinen Kleinlaster verfrachteten.

»Es ist nicht Ihre Schuld«, sagte Ruth zu ihr.

»Gott, die Stimme in meinem Kopf muss wirklich laut sein, wenn schon andere Leute sie hören können.«

»Seien Sie nicht so hart zu sich. Nat war offenbar schon auf eine Schlägerei aus, bevor Sie diesen Spruch abgefeuert haben.«

»Sie haben das gehört?«

»Und ob!« Ruth knuffte Abigail in die Seite. »Dr. Walter hätte es selbst nicht besser sagen können.«

»Meinen Sie, es hat sonst noch jemand mitbekommen, dass ich einen Radiostar kopiert habe?«

»Nein, sicher nicht. Die halten Sie vermutlich einfach für knallhart.«

»Knallhart? Das ist jetzt aber ein bisschen übertrieben.«

»Wer weiß? Boston ist ein raues Pflaster.«

Dass Abigail aus Boston war, hatte Ruth vermutlich von Lottie gehört. Neuigkeiten sprachen sich auf der Insel schnell herum.

»Nicht so rau wie Chapel Isle.«

»Da haben Sie allerdings Recht, Süße. Kommen Sie, helfen Sie mir, die Stühle wieder aufzustellen.«

Abigail half Ruth, das Chaos zu beseitigen und das Geschirr abzuräumen. Obwohl das Café geschlossen war, lagen der Geruch von heißem Kaffee und die Wärme menschlicher Körper noch in der Luft. Abigail hatte nach den paar einsamen Tagen im Leuchtturmhaus schon ganz vergessen, wie es war, in einem Raum zu sein, der nicht immer menschenleer war. Sie folgte Ruth in die Küche.

»Das hier ist Zeke.«

Ruth stellte sie einem sehnigen Mann mit Schürze und einem tätowierten Anker auf dem Unterarm vor. Er schrubbte energisch den Grill mit einem Metallspachtel. Das Bratfett eines ganzen Tages triefte von der Kochstelle, und Abigail war froh, dass sie nicht die Gelegenheit gehabt hatte, etwas zu essen.

»Wir bringen dir deine Teller«, sagte Ruth zu ihm, und er nickte.

»Er kocht und spült ab?«

»Sagt, es hilft ihm, einen klaren Kopf zu bekommen.«

»Hilft, einen klaren Kopf zu bekommen«, wiederholte Zeke und tippte sich an die Schläfe.

»Wenn Sie einen klaren Kopf bekommen wollen, Abby, sind Sie jederzeit willkommen.« Sie wandte sich an Zeke. »Leg dich nicht mit dieser jungen Frau an, sonst rollen Köpfe!«, sagte sie sarkastisch. »Die Boston-Boxerin, so werden wir sie nennen.«

»Bitte nicht.« Abigail lachte.

»Tschüs, Boxerin«, sagte Zeke, als Ruth sie aus der Küche führte.

»Na toll. Noch ein Spitzname.«

»Ich muss noch die Abrechnung machen. Sie müssen nicht bleiben«, sagte Ruth. »Sie haben schon genug getan.«

»Das lässt sich nicht bestreiten. Aber ich habe sonst nicht viel zu tun.«

»Na dann. Dieses Angebot schlag ich nicht aus. Können Sie Kleingeld zählen?«

Während Ruth die Tageseinnahmen errechnete, setzte Abigail sich an den Tresen und sortierte Münzen. Aber Merle ging ihr nicht aus dem Kopf.

»Das mit Merle tut mir so leid«, sagte sie.

»Nicht doch. Er hätte die Streithähne auch getrennt, wenn Sie nichts damit zu tun gehabt hätten. Aber er weiß, dass Sie allein hier auf der Insel sind. Außerdem habe ich ihm erzählt, dass Sie verwitwet sind, daher nehme ich an, dass er sich besonders um Sie kümmern wollte.«

»Verwitwet? Woher wussten Sie denn …«

»Süße, so etwas erkenne ich sofort.«

»Weil ich keinen Ehering trage?«

»Nein, das ist es nicht.« Ruth legte ein Bündel Geldscheine auf den Tresen und sah Abigail an. »Sagen wir mal so. Dass ich aus North Carolina komme, kann man hören. Und dass Sie Ihren Mann verloren haben, kann man auch hören, nämlich an dem, was Sie *nicht* sagen.«

Abigails Herz klopfte. Hatte sie sich so leicht verraten, obwohl sie gar nichts gesagt hatte?

»Ich habe meinen Mann Jerome auf dem Festland kennengelernt, aber er wurde auf Chapel Isle geboren«, erzählte Ruth. »Die Armee hat ihm nach dem Koreakrieg das Medizinstudium ermöglicht, und er wollte seinem Heimatdorf gern etwas zurückgeben. Er war jahrelang der einzige ständige Arzt auf der Insel. Wir haben oft mitten in der Nacht Anrufe bekommen. Halsschmerzen, gebrochene Handgelenke, Kleinkinder mit Ohrenschmerzen, Frauen, die in den Wehen lagen. Ich habe ihn immer begleitet. Und habe nebenbei meinen Ehrendoktor in Medizin bekommen.«

Jetzt verstand Abigail, was Denny gemeint hatte.

»Das heißt, Sie sind nicht von der Insel?«

»Aber schon so lange hier, dass ich es irgendwie doch bin.«

»Sie müssen die Insel ja wirklich lieben, wenn Sie geblieben sind.«

»Anfangs nicht, glauben Sie mir. Wenn die Fähre im Winter liegen geblieben ist, hatten wir immer Sorge, nicht genug Vorräte zu haben. Und mit drei Kindern, die wir großzogen, war das kein Zuckerschlecken. Ein halbes Jahrzehnt lang gab es nur einen einzigen Klempner auf der Insel, das heißt, wenn deine Toilette kaputt war, dann bist du mit der Natur auf Tuchfühlung gegangen. Kann nicht sagen, dass wir nur schlechte Zeiten hatten. Aber sie waren auch nicht immer rosig. Verglichen mit damals ist die Insel heute ein Urlaubsparadies. Am Anfang habe ich Chapel Isle vielleicht nicht geliebt. Aber das Wichtige war, ich habe Jerome geliebt. Er ist jetzt seit elf Jahren tot. Und es vergeht kein Tag, an dem … na ja, Sie wissen schon.«

Ruth schloss die Kasse, schob die Schublade so hart zu, dass das Metall schepperte.

»Ist das so offensichtlich?«, fragte Abigail. »Dass ich …«

»Ich bezweifle, dass es irgendjemand außer mir gespürt hat. Und Merle«, ergänzte Ruth entschuldigend.

Abigail war Teil einer verschwiegenen Loge geworden, der niemand beitreten wollte, da man aus ihr nicht wieder austreten konnte. Die Gründungsmitglieder auf Chapel Isle, Ruth und Hank, hatte sie bereits kennengelernt. Sie war die jüngste Eingeweihte.

»Und, wie läuft's so am Leuchtturm?«

»Gut. Es läuft alles gut.«

Abigail ahnte, dass Ruth herauszufinden versuchte, ob sie von dem Geist gehört hatte, aber sie ließ es sich nicht anmerken.

»Na, wunderbar«, erwiderte sie. »Aber vergessen Sie nicht, wenn Sie irgendetwas brauchen, kann Merle rasch auf einen Sprung …«

»Ich bezweifle, dass Merle in absehbarer Zeit ›rasch auf einen Sprung‹ irgendwohin fahren wird. Ich komme schon zurecht.«

»Das weiß ich, Süße. Das weiß ich.« Ruth meinte es in jeder Hinsicht ernst.

»Kann ich morgen mitkommen, wenn Sie ihn besuchen?«

»Na klar. Treffen wir uns um halb neun vor seinem Haus.« Sie kritzelte Merles Adresse auf ihren Bestellblock. »Dann wird der Morgenansturm vorbei sein. Müsste ruhig genug sein, damit ich für eine Weile verschwinden kann.«

»Sagen Sie, wann genau ist dieser Morgenansturm?«

»So gegen fünf. Die Männer müssen spätestens um halb sechs auf dem Wasser sein.«

»Das ist ja ein schweres Leben.«

Die Arbeitszeiten, die Bedingungen, die ganze Mühe – Abigail nahm an, dass es ein anstrengender Broterwerb war.

»Mag sein«, sagte Ruth. »Aber auf dieser Insel habe ich gelernt, dass das Leben nur so schwer ist, wie man es sich macht.«

Abigail hatte sich aus freien Stücken entschieden, ihre Sachen zu packen und nach Chapel Isle zu ziehen, hatte sich entschieden, ihre Familie und ihre Freunde zurückzulassen, um allein in dem Leuchtturm zu leben. Machte *sie* sich das Leben vielleicht schwerer als unbedingt nötig?

L

Lump [lʊmp], *m.* gesinnungsloser Mensch, Gauner, Landstreicher, eigentl. »Mensch in schlechter, zerschlissener Kleidung«. [im 17. Jh. verkürzt von *Lumpen* (s.d.) abgetrennt. > spätmhd. *lumpe* »Lappen, Fetzen«, mnd. *lumpen* (Plur.) »schlechte, zerrissene Kleider«. Abl.: lum|pen, *Vb. ugs.* unsolide leben; sich nicht lumpen lassen: sich großzügig, freigebig zeigen, eigentl. »sich nicht für einen Lump halten lassen, nicht einen Lump nennen lassen«; s.a. Lumpenproletariat]

Die frühmorgendliche Luft war frisch. Während sie vor Merles Haus stand und auf Ruth wartete, wünschte Abigail, sie hätte einen Pullover angezogen. Sie machte sich solche Vorwürfe wegen des Zwischenfalls in der *Kaffeekanne,* dass sie es kaum erwarten konnte, es wenigstens zum Teil wiedergutzumachen.

Merle lebte am nördlichen Ende der Insel. Sein Grundstück erstreckte sich bis zur Bucht hinunter. Ein einsames Motorboot lag an seiner privaten Anlegestelle vertäut. Geblümte Vorhänge hingen in den Fenstern seines Schindelhäuschens, dessen Eingang ein bemalter Briefkasten und ein Kranz aus künstlichen Gänseblümchen zierten.

Blumen hätte ich mitbringen sollen, dachte Abigail, während sie auf dem Gehsteig auf und ab ging, beschämt, mit leeren Händen dazustehen.

Während sie das Blumenbeet der Nachbarn begehrlich beäugte und überlegte, ob sie ein paar davon für einen improvisierten Strauß pflücken sollte, traf Ruth ein.

»Warum sind Sie denn nicht schon vorgegangen, Süße?«

»Merle erwartet mich nicht, und ich war mir nicht sicher, ob er, na ja, verschnupft wegen gestern ist.«

»Wenn Merle Braithwaite verschnupft ist, dann kriegen Sie das mit, glauben Sie mir.«

Ruth öffnete die Haustür, die unabgeschlossen war, und rief: »Ich habe Besuch mitgebracht.«

Das Innere des Hauses war mit zierlichen Antiquitäten und einer Unmenge malvenfarbenem Chintz eingerichtet. Abigail versuchte sich vorzustellen, wie ein so korpulenter Mann wie Merle es sich auf dem kleinen, mit unzähligen Kissen bestückten Sofa bequem machte oder auf dem winzigen Ahorncouchtisch ein Bier abstellte. Die geschwungenen Beine der Sessel sahen aus, als würden sie zersplittern, wenn er sie zu gebannt anstarrte.

»Sie-wissen-schon-wer wirkt hier drinnen ein bisschen wie ein Elefant im Porzellanladen«, flüsterte Ruth. »Seine Exfrau hat diesen Kram geliebt, deswegen will er alles so belassen, wie es ist.«

»Exfrau?«

»Er hat ein junges Mädchen geheiratet, das eines Sommers zu Besuch auf die Insel kam. Das ist jetzt, ach, eine Ewigkeit her. Nach ein paar Monaten hat sie's hier nicht mehr ausgehalten. Die Abgeschiedenheit hat sie um den Verstand gebracht. Hat's nicht gepackt, also hat sie sich von Merle scheiden lassen. Nur dass sie ihm nicht gesagt hat, dass sie schwanger war. Er hat's über einen Verwandten von ihr erfahren, hat angeboten, von Chapel Isle wegzugehen und nach Kalifornien zu ziehen, um bei ihr und dem kleinen Jungen zu sein. Sie hat ihm gesagt, sie verzichte. Sie lebte schon mit einem anderen Typen zusammen.«

»Mein Gott, das ist ja schrecklich …«, begann Abigail. Dann hörte sie Merle ins Wohnzimmer stapfen.

»Komme schon, komme schon. Oh, hi, Abby«, sagte er, erfreut, sie zu sehen.

Merle benutzte einen Regenschirm als Gehstock und trug eine Fischerweste, die nass war.

Ruth verschränkte die Arme. »Gütiger Gott im Himmel, warst du etwa fischen?«

»Schon möglich.« Merle grinste.

»In deinem kleinen Boot hättest du dich umbringen können mit diesem verstauchten Knöchel. Ich hätte gute Lust, dich unter Hausarrest zu stellen, bis du wieder ganz gesund bist. Und jetzt setz dich hin, aber sofort.«

Ruth scheuchte Merle an den Küchentisch und begann, Kaffee zu kochen.

Abigail gesellte sich zu ihm. »Wie geht es Ihnen?«

»Ganz gut, nur mein Bein tut ein bisschen weh.«

»Offenbar nicht genug, um Sie vom Fischen abzuhalten.«

»Ich müsste schon von Kopf bis Fuß eingegipst sein, um nicht mehr zu fischen. Und selbst dann würde ich mich auf dem Wasser treiben lassen und die Angelschnur im Mund halten.«

Ruth stellte ihnen zwei Tassen hin.

»Trinken Sie denn keinen?«, fragte Abigail.

»Da unser Patient offenbar wohlauf ist, sehe ich besser zu, dass ich zurück zum Café komme. Klingel durch, wenn du mich brauchst, Merle.« Sie schnappte sich ihre Handtasche und wandte sich zur Tür. »Bis später.«

»Wie kommen denn die Renovierungsmaßnahmen voran?«, erkundigte sich Merle, sobald Ruth gegangen war.

»Sie sagen das, als ob ich ein neues Haus baute.«

»Tun Sie das denn?«

»Führen Sie mich nicht in Versuchung.«

»Ich habe Sie in Aktion erlebt. Ich würde es nicht wagen.«

»Ich mache Fortschritte. Eigentlich wollte ich heute in Ihrem Laden vorbeischauen, um ein paar neue Schubladengriffe für die Küche zu kaufen. Aber daraus wird jetzt ja wohl nichts.«

»Sie können gern hinfahren und sich nehmen, was Sie brauchen. Hinten ist immer offen.«

»Sie schließen Ihre Türen nicht ab? Und was ist mit diesen Einbrüchen?«

»Wenn diese Einbrecher ein Dutzend Schachteln billige Nägel und ein bisschen WD-40 stehlen wollen, sollen sie damit glücklich werden.«

»Und das aus dem Mund des Mannes, der für Lotties Wachschutz zuständig ist.«

»Wo wir schon bei dem Thema sind, ich möchte Sie um einen Gefallen bitten.«

»Was immer ich tun kann, ich stehe Ihnen zu Diensten. Einkaufen, kochen, putzen, was Sie wollen.«

»Nein, nein, es ist nichts dergleichen. Ich kann mit diesem Knöchel nicht Auto fahren. Und wenn ich nicht Auto fahren kann, dann kann ich für Franklin nicht nach seinen Ferienhäusern sehen.«

»Wollen Sie damit sagen, ich soll Ihren Job als Nachtwächter übernehmen? Merle, nehmen Sie's mir nicht übel, aber Sie sind ein Riese. Und ich habe schon Probleme damit, Gläser aufzuschrauben, wenn die Deckel zu fest sitzen.«

»Abby, ich habe vielleicht ein bisschen wenig Grips zwischen den Ohren, aber sehen kann ich noch sehr gut. Mir ist durchaus bewusst, dass Sie eine ... zarte Blume sind. Aber das ist schließlich kein Job, bei dem es auf die Körpergröße ankommt. Sie müssen nur nachsehen, ob Fenster und Türen verschlossen sind. Das ist kinderleicht.«

»Was ist mit Bert?«

»Er hat keinen Führerschein.«

»Hat keinen Führerschein? Wie kommt er hier denn herum?«

»Geht zu Fuß. Chapel Isle ist nicht unbedingt das, was man eine ausufernde Metropole nennen würde.«

»Und was ist mit Denny?«

»Verstehen Sie mich nicht falsch, er ist ein lieber Junge. Aber er hat die Weisheit nicht mit Löffeln gegessen.«

»Und was, wenn etwas passiert? Was, wenn ich die Einbrecher sehe?«

»Dann fahren Sie sofort zur Polizeiwache.«

»Muss ich aus dem Wagen aussteigen, wenn ich die Häuser überprüfe?«

»Nicht, wenn Sie richtig lange Arme haben.«

So gern sie es auch getan hätte, Abigail konnte Merle seine Bitte nicht abschlagen. Sie war ihm einen Gefallen schuldig.

»Ich kann Sie nicht bezahlen, aber Sie können sich aus meinem Laden alle Utensilien nehmen, die Sie brauchen.«

»Das werde ich ganz sicher nicht tun, Merle.«

»Okay, wie wär's dann damit? Sie drehen eine Woche lang meine Runden für mich, bis ich wieder auf den Beinen bin, und ich kümmere mich um einen Elektriker, der für Sie die elektrischen Leitungen am Leuchtturm noch mal überprüft. Abgemacht?«

Merle zog eine Karte von der Insel aus seiner Gesäßtasche. Lotties Immobilien waren rot eingekreist. Abigail nahm den Plan zwiespältig von ihm entgegen. Es blieb ihr keine Wahl.

»Abgemacht«, sagte sie.

Der Morgennebel hatte sich gelichtet und gab den Blick auf einen glasklaren blauen Himmel frei. Abigail kam es irgendwie gar nicht so vor, als hätte sie sich soeben zu einer grotesken Aufgabe bereiterklärt. Nichts konnte an einem so schönen Tag wirklich schlimm sein.

Das denkst du, klagte die Stimme in ihrem Kopf.

Ein Pappkarton wartete auf den Stufen des Hauses auf Abigail, als sie zum Leuchtturm zurückkehrte. *Viel Spaß damit, Lottie* stand auf der beigefügten Notiz.

Der Karton enthielt Dutzende von Liebesromanen. Auf jedem Titel prangten vollbusige Frauen, die von muskulösen Männern lustvoll umschlungen wurden.

»Kann's kaum erwarten, mich in euch zu vertiefen«, sagte Abigail und lächelte.

Sie stellte den Karton zu den anderen ins Arbeitszimmer – den nächsten Raum, der gestrichen werden musste. Dummerweise hatte Abigail die Regale schon eingeräumt, so dauerte es länger, das winzige Zimmer auszuräumen, als die Rahmen und Fußleisten abzukleben. Bevor sie einen neuen Farbkübel öffnete, schaltete sie das Radio ein. Dr. Walter war wieder in seinem Element.

Das heutige Thema war eine geplante Steuererhöhung um zwei Prozent, um Förderprogramme für Schulen zu finanzieren. Ein Mann rief an, um die Anhebung zu kritisieren. »Ich zahle sowieso schon ein Vermögen an Steuern. Die Schule war für mich damals gut genug. Und sie sollte auch für die Kinder heute gut genug sein. Wegen der müssen wir nichts ändern.«

Dr. Walter nahm bei seiner Reaktion kein Blatt vor den Mund. Was Abigail an der Sendung am meisten schätzte, war, dass er offen sagte, was er dachte. Er schoss aus der Hüfte und kleidete seine Ansichten nicht in schöne Worte. Das erforderte Mumm, eine Eigenschaft, an der es Abigail, wie sie selbst glaubte, schmerzlich mangelte.

Paul hatte dieselbe Grundeinstellung gehabt. Er sprach aus dem Herzen und war praktisch unfähig zu lügen. Für ihn war Lügen wie schlechtes Rechnen. Unterm Strich würde es letztendlich immer falsch sein. Allzu ehrlich belehrte Paul die Telefonverkäufer, die zur Essenszeit anriefen, stellte sie in aller Ruhe darüber zur Rede, wie sie sich eigentlich als aufrechte Bürger betrachten könnten, wenn sie absichtlich zu unpassenden Zeiten anriefen. Es amüsierte Abigail, dabei zuzuhören, wie er ihnen eine Standpauke hielt. Sie wollte gern glauben, dass ein Teil von Pauls Eifer in den Jahren ihrer Ehe auf sie selbst abgefärbt hatte, bezweifelte jedoch, dass dem so war.

»Verschonen Sie mich«, bellte Dr. Walter. »Rufen Sie wieder an, wenn Ihnen ein Gehirn gewachsen ist.«

Diesem Nat Rhone hast du's jedenfalls so richtig gegeben, dachte Abigail. Selbst wenn es Dr. Walters Spruch war, irgendwo musste man schließlich anfangen.

Das Arbeitszimmer war nicht ohne Grund die Wachstube gewesen. Es hatte die beste Aussicht, was Abigail erst bewusst wurde, als sie die Fensterrahmen strich. Das Zimmer bot einen weiten Blick über den Atlantik, ein Panorama, das sich meilenweit erstreckte. Einen Großteil seiner Tage hatte Mr. Jasper vermutlich in dieser Stube verbracht, hatte durch genau diese Fensterscheiben gestarrt. Abigail stellte sich vor, wie er vorbeifahrende Schiffe beobachtete, das wechselnde Wetter, das Kommen und Gehen der Gezeiten. Sie hielt einen Moment inne und schaute versonnen aufs Meer hinaus, bevor sie sich wieder an die Arbeit machte.

Als sie mit dem Streichen fertig war, räumte Abigail das Regal wieder ins Zimmer und nahm dann erneut ihre Bücher in Angriff. Dieses Mal würde sie wirklich nur einräumen. Es gab kein Lesen. Kein Herumtrödeln.

Jedes Buch hatte seine eigene persönliche Geschichte – wo sie es gekauft hatte, wie oft sie es gelesen hatte, warum es einen festen Platz in ihrem Herzen hatte –, aber ein Regal aus einem Gebrauchtmöbelladen in dem kleinen Arbeitszimmer war nicht unbedingt der Ort, den sie sich für ihre Bücher vorgestellt hatte. Es war, als würde man ein nostalgisches Familienfoto in einen billigen Plastikrahmen stecken. Als Abigail fertig war, sah sie, dass für Lotties Liebesschmöker kein Platz mehr frei war.

Abigail kauerte sich auf den Boden, schlug einen der Schmachtfetzen auf und las den ersten Absatz. Der Stil war annehmbar, wenn auch etwas melodramatisch, und bald blätterte sie Seite um Seite um. Es war ein historischer Liebesroman, der die Affäre zwischen einer hinreißenden Erbin und einem Piratenkapitän erzählte. Durch die Irrungen und Wirrungen des Schicksals und eine Intrige, um sie zu entzweien, angezettelt von dem Freier des Mädchens, einem niederträchtigen Grafen, wurden die beiden Liebenden getrennt.

Plötzlich hallte ein Rumpeln von unten hoch, und Abigail zuckte erschrocken zusammen. Hastig rappelte sie sich auf. Das Gepolter war nicht aus dem Wohnzimmer oder der Küche gekommen, sondern von weiter unten. Aus dem Keller! Abigail nahm ihren ganzen Mut zusammen.

»Du wirst jetzt nachsehen, was da los ist. Es gibt nichts, wovor du dich fürchten müsstest. Das spielt sich alles nur in deinem Kopf ab!«, flüsterte sie sich zu.

Bevor der Mut sie im Stich lassen konnte, stürmte Abigail die Treppe hinunter und riss die Kellertür auf. Dann setzte ihr gesunder Menschenverstand wieder ein. Die Taschenlampe! Sie lag auf dem kleinen Tisch neben der Tür und – sie funktionierte. Jetzt gab es kein Zurück mehr.

Die Treppe knarrte, als Abigail versuchte, auf Zehenspitzen in den Keller zu schleichen. Das Deckenlicht erhellte die Finsternis kaum, schon gar nicht die hinteren Ecken, die Taschenlampe hingegen schon. Kisten türmten sich ringsum im Keller. Dazwischen mit Abdecktüchern verhangene Möbelstücke – das vermutete sie zumindest.

Kurz entschlossen riss Abigail die Tücher herunter. Richtig – ein Satz Esszimmerstühle kam zum Vorschein, dazu ein Beistelltisch mit Intarsienarbeiten und ein stabiles Sofa. Unter einem anderen Abdecktuch stieß Abigail auf einen Esstisch mit geschwungenen Beinen und einen stattlichen Schreibtisch. Die Möbel waren antik und von hoher Qualität. Dagegen sah das Gerümpel oben wirklich erbärmlich aus.

Auf einmal hallte wieder ein Rumpeln durch den Keller. Abigail begann zu zittern und umklammerte die Taschenlampe fester.

»Wer ist da?«, rief sie. »Wenn da irgendjemand ist, kommen Sie heraus. Kommen Sie heraus, sonst ...«

Zögernd näherte sie sich der Zisterne und nahm einen Hauch desselben Geruchs wahr wie schon beim letzten Mal, eine Spur Pfeifenrauch. Abigails Herz klopfte, als ob es ihr zum Hals herausspringen wollte.

»Ich habe gesagt, zeigen Sie sich!«, brüllte sie in ihrer Verzweiflung.

Abigail leuchtete mit der Taschenlampe in die Zisterne. Sie war leer. Aber Wasser tropfte aus einem Rohr hinein und brachte den Metallrost zum Schwingen. Die steinernen Wände der Zisterne verstärkten das Geräusch.

»Es ist nur das Wasser im Rohr«, seufzte sie.

Als Abigail sich zum Gehen wandte, stieß sie gegen einen Stapel Kisten. Waren die vorher auch schon da gewesen? Sie konnte sich nicht erinnern. Wenn ja, warum war sie dann nicht schon vorher darübergestolpert?

Der Deckel einer der Kisten stand offen. Darin befanden sich mehrere ledergebundene Logbücher. Sie weckten Abigails Neugier, führten sie in Versuchung, noch länger im Keller zu bleiben, der Dunkelheit und ihrer Angst zum Trotz. Solche Logbücher kosteten viel Geld, selbst auf dem heutigen Markt. Die dicken Ledereinbände fühlten sich noch immer geschmeidig an, sie waren in tadellosem Zustand. Als Abigail eines der Logbücher aufschlug, sah sie, dass oben auf der ersten Seite in ordentlichen Druckbuchstaben ein Name geschrieben stand: *Wesley Jasper*.

Sie schüttelte ihre Angst ab und begann in den Seiten zu blättern. Jeder Eintrag dokumentierte Sonnenaufgang und Sonnenuntergang, es gab Berichte über das Wetter – Gewitter, Regenstürme, Hitzewellen, Wetterleuchten –, die Gezeiten und die Stunden, zu denen der Leuchtturm in Betrieb war. Sie staunte über die akribische Sorgfalt. Es gab keine Korrekturen, die Schrift war fein säuberlich. Abigail ging die ganze Kiste durch, dann die anderen. Jedes Logbuch war so gut erhalten wie das erste.

»Für euer Alter seht ihr fabelhaft aus«, flüsterte sie ehrfürchtig.

Als Abigail einen Blick auf die Armbanduhr warf, sah sie, dass es schon nach sieben war. Sie musste Merles Runde machen, obwohl sie nicht mit dem Lesen aufhören wollte.

Sorgfältig verstaute sie alle Bücher wieder in den Kisten, ging nach oben, stopfte sich für unterwegs etwas Proviant in einen Beutel, schnappte sich die Taschenlampe und lief zur Tür hinaus. Und dann schoss ihr ein Gedanke durch den Kopf.

Was, wenn sie den Einbrechern über den Weg lief? Vielleicht sollte sie etwas zur Verteidigung mitnehmen.

Abigail durchstöberte die Küchenschubladen nach einem Gegenstand, mit dem sie jemanden abwehren könnte. Das schärfste Werkzeug, das sie finden konnte, war ein Brotmesser, das ungefähr so abschreckend wie ein Göffel war. Dann fiel ihr ein, dass sie im Schuppen einen Hammer gesehen hatte. Das war genau die richtige Waffe.

Abigail fand im Schuppen tatsächlich einen rostigen Spalthammer mit einem klobigen Holzgriff. Na, der machte doch gleich ein bisschen mehr Eindruck. Hoffentlich würde sie ihn nicht brauchen.

Die auf Merles Karte eingekreisten Häuser zu finden war leichter gesagt als getan. Das Inselinnere war beklemmend düster, schwärzer als der Nachthimmel, wie Abigail schien. Immer wieder fuhr sie an Straßenschildern vorbei und musste umkehren.

»Ein paar Straßenlaternen wären nicht schlecht«, murmelte sie.

Der erste Stopp auf ihrer Route lag am südwestlichen Ende der Insel, wo sie zu ihrer Verblüffung auf eine Reihe moderner, auf Pfählen errichteter Häuser stieß mit weitläufigen Terrassen, kantigen Dachlinien und Glasbausteinen hier und da. Ihre riesigen Ausmaße sollten wohl einen Eindruck von Wohlstand und Erhabenheit vermitteln. Das Ergebnis war eine Parade grotesker Ungetüme, unförmig und völlig fehl am Platz in ihrer Umgebung.

Eine Überschwemmung könnte hier tatsächlich eine Verbesserung bedeuten, dachte Abigail.

Sie sah nach den Hausnummern, bis sie die fand, die auf ihrer Karte stand. Abigail nahm erneut ihren Mut zusammen, atmete langsam und bewusst durch.

»Vergiss deinen Hammer nicht!«, ermahnte sie sich.

Aufgrund der Pfähle befand sich das Erdgeschoss mehr als ein Stockwerk über dem Boden. Von draußen gab es keinen Zugang zur Terrassentür. Am einfachsten konnte ein Dieb vermutlich durch die vordere Haustür einsteigen. Umso besser. Das bedeutete weniger Arbeit für Abigail.

Mit der Waffe in der einen Hand und der Taschenlampe in der anderen hatte sie keine Hand mehr frei, um nachzusehen, ob die Tür abgesperrt war – ihre Hauptaufgabe. Abigail klemmte sich die Taschenlampe unter den Arm und überprüfte die Tür. Sie war fest verschlossen.

Ein Haus hatte sie geschafft, dreizehn noch vor sich. Die nächsten Ferienhäuser waren in der Nähe und standen ebenfalls auf Pfählen, sodass der Job ein Kinderspiel für sie war. So schlimm, wie sie gedacht hatte, war es gar nicht. Sie aß eine Banane, während sie weiter zu einem anderen Abschnitt der Insel fuhr und vor dem nächsten Objekt hielt. Es war ein weitläufiges Cottage, das von dichtem Gestrüpp und tief hängenden Bäumen umgeben war, die das Haus von allen Seiten verbargen. Wenn ein Ort unheimlich war, dann dieser. Abigail hatte sich also zu früh gefreut. Haustür und Fenster waren hinter dem wild wuchernden Gestrüpp kaum zu sehen. Hier konnte sich leicht jemand im Schutz der Büsche anschleichen.

Wenn ich ein Haus ausrauben müsste, dann würde ich dieses wählen, dachte Abigail.

Sie brauchte einen Plan. Vielleicht konnte sie Krach schlagen. Das würde sie verscheuchen. Gesetzt den Fall, es gab »sie« überhaupt. Abigail stieg aus dem Wagen.

»Gott, war das ein langer Tag«, rief sie. »Mannomann, bin ich froh, endlich zu Hause zu sein.«

Den Hammer in einer Hand bereit, überprüfte sie die vordere Haustür. Sie war abgesperrt. Aber sie musste auch noch nach der Hintertür und nach den Fenstern sehen. Über einen zugewucherten Steinweg ging Abigail ums Haus nach hinten. Dornbüsche verfingen sich in ihren Kleidern und zerkratzten ihr die Unterarme.

Zu ihrem Glück war die Hintertür des Cottages ebenfalls abgesperrt. Die Fenster waren fest verschlossen.

»Erledigt«, erklärte Abigail in dem Augenblick, als im Gebüsch zu ihrer Linken ein Rascheln laut wurde.

»Wer ist da?«

Ihr bemüht herausfordernder Ton klang eher wie ein Flüstern.

Sie richtete die Taschenlampe auf das Gebüsch, tauchte es in den grellen Lichtstrahl. Die Blätter schimmerten schwarz glänzend, beängstigend angesichts der Dinge, die sie vielleicht verbargen. Abigail trat einen Schritt vor. Auf einmal brach ein Vogel aus dem Laub hervor und flog in die Nacht davon, die Flügel im Gleichtakt mit ihrem hämmernden Herzen schlagend.

»Schönen Dank auch, Vögelchen«, stieß Abigail erleichtert aus.

Angespannt, aber unversehrt beendete Abigail Merles

Runde an diesem Abend ohne weitere Zwischenfälle. Auf der Fahrt zurück zum Leuchtturm traf die Absurdität ihrer Situation sie mit voller Wucht. Sie war eine gebildete Frau mit einem Doktortitel und arbeitete als Nachtwächterin. Aber ihr früheres Leben galt nichts mehr. Es war mit ihrem Zuhause in Flammen aufgegangen. Auf Chapel Isle war sie nicht mehr Abigail, die Lexikografin, die Mutter, die Ehefrau. Sie war die Leuchtturmwärterin, die Wachschutzfrau, die Frau, die Selbstgespräche führte und Schlägereien anzettelte und einen geschundenen Körper hatte. Abigail würde sich mit einem neuen Wortschatz neu definieren müssen, während sie die Sprache von Chapel Isle erlernte.

M

Me|na|ge [meˈnaːʒə], *f.* Haushalt, Wirtschaft. [< lat. *mansio, -ōnis* »Bleibe, Wohnung; Aufenthalt(-sort)« über mlat. *mansionaticum* zu frz. *ménage* m. (< afrz. *maisnage, ma[s]nage*) »Haushalt, Wirtschaft, Hausrat« (18. Jh.). Abl.: me|na|gie|ren, *Vb. veraltet, noch landsch.* sich selbst verköstigen, (mit etwas) sparsam umgehen]

Der Oktober war halb vorüber, wenngleich von fallenden oder sich färbenden Blättern noch nichts zu sehen war. Die Insel weigerte sich, der Jahreszeit zu gehorchen, hielt sich hartnäckig an den verflossenen Sommer. Morgens war es frisch, aber mit jeder Stunde, die verstrich, vertrieb die Sonne die Kühle. Abigail hatte den Kamin seit Tagen nicht mehr benutzt – nicht dass es ihr etwas ausmachte.

Sie schleppte den letzten Farbkübel ins Badezimmer hoch, sie würde es buttergelb streichen, wie sie bereits die Küche, das Wohnzimmer und das Arbeitszimmer gestrichen hatte. Der winzige Raum würde im Handumdrehen fertig sein. Das nahm sie zumindest an.

Der obere Teil der Wände ließ sich leicht überstreichen. Der Rest war eine einzige Strapaze. Auf dem Boden liegend, musste sich Abigail verrenken, um an die Flächen hinter der Toilette zu kommen, und sich anschließend in eine Ecke quetschen, um hinter der Badewanne zu streichen. Große Emaillestücke blätterten von der Unterseite der Badewanne ab, als sie dagegenklopfte. Abigail musste Versiegler kaufen, um die Korrosion aufzuhalten. Die Bodenfliesen mussten eigentlich neu verfugt werden. Und ein Medizinschränkchen würde auch nicht schaden.

Über die Symphonie aus dem CD-Player hinweg hörte Abigail ein gedämpftes Rumpeln, wie eine Erwiderung auf ihren Kommentar.

»Dieser Spiegel ist grauenhaft. Und überhaupt, ich habe nichts, wo ich meine Waschutensilien ablegen kann«, murmelte sie.

Und dann wurde ihr wieder mal bewusst, dass niemand da war, der ihr zuhörte. Mit wem redete sie eigentlich? Das war doch absurd. Diese ständige Rumpelei war doch keine Botschaft aus dem Jenseits.

Ein beunruhigender Gedanke schlich sich jäh in Abigails Gehirn. Was, wenn sie wirklich dabei war, den Verstand zu verlieren? Aber Leute, die den Verstand verloren, waren nicht in der Verfassung, sich zu fragen, ob sie den Verstand verloren, oder?

Abigail legte den Pinsel beiseite. Sie hatte genug. Jetzt würde sie erst einmal ins Dorf fahren.

Abigail parkte ihren Wagen und steuerte auf den Haushaltswarenladen zu. Sie ging, wie Merle ihr geraten hatte, direkt ums Haus nach hinten. Als sie die Tür erreichte, beschlich sie auf einmal ein ungutes Gefühl, und sie zögerte. Normalerweise würde sie nicht einfach in einen Laden gehen und Ware mitnehmen, die sie nicht bezahlt hatte. Merle hatte ihr jedoch gesagt, sie sollte sich alles nehmen, was sie wollte. Beherzt öffnete Abigail die Hintertür.

Drinnen waren die Jalousien heruntergelassen, die Räume verdunkelt. Sie tastete die Küchenwände nach einem Lichtschalter ab, konnte aber keinen finden. Während sie blind weiter in den Verkaufsraum des Ladens stolperte, stieß sie gegen den Kassentresen, hinter dem sie an dem Tag, als sie die Farbe kaufte, auch Fugenkitt gesehen hatte.

»Hallo, Abby.«

Abigail zuckte erschrocken zurück und stieß gegen einen Ständer mit Schraubenschlüsseln.

»Wer ist da?«

Bertram Van Dorst spähte um die Ecke. »Wollt Sie nicht erschrecken. Ich hab Sie an der Hintertür gehört und nach Ihnen gerufen. Dachte, Sie hätten mich gehört.«

»Wieso sind Sie denn ohne Licht hier drinnen, Bert?«

»Brauche ich nicht. Ich weiß auswendig, was auf jedem Regal steht. Warum Strom verschwenden?«

»Okay. Kann ich Sie fragen, was Sie hier machen?«

»Waschmaschine Nummer sieben ist in letzter Zeit ein bisschen launisch. Der Keilriemen wird's nicht mehr lange machen. Wollte sehen, was Merle so haben könnte, um sie zu reparieren, damit ich kein Ersatzteil bestellen muss.«

»Bert, sind Sie der Manager dieses Waschsalons?«

»Ich? Nein.«

»Und Sie sagten bereits, dass Sie auch nicht der Besitzer sind. Aber …?«

Abigail wusste nicht, wie sie höflich fragen sollte, warum er dann so viel Zeit dort verbrachte.

»Muss Ihnen seltsam vorkommen.«

»Nein, nein, es ist nur …«

»Ich bin einfach gern dort. Es ist ruhig. Keine Ablenkungen. Ich kann den Laden für Lottie im Auge behalten, dafür sorgen, dass die Maschinen alle gut laufen.«

»Der Waschsalon gehört auch Lottie?«

»Na ja, ihr und ihrem Mann. Den beiden gehört eigentlich fast ganz Chapel Isle. Seit seinem Unfall kann sich Franklin nicht mehr so gut um die Geschäfte kümmern, deshalb hat Lottie die Leitung übernommen.«

»Unfall?«

»Ein Autounfall. Vor drei Jahren. Einer der Feriengäste ist betrunken gefahren und hat Franklins Wagen so gerammt, dass er sich in den Straßengraben katapultiert und überschlagen hat. Hat sich an drei Stellen die Wirbelsäule gebrochen. Er wird nie wieder laufen können. Hat einen dicken Batzen als Abfindung bekommen, aber das brauchte Franklin gar nicht. Er hat Geld wie Heu.

Ich hab seinen elektrischen Rollstuhl für ihn umgebaut. Hab die Räder anders eingestellt, um den Wendekreis zu verbessern, und ihn ein bisschen getunt, damit er etwas schneller vorankommt. Franklin sagt, er fährt wie ein Porsche. Von null auf hundert in sechs Sekunden.«

Abigail ließ den Kopf hängen, und ihre Schultern sackten nach unten. Ihr Körper nahm die typische Mitleidspose an. Sie hatte gesehen, wie Leute in diese Haltung verfielen, wenn sie vom Tod ihres Mannes und ihres Sohns erfuhren. Während sie mit Bert in dem verdunkelten Haushaltswarenladen stand, wusste Abigail, was sie zu sagen im Begriff war. Die Worte formten sich bereits in ihrem Mund, so sehr sie es auch hasste, sie zu hören.

»Das mit Ihrem Freund tut mir so leid.«

»Er ist ein braver Bursche. Hat viel für das Dorf getan. Jeder hilft, so gut er kann.«

Ein unausgesprochenes Band bestand offenbar zwischen den Bewohnern von Chapel Isle. Die Insel war wie die Netze, die ihre Fischer auf dem Meer auswarfen, ein engmaschiges Gefüge von Leuten, verknüpft durch das Zusammenleben in nächster Nachbarschaft, verbunden durch Freundschaft. Hier zu sein hieß, dass Abigail ebenfalls ein Teil dieses Netzes werden konnte, was sie ein bisschen beängstigend fand.

»Und, wie läuft's so am Leuchtturm?«, fragte Bert unvermittelt.

»Gut. Es läuft alles gut.« Aber sooft es Abigail auch sagte, es wurde einfach nicht wahr.

»Keine ungewöhnlichen Vorkommnisse?«

»Oh, Bert, Sie nicht auch noch! Sie sind doch ein Mann der Wissenschaft. Sie können doch unmöglich glauben, dass an dieser Geistergeschichte etwas dran ist.«

»Musste die Frage stellen. Die meisten Leute hier haben von ihm gehört. Manche glauben an ihn. Manche nicht. So oder so, Mr. Jasper hat sich jahrelang um diese Insel und seine Seeleute gekümmert. Denke, er hat das Recht, noch immer hier zu sein.«

Es mochte ein Recht, ein Privileg, ein Fluch oder ein Hirngespinst sein – Wesley Jasper war zu Abigails Problem geworden. Sie log und behauptete, es sei alles in bester

Ordnung, während sie das Leuchtturmhaus von oben bis unten strich und versuchte, einen Geist zu besänftigen, von dessen Existenz sie nicht einmal überzeugt war. Wenn Abigail das Leichentuch seiner Gegenwart – tatsächlicher, eingebildeter oder verklärter – nicht abschütteln konnte, dann würde sie als die Frau bekannt werden, die in dem Geisterhaus lebte.

Sie war nicht einmal einverstanden damit, als »Abby« bekannt zu sein. Sie durfte nicht zulassen, dass es noch länger so weiterging.

Als Abigail unverrichteter Dinge in ihr kleines Haus zurückkam, war es dort grausam still. Sie konnte sich auf nichts konzentrieren und sehnte sich nach einer stumpfsinnigen Beschäftigung, um ihrem Verstand eine Pause zu gönnen. Nachdem sie eine Weile ziellos durchs Wohnzimmer geschlendert war, blieb sie am Fenster stehen und starrte aufs Meer hinaus, darauf wartend, dass sie von irgendetwas inspiriert wurde. Ihre Augen wanderten über den Rasen zu ihrem Kombi. Das Gras stand bis zu den Scheinwerfern des Wagens. Lottie hatte etwas von einem Rasenmäher erwähnt.

Ein eingestaubter Handrasenmäher stand in einer Ecke des Schuppens, ein Rechen mit verbogenen Zinken lehnte an ihm. Konnte nicht schaden, mal nachzusehen, ob er noch funktionierte.

Abigail schleppte den Rasenmäher ins Freie, um ihn zu inspizieren. Die Klingen waren mattgrau, so glanzlos, dass sie nicht einmal das Sonnenlicht spiegeln wollten. Sie schob das Gartengerät ein Stück über das Gras, um zu prüfen, ob die Klingen noch scharf genug waren. Zu ihrem großen Erstaunen schnitten sie tatsächlich. Das frisch gemähte Stück Gras war ein Anreiz weiterzumachen.

Sie kam nur langsam voran, jeder Schub kostete Kraft, aber Abigail gab nicht auf. Die Anstrengung half ihr, einen klaren Kopf zu bekommen, und verbannte die beklemmende Angst, die sie fest im Griff gehabt hatte, seit sie im Haushaltswarenladen Bert über den Weg gelaufen war. Der Geruch des frisch gemähten Grases war eine willkommene Ablenkung.

Im Laufe des Nachmittags arbeitete sie sich nach und nach durch den Garten vor, immer wieder innehaltend, um sich den Schweiß von der Stirn zu wischen. Ihr Haar war durchnässt, ebenso ihr Hemd. Die Sonne ging bereits unter, als sie endlich fertig war.

Es war an der Zeit, Merles Runde zu machen. Ein Bad würde warten müssen. Abigail packte sich ein Sandwich als Abendessen ein. Es war nur noch ein Stück Brot übrig – ein trauriger Hinweis darauf, wie sie in letzter Zeit lebte. Früher hatte sie so gern gekocht. Als sie und Paul frisch verheiratet und knapp bei Kasse waren, hatte Abigail die Herausforderung gern angenommen, mit ihrem bescheidenen Budget raffinierte Mahlzeiten zu zaubern, hatte den Umständen mit ein bisschen Einfallsreichtum und gut gewählten Gewürzen getrotzt. Sie vermisste das Kochen, nicht so sehr die Tätigkeit selbst, sondern den Zweck – ihre Familie zu ernähren und sie mit allem zu versorgen, was sie brauchte.

Abigail stopfte ihr Abendessen in den leeren Brotbeutel und nahm ihn mit zum Wagen.

Der Mond stand hoch an diesem Abend, sodass sie etwas mehr sehen konnte. Abigail hielt immer wieder an und studierte Merles Karte im Schein der Taschenlampe. Die Straßen waren nicht rasterförmig angelegt, ganz im Gegenteil. Jeder Feldweg schlängelte sich durch die Landschaft, wie er wollte, gnadenlos unberechenbar.

Die ersten paar Häuser waren seit dem Abend zuvor unverändert, keine Türangel oder Fensterscheibe beschädigt. Abigail war froh darüber. Auf halber Strecke ihrer Runde legte sie eine Pause ein, um rasch ihr Abendbrot hinunterzuschlingen. Während sie in ihrem Kombi saß und ihr Sandwich aß, tauchten plötzlich Scheinwerfer auf, die in der Ferne zu blinken begannen. Es war ein Streifenwagen der Polizei, der hinter ihrem Wagen hielt. Im Seitenspiegel sah Abigail Sheriff Larner aus seinem Wagen steigen.

»Guten Abend, Abby.«

»Das muss ja ein bisschen verdächtig aussehen, wie ich hier auf einer dunklen Straße in meinem Wagen sitze und beim Schein einer Taschenlampe ein Sandwich esse, mit einem Hammer im Schoß.«

»Nicht das, was ich erwartet habe. Würden Sie mir vielleicht sagen, was Sie hier tun?«

»Das ist irgendwie eine lange Geschichte.«

»Kurze Geschichten gibt's hier bei uns sowieso nicht.«

»Ich sehe für Merle nach Lotties Mietferienhäusern, weil … äh … weil ich ihm einen Gefallen schuldig bin.«

Abigail sparte die Details bewusst aus, wie sie zu dieser speziellen Schuld gekommen war.

»Ach ja, die berüchtigte Schlägerei in der *Kaffeekanne*.«

»Sie ist *berüchtigt*?«

»Nur bei den Leuten, die davon gehört haben.«

»Na toll.«

»Das heißt, Merle hat Sie losgeschickt, damit Sie …«

»… damit ich die Türen und Fenster überprüfe. Sehe, ob in irgendeines der Häuser eingebrochen wurde.«

Der Sheriff zog eine Augenbraue hoch. »Wachschutz?«

»Merle kann kaum laufen, und das ist im Grunde doch meine Schuld. Es ist nur für eine Woche, bis es ihm besser geht.«

»Eine Woche, sagen Sie?«

»Ich weiß, ich weiß. Ich werde allmählich zu einer Plage, erst mit dieser Schlägerei, die ich angezettelt habe, und dann auch noch mit den ganzen Veränderungen, die ich am Leuchtturmhaus vorgenommen habe.«

Ihr Kommentar weckte die Aufmerksamkeit des Sheriffs. Abigail nahm an, egal, was sie tat, ob sie sich einen Pinsel kaufte oder im Waschsalon ihre Wäsche wusch, irgendjemand hatte immer schon allen anderen davon erzählt. War das nicht die Art, auf die der Buschfunk funktionierte? Und war es nicht Larner, der sie davor gewarnt hatte?

»Von was für Veränderungen reden wir hier denn?«, erkundigte er sich scheinheilig.

Abigail ging in die Defensive. Sie wählte ihre Worte vorsichtig. »Ein bisschen Farbe. Das ist alles.«

»Farbe hat noch nie jemandem geschadet.«

»Hoffentlich nicht«, sagte Abigail fast unhörbar.

»Sind Sie mit Ihrem Wachschutzeinsatz denn bald fertig?«

»Ein paar Häuser muss ich noch abfahren, dann werden die Straßen wieder vor mir sicher sein«, witzelte sie.

»Seien Sie vorsichtig. Wir haben die Typen noch nicht geschnappt, auf deren Konto diese Einbrüche gehen. Und passen Sie mit diesem Hammer auf, okay? Ein Glück für Sie, dass er nicht als versteckte Waffe gilt.«

»Okay. Ich meine, ja, Sir.«

Damit fuhr der Sheriff in seinem Streifenwagen ab.

Abgesehen von dem Polizeiauto hatte Abigail in den letzten beiden Nächten niemanden an sich vorbeifahren sehen. Beim Bingo waren Dutzende von Leuten gewesen. Wo waren sie nur alle?

Zu Hause, nahm sie an. Bei ihren Familien. Die Kinder würden im Bett sein. Die Eltern sahen vermutlich fern oder spülten das Geschirr ab, ließen den Abend ausklingen. Abigail beneidete sie. Sie konnte sie nicht sehen, wusste nicht, wer sie waren oder wo sie wohnten, und doch hatten diese namenlosen, gesichtslosen Menschen das, wonach sie sich sehnte. Sie würde Morgen für Morgen aufwachen und nie wieder das Leben haben, das sie einmal gehabt hatte.

Das letzte Haus auf Merles Karte war ein weißer Bungalow mit blühenden Blumen davor. Gähnend umrundete Abigail das Gebäude. Sie warf einen Blick auf die Fenster und rüttelte halbherzig an den Türen, als auf einmal ein Paar Scheinwerfer die Straße erhellten.

»Wenn das bloß nicht wieder der Sheriff ist. Ich kann in einer Nacht nur ein begrenztes Maß an Demütigung verkraften«, zischte Abigail.

Das sich nähernde Fahrzeug war ein Lastwagen, kein

Pkw – das erkannte Abigail jetzt. Sie blieb stehen, wo sie war. Dummerweise hatte sie den Hammer in ihrem Kombi liegen lassen.

Abigail versteckte sich hinter einem Busch und spähte zwischen den Blättern hindurch. Country-Klänge kamen von dem Lastwagen und das ausgelassene Lachen einer Frau. Der Fahrer fuhr an den Straßenrand und blieb ein paar Meter hinter ihrem Volvo stehen. Offenbar war er nicht verwundert darüber, dass ein ihm sicher nicht bekanntes Fahrzeug hierstand.

»Fahr doch weiter. Fahr weiter«, flüsterte Abigail.

Der Motor des Lastwagens wurde abrupt abgestellt, die Lichter erloschen, und das Gekicher verstummte, während die beiden Schatten zu einem einzigen verschmolzen.

O mein Gott, dachte Abigail, jetzt werde ich vielleicht die ganze Nacht hiersitzen müssen.

Sie wägte ihre Optionen ab, die fast alle demütigend waren. Eine Frau, die aus dem Gebüsch eines leer stehenden Hauses geschlendert kam, würde merkwürdig aussehen, und selbst wenn sie es bis zu ihrem Kombi schaffen sollte, ohne von dem Liebespaar im Lastwagen bemerkt zu werden, würden sie es doch in jedem Fall hören, wenn sie ihren Wagen anließ.

»Was kümmert dich das denn? Vergiss nicht, du bist knallhart. Du bist *berüchtigt*. Du spottest im Angesicht des Unglücks. Du führst lediglich zu viele Selbstgespräche«, flüsterte sie.

Abigail trat aus dem Gebüsch, fest entschlossen, in aller Ruhe zu ihrem Kombi zu schlendern. Nur dass ihre Beine immer schneller wurden.

»Stopp. Ich hab was gehört«, sagte die Frau im Lastwagen.

Zwei entgeisterte Gesichter starrten Abigail hinter der Windschutzscheibe an. Sie tauschte einen langen Blick mit der Beifahrerin, einer Frau mit gewelltem Haar und großen, traurigen Augen. Abigail erkannte sie als eines der »Hühner«, die am Bingo-Abend bei Janine Wertz gesessen hatten. Hinter dem Lenkrad des Lastwagens saß Clint Wertz, den Arm um die Schulter der Frau gelegt, deren Bluse bereits aufgeknöpft war. Abigail sprang in ihren Wagen, ließ den Motor an und lenkte ihn auf die Straße.

Sie konnte nicht sagen, wem diese Sache peinlicher war. Ihr oder den beiden.

Selbst im Dunkeln sah das Leuchtturmhaus besser aus mit dem gemähten Rasen. Abigail saß in ihrem Kombi und betrachtete ihr Werk im Licht der Scheinwerfer, während sie versuchte, ihr unangenehmes Zusammentreffen mit Clint Wertz zu vergessen. Ruth hatte Recht gehabt, was ihn betraf. Er bedeutete schlechte Neuigkeiten, Neuigkeiten, die Abigail lieber nicht aus erster Hand erfahren hätte.

Als sie in ihre Hosentasche griff, um den Hausschlüssel herauszuholen, knisterte es. Der Zeitungsartikel, den sie unter dem Bett gefunden hatte!

»Entschuldige, entschuldige, entschuldige«, sagte sie schuldbewusst, da sie das empfindliche Blatt Papier so zerknittert hatte.

Sie ging ins Haus, strich den Zeitungsausschnitt auf dem Esszimmertisch glatt und las noch einmal die Schlagzeile: *MÄTRESSE* DES BISCHOFS SINKT.

Der Artikel stammte aus dem Jahr 1909. Es ging um ein Handelsschiff aus Boston, das auf dem Weg nach Charleston in einen Hurrikan geriet, der über die Südküste fegte. Der Sturm schnitt von Florida bis Delaware eine Schneise der Verwüstung ins Land. Das Schiff ging unter, als es auf dem Schiffsfriedhof östlich von Chapel Isle eine Sandbank rammte. Neunundfünfzig Männer verloren ihr Leben. Keine Leiche wurde geborgen. Der letzte Absatz des Artikels deutete an, die *Mätresse* des Bischofs sei auf dem Schiffsfriedhof in tödliche Gefahr geraten, da das Signalfeuer des Leuchtturms nicht zu sehen gewesen sei, um das Schiff sicher in den Hafen zu leiten. Der letzte Satz lautete: *Eine Tragödie ist der* Mätresse *des Bischofs widerfahren, vielleicht eine, die vermeidbar gewesen wäre.*

Die letzte Zeile setzte sich in Abigails Gedanken fest. Ein gesunkenes Schiff, ertrunkene Seeleute, ein gespenstischer Leuchtturmwärter – die Puzzleteile fügten sich allmählich auf eine unheimliche Weise zusammen. Sie kämpfte gegen den Drang an, wieder in den Keller hinunterzusteigen und die Logbücher nach einer Antwort zu durchforsten. Wesley Jasper hatte so genau Buch geführt, dass sie sich sicher war, es würde irgendwo eine Anmerkung zu dieser Nacht geben, irgendeinen Hinweis darauf, was sich damals zugetragen hatte.

Aber war sie wirklich in der Stimmung dafür, mitten in der Nacht dort unten herumzuschnüffeln? Sie hatte Grasflecken auf ihren Kleidern vom Rasenmähen, Kratzer an den Armen von Merles Wachschutztour und ein angeknackstes Ego davon, dass sie im Dorf berüchtigt war.

Nein, das konnte sie auf morgen verschieben.

N

No|va|ti|on [nova'tsio:n], *f.* 1. (*jur.*) a) Übertragung einer Verbindlichkeit auf einen neuen Schuldner. b) Neuerungsvertrag; Ablösung einer alten Verbindlichkeit durch eine neue. 2. *selten* Neuerung. [< lat. *novātiō, -ōnis* »Erneuerung«]

Ob sie wollte oder nicht, Abigail musste am kommenden Tag ins Dorf fahren, um Lebensmittel und noch ein paar Utensilien fürs Haus zu kaufen.

»Schreib dir diesmal eine Liste«, ermahnte sie sich, während sie am Esszimmertisch saß und eine Schale Müsli aß. Das Dilemma war nur, sie hatte noch immer kein Papier bis auf den zerknitterten Artikel, auf den sie eine gusseiserne Bratpfanne gestellt hatte, um die Falten zu glätten.

»Ich würde *Papier* auf diese Liste setzen, wenn ich etwas hätte, worauf ich sie schreiben könnte«, murmelte sie.

Dann fiel ihr ein, dass sie noch die Quittung von ihrer ersten Expedition zum Weller's Market hatte. Auf die Rückseite davon schrieb sie die Dinge, die sie aus Merles Laden brauchte, sowie alles, was sie ihn bitten wollte, für sie zu bestellen, einschließlich eines neuen Medizinschränkchens. Sie hoffte, dass er Schubladengriffe vorrätig hatte. Das Haus blieb in Unordnung, da sie die ursprünglichen Griffe ja nicht wieder angeschraubt und die Teller und Trockenvorräte nicht in die Schränke geräumt hatte.

Ein Teil der Arbeit, die Abigail sich für diesen Tag vorgenommen hatte, würde darin bestehen, die derzeitigen Wohnzimmermöbel gegen die Antiquitäten im Keller auszutauschen, etwas, das sie nicht allein bewerkstelligen konnte. Sie bezweifelte, dass Merle ihr dabei helfen konnte. Damit blieben nur noch Denny oder Bert, aber mit keinem von beiden wollte sie stundenlang ihre Zeit verbringen. Egal, wer ihr letztendlich dabei helfen würde – den geschnitzten Schreibtisch aus dem Keller oben im Arbeitszimmer zu haben war etwas, worauf es sich zu freuen lohnte.

Die Hintertür zu Merles Laden stand weit offen, er selbst stand an der Spüle und wusch einen Ködereimer aus. Sein Regenschirm, der ihm als Gehstock diente, hing neben ihm an der Kante der Arbeitsplatte. Abigail klopfte an die Tür, um ihn nicht wieder zu erschrecken.

»Schon hellwach und auf den Beinen, wie ich sehe.«

»Hellwach bin ich auf jeden Fall. Nur das mit den Beinen muss ich noch ein bisschen üben.« Merle belastete den gesunden Fuß und stützte sich auf der Spüle ab. »Bin ich froh, dass mit Ihnen alles okay ist«, sagte er. »Ich habe mir Sorgen gemacht, als ich es gehört habe.«

»Was gehört?«

»Es ist wieder eingebrochen worden.«

»Wann denn? Wo denn?«

»Letzte Nacht. War nicht Lotties Cottage. Privatbesitz. Sechs Türen weiter hinten in der Timber Lane.«

»Ich war in der Timber Lane. Ich habe nichts gesehen … Augenblick. Doch, ich habe etwas gesehen. Ich habe ein Pärchen in einem Lastwagen gesehen.«

Abigail entschied, nicht ausdrücklich zu erwähnen, wen genau sie dort gesehen hatte.

»Ein Pärchen? Was haben die denn da gemacht?«

»Was Pärchen in parkenden Autos eben so machen.«

»Ach Gott. Na ja, das sollten Sie Caleb Larner erzählen. Könnte … von Bedeutung sein.«

Den Sheriff zu informieren wäre die richtige Vorgehensweise. Aber Abigail legte absolut keinen Wert darauf, in das Privatleben der Wertz hineingezogen zu werden. Sie hatte bereits eine Schlägerei angezettelt.

»Vielleicht sollte ich heute Abend jemand anders bitten, die Runde für mich zu machen«, schlug Merle vor.

»Warum denn? Weil ich eine Frau bin? Trauen Sie mir das nicht zu?«

Merle kaute auf seiner Unterlippe, was Abigail verriet, dass er genau das dachte.

Verärgert sagte sie: »Ich mache die Runde. Ende der Diskussion. Hier.« Sie reichte ihm ihre Liste.

»Das ist eine Quittung für Lebensmittel. Ihnen ist doch sicher bewusst, dass Sie hier in einem Haushaltswarenladen sind?«

»Die *andere* Seite.«

»Oh, alles klar!« Merle begann zu lesen. »Das meiste davon habe ich da. Aber den Spiegel werde ich Ihnen bestellen müssen. Dauert drei bis vier Wochen.«

»Kein Problem. Ich werde ja noch länger hier sein.«

»Sind Sie sich da sicher, Abby? Manchmal hält eine Veränderung nicht das, was sie verspricht.«

Abigail verschränkte die Arme, machte ohne Worte klar, dass sie sich nicht beirren ließ.

»Okay. Okay.«

Merle machte eine Handbewegung, als würde er seine Lippen mit einem Reißverschluss zuziehen, und führte sie zu einem Regal mit einer kleinen Auswahl an Griffen. Dann humpelte er davon, um ihr die anderen Gegenstände von ihrer Liste zusammenzusuchen, die er vorrätig hatte.

Angesichts der begrenzten Auswahl entschied sich Abigail für einen schlichten runden Schubladengriff mit Zinnbeschichtung und zählte so viele ab, wie sie brauchte. Während Merle ihre Einkäufe in Tüten verstaute, bemerkte Abigail, dass er ihr einen neuen Schraubenzieher dazugab.

»Das ist nicht nötig, Merle. Ich habe im Schuppen einen Schraubenzieher gefunden.«

»Der ist doch halb hinüber«, sagte er. »Ich schenk Ihnen den hier.« Seine Art, sich zu entschuldigen.

»Soll ich heute vielleicht mal meine Rechnung bezahlen?«

»Wozu? Sie kommen doch morgen sowieso mit einer neuen Liste wieder.«

»Stimmt auch wieder.«

»Seien Sie vorsichtig heute Abend, ja, Abby? Ich bin kein Sexist. Ich würde dasselbe zu jedem sagen. Ehrlich gesagt würde ich es sogar zu mir selbst sagen.«

Seien Sie vorsichtig. Es war derselbe Rat, den Sheriff Larner ihr gegeben hatte. Keine von Abigails Entscheidungen in letzter Zeit war mit großer Vorsicht getroffen worden, eine atypische Abkehr von ihrem typischerweise logischen Selbst. Sie war nicht *vorsichtig* gewesen, als sie das Haus gestrichen oder sich bereiterklärt hatte, Merles Runden für ihn zu machen, oder auch nur, als sie beschlossen hatte, nach Chapel Isle zu kommen. Sie hatte alle Bedenken in den Wind geschlagen und sich forttragen lassen wie ein Drachen im Wind.

Abigail war gespannt, wo sie landen würde.

Weller's Market war Abigails nächstes Ziel. Sie freute sich nicht darauf. Mit gesenktem Kopf schob sie in aller Eile ihren Einkaufswagen durch den Laden. Abigail dachte, sie könnte vielleicht davonkommen, ohne Janine über den Weg zu laufen, bis sie um die Ecke der Obst- und Gemüseabteilung bog und sie fast mit ihrem Wagen rammte.

Janines Miene verhärtete sich, sobald sie Abigail sah.

»Entschuldigung«, murmelte Abigail.

Janine packte weiter Salatköpfe aus einer Kiste, als hätte sie sie gar nicht gehört. Keine der Kassen war besetzt, als Abigail zahlen wollte, aber sie würde Janine nicht bitten.

»Komme schon«, rief eine weibliche Stimme irgendwo im Laden.

Eine Frau mit Pferdeschwanz kam an die Kasse gelaufen. Abigail erkannte sie auf Anhieb als die Frau, die sie mit Clint Wertz im Lastwagen gesehen hatte. Das Erkennen beruhte auf Gegenseitigkeit. Die Frau tippte Abigails Einkäufe hastig ein und stopfte sie in Tüten.

»Das macht dann einundzwanzig fünfundvierzig.«

Als Abigail ihr das Geld reichte, glühte das Gesicht der Frau vor Verlegenheit. Mit zitternder Hand hielt sie ihr das Wechselgeld hin. Wut staute sich in Abigails Brust. Diese Frau wusste, dass das, was sie tat, unrecht war. Sie wusste, dass sie ihrer Freundin wehtat, aber Abigails Zorn flaute jäh zu Mitgefühl ab, als sie sie ansah und Schuldbewusstsein in ihrem Blick ausmachte. Genau damit hatte auch sie täglich zu kämpfen. Das Feuer überlebt zu haben war eine ständige Bürde, vor der sie nicht davonlaufen und die sie nicht hinter sich lassen konnte. Abigail würde das niemandem wünschen. Nicht einmal dieser Frau, die für das, was sie getan hatte, ein schlechtes Gewissen verdiente.

Das Licht der Mittagssonne flutete ins Leuchtturmhaus, als Abigail schließlich mit ihren Erledigungen zurückkam. So abgeschieden wie das Grundstück lag, bestand eigentlich keine Notwendigkeit für das bisschen Privatsphäre, die Vorhänge boten, aber dennoch war es ein seltsames Gefühl, so schutzlos den Blicken anderer ausgesetzt zu sein.

Abigail atmete tief durch und machte sich dann daran, die Unmenge von Geschirr auf dem Esstisch zu sichten. Sie suchte heraus, was sich aufzuheben lohnte, und verstaute die ausrangierten Teile, rußige Pfannen, mehr Schöpfkellen, als je irgendjemand gebrauchen konnte, und jede Menge angeschlagene Becher in Einkaufstüten. Das Einräumen der Küchenschränke konnte sie kaum noch erwarten, danach waren die Schubladengriffe an der Reihe. Abigail war froh über den Schraubenzieher, den Merle ihr mitgegeben hatte. Den anderen warf sie in den Müll.

Nachdem die Schränke gestrichen und die Griffe wieder angeschraubt waren, sah die Küche wirklich hübsch aus.

Den Rasen fertig zu mähen und die Fugen im Bad in Angriff zu nehmen stand als Nächstes auf dem Programm. Aber Abigail hatte ihren Körper nicht geschont. Wenn sie jetzt noch den Rasenmäher über das Gras schob, bekäme sie das zu spüren. Also nahm sie sich die Fugen vor.

Es war zwei Uhr, Zeit für Dr. Walters Sendung. Abigail trug das Radio und den schweren Eimer mit Fugenkitt hoch ins Badezimmer. Sie schaltete in dem Augenblick ein, als Dr. Walter das Thema des Tages bekannt gab. »Für alle Hörer, die eben erst dazugeschaltet haben, wir diskutieren heute darüber, wie man seine Kinder disziplinieren kann. Unsere erste Anruferin ist Sue. Sie sagt, ihr fünfjähriger Sohn weigere sich, in seinem eigenen Bett zu schlafen.«

»Das stimmt«, schnitt ihm Sue das Wort ab. »Er will immer bei mir und meinem Mann schlafen. Ausnahmslos jede Nacht kommt er weinend zu uns ins Zimmer und bettelt darum, bei uns bleiben zu dürfen.«

»Und Sie fragen sich, ob Sie ihm weiterhin erlauben sollten, bei Ihnen zu schlafen, oder ob Sie …«

»… ob ich ein Machtwort sprechen sollte. Ihn zwingen, in seinem eigenen Zimmer zu schlafen. Aber das ist so schwer. Er sagt, wenn er nicht bei uns ist, kann er nicht einschlafen, und wenn ich Nein sage, fängt er an zu weinen und hört nicht mehr auf. Ich fühle mich so schrecklich.« Dr. Walter kam gar nicht mehr zu Wort. Die Frau war verzweifelt. »Ich bin keine schlechte Mutter. Zumindest glaube ich nicht, dass ich eine schlechte Mutter bin. Ich will keine schlechte Mutter sein.«

»Sie sind keine schlechte Mutter, Sue.«

Die Stimme Dr. Walters war ruhig, überzeugend, beschwichtigend. Er hätte in diesem Tonfall alles sagen können, und Abigail hätte ihm vertraut.

»Die Drähte laufen heiß vor lauter Hörern, die sich zu diesem Thema zu Wort melden wollen. Wir werden nach der Werbung hören, was sie zu sagen haben.«

Mithilfe der Maurerkelle, die sie von Merle bekommen hatte, begann Abigail, die Fugen zwischen den Fliesen mit dem neuen weißen Fugenkitt zu füllen. Das Bad würde bald viel freundlicher aussehen.

»Und hier sind wir wieder«, sagte Dr. Walter, »die Telefonzentrale brennt.«

Es gab zahllose Anrufe von Müttern, die mit Sue mitfühlten. Auch sie konnten es ihren Kindern einfach nicht abschlagen, wenn sie nachts zu ihnen ins Bett kommen wollten. Jede neue Anruferin quälte sich vor Sorge, wie Sue es tat.

Eine ängstliche Mutter fragte: »Ruiniere ich meine Tochter für den Rest ihres Lebens, indem ich sie bei mir schlafen lasse?«

»Es gibt hunderte von Möglichkeiten, wie Sie Ihre Tochter für den Rest ihres Lebens ruinieren können«, beschwichtigte Dr. Walter die Frau. »Sie ab und zu bei Ihnen schlafen zu lassen gehört nicht dazu.«

Dann machte er ein paar Vorschläge dazu, wie man Kinder allmählich an ihr eigenes Bett gewöhnen könnte, und empfahl der Frau, sanft, aber entschieden vorzugehen. Abigail nickte zustimmend, während sie sich langsam zur Tür vorarbeitete.

»Augenblick, hier haben wir eine Hörerin, die eine andere Meinung zu dem Thema hat. Los, Charlene, Sie sind auf Sendung.«

»Ich finde, Ihre Anruferinnen sind alle krank«, begann sie. »Kinder haben eben manchmal Albträume. Das ist ganz normal. Sobald man anfängt, sie im Ehebett schlafen zu lassen, hat man eine Grenze überschritten. Eine sehr kranke Grenze. Ich habe fünf Kinder, und ich habe sie nie bei mir und meinem Mann schlafen lassen. Sie sind jetzt erwachsen, und sie sind alle gut geraten.«

»Ich bin sicher, sie sind nicht von schlechten Eltern«, sagte Dr. Walter.

Die Frau fuhr mit ihrer Tirade fort, ohne zu merken, dass man sich über sie lustig machte. »Und das sind sie, weil ich sie nicht in mein Bett gelassen habe. Ich verstehe diese heutigen Mütter nicht. Sie lassen ihre Kinder in den Geschäften herumtoben, freche Widerworte geben, in Restaurants schreien – ein Benehmen, das nicht geduldet werden sollte.«

Abigail hielt in ihrer Arbeit inne. Sie ereiferte sich immer mehr über die Arroganz dieser Frau, ihre Gefühllosigkeit. Sie stellte sie sich wie eine der Frauen vor, die ihren Kindern mit Schlägen drohten, wenn sie nicht taten, was sie ihnen sagte.

»Wollen Sie meinen Rat hören?«, donnerte Charlene.

»Ich bin ganz Ohr«, erwiderte Dr. Walter.

»Die heutigen Frauen müssen stärker sein. Kinder wollen Disziplin. Sie brauchen sie. Wenn sie die nicht haben, walzen sie uns platt.«

Abigail hielt einen Moment inne. Sie würde im Gegensatz zu all diesen Frauen nie wieder die Gelegenheit bekommen, dass ihr Sohn zu ihr ins Bett kroch. Sie würde nie wieder die Gelegenheit bekommen, mit ihm zu kuscheln, wenn er schlecht geträumt hatte, oder zu spüren, wie er im Schutz ihres Körpers an ihrer Seite schlief. Ein schmerzlicher Stich durchzuckte sie.

Charlene holte eben zu einer neuen Schmährede aus, als Dr. Walter sie stumm schaltete. »Wenn Sie zu diesen Äußerungen vielleicht Stellung nehmen möchten, dann rufen Sie jetzt an.«

»Stellung nehmen?« Abigail kämpfte mit den Tränen. »Lassen Sie mich mal mit der reden.«

Sie warf die Kelle beiseite, lief die Treppe hinunter zum Telefon und nahm den Hörer ab, während Dr. Walter noch einmal die Nummer ansagte, unter der man das Studio erreichen konnte. Ihre Hände zitterten so stark, dass sie es nicht schaffte, den Finger in die Wählscheibe zu stecken. Außer Stande, die Nummer zu wählen, knallte Abigail den Hörer schließlich auf die Gabel.

»Ist das ›Abby‹?«, schluchzte sie. »Ist das die Frau, zu der du geworden bist?«

Es gelang ihr kaum, die Fassung wiederzugewinnen, und sie versuchte es erneut mit den vertrauten lateinischen Verben.

»Invenio, invenire, inveni, inventum.

Operor, operari, operatus sum.«

Während sie noch konjugierte, fiel Abigails Blick auf den Zeitungsartikel über die *Mätresse* des Bischofs, der neben dem Telefon lag. Bedauerlicherweise hatte das Gewicht der Bratpfanne die Falten nicht geglättet.

»Ich mache es wieder gut«, sagte sie zu dem Artikel, »das wird mich auf andere Gedanken bringen.«

Abigail schnappte sich die Taschenlampe, die sie zusammen mit dem Hammer neben dem Telefon hatte liegen lassen, und machte sich damit auf den Weg in den Keller, entschlossen, mehr über den Untergang des Schiffs in Erfahrung zu bringen. Sie zerrte die Kisten unter eine der Lampen, um noch besser sehen zu können, und durchforstete ihren Inhalt nach einer Erwähnung der *Mätresse* des Bischofs. Schließlich fand sie ein Logbuch für das Jahr, in dem das Schiff gesunken war, 1909. Es war ganz unten in eine der Kisten gestopft worden. Der erste Teil des Logbuchs war ähnlich angelegt wie die anderen. Details über die Gezeiten und das Wetter waren peinlich genau in einer steifen Handschrift eingetragen, dann kam das Datum des Untergangs der *Mätresse*.

Die Seite schien in einer völlig anderen Handschrift geschrieben zu sein. Anmerkungen zu der Morgentide und dem Wind standen in einer krakeligen Schrift ganz oben. Danach wurde die Schrift unleserlich. Abigail hielt die Taschenlampe dicht über die Seite, versuchte, etwas zu entziffern. Nur ein einziger Satz erwähnte die *Mätresse*, etwas, was sie nur daraus ableiten konnte, wie Wesley Jasper sein S schrieb. Die restlichen Wörter waren zu entstellt, um sie zu entschlüsseln bis auf zwei gegen Ende: *Öl* und *Eimer*.

Der Eintrag endete rätselhaft. Abigail blätterte die Seite um. Das Logbuch wurde wieder normal geführt, die Handschrift war klar und gut leserlich.

»Zwischen diesen Einträgen fehlen drei Wochen«, sagte sie nachdenklich.

Plötzlich begann die Taschenlampe zu flackern. Abigail klopfte sie gegen eine Kiste und schaltete sie dann aus. Die Batterien waren brandneu. Panisch umklammerte sie das Logbuch, rannte damit hoch ins Erdgeschoss und knallte die Kellertür hinter sich zu. Sie überlegte einen Augenblick, ob sie sie absperren sollte. Das hätte Lottie getan. Aber dann rief sie sich zur Vernunft. Nein. Es gab keinen Grund, die Tür abzusperren. Lottie hatte Angst vor dem Keller. Abigail wollte keine Angst haben. Auf keinen Fall.

Der Tag, an dem die *Mätresse* des Bischofs sank, hatte sich tief in die Seele des Logbuchs eingegraben. Neben diesem Eintrag verblasste die Vollkommenheit der anderen. Abigail verbrachte Stunden damit, jeden Zentimeter der Seite, auf der von dem Unglück berichtet wurde, genau zu studieren, wobei sie Acht gab, das Papier nicht zu berühren. Von ihrer Arbeit mit antiken Wörterbüchern wusste sie, dass das Fett menschlicher Hände in die Papierfasern eindringen und sie beschädigen konnte. Unter normalen Umständen hätte Abigail die Baumwollhandschuhe eines Konservators getragen. Ihre Gummihaushaltshandschuhe würden den Zweck jetzt erfüllen müssen.

Da sich die meisten Wörter des Eintrags nicht entziffern ließen, befasste sich Abigail mit den drastischen Veränderungen der Handschrift. Die starke Schräge der Schrift verriet die Geschwindigkeit und Aufregung, mit der der Text geschrieben worden war, was Abigails Theorie bestätigte. Der Eintrag war in aller Eile hingekritzelt worden, der Verfasser abgelenkt gewesen.

Durch den Artikel bekam Abigail eine ungefähre Vorstellung davon, was sich zugetragen hatte. Ein schwerer Sturm, der die *Mätresse* des Bischofs getroffen und ihr Schicksal besiegelt hatte, war ausgebrochen. Aber da musste noch mehr sein. Was immer in jener Nacht wirklich geschehen war, hatte den Leuchtturmwärter so tief bewegt, dass er nicht in der Lage gewesen war, in klarer Handschrift zu schreiben. Abigail wusste, dass nur eine Tragödie die Macht besaß, einen Menschen so grundlegend zu verändern.

Die Nacht war hereingebrochen, und Abigail merkte, dass ihr die Augen schmerzten. Bald würde sie Merles Runde angehen müssen.

Und dann fiel Abigail auf einmal der Fugenkitt wieder ein. So schnell sie konnte, rannte sie die Treppe hinauf. Oben lief das Radio, und die Maurerkelle lag noch auf der Fliese, auf der sie sie hatte liegen lassen. Der Fugenkitt war zu einer baiserartigen Masse getrocknet. In ihrem Eifer, Dr. Walter anzurufen, hatte Abigail völlig vergessen, den überschüssigen Fugenkitt mit einem feuchten Lappen abzuwischen, wie es in der Gebrauchsanweisung stand. Aber ihre Armbanduhr sagte ihr, dass es Zeit zum Aufbruch war.

Der Boden würde noch ein wenig warten müssen.

Die Route dieses Abends begann Abigail wie bisher immer mit den modernen Häusern am südwestlichen Ende der Insel. Sie waren eine Aufwärmübung, da sie näher am Leuchtturm lagen als die anderen, leichter zu inspizieren waren und weitaus weniger bedrohlich aussahen. Da die Häuser neu waren, waren sie noch nicht von Laub überwuchert, sodass es weniger Stellen gab, an denen sich jemand, der hier nichts verloren hatte, verbergen konnte. Es waren die älteren zugewachsenen Häuser, die Abigail hasste. Sie nahm an, dass sie tagsüber hübsch aussahen, doch bei Einbruch der Dunkelheit nahm die Urwüchsigkeit unheimliche Züge an.

Abigail hakte die Häuser rasch ab, bis sie zur Timber Lane kam, der Straße, in der sich am Abend zuvor der Einbruch ereignet hatte.

Diese Leute würden doch nicht noch mal in dieselbe Gegend fahren, oder doch?

Lotties Cottage in der Timber Lane war der Inbegriff von Charme. Rosen hingen von Spalieren, und eine Hängematte wiegte sich an einer Ulme im Garten. Abigail konnte sich gut vorstellen, wie Lottie das Haus potenziellen Mietern als entzückendes Liebesnest anpries, das ideale Umfeld für einen romantischen Kurzurlaub.

Und erst recht für einen Diebeszug, dachte Abigail und schüttelte sich.

Nach einer raschen Umrundung des Cottages erklärte Abigail das Objekt für unberührt und eilte zum nächsten Haus drei Straßen weiter. Sie überprüfte die Fenster und rüttelte an der Hintertür, dann gab ihre Taschenlampe den Geist endgültig auf.

»Nicht jetzt. Bitte nicht jetzt«, flüsterte sie.

Sie schlug die Taschenlampe gegen ihre Handfläche, um sie wiederzubeleben. Die Glühbirne wurde jedoch noch schwächer und ließ Abigail dann ganz im Dunkeln stehen. Ohne Licht schienen die Grillen noch lauter zu zirpen.

»Vielen Dank für die fehlerhafte Ware, Merle«, knurrte sie.

Am besten, sie machte sich gleich auf zu ihrem Wagen, dann konnte ihr auch nichts passieren.

Während sich Abigail durch das Gebüsch im Vorgarten kämpfte, die Arme vor sich ausgestreckt wie Fühler, hörte sie auf einmal Schritte. Zwischen den Schatten der Bäume weiter vorn auf der Straße nahm sie eine Bewegung wahr. Sie erkannte die Gestalt eines Mannes.

Plötzlich blieb der Mann stehen, keine zehn Schritte entfernt. Hatte er sie gehört? Konnte er sie sehen?

Schrei nicht, beweg dich nicht, atme nicht!, fuhr es Abigail durch den Kopf.

Sekunden später ging die Gestalt weiter. Abigail stand mit angehaltenem Atem da. Hätte die Taschenlampe funktioniert, dann hätte er sie gesehen. Dieses Mal konnte sie von Glück reden, dass die Batterien den Geist aufgegeben hatten.

Sobald die Schritte verhallt waren, sprintete sie zu ihrem Kombi, verriegelte die Türen und schaltete das Fernlicht ein. Der Mann war nirgends zu sehen. Sie zitterte am ganzen Körper, eher vor Adrenalin als vor Angst.

Wohin war er gegangen? Da der Mann mühelos im Wald verschwunden sein konnte, unsichtbar für sie, war es gut möglich, dass er noch immer in der Nähe war. Abigail sah zu, dass sie in Richtung Dorf verschwand. Wenig später kam sie schlitternd vor der Polizeiwache zum Stehen, die sich an einer Ecke des Marktplatzes befand. Die Neonlichter in dem einstöckigen Schindelbau brannten, aber die Glastür war abgesperrt. Auf einem Post-it-Zettel an der Scheibe stand: *Bin in fünf Minuten zurück*. Das sollte wohl ein Witz sein.

Jedes Geschäft am Platz war geschlossen bis auf eine Bar auf der anderen Straßenseite, den *Weißen Wal.* Von außen sah sie wie ein Wildwest-Saloon aus. Es fehlten nur noch die Schwingtüren.

Abigail ging eigentlich nicht gern in Bars. Das düstere Licht, die schmuddeligen Tische und der Zigarettenrauch deprimierten sie. Aber es bestand immerhin die Möglichkeit, dass sie hier Sheriff Larner fand. Und wenn nicht, dann konnte ihr vielleicht jemand sagen, wo er war. Abigail war bereit, ihr Glück zu versuchen.

Während sie noch ihren Mut zusammennahm, wurde die Tür zum *Weißen Wal* aufgerissen. Hank Scokes kam torkelnd heraus, dicht gefolgt von Nat Rhone. Nat hielt Hank an den Schultern fest, bevor er das Gleichgewicht verlieren konnte.

»Ich bringe dich nach Hause«, sagte Nat freundlich.

»Ich will nicht«, lallte Hank. »Du kannst mich nicht zwingen.«

Nach Hause zu fahren würde heißen, die Leere seines eigenen Hauses ertragen zu müssen, die Lücke, die der Tod seiner Frau hinterlassen hatte. Abigail hatte Mitleid mit Hank. Und sie beneidete ihn. Hank hatte wenigstens ein Zuhause, zu dem er fahren konnte. Sicher, sie hatte das Leuchtturmhaus, aber das war nicht wirklich ihr Zuhause.

»Du bist müde, Kumpel. Du bist reif fürs Bett.«

Nats wohlwollender Tonfall passte so gar nicht zu dem Bild, das Abigail sich von ihm gemacht hatte, als er sich mit Denny im Café geprügelt hatte.

»Ich bin nicht müde, ich schwör's«, wimmerte Hank.

Nat half ihm auf den Beifahrersitz eines grauen Lastwagens. »Hinein mit dir.«

Als er um den Laster auf die Fahrerseite ging, bemerkte Nat Abigail auf der anderen Straßenseite. Hank beäugte sie ebenfalls. Abigail verharrte reglos, bereit, zu ihrem Wagen zu sprinten.

»Sie da«, sagte Hank zu ihr. »Sie kennen doch meine Jungs. Sie haben sie gesehen. Auf diesem Foto. Wissen Sie noch?« Seine Miene hellte sich auf. »Sie kennt meine Söhne«, sagte er aufgeregt zu Nat. »Sagen Sie ihm, was Sie gesagt haben. Sagen Sie's ihm. Sie haben gesagt, es sind hübsche Kinder. Sie ist eine nette Lady«, beharrte Hank. »Ist sie nicht eine nette Lady?«

Nat starrte Abigail an, ohne mit der Wimper zu zucken, eine wortlose Warnung, nicht über das zu reden, was sie soeben gesehen hatte, dann kletterte er in das Führerhaus des Lastwagens und fuhr davon.

»Wow. Jetzt könnte ich doch einen Drink gebrauchen. Da bin ich hier sicher richtig«, sagte Abigail, schüttelte den Kopf und wagte sich in den *Weißen Wal.*

Abigail fühlte sich wie auf dem Präsentierteller, als sie die Bar betrat. Der bläuliche Schimmer der Jukebox verlieh dem Raum die Aura eines Aquariums. Einige Gäste, hauptsächlich Männer, drehten sich nach ihr um und starrten sie an, ein paar von ihnen wandten sich gleich wieder ihren Gesprächen oder Getränken zu. Zwei Männer spielten Billard, ohne sie zu beachten.

»Ist Sheriff Larner hier?«, erkundigte sie sich an der Bar. »Auf der Wache ist er nicht.«

»Das bezweifle ich«, erwiderte der Mann hinter dem Tresen. Er war ein stämmiger Typ mit Hosenträgern, der Abigail bekannt vorkam.

»Waren Sie nicht der Ausrufer bei dem Bingo-Abend neulich?«

»Der war ich«, antwortete er, während er einem Burschen drei Hocker weiter Schnaps nachschenkte.

»Und hier arbeiten Sie auch?«

»Auf dieser Insel muss man viele Jobs annehmen, um über die Runden zu kommen.«

»Verstehe.« Abigail hatte seit ihrer Ankunft selbst viele Rollen angenommen. Aber keine, die ihr zu passen oder zu schmeicheln schien.

»Caleb könnte nach Hause gefahren sein, um einen Happen zu essen.«

»Und was ist mit seinem Stellvertreter?«

»Teddy? Hat vermutlich seinen freien Abend. Warum? Haben Sie einen Notfall?«

Diejenigen, die sie noch nicht anstarrten, horchten bei diesen Worten auf.

»Äh … nein. Eine Frage. Ich habe eine Frage an ihn.«

»Sie können hier warten, wenn Sie wollen.«

»Nein. Ich meine, danke. Das ist eine nette Bar. Verstehen Sie mich nicht falsch. Sie ist fantastisch. Wirklich. Aber ich … äh … muss wieder los.«

Der Barmann wartete geduldig, bis Abigail es schaffte, den Mund zu halten, und fragte dann: »Kommen Sie am Leuchtturm denn zurecht, so ganz allein?«

Auf einmal fühlte sie sich bloßgestellt. Er hatte einem Raum voller Männer gesagt, wo sie lebte und dass sie allein dort lebte. Aber wenn der Barmann es wusste, dann wussten es alle anderen ohnehin auch.

»Ja, kein Problem. Alles bestens.«

»Wenn Caleb vorbeikommt, sage ich ihm, dass Sie nach ihm gefragt haben.«

»Danke. Ach ja, ich bin Abigail. Oder Abby. Damit Sie ihm sagen können, wer nach ihm gefragt hat.«

Der Barmann nickte. »Ich weiß.«

Wer berüchtigt war, hatte offenbar gewisse Privilegien. Während Abigail zu ihrem Wagen ging, begriff sie, dass sie sich den Leuten nicht einmal mehr vorstellen musste. Spitzname oder nicht, sie war bekannt.

Im Leuchtturmhaus war es eisig kalt. Abigail war zu erschöpft, um sich nach dem langen, anstrengenden Tag noch mit dem Kamin herumzuschlagen. Sie gewöhnte sich allmählich an die Kälte. Vielleicht war das ja ein Anzeichen dafür, dass sie sich in ihrer neuen Umgebung einlebte. Aber vielleicht war es auch nur ihr Körper, der ihr Herz allmählich einholte …

O

of|fe|rie|ren [ɔfe'ri:rən], *Vb.* anbieten, unterbreiten. [Anfang 16. Jh., < gleichbed. dem lat. *offerre*, eigentl. »entgegenbringen, anbieten« (lat. *ob* »entgegen, vor, wegen, für« + *ferre* »tragen, bringen«). Abl.: Of|fer|te, *f.* Anerbieten, Angebot (Mitte 17. Jh.), gleichbed. dem frz. (älter) *offerte*, substantiv. Fem. des Pp. zu frz. *offrir* »(an)bieten, darbringen«]

Bei Tagesanbruch haftete ein feuchter Kondensationsfilm an den Scheiben. Als Abigail ein Fenster öffnete, kam unerwartet milde Luft herein. Ein idealer Tag, um das Gras fertig zu mähen. Aber es gab noch ein anderes Projekt, das ihre sofortige Aufmerksamkeit verlangte. Das Badezimmer.

Der verhärtete Kitt drückte unangenehm, da halfen auch die Socken nicht. Auf Zehenspitzen putzte Abigail sich die Zähne und setzte die erste Kontaktlinse ein. Dann hörte sie ein Hämmern.

Schon wieder! War es dafür nicht noch zu früh?

Nur dass das Geräusch nicht vom Lampenhaus oder aus dem Keller kam. Jemand klopfte an Abigails Haustür. Sie lief die Treppe hinunter und öffnete. Kein anderer als

Nat Rhone stand vor der Tür, einen Werkzeugkasten in der Hand.

»Merle schickt mich, um nach Ihren Leitungen zu sehen«, knurrte er.

Schönen Dank auch, Merle, dachte Abigail.

»Äh … kommen Sie herein«, sagte sie dann und verschränkte die Arme, um ihren Pyjama zu verbergen.

»Keller?«

Sie schaltete das Licht für ihn ein. »Brauchen Sie eine Taschenlampe? Ich habe eine, falls …«

»Taschenlampe hab ich«, sagte er, während er die Stufen hinunterstieg.

Während Nat im Keller war, lief Abigail hoch ins Schlafzimmer, zog sich in aller Eile an und setzte die zweite Kontaktlinse ein. So ging sie wieder hinunter ins Wohnzimmer und wartete an der Kellertür.

»Ich würde Ihnen ja gern einen Kaffee anbieten«, rief sie zu ihm hinunter, »aber ich habe keinen da. Ich habe keine Kaffeekanne. Milch hätte ich da. Und Wasser.«

»Nein, danke«, antwortete Nat tonlos.

»Wenn ich Ihnen irgendetwas …«

Ein Poltern hallte von unten hoch. Nat fluchte laut. Als Abigail in den Keller, sah sie, wie er sich den Staub von der Hose klopfte. Er war mit dem Schienbein gegen eine der Kisten gestoßen, die sie durchforstet hatte.

»Alles okay mit Ihnen?«

Nat tat humpelnd einen Schritt. »Alles okay.«

»Entschuldigung, ich hätte Sie warnen sollen. Das ist mir auch schon passiert. Hab die blauen Flecken, um es zu beweisen.«

Sie merkte, dass sie mal wieder schwafelte, Nat hätte nicht weniger interessiert sein können.

»Wo ist Ihr Sicherungskasten?«

»Ich glaube, hier drüben. Vorsicht, die Möbel«, warnte sie ihn, als sie auf die Antiquitäten an der hinteren Wand zugingen.

Stuhl- und Tischbeine ragten hier und da hervor, bereit, jeden Pechvogel, der hier zufällig vorbeikam, aufzuspießen oder stolpern zu lassen. Sie sah, wie Nat den Schreibtisch eingehend musterte.

»Hübsch, nicht? Nein, hübsch ist nicht das richtige Wort. Es ist zu allgemein. Einzigartig vielleicht. Oder bemerkenswert. Oder …«

Abigail konnte kaum glauben, dass sie zugab, ein Adjektiv benutzt zu haben, das nicht treffend genug war. So nervös machte sie es anscheinend, Nat im Haus zu haben.

»Ich habe vor, den Schreibtisch ins Arbeitszimmer und die anderen Möbel ins Wohnzimmer zu stellen. Das Problem ist nur, sie sind zu schwer für mich. Sie würden sich so viel besser machen als das, was jetzt dort steht. Haben Sie viel Staub abgekriegt? Wie ärgerlich.«

Nat sah sie an. »Der Sicherungskasten?«

»Ach ja. Hier drüben.« Sie zeigte darauf, während sie spürte, dass Nat sie loswerden wollte. »Ich … äh … ich bin dann oben, wenn Sie mich brauchen.«

»Mm.«

Abigail zog sich in die Küche zurück. »Für wen hält er sich eigentlich?«, murmelte sie still vor sich hin. »Das hier ist mein Haus. Was hat sich Merle bloß dabei gedacht, ihn hierherzuschicken? Ausgerechnet ihn.«

»Ich war ihm was schuldig für ein paar Sachen aus seinem Laden.« Nat. Er stand in der Küchentür. »Ich konnte ihn nicht bezahlen, und dann hat er gesagt, er würde meine Schulden streichen, wenn ich mir Ihre Leitungen ansähe.«

Beschämt, dass er sie gehört hatte, brauchte Abigail eine Sekunde, um zu antworten. »Ich wusste gar nicht, dass Sie Elektriker sind.«

»Bin ich auch nicht. Jedenfalls nicht mehr. Aber ich war mal einer. Früher.«

Nat trat von einem Fuß auf den anderen. Über irgendwelche Aspekte seines Privatlebens zu reden war ihm offenbar ebenso unangenehm wie Abigail.

»Merle hat irgendwas von dem Licht im Bad gesagt, dass Sie Probleme damit haben.«

»Das kann man sagen.«

Sie führte ihn zum Badezimmer. »Das mit dem Kitt sollten Sie eigentlich gar nicht sehen.«

»Vergessen abzuwischen, was?«

»O ja.«

»Kriegt man leicht wieder hin. Sie müssen es nur wieder feucht machen, wegnehmen, was zu viel ist, noch eine Schicht auftragen und schnell abwischen. So.«

Nat befeuchtete ein Badehandtuch und begann, die harten Krusten zu bearbeiten. Dann trug er den Kitt rings um die Badewanne neu auf. Er war geschickt mit der Kelle.

»Ich nehme an, Sie haben das schon mal gemacht.«

»Ich hab vieles schon mal gemacht. Früher.«

Abigail wusste, wie es sich anfühlte, ein Früher zu haben, und wie fern von der Gegenwart es manchmal zu sein schien.

»Es tut mir leid, was in der *Kaffeekanne* passiert ist«, sagte sie schnell, bevor sie der Mut verließ. »Ich glaube, wir beide hatten keinen guten Start.« Nat sah sie kurz an, als wollte er sagen: Das ist das Understatement des Jahres, Lady. »Und ich wollte Sie auch nicht anstarren gestern Abend, als Sie mit Hank ...«

Er schnitt ihr das Wort ab. »Machen Sie sich darüber keine Sorgen.«

Nur dass Abigail glaubte, genau das tun zu sollen. Sich Sorgen machen. Hank Scokes ging es ganz offensichtlich schlecht, und er trank, um seinen Schmerz zu betäuben. Er hatte seine andere Hälfte verloren, genau wie sie. Aber Abigail hatte ihre eigenen Sorgen.

»Darf ich?«, fragte er dann und wies auf die restlichen Fliesen.

»Oh! Ja, natürlich gern!«

Da das Badezimmer kaum groß genug für eine Person war, musste Nat rückwärts durch die Tür, um seine Arbeit zu beenden. Abigail stand ihm im Weg.

»Entschuldigung.« Sie hatte ihm über die Schulter gesehen, jetzt trat sie einen Schritt in die Diele, um ihm Platz zu machen. »Hören Sie, ich würde wirklich gern diese Möbel aus dem Keller hochschaffen, aber das kann ich nicht allein. Wenn ich Sie dafür bezahle, könnten Sie mir vielleicht helfen.«

Er schüttelte entschieden den Kopf. »Dafür könnte ich kein Geld annehmen.«

»Warum denn nicht?«

»Kann ich eben nicht.«

»Dann könnten wir doch tauschen, so wie Sie und Merle.«

»Was haben Sie denn zu tauschen?«, fragte Nat ungläubig.

Kochen kam nicht infrage. Putzen ebenso wenig. Er würde ihr nicht abnehmen, dass sie auch nur eines von beidem halbwegs gut beherrschte, angesichts des gegenwärtigen Zustands des Hauses. Abigail war um eine Antwort verlegen.

»Denken Sie noch nach?«

»Äh … ja.«

»Na ja, was haben Sie denn gemacht, bevor Sie hergekommen sind?«

Einen Augenblick wusste Abigail es selbst nicht mehr. Dann sagte sie: »Ich war Lexikografin. Das ist …«

»Ich weiß, was das ist.«

»Ich wollte Sie nicht …«

»Ich wüsste nicht, was mir das Schreiben von Wörterbüchern nützen sollte.«

Abigail hatte tief in ihrem Gedächtnis graben müssen, um ihr altes Leben wieder hervorzuholen, nur um sich jetzt sagen zu lassen, dass es wertlos war. Nats Bemerkung tat weh.

In der Vergangenheit hatte Abigail, wenn sie jemand Neues kennenlernte und nach ihrem Beruf gefragt wurde, stets erklären müssen, was sie genau tat, und höflich hinzugefügt, dass das eine richtige Arbeit war. Die meisten Leute wussten nicht einmal, dass man mit der Lexikografie Geld verdienen konnte. Es gab keine direkte Ausbildung, keine eigene Rubrik im Stellenmarkt. Einmal hatte sie einer anderen Mutter auf dem Spielplatz erklärt, worin genau ihr Beruf bestand, und die Frau hatte Abigail als eine Art »Wörterpolizistin« bezeichnet. Es war keine optimale Berufsbeschreibung, fand Abigail, aber gänzlich unzutreffend war sie auch nicht. Bei ihrem letzten Consulting-Job hatte sie bestehende fremdsprachige Wörterbucheinträge bewertet und nach Anhaltspunkten für die mögliche Aufnahme neuer Einträge gesucht. Wie die Polizeiarbeit erforderte die Aufgabe Logik, das Sammeln von Informationen und ein gesundes Urteilsvermögen. Im Augenblick fühlte sich Abigail allerdings nicht wie ein Cop außer Dienst oder eine arbeitslose Lexikografin. Sie fühlte sich einfach nur arbeitslos.

»Mit einem Pinsel können Sie ja offenbar gut umgehen.« Nat deutete auf die Malerrolle und die Farbkübel am Ende des Flurs. »Ich bin Duncan Thadlow was schuldig für ein paar Reparaturen, die er am Boot vorgenommen hat. Muss sein Haus außen streichen. Mit den Vorarbeiten bin ich fast fertig. Könnte Hilfe beim letzten Anstrich gebrauchen.«

»Die Außenwand des Hauses? So was habe ich noch nie gemacht.«

»Ist nicht viel anders. Sind Sie dabei oder nicht?«

»Dafür, dass Sie mir die Möbel hochschleppen? Ja, na klar.«

»Wir fangen morgen an.«

Nat stand auf und streckte die Beine. Die Arbeit war erledigt, tadellos. »Lassen Sie's eine Stunde trocknen. Dann wird's wie neu sein.«

»Danke. Das ist unglaublich …«

Nat war bereits halb die Treppe hinunter. »Ich hole Sie morgen Nachmittag ab, sobald ich zurück bin.«

»Zurück?«

»Von der Arbeit. Fischen. Ich hatte heute nur frei, weil Hanks Boot noch immer in Reparatur ist.«

Die Tage waren für Abigail alle gleich. Sie hatte keinen Kalender mehr gesehen, seit sie Boston verlassen hatte.

»Ja, ja. Natürlich«, stammelte sie, während Nat auf die Haustür zusteuerte. »Hey, warten Sie. Was war denn nun mit dem Strom und dem Lichtschalter im Bad? War da ein Kurzschluss in der Leitung?«

»Ist alles in Ordnung.« Er stellte seinen Werkzeugkasten auf die Ladefläche des Lasters. »Bis morgen.«

»Ja. Bis morgen«, antwortete sie gedankenverloren.

Abigail hatte sich eingeredet, dass das Licht kaputt war und dass sie beruhigt sein würde, sobald sich der Defekt in der Leitung bestätigt hatte. Nur dass die Leitung gar nicht kaputt war. Die Glühbirne im Badezimmer war zwar seit einigen Tagen nicht mehr auf mysteriöse Weise angegangen, aber die Möglichkeit, dass es jederzeit wieder dazu kommen könnte, war ein unangenehmer Gedanke, der sich zu Angst ausgeweitet hatte.

Angst bestand aus nur einer Silbe. Aber laut ausgesprochen, dehnte sich das Wort aus, zog sich in die Länge wie das Gefühl, das es beschrieb. Bei Angst ging es nicht um das *Falls*. Es ging um das *Wenn*. Und *Wenn* lauerte immer irgendwo am Horizont, bedrohlich und vorherbestimmt. *Wenn* war nur eine Frage der Zeit.

Abigail hatte Überraschungen ungefähr so gern wie Migräne. Nat Rhones frühmorgendlicher Besuch war so eine Überraschung gewesen, deshalb machte sie sich zu Merlin auf. Eine Vorwarnung wäre nett gewesen. Sie klopfte an Merles Haustür, um ihm einen Auffrischungskurs in allgemeiner Höflichkeit zu geben, aber er schien nicht zu Hause zu sein. Vielleicht war es ja genauso wie bei seinem Laden. Vielleicht musste man ums Haus nach hinten gehen, um bedient zu werden.

Merles Terrasse ging auf die Bucht hinaus. Ein Grill, auf dem die Kohlenasche mehrerer Monate lag, stand neben einem Holztisch, auf dem schon so mancher Fisch sein Ende gefunden hatte. Das Holz schimmerte von Schuppen, die sich tief in die Fasern gegraben hatten.

»Dachte doch, ich hätte hier jemanden herumschleichen hören«, sagte Merle durch die Fliegentür. »Bin ich froh, dass Sie kein Herumtreiber sind. Ist vermutlich zu früh am Morgen für Herumtreiber, was?«

»Ein bisschen. Ich habe eben fünf Minuten lang an Ihre Haustür gehämmert.«

»Ach, du lieber Gott!«

Abigail stemmte die Hände in die Hüften und holte Luft.

»Schon gut, schon gut, wenn Sie gekommen sind, um mir wegen Nat Rhone die Leviten zu lesen, bringen wir's hinter uns.« Merle lehnte sich gegen die Fliegentür, die sie trennte, und reckte das Kinn vor, tat, als sei er bereit, die Standpauke über sich ergehen zu lassen. »Na los. Zeigen Sie mir, was Sie draufhaben.«

»Sie hätten mir wenigstens sagen können, dass Sie ihn schicken.«

»Hätten Sie mich denn gelassen?«

»Warum nicht?«

»Wollen Sie 'ne Tasse Kaffee?«

»Kann nicht. Ich bin auf dem Weg zu Sheriff Larner.«

»Caleb? Wieso das denn?«

Merle öffnete die Fliegentür und gesellte sich zu Abigail auf die Terrasse, noch immer humpelnd.

»Letzte Nacht habe ich auf meiner Runde jemanden gesehen. Einen Mann. In der Timber Lane.«

»Haben Sie den Burschen erkannt?«

»Es war dunkel. Mit Sicherheit sagen kann ich nur, dass es ein Er war.«

»Und das war letzte Nacht?«

»Ich bin sofort zur Polizeiwache gefahren. Larner war nicht da. Er hatte dieses Schild im Fenster …«

»*Bin in fünf Minuten zurück*. Das hängt immer da. Selbst wenn Caleb im Büro ist.«

»Was ist bloß mit euch Leuten los, dass ihr nie an die Tür geht?«

»Wenn es so wichtig ist, kann es ja warten.«

»Aha, noch mehr Chapel-Isle-Logik.«

»Die einzige Logik, derer ich mich erfreuen kann. Jedenfalls, ich wollte Sie sowieso anrufen. Sie müssen meine Route nicht mehr fahren. Heute Abend kann Ihr letztes Mal sein. Es geht mir schon besser. Ich kann es wieder selbst übernehmen.«

»Sind Sie sicher? Sie gehen doch immer noch am Stock.«

»Ja, ja. Es geht mir blendend. Und falls es regnet, bin ich gut ausgerüstet.«

»Okay, aber was ist mit diesem Mann, den ich gesehen habe? Meinen Sie nicht, ich sollte es dem Sheriff melden?«

»Ihre Sache«, antwortete Merle gleichgültig.

»Ist es Ihnen denn egal, dass jemand auf die Insel kommt, *Ihre* Insel, und in die Häuser der Leute einbricht?«

»Nein, es ist mir nicht egal. Nur dass diese Häuser, die da ausgeraubt werden, für die Touristen da sind. Es sind nicht unsere. Ich mache mir Sorgen wegen Lottie. Wenn es sie trifft, dann wird sie das Geld von der Versicherung bekommen, und sie wird es dafür ausgeben müssen, um alle Schäden beheben zu lassen, die der Einbrecher angerichtet hat, und ihre Prämien werden in die Höhe schießen. Es ist ein schlechter Deal. Tatsache ist, sie schickt mich nur los, damit sie im Auge behalten kann, in welche Häuser eingebrochen wurde und in welche nicht. Es ist keine vorbeugende Maßnahme. Es ist ein Auf-der-Stelle-Treten.«

»Was, wenn es Ihr Haus wäre? Was dann?«

»Das wird es nicht sein.«

»Woher wollen Sie das wissen?«

Er gab keine Antwort.

»Merle«, hakte Abigail nach.

»Wer immer diese Einbrecher sind, sie richten sich nie gegen die Häuser von Inselbewohnern. Setzen nicht mal einen Fuß auf unsere Seite des Dorfs. Denn sobald sie zu einem *unserer* Häusern kämen, würden sie einen Mordsärger kriegen.«

»Wer ist es denn dann? Jemand vom Festland, der im Sommer zu Besuch kommt?«

Merle sah auf seine Füße, als könnte ihn seine Miene verraten.

»Sie glauben, es ist jemand von Chapel Isle.« Er runzelte die Stirn, aber er widersprach ihr nicht. »Warum sollte jemand, der hier lebt, so etwas tun?«

Merle ließ sich auf einem Klappstuhl nieder. Was er zu sagen im Begriff war, schien ihm mehr Schmerzen zu bereiten als seine Verletzung.

»War nicht der beste Sommer dieses Jahr. Die Leute haben um einen besseren gebetet. Ach was, darauf verlassen haben sie sich. Mit der Fischfangindustrie geht es schon lange bergab. In diesen Gewässern gibt es mehr Boote als Fische. Die Leute sind von den Sommereinnahmen abhängig geworden. So schlecht, wie die Saison gelaufen ist, ist es kein Wunder, dass da jemand am Verzweifeln ist. Überhaupt kein Wunder.«

»Meinen Sie, der Sheriff weiß, was los ist?«

»Keine Ahnung.«

»Und was, wenn er es weiß?«

»Dann weiß er's eben.«

Abigail war sprachlos. So war das auf Chapel Isle? Ein Geheimnis konnte weithin bekannt, aber immer noch ein Geheimnis sein? Ein Verbrechen konnte auf einer Insel voller Zeugen geschehen und doch kein Verbrechen sein?

Tausend Gedanken schwirrten Abigail durch den Kopf, als sie zu ihrem Wagen ging und sich auf den Weg machte.

Die Straße von Merles Haus führte Abigail an eine Kreuzung, an der sie entweder nach rechts in Richtung Dorf oder nach links zum Leuchtturm abbiegen konnte. Sie musste eine Entscheidung treffen: Sollte sie dem Sheriff melden, was sie gesehen hatte, oder die Sache auf sich beruhen lassen?

Während sie noch nachdachte, kam ein Schulbus angefahren und hielt schräg gegenüber auf der anderen Straßenseite. Wie aus dem Nichts kamen Kinder aus ihren Häusern gelaufen. Sie stellten sich in einer Reihe auf, bevor sie einstiegen. Es war ein solch normaler Anblick, dass Abigail vom bloßen Zusehen alles wieder normal erschien. Der Schulbus wartete noch eine Weile und fuhr dann weiter, an ihrem Kombi vorbei.

Abigail hatte ihre Entscheidung getroffen. Sie betätigte den Blinker und bog nach links ab.

Den Rest des Tages verbrachte Abigail damit, den Handrasenmäher über das Gras zu schieben. Das stete Surren der Klingen erstickte alle Gedanken, die ständige Bewegung betäubte ihren Verstand. Als sie fertig war, schien der Leuchtturm tatsächlich höher, und das Backsteinhaus sah eindeutig weniger verwahrlost aus.

Zufrieden mit ihrer Arbeit, ging sie ins Haus und ließ sich ein heißes Bad ein. Abigail hatte seit Tagen nicht mehr gebadet, ein Versäumnis, das in der Vergangenheit nicht hinnehmbar gewesen wäre.

»Deine Hygiene lässt eindeutig zu wünschen übrig, seit du hierhergezogen bist. Willkommen, Abby!«, rief sie.

Ausnahmsweise freute sie sich darauf, ins Badezimmer zu müssen. Der weiße Fugenkitt ließ die Fliesen glänzen, und mit der hellgelben Farbe wirkte der beengte Raum gleich viel luftiger. Während das Badewasser einlief, ging Abigail ins Arbeitszimmer, um sich eine Lektüre für ihr Bad zu holen. Sie ging die Regale durch. Keines der Bücher sprach sie wirklich an. Bis ihr Blick auf den Liebesroman fiel, den sie ein paar Tage zuvor angefangen hatte. Sie erinnerte sich, dass Janine bei ihrem ersten Zusammenstoß mit ihr im Weller's Market ein ähnliches Taschenbuch gelesen hatte. Das Einzige, was sie mit ihr gemeinsam hatte, war ihre Lektüreauswahl. Was für eine Ironie.

Nach ein paar Minuten im dampfenden Badewasser ließen die Schmerzen in Abigails Muskeln schon etwas nach. Die Verspannung im Nacken löste sich, und sie vertiefte sich in ihren Schmöker. Die liebreizende Erbin und ihr draufgängerischer Piratenkapitän brachten sich mit ihrer Romanze in große Gefahr. Der heimtückische Graf war im Begriff, dem Kapitän eine Falle zu stellen, um ihn gefangen nehmen und töten zu lassen.

So albern die Geschichte auch war, legte Abigail das Buch dennoch nicht beiseite, bis hundert Seiten weiter das Badewasser kalt war und ihr Magen erbärmlich rumorte.

»Augenblick, Erbin. Ich bin am Verhungern«, murmelte sie.

In der Annahme, sie könnte ihre Angst vor dem Herd nach dem Fiasko mit der Zündflamme doch noch besiegen, hatte sich Abigail im Supermarkt ein paar Tiefkühlgerichte gekauft. Jetzt war Showdown-Zeit. Sie trocknete sich ab und zog sich etwas Gemütliches über, dann schaltete sie alle Lichter im Haus an. Es strahlte mehr Wärme aus, wenn es erhellt war. Fröstelnd und mit feuchten

Haaren überflog sie die Zubereitungshinweise auf der Tiefkühlpackung.

»Ofen auf 180 Grad vorheizen. Das kann ich. Vorheizen kann ich.«

Sie trat an den Herd und drehte am Ofenknopf. Das Gas entzündete sich mit einem lauten Knall. Abigail zuckte zusammen.

»Bleib entspannt, Champion. Er wärmt sich nur auf.«

Normalerweise dauerte das Vorheizen zehn Minuten. Der alte Ofen würde sicher doppelt so lange brauchen, bis er die richtige Temperatur erreicht hatte. Abigail wollte nicht die ganze Zeit in der Küche stehen und das verdammte Ding anstarren. Oder doch? Die Antwort war Ja. Sie konnte es nicht über sich bringen, den Ofen unbeaufsichtigt zu lassen, also musste sie sich irgendwie in der Küche beschäftigen.

Abigail öffnete den Kühlschrank. Trotz ihres kürzlichen Ausflugs zum Supermarkt war er beschämend leer. Eine einsame Milchtüte und etwas Truthahnaufschnitt lagen in einem Fach, eine nicht angerührte Schachtel Eier in einem anderen. Die Äpfel, die sie auf das unterste Brett gelegt hatte, waren zu einem Laib Brot hinübergerollt, als wollten sie sich an ihn kuscheln, um sich zu wärmen. Selbst ihr Essen war bedürftig.

Sie nahm eine Packung Lasagne aus dem Gefrierfach und öffnete sie. Dann hielt sie den Atem an und ging zum Herd.

Mit geschlossenen Augen riss Abigail die Ofenklappe auf. Sie rechnete mit einem heftigen Hitzeschwall, aber stattdessen schlug ihr nur lauwarme Luft entgegen.

»Ist das alles?«, rief sie entnervt.

Auf der Anweisung stand eine Zubereitungszeit von etwa fünfundzwanzig Minuten. Eine halbe Stunde später war Abigails Abendessen noch immer hart gefroren. Aber sie war schon spät dran für Merles Runde, daher schaltete sie den Ofen aus und machte sich rasch ein Sandwich, um es mit auf ihre Tour zu nehmen.

Ich werfe das Handtuch, dachte sie. Die Lasagne hat gewonnen. Zeit, die Handschuhe an den Nagel zu hängen.

Während sie ihre Runde machte, verspürte Abigail eine Welle der Enttäuschung. Das hier würde ihre letzte Nacht sein. Jeden Abend war sie entweder gedemütigt oder eingeschüchtert worden, und doch hatte Merles Runde ihr etwas gegeben, was ihr in letzter Zeit gefehlt hatte – einen Sinn. Sie bedauerte, das wieder zu verlieren.

Jetzt bist du wirklich dabei, den Verstand zu verlieren, fuhr ihr durch den Kopf.

Das Cottage in der Timber Lane war ihr letzter Stopp. Abigail entschied sich zu glauben, dass der Dieb so bald nicht wieder herkommen würde, eine Logik, die nicht bis zu ihren Nerven durchdrang. Ihre Handflächen schwitzten, sodass sie die Taschenlampe und den Hammer nur schwer halten konnte. Sie wischte sich eben die Hände an der Hose ab, als ihre gewohnte Runde ums Haus von Schritten unterbrochen wurde. Abigail stockte der Atem.

Nicht schon wieder!, dachte sie.

Sie duckte sich hinter dichtes Gestrüpp. Dieses Verstecken im Gebüsch war eigentlich nichts, was sie sich je zur Gewohnheit hatte machen wollen.

In diesem Moment blitzte in der Dunkelheit ein Lichtschimmer auf, und sie erkannte die Gestalt des Mannes vom Abend zuvor. Er hatte einen langsamen, schleppenden Gang, der vermuten ließ, dass er schon älter oder übergewichtig war. Abigail folgte ihm mit Blicken, bis er am Ende der Straße abbog, dann stolperte sie zu ihrem Wagen, entschlossen, die Verfolgung aufzunehmen, obwohl die rationale Seite ihres Gehirns ihr davon abriet. Was konnte sie schon machen, wenn sie ihn einholte? Eine Festnahme als Zivilperson durchführen?

Der gesunde Menschenverstand verlor das Tauziehen mit der Neugier. Abigail legte den ersten Gang ein und suchte im Vorbeifahren die Häuserreihe zu beiden Seiten ab. Der Mann war verschwunden. Wieder einmal.

»Entspann dich. Du bist nicht in irgendeinem drittklassigen Horrorfilm. Du bist auf Chapel Isle, in einem Dorf voller Leute, die zur See fahren und Bingo lieben und größtenteils geistig gesund sind, und keiner von ihnen wird gleich mit einer Axt aus dem Gebüsch springen.«

Das hoffte sie zumindest. Da der Mann verschwunden war, stand Abigail vor derselben Entscheidung wie am Tag zuvor. Sollte sie die Sache melden oder nicht? Sie hatte ihn nicht deutlich genug gesehen, um ihn genau beschreiben zu können.

Sie würde nach Hause fahren.

Nach Hause, hallte es in ihren Ohren wie das Summen einer Stimmgabel. War der Leuchtturm zu ihrem Zuhause geworden? Ihr Haus in Boston, der Ort, den sie wirklich als ihr Zuhause angesehen hatte, stand nicht mehr, war eingeebnet worden, das Grundstück verkauft. Der neue Eigentümer würde neu bauen. Es schmerzte Abigail, sich ein neues Haus an der Stelle ihres eigenen vorzustellen.

Sie und Paul hatten sich auf den ersten Blick in das Haus verliebt. Die weiße Stuckfassade, die geschwungenen Zierleisten und die schwarzen Fensterläden waren der Inbegriff von Eleganz. Der besondere Reiz des Hauses bestand darin, dass es dem Landsitz einer ihrer Lieblingsautorinnen nachempfunden war. Abigail hatte sich nichts sehnlicher gewünscht, als in einem solch entzückenden Haus zu leben. Aber bald würde ein neues Haus dort errichtet werden, wo einmal ihres gestanden hatte. Niemand würde sich daran erinnern, dass es Abigail und ihre Familie waren, die dort gelebt hatten. Die Fakten, die Bestand haben würden, waren, dass das frühere Haus abgebrannt war und zwei Menschen in dem Feuer ihr Leben verloren hatten.

Abigail machte sich bettfertig, als die Anstrengungen des Tages sie schließlich einholten. Sie hatte vergessen, sich eine schmerzlindernde Salbe zu kaufen, und ihre Beschwerden drohten, sie wach zu halten. Sie würde damit umgehen müssen, dass ihr Körper litt, wie sie mit allem anderen auch umging: indem sie es ignorierte, so gut sie konnte.

In der Annahme, ein Buch könnte ihr beim Einschlafen helfen, ging Abigail nach unten, um nach Lotties Liebesroman zu suchen, der nicht im Badezimmer lag, wo sie glaubte, ihn liegen gelassen zu haben. Im Wohnzimmer kam sie an Mr. Jaspers Logbuch auf dem Tisch vorbei. Das würde sie stattdessen lesen.

Das Logbuch im Arm, stieg sie die Treppe wieder hoch und machte es sich unter der Bettdecke gemütlich. Nach der ersten Seite schon fielen ihr die Augenlider zu, und sie sank in den Schlaf, das Logbuch an ihrer Seite.

P

per|si|flie|ren [pɛrzi'fli:rən], *Vb.* auf feine, geistreiche Art verspotten. [2. Hälfte 18. Jh., < gleichbed. dem frz. *persifler*, zu frz. *siffler* »(aus)pfeifen, spotten«; vgl. spätlat. *sīfilāre* »pfeifen«. Abl.: Per|si|fla|ge, *f.* feiner, geistreicher Spott. (2. Hälfte 18. Jh., < gleichbed. mit frz. *persiflage*)]

Abigail wachte erschrocken auf, als das Logbuch auf den Boden fiel. Benommen hob sie es auf, schwang sich aus den Federn und zog sich an. Sie schlüpfte in dieselben Malersachen, die sie schon in der Woche zuvor getragen hatte, ein hell kariertes Hemd und eine mittlerweile mit Farbspritzern übersäte Khakihose. Lotties Liebesroman fand sie im Arbeitszimmer, und sie setzte sich an den Esszimmertisch, um beim Frühstücken noch ein bisschen zu lesen. Danach würden die nächsten Haushaltsarbeiten in Angriff genommen.

Die Geschichte der Erbin und ihres Piratenkapitäns ging weiter, jedes Kapitel endete mit einem Crescendo von Verrat, einem Schwertkampf oder einer Verfolgungsjagd auf hoher See. Als es zu einer Schlacht zwischen der Armada, die der heimtückische Graf befehligte, und der Seebärenbande des Piratenkapitäns kam, spürte Abigail ihren Magen schmerzlich rumoren. Es war weit über Mittag. Ein Großteil des Tages war einfach verronnen. Der vorhersehbare Liebesroman war unvorhersehbar unterhaltsam geworden.

Abigail löffelte einen Joghurt, während die Geschichte in rasantem Tempo weitergaloppierte. Der Graf war eben im Begriff, den geliebten Piratenkapitän der Erbin in einer abgelegenen Höhle ermorden zu lassen, als es draußen hupte. Durchs Fenster konnte Abigail Nats Laster in der Auffahrt sehen.

Ausgerechnet im spannendsten Moment!, dachte sie.

Draußen hupte es wieder.

»Komme schon«, rief sie durchs Fenster.

Abigails Beine waren beim langen Sitzen eingeschlafen und kribbelten fürchterlich. Sie humpelte mit schmerzverzerrtem Gesicht die Stufen vor dem Haus hinunter. Nat starrte sie aus dem Führerhaus des Lasters an.

»Haben Sie sich wehgetan?«

»Das ist nur eine lesebezogene Verletzung.«

Er verstand nicht und ignorierte ihre Worte.

»Haben Sie was zu essen dabei?«

»Warum denn?«

»Das wird eine Weile dauern. Sie könnten Hunger bekommen.«

Unbeholfen ging Abigail noch einmal zurück ins Haus.

»Woher soll ich denn wissen, dass ich etwas zu essen mitnehmen muss?«, knurrte sie leise vor sich hin.

Sie machte sich wieder einmal rasch ein Sandwich und nahm sich einen Apfel. Das einzige Behältnis, das sie fand, war eine riesige Papiertüte aus Merles Laden. Nat zog bei deren Anblick die Augenbrauen hoch.

»Sie müssen ja ordentlich Appetit haben.«

Sie fuhren schweigend über die Insel. Abgesehen von den abgewetzten Ledersitzen und dem sandigen Boden war das Innere des Lastwagens erstaunlich sauber. Nat bemerkte Abigails kritische Blicke.

»Was denn?«, fragte er. »Haben Sie angenommen, hier drinnen würde es nach Fisch stinken?«

»Irgendwie schon«, gestand Abigail.

»Sie wissen doch, was man über Annahmen sagt. Sie sind meistens falsch.«

Abigail hätte sofort zugegeben, dass sie sich in mehr als einer Hinsicht in Nat Rhone getäuscht hatte, bis auf eine. Seine Einstellung.

»Meistens«, wiederholte sie.

Das nordwestliche Ende der Insel war flach wie eine Tischplatte und von Gestrüpp überwachsen. Nat bog in eine holprige, unbeschilderte Straße ein. Ein paar hundert Meter weiter mündete der einspurige Feldweg in eine Lichtung direkt am Wasser. Diverse Boote in unterschiedlichen Stadien der Reparatur standen dort. Einige Außenborder waren an Schlackensteinblöcken festgemacht, ein beschädigtes Ruderboot diente als Sammelstelle für alle möglichen Ersatzteile. Gras wollte auf der Lichtung nicht wachsen, das Unkraut hingegen war hartnäckiger und wucherte zwischen einem riesigen Anker hindurch, der neben einem zerborstenen Dingi zu liegen gekommen war.

Hinter der Lichtung in einer kleinen Bucht stand ein

Schindeldach-Cottage. Abigail sah sofort, dass es dringend einen neuen Anstrich brauchte. Nat hatte erwähnt, dass die Vorarbeiten am Haus bereits erledigt waren. Sie hätten sicher ein paar hundert Dollar gekostet. Er musste Tage dafür gebraucht haben. Abigail fragte sich, wie viel er diesem Duncan Thadlow schuldete. Die Abmachung, die sie mit Nat getroffen hatte, erschien ihr auf einmal ungerecht. Er musste nur ein paar Möbelstücke aus dem Keller hochschleppen, während sie sich als ungelernte Hilfskraft zu einer weitaus umfangreicheren Arbeit verpflichtet hatte.

»Warten Sie nicht auf eine Einladung«, sagte er zu ihr, während er aus dem Laster stieg. Abigail folgte ihm.

An der Tür des Cottages stand ein Mann mit einem dichten braunen Bart, der ihm bis zur Brust reichte. »Tag, Nat. Hier, um weiterzustreichen?«

»Ich mach's schon.«

Die unschuldige Frage des Mannes ging Nat gegen den Strich. Eine Schuld durch Arbeit anstatt Bargeld zu begleichen war offenbar nichts, worauf er stolz war.

»Wer hilft dir dabei?«, fragte Duncan.

»Ach ja, das ist …«

»Ich bin Abigail. Oder Abby. Wie Sie wollen.«

Sie wollte Nat Rhone nicht ihren Namen sagen hören. Dadurch würde ihre Abmachung zu persönlich klingen, als seien sie Freunde, keine zweckdienlichen Bekannten.

»Freut mich, Sie kennenzulernen. Ruft mich, wenn ihr irgendwas braucht. Außer Hilfe natürlich«, sagte Duncan trocken, bevor er wieder ins Haus verschwand.

Ohne Zeit zu verschwenden, sagte Nat: »Holen Sie eine

Leiter. Wir fangen ganz oben an und streichen nach unten.«

»Was immer Sie sagen.«

Abigail trug eine von zwei Leitern von der Ladefläche des Lasters herüber, während Nat die Kübel mit Grundierung und Farbe anschleppte.

»Entschuldigung. Hatte ich ganz vergessen.«

Er nahm ihr die Leiter ab und lehnte sie gegen die Hauswand.

»Was vergessen?«

»Die Leiter ist schwer.«

»Haben Sie vorhin nicht irgendwas von Annahmen gesagt?«

»Dachte, vielleicht ist Ihnen noch schwindelig von Ihrer ›lesebezogenen Verletzung‹. Hatte nicht vor, den Gentleman zu spielen.«

Nat nahm die Deckel von zwei Vier-Liter-Eimern mit Grundierfarbe und reichte ihr einen Pinsel.

»Irgendwelche Tipps?«, fragte Abigail.

»Tipps?«

»Wie man das hier macht.«

»Sie nehmen den Pinsel in die Hand und machen so.«

Er begann zu streichen.

»Ist immer ein Vergnügen, von einem Profi zu lernen«, sagte sie, um das letzte Wort zu haben.

Er ignorierte sie wieder. Aber sie tat dasselbe. Es würde ein langer Nachmittag werden.

Der sonnige, windstille Tag kam ihnen zugute. Die Grundierfarbe ließ sich leicht auftragen und trocknete rasch.

Abigail wünschte, sie hätte ihr Radio mitgebracht. Schweigen, solange sie allein war, war erträglich. Schweigen mit Nat Rhone war unangenehm.

Als die Stille zu viel für sie wurde, feuerte Abigail eine Frage ab: »Was ist mit der Rückwand des Hauses?«

»Duncan hat die Schindeln abgenommen. Hatten Termiten.«

»Wird er sie ersetzen? Es wird doch bald Winter, und …«

»Das müssen Sie ihn schon selbst fragen«, fauchte Nat.

Idiot!, dachte Abigail.

Beide strichen wieder weiter, arbeiteten sich an der Hauswand langsam von den Seiten nach innen vor, sodass sie sich irgendwann in der Mitte treffen würden. Als es so weit war, warf Abigail einen Blick auf ihre Armbanduhr. Eine Stunde war verstrichen.

»Das ging ja schön schnell«, sagte sie, mehr zu sich selbst als zu ihm.

»Zwei Hände sind besser als eine.«

»Meinen Sie nicht vier?«

»Ich weiß ja nicht, was mit Ihnen ist, aber ich kann nur mit einer Hand streichen.«

Er nahm seine Leiter und seine Grundierfarbe und ging auf die andere Seite des Hauses.

Er ist wirklich ein Idiot, dachte Abigail.

Sie erledigten diese Seite ebenso rasch.

»Wollen Sie den Hauptanstrich auf der Vorderseite vor der Essenspause machen oder danach?«

»Davor. Ich habe eigentlich noch gar keinen Hunger, falls das Ihre Frage war.«

»Das war nicht meine Frage, aber egal.«

Idiot, Idiot, Idiot!

Sie machten es wie mit der Grundierfarbe, arbeiteten sich von den Seiten zur Mitte vor, auf Abstand bedacht. Das letzte Stück wurde zu einem Wettrennen zwischen ihnen, mit dem Ziel, als Erster die Tür zu erreichen. Abigail behielt Nat aus dem Augenwinkel im Blick. Sie konnte sehen, dass er dasselbe tat. Er war mit seinen kräftigeren Armen im Vorteil, aber dafür war sie ihm an Geschwindigkeit überlegen. Bald trennte beide kaum mehr als ein Meter von der Haustür. Abigail erreichte sie als Erste.

»Fertig?«, fragte sie selbstgefällig.

»Jetzt schon«, schnaubte er. »Essen wir was.«

Abigail holte ihre riesige Papiertüte aus Nats Laster. Er rutschte hinter das Lenkrad und öffnete eine Kühlbox.

»Wollen Sie dort drinnen essen?«

»Warum denn nicht?«, gab er zurück.

»Es könnte netter sein, draußen zu essen.«

»Ich bin seit Sonnenaufgang draußen.«

»Na ja, ich werde hier draußen essen.«

»Wie Sie wollen.«

Sie setzte sich auf die Stufen vor Duncans Haus und leerte den Inhalt der Tüte daneben aus. Trotz ihrer Größe war das bescheidene Sandwich irgendwie zerdrückt worden, und sie hatte vergessen, den Apfel zu waschen. Außerdem hatte sie vergessen, etwas zu trinken mitzunehmen, und Abigail hatte schrecklichen Durst.

»Nicht viel Essen für eine so große Tüte«, rief Nat durchs Beifahrerfenster. »Haben Sie nichts zu trinken dabei?«

»Normalerweise denke ich dran, wenn ich bei anderen

Leuten Häuser streiche, eine Thermoskanne mitzunehmen. Muss ich heute vergessen haben.«

Unhöflichkeit war eigentlich nicht Abigails Art. Nat Rhone brachte ihre schlechtesten Seiten zum Vorschein.

»Ich hab noch eine Limo.«

Abigail trat an den Laster und nahm die Dose von ihm entgegen. »Danke«, sagte sie knapp und ging zurück zu den Stufen vor Duncans Haus.

Sie aßen, ohne ein weiteres Wort zu wechseln. Nat starrte auf das Wasser. Sie starrte auf den Boden. Ihr Sandwich, auch wenn es zerquetscht war, schmeckte köstlich. Ihr gewaltiger Hunger verwandelte das schlichte Brot in ein Festmahl.

»Wie ausgehungert ich bin«, überlegte sie laut.

»Wieso?«

»Wenn selbst ein zermatschtes Sandwich köstlich schmeckt.«

»Schon so viel Hunger nach so ein bisschen Arbeit, und das haben Sie noch nicht mal gemerkt?«

Er war auf einen Streit aus. Abigail konnte es spüren.

»Sie können etwas spüren, auch ohne sich dessen wirklich bewusst zu sein«, hielt sie dagegen.

»Möcht ich bezweifeln.«

»Waren Sie denn noch nie erschöpft und haben sich trotzdem weiter durchgebissen, weil Ihnen das, was Sie getan haben, zu viel Spaß gemacht hat, um damit aufzuhören?«

»Nicht dasselbe«, antwortete er zwischen zwei Bissen.

Nat versuchte ganz klar, sie zu provozieren. Abigail weigerte sich jedoch, in die Falle zu gehen. Sie beschloss, ein anderes Thema anzuschneiden, eines, bei dem er vielleicht weniger geneigt sein würde, einen Streit vom Zaun zu brechen.

»Duncan muss ja ziemlich viel für Sie repariert haben, wenn Sie ihn dafür bezahlen müssen, indem Sie sein Haus streichen.«

Nat nahm einen Schluck von seiner Limo. »Musste Hanks Boot wieder flottmachen lassen nach dem Unfall.«

»Unfall? An der Anlegestelle? Ich dachte, er sei betrunken gewesen.«

»Es war ein Unfall«, berichtigte er sie scharf.

»Da habe ich was anderes gehört.«

»Dann haben Sie eben was Falsches gehört.«

»Aber es ist doch Hanks Boot, nicht Ihres. Warum ...«

»Warum, geht Sie gar nichts an. Sie sind einfach nach Chapel Isle gekommen. Und Sie glauben, Sie wissen Bescheid, was? Sie haben doch keine Ahnung von diesem Ort oder diesen Leuten. Und Sie haben auch keine Ahnung von mir.«

»Hmm, dann lassen Sie mich mal raten. Die Nummer mit dem knallharten Typen ist eine Tarnung für den ach so sensiblen, tief verletzten Jungen, der unter der Schale des berüchtigten Nat Rhone schlummert. Bitte verschonen Sie mich, denn Sie wissen auch nicht das Geringste über mich. Ich weiß über Sie allerdings sicher, dass Sie ein absolutes Arschloch sind.« Abigail warf den Rest ihres Sandwichs beiseite. »Wo ist die Farbe? Ich will diese Sache endlich hinter mich bringen.«

Sie schnappte sich einen Kübel Außenwandfarbe von der Ladefläche und marschierte zum Haus zurück, um weiterzuarbeiten. Die Lastwagentür ging auf. Sie hörte, wie Nat seine Leiter auf seine Seite zerrte. Ihre Hände zitterten so stark, dass sie es kaum schaffte, den Farbkübel zu öffnen. Abigail fing fast an zu weinen.

Du musst nur noch bis zum Ende dieses Tages durchhalten. Nur noch ein paar Stunden, trieb sie sich in Gedanken an.

Dann fiel ihr auf einmal der andere Teil ihrer Abmachung wieder ein. Nat würde ihr helfen, die Möbel hochzuschleppen. Die Antiquitäten im Keller stehen zu lassen schien ihr ein fairer Preis zu sein, wenn sie dafür nicht noch eine Sekunde länger mit ihm verbringen musste, aber sie überlegte es sich anders.

Sie nahmen kurz Blickkontakt auf, bevor sie sich schweigend an die Arbeit machten. Diesmal war es kein Rennen zwischen ihnen, sondern sie wollten beide möglichst schnell fertig werden.

Später, als Nat den letzten Pinselstrich tat, sagte er: »Die Pinsel mache ich zu Hause sauber. Sie können Ihr Zeug in den Laster packen, und dann fahren wir los.«

»Ich kann sie reinigen.«

»Ich hab gesagt, ich mach's.«

»Sie sind der Boss.«

Duncan kam in dem Augenblick heraus, als Nat den Deckel auf den letzten Kübel drückte.

»Ist das ein Geschenk für mich?«

Er zeigte mit einer Stiefelspitze auf den Apfel, den Abigail auf den Stufen hatte liegen lassen. Daneben lag der Rest ihres Sandwichs. Sie stürzte hin, um die Sachen wegzuräumen.

»Schon gut. Essen können Sie mir jederzeit dalassen«, erklärte er und klopfte sich den Bauch.

»Ausgezeichnete Arbeit«, sagte Duncan, während er einmal um das Haus herumging. »Nur dass mir die Lady des Hauses jetzt damit in den Ohren liegen wird, ihren Garten auf Vordermann zu bringen. Hey, ihr zwei seid ein gutes Team. Vielleicht solltet ihr zusammen ein Geschäft aufmachen.«

Abigail und Nat tauschten einen Blick. Er zog sich den Hut tiefer ins Gesicht, versteckte sich darunter, anstatt etwas zu erwidern.

»Ich muss jetzt wirklich zusehen, dass ich zurück zum Leuchtturm komme.«

»Na klar. Hat mich gefreut, Sie kennenzulernen, Abby.«

Duncan hielt ihr die Hand hin. Sie schüttelte sie und merkte, dass ihre Finger schmerzten von der stundenlangen Pinselei.

»Dann bin ich jetzt quitt mit dir«, sagte er zu Nat. »Das heißt, mit dir und Hank.«

Nat bedankte sich bei ihm und stieg in den Lastwagen. Abigail tat dasselbe, und dann fuhren sie so über die Insel zurück, wie sie gekommen waren, ohne zu sprechen. Er hielt vor dem Leuchtturm, und Abigail sprang rasch heraus.

»Was ist mit den Möbeln?«, fragte Nat.

»Vergessen Sie's.«

»Was denn? Nein. Ich drücke mich nicht vor meiner Seite der Abmachung.«

»Egal. Ich bin heute zu erschöpft dafür.«

»Na schön, dann komme ich morgen vorbei. Hank ist ein bisschen angeschlagen. Will morgen nicht mit dem Boot rausfahren. Ich kann gleich morgen früh kommen.«

»Wie ich schon sagte, egal.«

Abigail ging ins Haus und knallte die Tür zu – heftiger als beabsichtigt. Dann rutschte sie auf den Boden und begann hemmungslos zu schluchzen.

Q

quar|ren ['kvarən], *Vb.* wehleidig jammern, einen heiseren, schnarrenden Laut ausstoßen. [< ahd. *quēran* »seufzen« neben *kērrean* »knarren, schreien«, mnd. *quarren, karren* »brummende, grollende Töne ausstoßen«. Abl.: Quar|re, *f.* weinerliches Kind, zänkische Frau]

Die Stille im Haus war so dicht, dass sie das ganze Wohnzimmer ausfüllte und Abigail so sehr bedrängte, dass sie sich schließlich hochstemmte. Der Schmerz in ihren Armen dröhnte ihr in den Ohren. Sie war zu müde zum Schlafen, zu hungrig zum Essen. Ohne auch nur eine weitere Sekunde nachzudenken, griff sie nach den Autoschlüsseln, schloss die Haustür ab und fuhr davon. Eine Weile später fand sie sich vor Merles Haus wieder. Abigail blieb in ihrem Kombi sitzen, verblüfft, was sie eigentlich hergeführt hatte.

»Jetzt bist du schon hier. Dann kannst du auch hineingehen«, zischte sie sich zu.

Abigail ging ums Haus nach hinten zur Terrasse, wo sie durch die Glasschiebetür hineinspähen konnte. Das Licht brannte. Man konnte eine Footballübertragung hören. Sie klopfte an die Scheibe und hörte Merle zur Tür schlurfen.

Er sah sofort, dass sie geweint hatte. Abigail gab sich keine Mühe, es zu verbergen.

»Stimmt irgendwas nicht?«

»Nein.«

»Irgendwas kaputtgegangen?«

»Nein.«

»Ist der Leuchtturm eingestürzt?«

»Nein.«

»Wollen Sie reinkommen?«

»Bitte.«

»Haben Sie gegessen?«

»Nicht viel.«

»Hab noch einen Rest Thunfischkasserolle da.«

»Klingt köstlich.«

Während er das Essen in der Mikrowelle aufwärmte, nahm Abigail Platz. Der Küchentisch war mit Haken und Zwirnsfäden übersät, um Köder zu basteln. Ein Miniaturkäfer aus Kunststoff war an einem Ständer befestigt.

»Hab meine Köder früher gekauft«, sagte Merle, »aber ich dachte, ich könnte sie selbst ein bisschen naturgetreuer machen.«

»Sie haben Talent. Sie sehen echt aus.«

»Drücken Sie mir die Daumen, dass die Fische das genauso sehen.« Er stellte ihr einen Becher Kaffee hin. »Schlechten Tag gehabt, was? Das kenne ich. Mir sind die guten auch lieber.«

»Es ist wegen Nat Rhone. Er ist so …«

»Arrogant? Unausstehlich? Zum Verrücktwerden?«

»Ja, genau das.«

»Ist nicht leicht, mit dem Burschen auszukommen.

War's noch nie. Wird's nie sein. Er hatte ein schweres Leben.«

»Wer nicht?«

Die Mikrowelle piepste, gab Merle eine Auszeit. Er häufte ihr eine große Portion Thunfisch auf einen Teller.

»Es ist heiß. Sie müssen sich nicht noch mal den Mund verbrennen.«

Abigail ignorierte die Warnung und machte sich über ihr Essen her. Es schmeckte köstlich. Sie langte kräftig zu, aß den ganzen Teller leer. Sie wagte es nicht, Merle zu beichten, dass es ihre erste warme Mahlzeit seit ihrer Ankunft war.

»Dafür, dass Sie so mager sind, können Sie ja ordentlich was wegputzen. Sie sind doch nicht eine von diesen, wie sagt man, Narkoleptikerinnen, oder?«

Abigail lachte, verschluckte sich fast an ihrem Essen. »Sie meinen Bulimikerinnen? Nein, bin ich nicht.«

Sie hatte den Verdacht, dass Merle den Versprecher absichtlich gemacht hatte, um ihr ein Lachen zu entlocken. Das wusste sie ebenso zu schätzen wie das Essen.

»Woll'n Sie darüber reden?«, fragte er.

»Es ist egal. Nat ist einfach überempfindlich. Das ist alles. Was immer ihm passiert ist, er muss seine Gründe haben, wütend zu sein.«

»Wenn jemand wütend ist, heißt das im Allgemeinen, dass er verletzt wurde. Richtig tief verletzt«, sagte Merle, als wüsste er über den berüchtigten Nat Rhone genau Bescheid.

Abigail hob die Hände, als wollte sie ihm physisch Einhalt gebieten.

»Sie müssen es mir nicht sagen. Es geht mich nichts an. Und Nat würde ausflippen, wenn Sie es täten.«

»Vermutlich.«

»Sie werden es mir trotzdem sagen?«

Merles Miene blieb ausdruckslos. Er würde es ihr trotzdem sagen.

»Wenn Sie mir Nats Geheimnisse anvertrauen, wer sagt mir dann, dass Sie nicht meine vor ihm ausplaudern werden? Oder vor irgendjemandem sonst?«

»Denke, da werden Sie mir eben vertrauen müssen.«

Vertrauen war ein Begriff, mit dem sich Abigail schwertat. Seit dem Feuer konnte sie schon ihren Sinnen oder sich selbst nicht mehr immer vertrauen. Jemand anderem zu vertrauen war ein bisschen viel verlangt. Aber dann besann sie sich auf ihren noch nicht genügend gefüllten Magen und lächelte Merle an.

»Also gut«, sagte sie. »Ich tausche ein bisschen Vertrauen gegen noch einen Teller von dieser Thunfischkasserolle.«

Während sie aß, ließ Abigail ihre Blicke durch die Küche schweifen. Die Fischköder waren die einzigen männlichen Elemente in Merles Haus. Eine verspielte Tapetenborte säumte die Küchenwände, die Kühlschrankmagnete waren wie Herzchen geformt und die Topflappen, die über dem Herd hingen, mit Blumenmotiven bestickt. Merle, der Inbegriff von Männlichkeit, war umgeben von den mädchenhaften Besitztümern seiner Exfrau. Anfangs hatte Abigail sich gefragt, warum er an diesen Dingen noch immer festhielt, nach dem, was sie ihm angetan hatte. Aber nach und nach begriff sie, dass sie selbst, wenn ihr Haus nicht abgebrannt wäre, auch nach dem Feuer weiter darin gewohnt hätte. Sie würde alles geben, um jederzeit an die besonderen Augenblicke erinnert werden zu können, von denen die Räume darin erfüllt waren, bereit, über die Traurigkeit hinwegzusehen, von dem das Haus gezeichnet war.

»Ist es die Art Geschichte, bei der ich weinen werde? Denn das habe ich heute schon zur Genüge getan.«

Merle setzte sich wieder zu Abigail an den Tisch. »Kommt drauf an, worüber Sie weinen.«

»Okay, okay. Wenn Sie's mir sagen wollen, dann tun Sie's endlich.«

»Nat hat mir das nicht selbst erzählt, nicht persönlich.«

»Ist das ein Vorwort zu der Saga?«

»Es ist nicht nur – wie soll ich es nennen – Hörensagen. Aber es stammt auch nicht aus erster Quelle.«

»Aus welcher Quelle stammt es denn?«

»Hank Scokes.«

Abigail hatte keine klaren Vorstellungen davon, wo die Bündnislinien auf der Insel verliefen. Ihr war nicht bewusst, wer wem nahestand und wer nicht. »Ich wusste gar nicht, dass Sie und Hank Freunde sind.«

»Freunde in dem Sinn, dass ich ihn fast mein ganzes Leben kenne.«

»Entschuldigung. Fahren Sie fort.«

»Bald nachdem Hank Nat als Helfer angeheuert hatte, fingen die beiden an, zusammen zu trinken. Und wie es mit dem Alkohol eben so ist, begann Nat, sich Hank zu öffnen. Niemand sonst wusste, was es mit dem Burschen auf sich hatte. War ein wortkarger Typ. Drei andere Kapitäne hatten ihn schon gefeuert. Nicht weil er auf einem

Boot nicht seinen Mann stehen könnte, sondern wegen seines Temperaments. Das hat die Gerüchte angeheizt.«

»Was denn für Gerüchte?«

»Dass Nat auf Hafturlaub oder ein entflohener Strafgefangener ist oder dass er aus einer Nervenheilanstalt ausgebrochen ist, mit nichts als den Kleidern, die er am Leib hatte.«

»War das alles, womit er auf die Insel gekommen ist?«

»Vielleicht mit noch weniger.«

»Aber so war es nicht wirklich, oder?«

Merle hob die Arme, als ob er nicht sicher wäre. »Hank sagte, eines Abends, nachdem er und Nat ein paar Biere zu viel getrunken hätten, habe Nat ihm erzählt, er sei aus South Carolina hergekommen. Davor war er in Florida gewesen. Er hatte an einem Dutzend Orte an der Südküste gelebt, hatte jeden Job angenommen, den er kriegen konnte. Von Hilfsarbeiten bis zu Tätigkeiten, für die er eine Ausbildung hätte haben sollen: Elektroarbeiten, Klempnern, Maschinenbau, was Sie wollen.«

»Augenblick. Sie haben jemanden, der kein gelernter Elektriker ist, zu mir geschickt, um nach meinen Leitungen zu sehen?«

Merles Wangen röteten sich, als er sich ertappt fühlte. »Er ist der beste Elektriker auf Chapel Isle. Die offiziellen Qualifikationen zu haben, das ist doch nur eine Formsache.«

»Danke für die Erklärung. Jetzt geht's mir schon viel besser.«

»Wie ich schon sagte, Nat hat Hank erzählt, wo er überall herumgekommen ist, dass er den Bus genommen hat, wenn er das Geld dafür hatte, auf Züge gesprungen ist, wenn er keines hatte. Dann hat Hank Nat nach seiner Familie gefragt. Und Nat wurde, na ja, richtig still. Hat keine Antwort gegeben. Zum Glück war Hank, so betrunken er auch war, schlau genug, die Klappe zu halten und den Jungen reden zu lassen. Nat hat Hank erzählt, er habe keine Verwandten. Jedenfalls keine lebenden. Seine Eltern kamen bei einem Verkehrsunfall ums Leben, als er noch ein Kleinkind war, waren beide sofort tot. Er selbst war auf seinem Autositz angeschnallt, hat den Unfall ohne einen Kratzer überlebt.«

Abigail schossen die Tränen in die Augen. Aber sie wollte nicht weinen – sie wollte sich Merles Worte aus dem Kopf schlagen. Sie hasste es, Mitleid mit Nat Rhone haben zu müssen, verabscheute es, etwas so Persönliches mit ihm gemeinsam zu haben. Aber so war es. Er hatte seine Familie verloren, genau wie sie. Abigail fragte sich, ob die Geschichte Merle ebenfalls naheging. Nat hatte nie die Gelegenheit bekommen, seine Eltern kennenzulernen, während Merle einen Sohn hatte, den er nicht kannte. Sie hätte Merle gern danach gefragt. Aber es war Nats Geschichte, die er aus freien Stücken erzählte, nicht seine eigene.

»Er wurde zu einer Verwandten geschickt, bei der er aufwachsen sollte, einer Tante«, fuhr Merle fort. »Als Nat älter wurde, kam sie nicht mehr mit ihm zurecht, also kam er in ein Heim, dort ist er wegen seiner Zügellosigkeit rausgeflogen, und danach wurde er ständig herumgeschubst, von einem Ort zum nächsten. Da ihn niemand in den Griff bekommen konnte, wollte ihn auch niemand haben. Nat fing an zu stehlen, kam mit dem Gesetz in Konflikt. Hat

Hank irgendwas von einer Besserungsanstalt erzählt. Aber kein Gefängnis. Hat ein Auto aufgebrochen, um sich das Kleingeld aus dem Aschenbecher zu nehmen, und wurde dabei erwischt. Da war er siebzehn. Und von da an ist er einfach abgedriftet.«

»Warum erzählen Sie mir das alles, Merle? Damit ich Mitleid mit Nat habe und ihm sein grässliches Verhalten verzeihe? Ein schlechtes Leben ist keine Entschuldigung für schlechtes Benehmen.«

»Nein, ich erzähle es Ihnen nur, damit Sie es wissen.«

»Und was sollte das ändern?«

»Es macht einen großen Unterschied, ob man etwas weiß oder nicht weiß.«

Abigail schob ihren Teller beiseite. »Ich verkrafte nicht mehr viele von diesen versteckten Lebensweisheiten, die klingen, als ob sie aus irgendwelchen Glückskeksen stammen. Sie ergeben keinen Sinn.«

»Klar tun sie das. Sie sind doch nicht auf den Kopf gefallen. Sie wissen schon, was ich meine.«

Sie wusste es und wusste es doch nicht. Merle trug ihren Teller zur Spüle und wusch ihn ab, während Abigail bewegungsunfähig am Tisch sitzen blieb.

»Was soll ich denn jetzt machen, wenn Nat morgen vor meiner Tür steht, um mir zu helfen, die Möbel aus dem Keller hochzuschleppen?«, fragte sie verzweifelt.

»Um *was* zu tun?« Merle fiel fast der Teller aus der Hand.

»Wir haben eine Abmachung getroffen. Ich würde mit ihm Duncan Thadlows Haus streichen, wenn er mir dafür die Antiquitäten aus dem Keller hochträgt. Es wäre doch ein Jammer, sie dort unten stehen zu lassen. Ich verstehe ja nicht viel von Holz, aber die Feuchtigkeit kann doch nicht gut für die Möbel sein, oder?«

Der Wasserhahn war voll aufgedreht. Merle schien es nicht zu bemerken.

»Merle. Das Wasser.«

»Oh. Ja.« Gedankenverloren drehte er den Hahn zu.

»Alles in Ordnung mit Ihnen?«

»Äh … ja. Alles bestens.«

Den Eindruck hatte Abigail nicht. »Ich bin Ihnen heute Abend schon genug zur Last gefallen.« Sie erhob sich schwerfällig.

»Ganz und gar nicht. Soll ich Ihnen das restliche Essen einpacken?«

Abigail rieb sich den Magen. Sie war so satt. »Ich werde jetzt vielleicht eine Woche lang keinen Bissen mehr essen.«

»Werden Sie mir bloß nicht narkoleptisch.«

»Danke, Merle. Wirklich«, fügte sie in ernstem Ton hinzu. »Ganz ehrlich.«

Kaum dass Abigail zu Hause war, fiel ihr wieder ein, wonach sie Merle noch hatte fragen wollen – nach dem Logbucheintrag über die *Mätresse* des Bischofs. Doch eine traurige Geschichte pro Nacht war ihr Limit.

Während sie sich im Bad die Zähne putzte, fiel ihr Blick wieder auf die Fugenarbeit, die Nat für sie erledigt hatte, auch wenn sie zu verärgert war, um ihm dafür Anerkennung zu zollen. Dass er handwerklich geschickt war, hieß noch lange nicht, dass er kein Idiot war.

Sie schaltete das Licht aus. Wenn Nat wirklich der beste Elektriker auf der Insel war und er behauptete, dass mit den Leitungen alles in Ordnung war, dann sollte sie ihm glauben. Aber konnte sie das?

Unten klingelte das Telefon, schreckte Abigail auf. Es war schon spät. Besorgt, es könnten ihre Eltern sein, eilte sie hinunter.

»Abby, sind Sie das?« Die Verbindung war ein einziges Rauschen.

»Lottie?«

»Ja, Liebes. *C'est moi.* Wollte nur mal hören, ob mein Geschenk angekommen ist.«

»Die Liebesromane. Ja, ich habe sie gefunden. Vielen Dank. Sie sind …«, Abigail ging rasch eine Reihe passender beschreibender Ausdrücke durch, wählte dann den am wenigsten abfälligen, »… kurzweilig. Hören Sie, es gibt da ein paar Punkte, was das Haus betrifft, die ich gern mit Ihnen besprechen würde.«

Ein besserer Augenblick, um die Veränderungen, die sie vorgenommen hatte, zu beichten, würde sich nicht bieten.

»Ich wünschte, ich hätte Zeit zum Plaudern, aber meine Cousine ist noch immer dabei, sich von dieser Korsettgeschichte zu erholen, und ich muss sie von vorn bis hinten bedienen. Wie eine Prinzessin.«

»Dann könnte ich vielleicht in Ihr Büro kommen, um mit Ihnen zu reden? Wann sind Sie denn wieder da?«

»Wie bitte, Abby?« In der Leitung knisterte es. »Ich kann Sie nicht hören bei diesem ganzen Krach. Das klingt ja, als ob irgendwo Speck gebraten würde. Ach Gott, das muss ich auch noch auf meine Einkaufsliste schreiben. Wäre so ein Sandwich mit Speck, Tomate und Salat jetzt nicht köstlich? Ich muss Schluss machen, Abby. Jetzt haben Sie mir den Mund wässrig gemacht mit diesem ganzen Gerede von Essen.«

»Augenblick noch. Lottie?«

Ein Wählton war alles, was noch zu hören war.

Von Büchern zu Speck. Ein Quantensprung. Lottie musste gedacht haben, Abigail würde ihr wegen des Leuchtturmhauses eine Standpauke halten wollen.

Kann nicht behaupten, ich hätte nicht versucht, es ihr zu sagen, dachte Abigail.

Oben lag das Logbuch auf dem ungemachten Bett. Abigail legte es auf den Nachttisch, dann dachte sie noch einmal darüber nach. Sie hatte in der Nacht zuvor so gut geschlafen wie schon seit Monaten nicht mehr. Es könnte wieder klappen.

Abigail schlüpfte unter die Bettdecke, legte das Logbuch neben sich und wartete geduldig darauf, dass der Schlaf sich einstellte.

R

Ru|mor [ru'mo:ɐ], *m.* 1. Lärm, Radau. 2. Geschrei. 3. *selten* Gerücht. [15. Jh., > lat. *rūmor* »dumpfes Geräusch; Gerede, Gerücht«, mlat. auch »Lärm, Tumult, Wortstreit«. Abl.: ru|mo|ren, *Vb.* lärmen, poltern, murren, in der Öffentlichkeit Aufsehen erregen, *übertragen* spuken, (wie ein Gespenst) umgehen. (2. Hälfte 15. Jh.)]

Schmerzen anstatt Sonnenschein weckten Abigail am nächsten Morgen. Das Logbuch bohrte sich in ihr Schulterblatt. Auf ihrer Armbanduhr war es Viertel nach sieben, dieselbe Zeit, zu der sie am Tag zuvor aufgestanden war.

Sie stand auf und legte das Logbuch auf den Nachttisch. Es war so zuverlässig wie ein Wecker. Wenn nur auf ihren Körper ebenso viel Verlass wäre.

Mit dem Streichen von Duncans Haus hatte Abigail ihre physischen Grenzen überschritten. In der Kommode kramte sie nach etwas, was sie anziehen könnte. Sie hatte bald keine frische Kleidung mehr. Der Müllbeutel, den sie als Wäschesack benutzte, war voll. Eine Fahrt zum Waschsalon stand wieder an, ebenso ein Stopp beim Supermarkt, um unter anderem etwas Aspirin zu kaufen.

Abigail wollte sich im Keller einen Überblick verschaffen, bevor Nat kam. Also lief sie hinunter und nahm zuerst mal alle Abdecktücher weg. Sie zählte insgesamt vierzehn Möbelstücke. Die Esszimmerstühle waren nicht zu schwer, Abigail konnte sie gut allein hochtragen. Sie über die schmale, morsche Treppe zu manövrieren würde allerdings eine Herausforderung sein.

Während sie langsam die Treppe hinaufstieg, einen Stuhl stemmend, klopfte es an der Haustür. Durch das Fenster sah sie Nat.

»Machen wir das jetzt?«, fragte er ohne Begrüßung, als sie ihm öffnete.

»Ja.« Abigail seufzte. »Das machen wir.« Sie winkte ihn ins Haus.

»Müssen Sie sich umziehen?«

»Umziehen? Warum?«

»Ihre Kleider sehen ein bisschen zu schick aus fürs Möbelschleppen.«

Abigail konnte nicht glauben, wieso man mit einem Pullover und einer Hose zu fein angezogen sein könnte.

»Ich trage doch kein Ballkleid.«

»Okay.«

»Ich hatte sonst nichts, was noch sauber war«, gab sie zu.

»Okay.«

»Ich muss dringend zum Waschsalon. Ich fahre morgen hin.«

»Okay.«

»Ich sollte mich aber eigentlich nicht erklären müssen.«

»Okay.«

»Sie beruhigen mich wirklich.«

»Ich versuch's.«

»Hören Sie auf damit.«

Nat zeigte auf den Esszimmerstuhl, den sie hochgetragen hatte. »Haben Sie schon ohne mich angefangen?«

»Das war ein Probelauf. Die Kellertreppe ist ziemlich schmal und die zum ersten Stock sogar noch schmaler.«

»Das schaffen wir schon.«

Sein Optimismus verblüffte sie. Der sonst so ruppige Nat war unverzagt, gerade an diesem Morgen, da sie im Begriff war, das Handtuch zu werfen. Abigail hoffte nur, dass er das Projekt nicht so unterschätzte, wie sie ihn unterschätzt hatte.

Sie stiegen in den Keller hinunter, wo er die Treppe von unten musterte. »Schmal, aber irgendwer hat die Sachen schließlich hier heruntergeschafft. Was heißt, dass wir sie auch wieder hochschaffen können.« Er sah sich den Schreibtisch an. »Scheint ja alles in einem ganz ordentlichen Zustand zu sein.«

»Kennen Sie sich aus mit Antiquitäten?«, fragte Abigail, bemüht, nicht allzu verwundert zu klingen. Sie wollte sich nicht anmerken lassen, was sie über Nat erfahren hatte, aber sie war auch nicht geneigt, übermäßig freundlich zu ihm zu sein.

»Ein bisschen.«

»Ich verstehe nicht, wie jemand sie hier unten lagern konnte, in einem feuchten, moderigen Keller.«

»Die Leute verstecken Sachen aus allen möglichen Gründen.«

»Wer hat denn gesagt, dass die Möbel versteckt wurden?«

»Versteckt, gelagert, was auch immer.« Nat ging auf die andere Seite des Schreibtischs. »Wir sollten die schweren Teile zuerst machen. Sind Sie so weit?«

Abigail kam der Gedanke, dass die Möbel vielleicht absichtlich versteckt worden waren.

»Sie haben doch gehört von diesem … äh … wie soll ich sagen …?«

»Geist? Ja. Und? Sie haben diese Geschichte doch nicht etwa geglaubt, oder? Das sind doch nur die Dorftrottel, die versuchen, Sie auf den Arm zu nehmen.«

»Ja. Natürlich.«

Dass er die Sache so leicht abtat, nahm Abigail ein wenig von dem beklemmenden Gefühl, das sie wegen ihrer Aktion hier hatte, wenn auch nicht viel.

»Sind Sie so weit?«, fragte Nat noch einmal. »Schieben Sie diesen Ohrensessel ein Stück weg, und dann tragen wir den Schreibtisch erst mal bis zur Treppe.«

Während er die Schubladen herausnahm, schob Abigail den Ohrensessel aus dem Weg. Zusammen schleppten sie den Schreibtisch bis zum Fuß der Treppe.

»Jetzt drehen wir ihn andersherum«, wies er sie an.

»Welche Richtung?«

»Auf eine Linie mit der Treppe, nicht lotrecht dazu.«

Nat *lotrecht* sagen zu hören verblüffte sie. Abigail konnte heraushören, dass diese Sprachebene besser zu ihm passte als sein üblicher Redestil. Was sie an Sprache so schätzte, war, dass sie wie eine Art Geduldsspiel war, aber eher wie ein Kreuzworträtsel als ein Puzzle. Sie bot einen Rahmen und viele Hinweise, um andere Leute zu verstehen. Es war gut möglich, dass Nat sich dümmer stellte, als er war, um besser zu den Männern auf Chapel Isle zu passen, mit denen er seine Arbeit und Freizeit verbrachte.

»Was denn?«, fragte Nat.

Abigail starrte ihn an, merkte, dass sie darauf wartete, dass er noch etwas sagte und ihre Theorie bestätigte.

»Ach nichts, nichts«, winkte sie ab.

»Tauschen wir die Plätze. Gehen Sie vor, ich hinten. Dann müssen Sie rückwärtsgehen, aber dafür übernehme ich die Hauptlast. Dieser Tisch ist nicht leicht, also sagen Sie's mir, wenn Sie eine Pause brauchen.«

Nat war einfach aufrichtig.

Sie nahm ihren Platz ein, und sie hoben den Schreibtisch gleichzeitig an. Nat hielt die Tischbeine umklammert, um das Gewicht zu stabilisieren, während Abigail den Schreibtisch an der Kante festhielt. Sie hatten noch drei Stufen vor sich, als Abigails Finger abzurutschen begannen.

»Ich verliere ihn.«

»Wir schaffen das schon.« Er stemmte den Tisch etwas höher gegen seine Brust, um ihn wieder auszubalancieren.

»Er fällt gleich herunter.«

»Nein, das wird er nicht.«

Mit einem letzten Schub stemmte Nat den Schreibtisch über die Schwelle, sodass er sicher auf dem Boden stand.

»Sehen Sie«, sagte er schwer keuchend. »Sie haben ihn nicht fallen lassen.«

»Aber beinahe.«

»Wo soll er hin?«

»Ins Arbeitszimmer.«

»Nach Ihnen.«

Er bedeutete ihr mit einer Handbewegung voranzugehen, und die zweite Treppe schafften sie ohne Probleme. Oben angekommen, zückte Nat sein Maßband.

»Ein paar von diesen Möbeln werden aber verschwinden müssen, wenn der Schreibtisch hier hineinpassen soll.«

»Den kleinen Schreibtisch und den Stuhl brauche ich nicht. Und dieses Klappbett werde ich mit Sicherheit ebenfalls nicht brauchen.«

»Sie sagen das, als ob Sie nicht vorhätten, hier Besuch zu bekommen.«

Abigail spürte, wie Nat in ihrem Gesicht forschte. Sie fühlte sich bedrängt, daher ignorierte sie seine Worte und sagte stattdessen: »Dieser Stuhl hier ist leicht. Ich nehme ihn mit nach unten ins Wohnzimmer.«

Er folgte ihr, die hauchdünne Matratze des Klappbetts unter dem Arm. »Wenn Sie keine Verwendung dafür haben …«

»Sie können es gern haben.«

»Ich werde es als Leihgabe ansehen. Auch wenn das Klappbett eigentlich gar nicht Ihres ist und Sie es nicht verleihen können. Sie haben dieses Haus nur gemietet. Schon vergessen?«

Sie hatte es vergessen. »Egal. Sehen Sie's als Leihgabe an.«

»Könnte Hilfe gebrauchen, um das Gestell auf meinen Laster zu schaffen.«

Sie gingen noch einmal ins Arbeitszimmer hoch und begannen, das Bett zusammenzulegen. Die Beine ließen sich einklappen, sodass sie es leicht über die Treppe manövrieren konnten. Nat ging voran, und Abigail folgte ihm. Da er ihr den Rücken zugewandt hatte, konnte sie sich endlich den Schweiß von der Stirn wischen.

»Das ist wenigstens nicht so schwer«, bemerkte sie, wobei sie tat, als sei sie nicht außer Atem. »Was haben Sie damit vor?«

»Darauf schlafen.«

»Was ist mit Ihrem Bett?«

»Sie tragen es.«

Abigail war sprachlos. Der Mann hatte allen Ernstes keinen Platz zum Schlafen. Hatte er auf irgendjemands Couch oder, noch schlimmer, auf dem Boden genächtigt? Sie schoben das Bettgestell auf die Ladefläche seines Lasters, und er schloss die Heckklappe.

»Brauchen Sie noch irgendwelche anderen Möbel? Im Ernst. Was soll ich denn sonst damit machen?«

»Weiß ich auch nicht.«

Ihre Großzügigkeit machte ihn offensichtlich unsicher.

Als sie ins Haus zurückgingen, sagte Abigail so nebenbei wie möglich: »Ich werde niemandem etwas sagen, wenn Sie es auch nicht tun.«

Er wandte sich um und suchte nach der Absicht in ihren Augen. Diesmal hielt Abigail seinem Blick stand.

»Dann nehme ich Sie beim Wort.«

Stück für Stück räumten sie den Keller aus. Für jeden Stuhl, den sie hochschleppten, kam ein anderer auf Nats Laster. Bald war das Wohnzimmer voller Antiquitäten und Nats Ladefläche hoch bepackt. Um Mittag war Abigail am Ende ihrer Kräfte. Sie ließ sich auf die Stufen vor dem Haus fallen.

Nat wischte sich mit einem Taschentuch übers Gesicht. »Haben Sie schon Hunger?«

»Schon?«

»Sie scheinen nicht viel zu essen.«

»Ich esse. Ich esse reichlich.«

»Oh.«

Nat ging ins Haus. Abigail lief ihm nach und fand ihn in der Küche, wo er den Inhalt ihres Kühlschranks inspizierte.

»Das ist ein erbärmlicher Anblick.«

»Es ist nicht sehr höflich …«

»… in den Medizinschränkchen anderer Leute zu stöbern. Aber das hier ist Ihr Kühlschrank.«

»Lachen Sie mich ruhig aus. Ich habe nichts zu essen da.«

»Das ist immerhin ein Anfang«, sagte Nat mit Blick auf ein Tiefkühlgericht im Gefrierfach. »Das hier können Sie einfach in den Ofen schieben und …« Er öffnete die Ofenklappe, und sein Blick fiel auf die halb gebackene Lasagne, die seit dem Vorabend dort lag. »Wollten Sie sich die für später aufheben?«

Mit hochrotem Kopf stürmte Abigail aus der Küche. Sie setzte sich schmollend auf die Stufen. Ein paar Minuten später stand Nat mit einem Sandwich auf einem Teller neben ihr.

»Truthahnaufschnitt. Das muss Ihr Lieblingsbelag sein, es ist alles, was Sie dahaben.«

Abigail nahm den Teller entgegen. Das Sandwich war so hübsch angerichtet, dass ihr das Wasser im Mund zusammenlief.

»Sie hätten sich selbst auch eines machen sollen. Oder ich könnte Ihnen eines machen«, bot sie an.

»Schon gut. Ich hab mir eines mitgebracht.« Nat packte ein köstlich aussehendes, reichlich belegtes Sandwich aus seiner Kühlbox. Er sah, wie Abigail es beäugte. »Wollen Sie was davon?«

»Nein, das könnte ich nicht annehmen.«

Nat legte eine Hälfte seines Sandwichs auf ihren Teller und nahm sich eine Hälfte von ihrem. Abigail nahm einen Bissen. Sein Sandwich war köstlich.

»Das lernt man, wenn man ein paar Monate als Koch in einem Schnellrestaurant arbeitet.«

»Gibt es eigentlich irgendwelche Jobs, die Sie noch nicht gemacht haben?«

»Außer Präsident?«

»Ja, zum Beispiel. In welchem Beruf haben Sie sich noch nicht versucht?«

»Fällt mir keiner ein«, sagte er. »Außer Lexikografie natürlich.«

Kaum hatte er es ausgesprochen, spürte Abigail, dass Nat ihr Gespräch zu persönlich wurde. Er begann, mit der Lasche einer Limodose zu spielen, die er ebenfalls aus seiner Kühlbox hervorgezaubert hatte. Abigail wechselte das Thema. Das war das Mindeste, was sie tun konnte, nachdem er ihr so geholfen hatte.

»Was halten Sie eigentlich von diesen Einbrüchen? Irgendwie komisch, oder?«

In dem Augenblick, als ihr die Worte über die Lippen kamen, fiel ihr ein, dass Nat als Jugendlicher festgenommen worden war, als er ein Auto aufgebrochen hatte, und sie bereute ihre Worte, aber es war zu spät. Sie erwartete, dass er sich anspannen oder in die Luft gehen würde. Aber glücklicherweise kaute er nur schweigend weiter und dachte über eine Antwort nach.

»Hauptsächlich stehlen die Leute, weil sie verzweifelt sind. Weil sie müssen. Die wenigsten stehlen nur zum Spaß.«

Abigail zog nicht in Betracht, dass Nat der Dieb sein könnte. Selbst nachdem Merle sie über seine Vergangenheit aufgeklärt hatte, hatte sie den Zusammenhang nicht hergestellt, und jetzt hatte sie allen Grund, froh darüber zu sein. Wenn sie ihn verdächtigt hätte, glaubte Abigail, dann hätte Nat es mit Sicherheit intuitiv gespürt.

»Aber ich hoffe, das hört bald auf«, sagte er. »Die Leute werden allmählich nervös.«

»Ich dachte, es ist ihnen egal, solange es nicht ihr Haus ist.«

»Es gibt nur eine begrenzte Zahl Mietferienhäuser auf der Insel.«

Das war eine logische Schlussfolgerung, die Abigail bislang verdrängt hatte. Was, wenn der Dieb anfing, Häuser ins Visier zu nehmen, in denen Leute lebten?

»Wollte Ihnen keine Angst machen.«

»Ich habe keine Angst.«

»Hier sind Sie bestimmt sicher.«

»Bestimmt.« Aber Abigail war nicht überzeugt.

Jetzt war es an Nat, das Thema zu wechseln. »Ich hatte schon viele Jobs. Aber noch nie als Innenausstatter. Ich kann ja noch dableiben und mit einrichten. Ist das nicht das, was Frauen am liebsten tun?«

»Wie bitte?« Die Schärfe in Abigails Ton war unmissverständlich.

Er hob abwehrend die Hände. »Ich wollte nur sagen, ich bin hier.«

»Jetzt nehme ich Sie beim Wort«, griff sie seinen Spruch von vorhin wieder auf. »Essen Sie dieses Sandwich besser auf. Sie werden Ihre ganze Kraft brauchen. Das ist tatsächlich das, was Frauen am liebsten tun.«

Die Möbel an einen geeigneten Platz zu räumen war fast ebenso anstrengend, wie sie hochzuschleppen, wenn auch weitaus unterhaltsamer für Abigail. Natürlich würde sie das Nat nicht sagen. Sie versuchten, einen geeigneten Platz für das Sofa zu finden, und stellten den Esstisch immer wieder woanders hin. Sie schoben die beiden Ohrensessel an jeden nur erdenklichen Ort. Als sie mit der Anordnung der Möbel fertig waren, ersetzten sie zu guter Letzt den wackeligen Tisch, auf dem das Telefon stand, durch eine robuste geschnitzte Konsole.

»Sieht gut aus«, sagte Nat.

Abigail gab ihm Recht. Mit dem frischen Anstrich und den neuen Möbeln hatte der Wohn- und Essbereich jetzt die heimelige Atmosphäre eines Gasthauses. Sie konnte sich ein Lächeln nicht verkneifen.

»Das ist ein großer Kamin. Der Backstein ist original. Der leistet Ihnen bestimmt gute Dienste.«

Abigails Lächeln schwand schlagartig.

»Könnten Sie mir vielleicht noch kurz im Arbeitszimmer helfen? Ich will den Schreibtisch an seinen richtigen Platz stellen, und allein kann ich ihn nicht anheben.«

Ihr veränderter Tonfall verwirrte ihn offensichtlich. »Äh … na klar. Kein Problem.«

Als der Schreibtisch genau in der Mitte unter der Fensterreihe stand, schob Nat ihr den dazugehörigen Stuhl hin. »Wollen Sie mal Probe fahren?«

»Das kann ich später machen.«

»Kommen Sie schon«, drängte er sie, während er die Sitzfläche abstaubte.

Widerstrebend setzte sich Abigail. Der Stuhl hatte die perfekte Größe, der Schreibtisch schien wie für sie maßangefertigt.

»Sieht aus wie für Sie gemacht.«

Der Schreibtisch und der Stuhl, vermutete sie, hatten Wesley Jasper gehört. Abigail konnte sich gut vorstellen, wie er dort gesessen und durch die Fenster gestarrt und seine Aufzeichnungen in den Logbüchern gemacht hatte. Sie dachte an die Nacht, in der die *Mätresse* gesunken war und wie Mr. Jasper sich gefühlt haben musste.

»Was ist los? Sie sehen so … traurig aus.«

»Ach nichts, nichts.« Abigail eilte zur Treppe, während Nat ihr nachlief. »Mir … äh … ist noch etwas eingefallen, was ich Ihnen zeigen wollte.«

Aus der Küche holte Abigail die Tüten mit Tellern und Töpfen, die sie aus den Schränken ausrangiert hatte. »Es ist kein feines Porzellan, aber es ist nicht kaputt.«

Nat warf einen Blick in die Tüten. »O verdammt, das nehme ich gern.«

»Super. Ich bringe Ihnen die Tüten zu Ihrem Laster.«

Abigail konnte gar nicht schnell genug aus dem Leuchtturmhaus kommen. Auf einmal war ihr etwas mulmig zu

Mute. War es ein Fehler gewesen, Mr. Jaspers Besitztümer aus dem Keller hochzuschaffen?

Verblüfft schnappte sich Nat selbst eine Tüte und sagte: »Super? Das ist genau das richtige Wort, Ms. Wörterbuch.«

Draußen verdunkelte sich der Tag, Wolken drohten mit Regen. Wind peitschte durch die Bäume.

»Haben Sie von dem Sturm gehört?«, fragte Nat, während er das Geschirr auf den Beifahrersitz des Lasters stellte.

»Von was für einem Sturm?«

»Es ist Hurrikansaison. Wo Sie keinen Fernseher haben, sollten Sie immer den Wetterbericht im Radio hören«, mahnte er sie. »Es kam in den Nachrichten. Sie sagen voraus, dass der Sturm nach Osten drehen wird, aufs Meer hinaus. Nur dass ein Hurrikan in null Komma nichts die Richtung ändern kann. Haben Sie Kerzen, Taschenlampen, Wasser und so?«

»Das meiste.«

»An Ihrer Stelle würde ich spätestens morgen früh zum Supermarkt fahren. Aufstocken. Besser auf Nummer sicher gehen.«

Es war nur ein kleiner, freundlicher Ratschlag, und doch war es Abigail unangenehm, ihn von Nat zu bekommen. Sie lenkte das Gespräch in eine andere Richtung, weg von sich selbst.

»Haben Sie bei sich zu Hause denn genug Platz für dieses ganze Zeug?«

»Hatte von Anfang an nicht viel. Als Hank mir die Wohnung vermietet hat, war sie leer. Hat mir eine Luftmatratze, eine Kochplatte und einen Klapptisch geliehen. Das war alles.«

»Ich wusste gar nicht, dass Sie bei ihm wohnen.«

»Nicht bei ihm. Über seiner Garage. Das hier ist sein Laster.«

Endlich begriff Abigail, wieso sich Nat so gut um Hank kümmerte, wieso er auf ihn aufpasste und ihn beschützte. Hank hatte Nat nicht nur einen Job gegeben, er hatte sein Haus für ihn geöffnet. Das war vielleicht mehr, als irgendjemand sonst je für ihn getan hatte.

»Also dann …«, sagte er.

»Danke.«

»Abgemacht ist abgemacht. Möchte wetten, Sie dachten, dass es kein fairer Deal sein würde.«

Genau das hatte Abigail gedacht. Aber mit dieser Schwerstarbeit hatte Nat mehr für sie getan als sie für ihn.

»Ich hatte gewisse Bedenken.«

Nat grinste sie an und stieg in Hanks Laster. »Und denken Sie an Ihre Vorräte.«

»Mache ich. Danke noch mal.«

In den zwei Tagen, die sie zusammen verbracht hatten, hatten sie und Nat nicht mehr als ein paar Dutzend Worte gewechselt. Obwohl sie unermüdlich Seite an Seite gearbeitet hatten, hatten sie kaum miteinander geredet. Es war nicht die fehlende Kommunikation, die Abigail beunruhigte – auf hohles Geschwätz konnte sie gut verzichten. Es war vielmehr, was es zu bedeuten hatte. Auf Chapel Isle hatte Sprache – ihre wichtigste Währung – einen geringeren Wert. Der Wechselkurs stand nicht zu ihren Gunsten.

Das gab Abigail das Gefühl, als hätte man ihr – sprichwörtlich – in die Taschen gegriffen.

Die frühen Abendstunden verstrichen, ohne dass es Abigail bemerkte. Sie war damit beschäftigt, die neue Einrichtung des Hauses zu bewundern. Sie setzte sich auf jeden Stuhl, machte es sich in beiden Ohrensesseln gemütlich, räkelte sich auf dem Sofa und legte die Füße auf den Couchtisch. So hätte das Leuchtturmhaus von Anfang an sein sollen. Vorhänge würden ihm den letzten Schliff geben. Sie nahm nicht an, dass irgendeines der Geschäfte auf der Insel Vorhänge führte, daher würden die Fenster warten müssen, bis sie einmal aufs Festland fuhr oder etwas aus einem Katalog bestellen konnte. Was nicht länger warten konnte, war ihr Hunger.

Abigail riss ein Tiefkühlessen auf, warf das ranzige Essen kurzerhand in den Müll und stellte den Ofen an. Er würde sie nicht besiegen. Mit einem leisen Ticken strömte die Wärme hinein. Abigail überwachte das Vorheizen, dann schob sie das Essen in das Ungetüm. Sie versuchte, ihm den Rücken zu kehren, aber sie musste immer wieder einen verstohlenen Blick über die Schulter werfen. Schließlich zwang sie sich wegzugehen, schaffte es aber nur bis zur Tür zwischen Küche und Wohnzimmer.

»Angsthase!«, schalt sie sich.

Das Haus war erbärmlich kalt. Abigail musste Feuer machen. Den Ofen und den Kamin gleichzeitig zu benutzen würde eine echte Herausforderung sein.

»Ich gehe ein bisschen Holz holen, damit ich einen kleinen Vorrat habe, falls der Sturm kommt, und du stellst nichts an in der Zeit, okay?«, wandte sie sich an den Ofen.

Erst versuchte sie, mit einem Geist vernünftig zu reden, und jetzt verhandelte sie schon mit einem leblosen Gegenstand. Es ging wirklich abwärts mit ihr.

Draußen peitschte der Ozean gegen den Deich. Der Wind jagte die Wolken über den Himmel, als ob er sie zu irgendetwas antreiben wollte. Es war ein großes Schauspiel. Abigail schätzte sich glücklich, dass sie nur die Haustür öffnen musste, um einen solch ergreifenden Anblick genießen zu können. Aber da der Ofen an war, hatte Abigail keine Zeit zu verlieren, weder mit einem Blick in den Himmel noch mit einem Blick auf das, was aus ihrem Leben geworden war. Für beides würde später noch genügend Zeit sein.

Sie schleppte etwas Holz aus dem Schuppen ins Haus und bereitete den Kamin vor, riss die Packung ihres Tiefkühlessens klein und steckte die Kartonteile zwischen die Scheite. Sobald das Feuer aufflammte, musste sie sich entscheiden, ob sie dort bleiben oder besser den Ofen bewachen wollte. Ein Stück Glut knallte im Kamin, sodass sie erschrocken einen Schritt zurücktrat.

»Was wir brauchen, ist ein Kamingitter«, murmelte Abigail und zuckte zusammen.

Wir war ein Wort, das sie schon seit einer ganzen Weile nicht mehr benutzt hatte. Für Abigail gab es kein *Wir* mehr. Für sie bedeutete *Wir* ihre Familie – ihren Mann und ihren Sohn. *Wir haben ein neues Haus gekauft. Wir bekommen ein Baby. Wir werden essen gehen.* All das gab es nicht mehr. Jetzt gab es nur noch das *Ich*. Es war eines der am häufigsten vorkommenden Wörter überhaupt. Die Sprache würde nichts sein ohne *Ich*. Abigail hingegen hatte das Gefühl, ohne *Wir* nichts zu sein. Sie vermisste das *Wir* so sehr.

»Jetzt kannst du dir wenigstens eine Liste schreiben«, sagte sie, darauf bedacht, *du* zu sagen. Sie nahm sich einen Stift aus ihrer Handtasche und schrieb *Kamingitter* auf den Rest des Kartons, in dem ihr Tiefkühlessen gewesen war.

»Wie wär's mit Kerosin für die Lampen im Schuppen? Vielleicht eine zweite Taschenlampe. Noch ein paar Batterien. Wasserkanister. Dosenessen.«

Sie schrieb weiter, bis sie etwas roch. Den Duft von Essen. Der Geruch lockte sie in die Küche. Durch das Ofenfenster sah Abigail das Essen in der Aluminiumschale vor sich hin köcheln. Hungrig, wie sie war, fand sie, dass es köstlich aussah. Abigail nahm es aus dem Ofen, setzte sich damit an den Esszimmertisch und schenkte sich ein Glas Milch ein. Das Essen war beileibe kein Festmahl, aber damit, mit ihrer neuen Einrichtung und der frischen Farbe auf den Wänden, konnte sie kaum zufriedener sein.

Nach dem Abendessen schmerzte Abigails Magen. Sie hatte es einfach zu hastig hinuntergeschlungen. Völlig geschafft, hätte sie an Ort und Stelle einschlafen können. Sie musste sich zwingen, das Geschirr zu spülen und den Tisch abzuwischen. Dabei fiel ihr ein, dass sie Holzseife kaufen wollte. Abigail hatte jedes Möbelstück abgestaubt, nachdem sie und Nat es aus dem Keller hochgeschleppt hatten, aber sie wollte die Antiquitäten noch behandeln.

Holzseife. Noch etwas, das auf die Liste gehörte.

Plötzlich hörte Abigail wieder ein lautes Klappern. Ihr Herz begann zu hämmern. Das Geräusch kam nicht aus dem Keller oder dem Leuchtturm. Es war draußen. Abigail warf einen Blick aufs Telefon.

Was sollte sie denn machen? Den Sheriff anrufen und ihm sagen, sie glaube, der Geist sei sauer auf sie, weil sie seine Möbel umgestellt hatte? Neben dem Telefon lagen ihre Schlüssel. Sollte sie wieder Hals über Kopf davonfahren?

Erneut klapperte es draußen, es hörte sich an, als ob eine Tür auf und zu schlüge.

Der Schuppen!

»Entweder siehst du jetzt nach, ob du die Tür offen gelassen hast, oder sie wird die ganze Nacht klappern und dir keine Minute Ruhe lassen«, knurrte Abigail.

Der Strahl der Taschenlampe fiel in einem weiten Bogen in die Nacht. Abigail wünschte, er könnte noch weiter reichen. Alles war in tiefe Dunkelheit gehüllt. Sie beschleunigte ihre Schritte, während sie den Leuchtturm umrundete. Dort, im grellen Licht der Taschenlampe, erkannte sie den Schuppen. Die Tür stand offen, wiegte sich im Wind und krachte gegen die Hausmauer. Die schattenhafte Gestalt, die sie in der Timber Lane gesehen hatte, schlurfte durch ihren Kopf. Wenn dort im Schuppen irgendjemand war, dann bestand ihre beste Chance darin, ihn dort einzusperren.

Abigail holte einmal tief Luft und sprintete über den Rasen, knallte die Schuppentür zu und ließ das Vorhängeschloss einrasten.

»Ich rufe die Polizei. Hören Sie? Ich rufe die Polizei.«

Es kam keine Antwort. Niemand war im Schuppen. Erleichterung durchströmte sie, als der erste Tropfen auf ihren Arm platschte. Dann prasselte der Regen vom Himmel. Abigail stürzte ins Haus, legte die Taschenlampe und die Schlüssel neben das Telefon.

Wen hätte sie angerufen, wenn im Schuppen jemand gewesen wäre? Abigail wäre es zu peinlich gewesen, Nat oder Denny oder Bert anzurufen, auch wenn sie ihre Telefonnummern mittlerweile hatte. Auf Lottie war kein Verlass, und Ruth hätte sie nicht behelligen wollen. Damit blieb nur noch Merle. Er hätte sie ordentlich zusammengestaucht, aber sie war überzeugt, dass er gekommen wäre. Wenigstens einen Menschen zu haben, auf den sie sich verlassen konnte, war besser als gar keinen.

Und es war genug, um Abigail durch die Nacht zu helfen.

S

Stra|pa|ze [ʃtraˈpaːtsə], *f.* große Anstrengung, Beschwerlichkeit, Mühe. [17. Jh., > ital. *strapazzo* »Abarbeitung, Quälerei, schlechte Behandlung« zu ital. *strapazzare* »schlecht behandeln, misshandeln«, > vermutl. lat. *extrā* »außerordentlich« und *patiāre* (zu *patī)* »erdulden, sich gefallen lassen, leiden«. Abl.: stra|pa|zie|ren, *Vb.* sehr beanspruchen, (*refl.*) sich sehr anstrengen, abarbeiten (17. Jh.)]

Die Liste, die Abigail am Tag zuvor begonnen hatte, war noch länger geworden. Das kleine Stück Pappe wimmelte von Ergänzungen, die dazwischengekritzelt waren, wo immer Platz war, Dingen, die vom absolut Lebensnotwendigen bis hin zu überflüssigen Luxusgütern reichten. Ob Kerzen oder Handcreme, Dosenessen oder Holzseife, Abigail benötigte weitaus mehr, als sie ursprünglich angenommen hatte, und sie wollte mehr, als sie sich selbst hatte gönnen wollen.

Sie nahm eine andere Straße ins Dorf, in der Annahme, dass sie ebenfalls zum Marktplatz führen würde. Aber sie führte in eine Sackgasse, die von der Grundschule von Chapel Isle beherrscht wurde, einem kastenförmigen Backsteinbau, der von einem Spielplatz flankiert wurde. Abigail war nun schon seit fast zwei Wochen auf Chapel Isle und hatte noch immer nicht begriffen, wie die Insel angelegt war.

»Du bist keine Touristin. Du lebst jetzt hier. Dann benimm dich allmählich auch so!«

Während sie in der Sackgasse wendete, sprang ihr der Name auf dem Gebäude gegenüber der Schule ins Auge. *CHAPEL ISLE BIBLIOTHEK* war dort zu lesen. Ein Schieferdach und Buntglasakzente in den Fenstern peppten die ansonsten schlichte Fassade etwas auf.

Warm, still und hell erleuchtet, gehörten Bibliotheken zu Abigails Lieblingsstätten. Sie fühlte sich immer wohl an einem Ort, an dem es mehr Bücher als Menschen gab. Eine Bibliothek war wie ein Countryclub für Leseratten, nur dass dort jedermann willkommen war.

»Sie müssen wegen der Unechten Karettschildkröten hier sein«, begrüßte eine Bibliothekarin Abigail aufgeregt, als sie eintrat.

»Unechte Karettschildkröten?«

»Wir haben ein Mikrofichegerät«, sagte sie stolz. »Es steht hinten.«

Die kleine Bibliothek war leer bis auf einen älteren Mann in einer Wolljacke, der an einem Tisch saß und Zeitung las. Die Neonbeleuchtung surrte leise und hüllte den ganzen Raum in ein gelbliches Licht. Selbst der runde Flechtteppich in der Kinderleseecke schimmerte bernsteinfarben.

»Ich glaube, Sie verwechseln mich mit jemandem«, sagte Abigail.

»Ich bitte um Entschuldigung. Eine junge Frau vom Festland hat angerufen, wegen irgendwelcher Forschungsarbeiten zu unserer Population Unechter Karettschildkröten. Wir bekommen hier nicht viele auswärtige Besucher, daher dachte ich, das müssten Sie sein. Was kann ich für Sie tun?«

Die Population Unechter Karettschildkröten auf der Insel brachte Abigail auf eine Idee.

»Gut, dass Sie mich fragen. Was können Sie mir über den Leuchtturm hier auf der Insel erzählen?«

»Was für Informationen suchen Sie denn?« Misstrauen schlich sich in die Stimme der Frau.

»Ganz allgemeine Informationen, historische Daten, diese Dinge.«

»Na ja, wir haben ein Buch über die Leuchttürme der Outer Banks, in dem zu jedem der Leuchttürme in dieser Gegend etwas steht.«

»Haben Sie noch etwas Genaueres?«

»Nein, haben wir nicht. Wie Sie sehen können, sind wir eine bescheidene Bibliothek.«

Zu sagen, dass sie die neue Leuchtturmwärterin war, könnte Abigail eine Tür öffnen. Oder sie noch fester verschließen.

»Das ist doch so ein interessanter alter Leuchtturm. Es wundert mich, dass noch niemand ein Buch darüber geschrieben hat.«

»O ja«, pflichtete die Bibliothekarin bei. »Das ist uns auch ein Rätsel.«

Abigail beschloss, nicht weiter nachzuhaken. Sie würde die Bibliothekarin noch ein wenig im Dunkeln lassen.

Anders als in der Bibliothek hoffte Abigail im Haushaltswarenladen zu bekommen, was sie brauchte. Sie konnte Merle durch das Fenster der Hintertür sehen. Sein Kopf steckte im Kühlschrank.

»Morgen«, sagte Abigail, als sie eintrat.

Erschrocken drehte Merle sich um. Die Kühlschranktür knallte gegen ein paar Angelruten, die an der Wand lehnten, sodass sie auf den Boden purzelten.

»Morgen, Abby«, sagte er ungehalten.

»Entschuldigung. Ich mache das schon. Ich will nicht, dass Sie sich überanstrengen.«

»Wo wäre denn da der Spaß?«

»Kein Regenschirmstock mehr, wie ich sehe.«

»Kam mir ständig in die Quere.«

»Gott behüte.« Abigail sammelte die Angelruten ein und stellte sie in eine Ecke.

»Sind Sie nur hier, um mein Leben noch mal an mir vorbeiziehen zu lassen, oder wollten Sie noch ein paar Renovierungsarbeiten durchführen? Aber denken Sie dran, Abrissbirnen führe ich nicht.«

»Hier.« Abigail reichte ihm das Stück Pappe mit ihrer Liste.

Merle drehte es um, sodass ein Bild mit einer Schale Lasagne zu sehen war. »Ich kann Ihnen schon jetzt sagen, dass Sie zwei entscheidende Punkte auf dieser Liste vergessen haben. Notizblock und ein Kochbuch.«

»Und Sie sagten, Sie hätten keinen Humor.«

»Kerzen, Tesafilm, Wasser. Nehme an, Sie haben von dem Hurrikan gehört. Amelia oder Amanda oder …«

»Sagen Sie's nicht! Das ist nicht wahr, oder?«

»Nein, er heißt nicht Abigail. Da haben Sie ja noch mal Glück gehabt.«

»Aber was für eines.«

»Ich hab so eine Ahnung, dass Lottie Ihnen nicht die Bohne davon gesagt hat, was zu tun ist, falls wir von diesem Hurrikan besucht werden.«

»Keinen Ton.«

»Dann springe ich gleich mal zu den wichtigen Punkten vor«, sagte Merle und lief vor in den Laden. »Wenn die Warnung früh genug kommt, werde ich die Fenster am Leuchtturm vernageln. Das habe ich 96 auch gemacht. Da hat das Haus keinen Kratzer abgekriegt. Sie können den Sturm dort überstehen, solange Sie ausreichend Essen und Wasser haben. Halten Sie Ihr Radio immer bereit. Wenn die Insel evakuiert werden muss, werden Sie's dort als Erstes hören. Das Dorf hat eine Luftsirene. Im Allgemeinen wird sie nicht benutzt. Zu apokalyptisch. Wenn wir evakuiert werden müssen, kommen Sie zur Anlegestelle und nehmen die Fähre aufs Festland. Die Polizei wird Sie zu einer Notunterkunft dirigieren.«

»Und Sie? Werden Sie nicht zu der Notunterkunft fahren?«

Merle kratzte sich am Hinterkopf, offenbar nicht geneigt zu antworten.

»Was denn? Sind Sie ein zu großer Macho für eine Notunterkunft? Oder ein zu großer Macho, um wegzufahren?«

»Kein Macho – nur stur. Manche würden sagen, dumm. Der Staat hat in meinem Leben schon über zehnmal versucht, Chapel Isle zu evakuieren. Bin nicht ein einziges

Mal mitgegangen. Wenn ich den Löffel abgeben muss, dann nur hier.«

Abigail bewunderte Merle. Was er sagte, klang völlig einleuchtend.

»Kann ich Sie mal was fragen?«

»Schießen Sie los.«

»Was ist mit dem ursprünglichen Leuchtturmwärter passiert?«

Merle nahm einen Kanister Kerosin von einem Regal und trug ihn zur Kasse. »Ich weiß nur, was ich gehört habe, seit ich ein Kind war.«

»Und ich weiß nur, was ich gelesen habe.«

»Und das wäre?«

»Im Leuchtturmhaus habe ich unter der Matratze einen Zeitungsausschnitt über die *Mätresse* des Bischofs gefunden. In dem Artikel stand, dass es einen Sturm gab, dass das Schiff sank, weil kein Licht da war, um es in den Hafen zu leiten.«

»Es ist nicht die ganze Geschichte.«

»Gibt es denn eine ungekürzte Fassung?«

Merle lehnte sich gegen den Kassentresen, um seinen abheilenden Knöchel zu entlasten. »Alle haben gesagt, dass Mr. Jasper ein sorgfältiger, gewissenhafter Mann war. Der Leuchtturm war sein Leben. Das war damals, um die Jahrhundertwende, als Chapel Isle noch ein winziges Nest war, ein Außenposten für Seeleute, Fischer und ihre Familien. Angeblich ist Mr. Jasper eines Tages ins Lampenhaus hochgegangen, um das Öl für die Nacht bereitzustellen. Auf dem Weg nach unten ist er ausgerutscht, hat sich den Kopf aufgeschlagen und ist die ganze Treppe hinuntergestürzt.

Hätte leicht tot sein können. Er muss stundenlang dort gelegen haben, ohne dass ihm jemand zu Hilfe kam. Bei Einbruch der Nacht ist der Sturm losgebrochen. Als Leute sahen, dass kein Signalfeuer für die Seeleute brannte, ist jemand zum Leuchtturm gefahren und hat ihn gefunden. Für die *Mätresse* war es zu spät. Aber nicht für Mr. Jasper. Er hat überlebt. Knapp.«

»Sie sagen, er war verletzt und hätte das Signalfeuer nicht geben können. Dann war das, was mit der *Mätresse* passiert ist, ja nicht seine Schuld.«

»Ich glaube, das hat Mr. Jasper etwas anders gesehen.«

Schuld. Zu oft hatte Abigail sich gewünscht, sie wäre zusammen mit ihrem Mann und ihrem Sohn gestorben. Sie fühlte sich schuldig, schämte sich dafür, noch atmen und sprechen und lächeln zu können, während die beiden es nicht mehr konnten. Sie trug diese Scham wie eng anliegende Kleidung, die sie nicht ablegen konnte. Die allgegenwärtige Fessel des Schmerzes spannte sich straff über ihre Schultern; ihre Brust war von Trauer eingeschnürt, ihre Taille von Kummer umgürtet, während das Leid ihr fest im Nacken saß, die Verzweiflung jede Bewegung einschränkte, die Reue jede Erinnerung lähmte. Ihrem Herzschmerz konnte sie nicht Herr werden. Auch wenn das Feuer nicht ihre Schuld war, war ihr Verlust dadurch nicht leichter zu ertragen.

»Wie ist es danach mit Mr. Jasper weitergegangen?«

»Es heißt, dass er wieder gesund wurde und sich weiter um den Leuchtturm gekümmert hat. Und dort geblieben ist, bis er fast zwanzig Jahre später starb.«

»Es gab viele Logbücher, daher ist das gut möglich.«

»Logbücher?«

»Mr. Jasper hat tagtäglich alles aufgezeichnet, was am Leuchtturm los war, wie ein Tagebuch. Die Logbücher lagen im Keller.«

Merle erbleichte.

»Was denn? Dachten Sie, nur weil Lottie nicht in diesen Keller geht, würde ich es auch nicht tun? Ich war gestern stundenlang im Keller und hab all die Möbel hochgeschleppt, die dort standen.«

»Abby, wer weiß sonst noch, dass Sie diese Möbel hochgeschleppt haben?«

»Nat. Aber er wird Lottie nichts davon sagen, wenn Sie das meinen.«

»Wegen Lottie mache ich mir keine Sorgen.«

Bevor sie Merle fragen konnte, was ihn denn so aus der Fassung brachte, hämmerte Bert Van Dorst gegen die Hintertür des Haushaltswarenladens, keuchend, als hätte er soeben einen Hundert-Meter-Sprint hingelegt.

»Großer Gott, Bert.« Merle ließ ihn herein. »Komm rein, bevor du umkippst.«

»Ich bin hergerannt«, sagte er, während er nach Luft schnappte.

»Du bist *gerannt*?«, fragte Merle skeptisch.

»Wollen Sie ein Glas Wasser?«, bot Abigail an.

Er schüttelte den Kopf, während er noch immer um Atem rang.

»Bert, es ist eine unumstößliche Tatsache, dass ein Mann deines Alters und Körperumfangs nirgendwohin rennen sollte«, sagte Merle zu ihm. »Setz dich. Erzähl uns, was los ist.«

»Kann nicht. Keine Zeit«, japste er zwischen zwei Atemzügen. »Hank Scokes ist tot. Der Sheriff hat Nat Rhone eingesperrt, weil er glaubt, er sei der Täter.«

Wenn ein Sturm im Anzug war, dann hätte Abigail ihn nicht vorhersagen können. Der Himmel war wolkenlos, und die Sonne strahlte, während sie, Merle und Bert vor der Polizeiwache standen und immer wieder an die Tür klopften.

»Komm schon, Caleb«, rief Merle. »Wir sind keine Paparazzi.«

Die Tür öffnete sich einen Spalt breit, und Sheriff Larner ließ die drei rasch hineinschlüpfen. Das Büro war mit Metallschreibtischen und Linoleumfliesen ausgestattet. Am hinteren Ende war ein Durchgang, in dem Abigail eine Reihe Zellen ausmachen konnte. Auf einem 13-Zoll-Fernseher, der auf einem Aktenschrank stand, war ein Nachrichtensprecher zu sehen, der auf einen gigantischen Wolkenwirbel auf einer Wetterkarte zeigte. Aus einem Radio kamen gleichzeitig Informationen über den Sturm, sodass sich die Stimmen der Reporter überlagerten wie bei einem streitenden Ehepaar.

»Ihr seid die Ersten hier, und ihr werdet auch die Einzigen sein, wenn ich diese Geschichte unter Verschluss halten kann, bis der Hurrikan vorbei ist«, vertraute ihnen der Sheriff flüsternd an. »Wie habt ihr es erfahren?«

Merle und Abigail sahen Bert an, der etwas verlegen wurde. »Ich habe gesehen, wie du Nat hergebracht hast, und dann habe ich an diesem offenen Fenster gelauscht.«

»Jetzt wisst ihr, warum ich so vorsichtig bin.« Er machte das Fenster zu.

»Was ist denn passiert?«, fragte Merle.

»Soweit ich sagen kann, hat Rhone Hank von seinem Boot gestoßen.«

»Es ist ausgeschlossen, dass er Hank etwas antun würde«, sagte Abigail entschieden. Egal, was sie für Nat empfand, sie wusste, dass er Hank wie einen Vater verehrte. »Das muss ein Missverständnis sein.«

»Scokes ist verschwunden. Da gibt's kein Missverständnis. Der Mann hat die Insel seit Jahren nicht verlassen, außer zum Fischen, das heißt, wenn er nicht zu Hause oder auf seinem Boot ist und ich ihn nicht ans Telefon kriegen kann, dann stimmt irgendetwas nicht.«

Abigail verschränkte die Arme fest vor der Brust. »Was, wenn er irgendwo umgekippt ist? Wenn er zu viel getrunken hat und seinen Rausch ausschläft?«

»Das habe ich überprüft«, versicherte ihr Larner. »Im *Weißen Wal* ist er auch nicht. Niemand hat ihn gesehen. Duncan Thadlow ist vorbeigekommen, hat gesagt, er habe Hank gesucht, um mit ihm über die Reparaturen an seinem Boot zu reden. Konnte ihn nicht finden und hat sich Sorgen gemacht. Deswegen habe ich mich selbst auf die Suche gemacht. Gefunden habe ich nur Nat. Er hat mir erzählt, es habe einen Unfall gegeben. Aber wenn es ein Unfall war, warum hat er ihn dann nicht direkt gemeldet?«

»Sie haben ihn dafür festgenommen, dass er einen Unfall *nicht* gemeldet hat?«, sagte Abigail. »Ist das legal?«

»Kein Hank. Keine Leiche. Nur Nats Worte. Ein Verdacht ist alles, was ich brauche, um ihn festzuhalten.«

Merle atmete tief aus. »Was hat Nat denn genau gesagt?«

»Rhone behauptet, er ist mit dem Netz abgegangen.«

Die Männer schauderten allein schon bei den Worten. Abigail verstand nicht. »Mit dem Netz abgegangen?«

»Die Fischernetze auf Trawlern sind riesig«, erklärte Merle. »Wenn man sie losmacht, besteht die Gefahr, dass man sich darin verheddert und nach unten gezogen wird. Bei der Strömung und dem Gewicht des Netzes würde man mit Sicherheit ertrinken. Kommt nicht oft vor, ist aber schon vorgekommen.«

Larner schnaubte. »Das ist ein hübsches Alibi, weil es keinen Beweis gibt. Ich nehme Rhone seine Geschichte nicht ab. Nicht eine Sekunde.«

»Sie glauben, Nat hat Hank absichtlich getötet? Was sollte er denn für einen Grund dafür haben?«, wollte Abigail wissen. Die Männer schwiegen. »Was denn? Was verschweigen Sie mir?«

Bert sprach es für sie aus. »Hanks Söhne würden das Boot nicht haben wollen, daher würde es hier auf der Insel versteigert werden. Es ist üblich, dass die Crew den ersten Zuschlag bekommt. Sein Boot war in einem fragwürdigen Zustand, nachdem er den Hafen gerammt hatte. Selbst mit den Reparaturen würden die Gebote niedrig anfangen.«

Merle führte den Gedanken zu Ende. »So niedrig, dass sogar jemand mit wenig Geld, wie zum Beispiel Nat, eine Chance hätte.«

Abigail wunderte sich, dass Merle den Gedanken durchspielte, Nat könnte für Hanks Tod verantwortlich sein.

»Nur dass Nat Duncan Thadlow eben erst dafür bezahlt hat, dass er Hanks Boot repariert hat.«

Das goss Öl in Larners Feuer. »Ach, hat er das jetzt?«

Sie verfluchte sich dafür, es erwähnt zu haben. »Was, wenn Nat die Wahrheit sagt? Was, wenn sich Hank tatsächlich im Netz verheddert hat?«

Merle blickte düster. »Hank hat sein ganzes Leben auf Booten verbracht. Ein solcher Fehler wäre ihm nicht passiert.«

»Aber Sie haben doch eben selbst gesagt, es könnte vorkommen. Was, wenn Hank betrunken war? Wenn ich ihn gesehen habe, war er jedes Mal sternhagelvoll. Er hätte leicht stürzen können, wenn er unter Alkoholeinfluss war.«

»Abby«, warnte Merle sie.

»Es tut mir leid, wenn ich über einen Toten schlecht rede, aber ich kann nicht glauben, was ich da höre.«

»Wir haben nur Nats Wort«, betonte Bert.

»Das nicht viel zählt.« Larner schwenkte ein Blatt Papier. »Ich habe mir Rhones Vorstrafen angesehen. Zweimal schwere Körperverletzung. Und in ein paar Fällen von Einbruch und Diebstahl stand er unter Verdacht.«

»Einbruch und Diebstahl?«, rief Abigail. Merle und Bert waren ebenso verblüfft. »Sie meinen, er hat den engsten Freund, den er hatte, getötet *und* raubt auch noch die Häuser auf dieser Insel aus?«

»Wär nicht weit hergeholt.«

»Nein, ich habe einen Beweis dafür, dass es nicht Nat war, der diese Häuser ausgeraubt hat.«

»Beweis?«, fragte Larner.

»Ich habe sie gesehen, die Person, den Mann«, stammelte Abigail. »Ich habe ihn im Dunkeln in der Timber Lane gehen sehen, in der Nacht, als dieses Haus ausgeraubt wurde. Und an dem Abend darauf habe ich ihn auch gesehen.«

»Warum haben Sie das nicht gemeldet?«

Sie warf einen Blick auf Merle, während sie sich eine passende Lüge zurechtlegte. »Ich bin neu auf der Insel. Ich war mir nicht sicher, ob Sie mir glauben würden.«

»Können Sie den Mann beschreiben, den Sie gesehen haben?«, hakte Larner nach. »Haben Sie sein Gesicht gesehen?«

»Es war dunkel. Ich konnte sehen, dass er nicht sehr groß war. Nicht so groß wie Nat. Und er war stämmig. Er hat sich langsam bewegt, wie ein älterer Mann.«

Bert räusperte sich.

»Hast du dazu auch noch was zu sagen?«, fuhr Larner ihn an.

»Äh … das war ich gestern Abend.«

Merle legte Bert eine Hand auf den Arm. »Du bist in diese Häuser eingebrochen?«

»Nein, nein, ich meine, ich war es, den Abby gesehen hat.«

»Sie?«, fragte Abigail.

»Ich wohne nicht allzu weit von dort. Die Timber Lane ist eine Abkürzung zum Waschsalon. Ich hatte ein Buch dort vergessen, das ich holen wollte. Als ich Ihren Wagen erkannte, wollte ich eigentlich Hallo sagen, aber es war stockdunkel, da hätte ich Sie sicher erschreckt und Ihnen Angst eingejagt. Und am nächsten Abend habe ich Sie wieder dort gesehen und es genauso gemacht.«

»Sie sind dort im Dunkeln herumgeschlichen, obwohl

Sie wussten, dass jemand die Häuser der Leute ausraubt?« Abigail konnte keine Logik darin erkennen. »Wenn ich Sie für den Dieb gehalten habe, dann hätte es jemand anders auch tun können. Sie hätten leicht zu Schaden kommen können.«

»Ich habe keine große Wahl«, sagte Bert. »Ich habe keinen Wagen.«

»Und wer immer diese Häuser ausraubt, muss einen haben«, warf Larner ein. »Zu viele schwere, hochwertige Gegenstände. Keine Chance, dass jemand sie durch die Gegend schleppen könnte, ohne gesehen zu werden. Sie würden ein Auto brauchen. Oder noch besser, einen Laster. Einen wie Nats.«

»Das ist doch albern«, beharrte Abigail. »Sie können mir nicht weismachen, dass er ein Dieb und Mörder ist.«

»Ich muss Ihnen gar nichts weismachen, Ms. Harker. Um genau zu sein, haben Sie es nur meinem freundlichen Wesen zu verdanken, dass ich Ihnen gestatte, in diesem Büro zu bleiben. Ich habe einen Mörder in meiner Zelle sitzen und einen Hurrikan vor der Tür, daher habe ich weder die Zeit noch das Bedürfnis, Sie von irgendwelchem Mist zu überzeugen.«

Larners Ausbruch überrumpelte Abigail so, dass sie zurückwich, um seiner Schimpfkanonade auszuweichen.

»Hier ist nichts persönlich gemeint, Caleb«, griff Merle ein.

»Diese Insel ist zu klein, um es nicht persönlich zu meinen«, zischte Larner ihm scharf zu.

Bert deutete auf den Fernseher. »Augenblick. Hört euch das an.«

Eine Nachrichtenmoderatorin hatte die Berichterstattung unterbrochen. »Soeben erfahren wir, dass der Spaceshuttle in seinen Hangar am Cape Canaveral verbracht wird und das Kennedy Space Center evakuiert wird.«

»Das hat's seit dem Hurrikan Andrew nicht mehr gegeben«, sagte Larner.

Merle ließ die Schultern sinken. »Und das war Kategorie fünf.«

»Die Behörden haben dieses zunächst harmlose Sturmsystem neu eingeschätzt und gehen inzwischen davon aus, dass es bestenfalls unvorhersehbar ist.«

Die Stimme der Moderatorin konkurrierte mit der des Radioreporters, der in diesem Augenblick sagte: »Dieser Hurrikan begann als tropische Wellenstörung, die mehrere Gewitter vor der Westküste Afrikas verursachte. Die Kombination aus leichten Höhenströmungen und warmem Meerwasser hat es dem Sturm ermöglicht, sich zu entwickeln. Der Tropensturm Amelia wurde rund zweitausendfünfhundert Meilen vor Miami offiziell zum Hurrikan erklärt, nachdem das Hurrikanaufklärungsflugzeug der NOAA eingesetzt wurde und Windgeschwindigkeiten von über fünfundsiebzig Meilen in der Stunde gemessen hat. Die Behörden versuchen mit aller Macht, Amelias Verlauf zu verfolgen. Es wird jedoch immer wieder betont, dass selbst die besten Satelliten den genauen Weg eines Hurrikans nicht vorhersagen können. Bitte bleiben Sie auf diesem Sender für die aktuellen Wetter- und Evakuierungsmeldungen.«

Bert stellte das Radio leiser. »Wenn es Kategorie drei ist, werden sie uns bleiben lassen.«

»Und wenn es mehr ist …« Merles Stimme verlor sich.

»Dann werden wir evakuiert?« Abigail nahm nicht an, dass es so weit kommen würde.

Sheriff Larner ging zum Telefon. »Ich muss mit dem Festland telefonieren. Aber bevor ich das tue, will ich eines klarstellen. Im Augenblick sind wir vier, dazu mein Stellvertreter, die Einzigen, die wissen, was passiert ist. Und dabei muss es auch bleiben. Wenn sich diese Sache hier herumspricht, wird der Hurrikan noch die geringste meiner Sorgen sein.«

»Wieso das denn?«, musste Abigail fragen.

Merle sah erst sie an und dann weiter zum hinteren Bereich der Wache, wo Nat Rhone festgehalten wurde. »Wenn die Leute rauskriegen, was mit Hank passiert ist, wird der Junge froh sein, dass er Gitterstäbe zwischen sich und ihnen hat.«

T

Tour|bil|lon [tʊrbiˈjõ:], *n.* 1. Feuerwerksrakete, die einen spiralförmigen Funkenstrahl abgibt. 2. Wirbel (etwas Wirbel- oder Wirbelwindförmiges). 3. *veraltet* Vorrichtung (meist) in Armband- oder Taschenuhren, um den Schwerpunktfehler in der Unruh auszugleichen. [> lat. *turbiliōnem*, Var. zu *turbiniōnem*, Akk. von *turbiniō* »Wirbelwind«, > gleichbed. mittelfrz. *to(u)rbillon;* s.a. Turbine]

Abigail erwartete, dass ein aufgebrachter Mob vor der Polizeiwache warten würde. Aber letztendlich war nur vor dem Haushaltswarenladen die Hölle los.

»Wo hast du denn gesteckt, Merle?«, rief ein Mann. »Wir kriegen hier einen Sturm.«

»Mach schon«, brüllte ein anderer. »Wir haben nicht den ganzen Tag Zeit, um auf dich zu warten.«

Abigail war sich sicher, wenn einer von ihnen die Neuigkeit über Hank Scokes gehört hätte, dann wäre das ihr Thema Nummer eins gewesen – es hätte dem Sturm sofort den Rang abgelaufen.

»Immer mit der Ruhe, Jungs.«

Merle schloss auf, und die Männer drängten hinein.

»Warum sind sie denn nicht ums Haus nach hinten gegangen?«, fragte Abigail Bert.

»Nur weil allgemein bekannt ist, dass die andere Tür nicht abgesperrt ist, erlaubt Merle noch lange nicht jedem, sie zu benutzen.«

Abigail fühlte sich geehrt. Unter den Inselbewohnern, den Einheimischen, hatte Merle ihr ein besonderes Privileg gewährt, ein Zeichen seines Vertrauens, und das, obwohl er sie erst seit so kurzer Zeit kannte. Wenn Merle wirklich so ein hervorragender Menschenkenner war, dann warf das noch eine andere Frage auf. Er bezweifelte Nat Rhones Geschichte ebenso sehr wie Sheriff Larner, sodass Abigail von sich selbst verunsichert war. Sie verließ sich inzwischen auf Merle. Wenn er skeptisch war, dann sollte sie es vielleicht auch sein. Sie hatte zwei Tage mit Nat verbracht, genug, um sich eine Meinung zu bilden, aber nicht viel mehr. Ihr Instinkt jedoch war der eine Sinn, den das Feuer ihr nicht vollständig geraubt hatte. Ungeachtet der Vorhaltungen und Beschuldigungen sagte Abigails Instinkt ihr, dass Nat Rhone unschuldig war.

»Könnt ihr zwei kurz für mich einspringen?« Merle humpelte durch den Laden. »Ich muss rasch zum Lagerschuppen, noch ein paar Sperrholzplatten holen. Bert, kümmere du dich um die Ladys drüben. Abby, haben Sie schon mal an einer Kasse gearbeitet?«

»Nein.«

»Ist kinderleicht. Wenn Sie mit einem Taschenrechner umgehen können, dann können Sie's auch mit einer Kasse. Ach was, dieses Monstrum ist eher wie ein überdimensionaler Rechenschieber.«

Merle brachte ihr in einem Schnellkurs bei, wie man den altmodischen Apparat bediente.

»Was, wenn ich mich vertue?«

»Dann wird es Ihnen vom Lohn abgezogen«, sagte er augenzwinkernd.

Leute warteten, daher begann Abigail rasch, Preise einzutippen und Steuern und Gesamtbeträge auszurechnen. Nach dem fünften Kunden hatte sie den Dreh raus. Die Taschenlampen fanden reißenden Absatz, ebenso die Batterien.

»Sie sollten zusehen, dass Sie selbst bald zum Supermarkt kommen, Liebes«, riet ihr eine ältere Frau. »In einer Stunde wird es kein Wasser mehr dort geben.«

»Wenn wir evakuiert werden, wer braucht denn dann noch Wasserflaschen?«

»Es steht nirgends schwarz auf weiß, dass sie das tun werden. Und der Sturm kommt, egal, ob wir hier sind oder nicht.«

In diesem Augenblick drang es in Abigails Bewusstsein durch, dass tatsächlich ein Hurrikan auf Chapel Isle zusteuerte. Zu Hause in Boston hatte sie mäßige Wetterkapriolen erlebt, Schneestürme und schwüle Sommer, aber nichts von der geballten Kraft eines Hurrikans. Der Sturm würde kommen, egal, ob sie blieben oder nicht. Und egal, ob sie bereit waren oder nicht.

Als sich der Laden schließlich leerte, trafen Abigail und Bert Merle vor dem Haus an, wo er Sperrholzplatten auf die Ladefläche eines Lasters wuchtete. Ein anderer Wagen, Bretter aufs Dach geschnallt, fuhr eben weg. Merle legte die letzte Sperrholzplatte auf die Ladefläche und humpelte auf den Gehsteig, während er dem Fahrer zum Abschied winkte.

»Positiv betrachtet, bedeutet ein Hurrikan ein hübsches Umsatzplus.«

»Dann können Sie allerdings viel positiv betrachten«, sagte Abigail zu ihm. »Ich habe den Leuten Fünf- und Zehn-Cent-Stücke anstatt Dollar herausgegeben.«

»Das hätten Sie mir sagen sollen.« Bert holte eine Hand voll Vierteldollarmünzen aus seiner Hosentasche.

»Sieh mal an, Bert ist bereit für den Hurrikan«, witzelte Merle. »Er hat sich mit Gewichten beschwert.«

Er hatte es im Spaß gesagt, aber Abigail fragte sich dennoch unwillkürlich: Konnte irgendjemand je wirklich für einen Hurrikan bereit sein?

»Hey, Leute. Hey, Abby«, rief Denny, der in diesem Augenblick in einem grünen Laster vor dem Laden vorfuhr.

»Denny, mein Freund, du kommst mir gerade recht«, begrüßte ihn Merle.

»Wirklich?«

»Abby hier muss auf den Hurrikan vorbereitet werden. Im Keller des Leuchtturmhauses liegen ein paar Sperrholzplatten. Ich habe sie vor Jahren so zurechtgeschnitten, dass sie genau in die Fenster passen. Und du musst sie jetzt festnageln.«

Denny packte die Gelegenheit beim Schopf, Eindruck bei Abigail zu schinden. »Ich bin dabei.«

»Bert, du fährst mit den beiden mit.«

»Geht klar«, erwiderte Bert.

Denny und Bert, dachte Abigail. Da haben wir ja ein echtes Dream-Team.

»Danke, Jungs«, sagte sie, um einen begeisterten Ton bemüht. Es kostete sie Mühe.

Die Nachricht von dem Hurrikan hatte die Dorfbewohner von Chapel Isle wachgerüttelt. Auf dem Marktplatz wimmelte es von Menschen, ungefähr so, wie es sich Abigail in der Sommersaison vorstellte. Autofahrer suchten im Schritttempo nach einem Parkplatz, und Fußgänger hasteten von einem Ort zum nächsten, schlängelten sich zwischen stehenden Autos hindurch, schleppten Einkaufstüten. Abigail hatte nichts dagegen, den Trubel gegen die Stille des Leuchtturms zu tauschen.

Denny und Bert folgten ihr in Dennys Laster. Als sie ankamen, starrten die beiden Männer den Rasen an, als sei er eine Fata Morgana.

»Wie haben Sie denn dieses ganze Gras allein geschnitten?«, fragte Denny ehrfürchtig.

»Mit einem Rasenmäher.«

»Den ganzen Rasen?«, sagte Bert. »Sie allein?«

Die Männer waren sprachlos. Es war, als hätte Abigail einen Berg mit einer Schaufel versetzt.

»Ich wusste, dass Merle immer vorhatte, ihn zu mähen«, sagte Bert. »Nur mit dem Anpacken hat's bei ihm ein bisschen gehapert.«

»Leute, ich habe den Rasen nicht mit einer Schere geschnitten.«

»Aber das Gras stand so hoch!«, rief Denny. »Woher hatten Sie denn den neuen Rasenmäher?«

»Neu? Ich habe den Handrasenmäher aus dem Schuppen benutzt.«

Bert schüttelte ungläubig den Kopf. »Mit den Klingen könnte man doch nicht mal Butter schneiden.«

Das weitläufige Grundstück war größer, als sie sich klargemacht hatte. Abigail war gar nicht bewusst gewesen, wie viel Gras sie gemäht hatte. Bei genauerer Betrachtung war es tatsächlich eine ganze Menge. Was sie irritierte, war, dass der Rasenmäher, nach deren Fachkenntnis zu urteilen, das Gras gar nicht hätte schneiden können. Warum hatte er dann funktioniert?

»So sieht der Leuchtturm gleich viel hübscher aus«, sagte Denny anerkennend.

»Könnte einen neuen Anstrich gebrauchen«, fügte Bert hinzu.

»Die Fensterläden müsste man mal herrichten.«

»Die Stufen vor dem Haus könnte man vielleicht neu verlegen.«

»Und ein neues Geländer dazu.«

»Hey«, schaltete sich Abigail jetzt ein. »An diesem Leuchtturm gibt's noch *viel* zu tun. Aber jetzt müssen wir uns erst mal auf das konzentrieren, was wir in Ordnung bringen können, bevor der Hurrikan zuschlägt.«

Sie führte sie ins Haus, und beide Männer blieben auf der Türschwelle wie angewurzelt stehen.

»Das ist ja unglaublich«, geriet Denny ins Schwärmen. »Das ist ja wie aus einer Zeitschrift.«

»Wann haben Sie das denn alles gemacht?«, fragte Bert. »Weiß Lottie davon?«

»Ich will Lottie im Moment noch nicht in die Umgestaltung einweihen. Drücke ich mich klar genug aus, Jungs?«

»Ich werde kein Wort sagen.«

»Bert?«

»Ich auch nicht. Ich werde nichts verraten.«

»Gut. Dann lasst uns jetzt dieses Sperrholz suchen, von dem Merle geredet hat.«

Sie schleppten die Bretter aus dem Keller hoch. Abigail war froh, dass sie leicht waren. Auf dem ersten Treppenabsatz musste sie dennoch eine Verschnaufpause einlegen. Bert brauchte ebenfalls eine. Er nahm eine Schachtel aus der Hosentasche und zeigte sie Abigail.

»Merle hat mir ein paar Nägel mitgegeben.«

»Bert, was haben Sie eigentlich *nicht* in den Taschen?«

»Augenblick, ich ...«

Da sie ahnte, dass die Liste lang sein könnte, sagte sie: »Erzählen Sie's mir doch, während wir das Sperrholz anbringen.«

Die Platten waren so zugeschnitten, dass sie genau in die Fensterrahmen passten, da man in den Backstein von außen keine Nägel schlagen konnte. Bert reichte die Nägel Abigail zu, die sie an Denny weitergab, der sie mithilfe von Abigails Hammer in die Fensterverkleidungen schlug. Ohne Leiter konnten sie nur die unteren Fenster erreichen.

Bert zupfte an seiner Lippe. »Den ersten Stock werden wir auch abdichten müssen. Wenn eine der Scheiben bricht, wird der Wind den Druck im Haus verändern und die anderen Fenster einfach wegpusten, egal, ob vernagelt oder nicht.«

»Das wollen wir auf gar keinen Fall.« Da war wieder dieses *Wir*. Abigail verbesserte sich rasch. »Ich meine, Lottie und ich. Lottie würde das auch nicht wollen.«

»Ich hole eine Leiter von zu Hause. Bin gleich wieder da.«

Denny fuhr los, bevor Abigail etwas dagegenhalten konnte, ließ sie mit Bert allein.

»Wollen Sie jetzt hören, was ich in meinen Taschen habe?«

Auf der Skala der Dinge, die sie nicht tun wollte, lag das irgendwo in der Mitte.

»Warum nicht?«, gab sie dennoch zurück.

Erschöpft ließ sich Abigail auf die Stufen vor dem Haus fallen. Die Nachricht von Hanks Tod, Nats Festnahme und der bevorstehende Hurrikan forderten ihren Tribut. Bert gesellte sich zu ihr und leerte systematisch seine Taschen.

»Da habe ich natürlich Vierteldollars. Meine Brieftasche. Meine Schlüssel. Ein paar Pfefferminzbonbons. Und das hier ist meine Taschenuhr.«

Er zeigte ihr stolz eine goldene Uhr mit einer kunstvollen Gravur an einer gedrehten Uhrkette.

»Bert, die ist ja wunderschön. Wo haben Sie die denn her?«

»Von meinem Vater. Sie hat meinem Großvater gehört. Sehen Sie? Das da drinnen ist sein Name. Elias Van Dorst. Erst war es seine, dann die meines Vaters, und jetzt ist es meine«, sagte er, als sei die Reihenfolge von entscheidender Bedeutung.

Berts Geschichte berührte sie. Die Taschenuhr war von einer Generation zur nächsten weitergegeben worden, ein Geschenk der Geschichte, der Familie. Abigail hatte nichts Vergleichbares gehabt, was sie Justin hätte vermachen können, selbst wenn er überlebt hätte. Als sie und Paul das erste Mal mit ihm zum Friseur gingen, hatte Abigail überlegt, eine Locke von Justins Haar aufzuheben. Er hatte Locken gehabt, genau wie sein Vater, nur heller, eher in ihrer Haarfarbe. Justin hatte geweint, als er in dem Friseursalon auf dem Kindersitz saß, während der Friseur sanft mit der Schere herumschnippelte. Er hatte die Arme nach ihr ausgestreckt, hatte sie angefleht, ihn zu retten. Sie und Paul hatten versucht, ihn zu beschwichtigen; Abigail hatte beteuert, er sei in guten Händen, und Paul hatte ihm versichert, das Haar würde wieder nachwachsen. Sie hatte gedacht, ihr Sohn hätte Angst vor der Schere. Aber was, wenn Paul Recht hatte? Was, wenn Justin Angst hatte, das Abschneiden seines Haars könnte bedeuten, dass es für immer verloren war? Selbst ein Kleinkind konnte Verlustangst empfinden, so tief verwurzelt war dieses Gefühl. Vielleicht, dachte Abigail, wusste das Herz, was der Verstand nicht wissen konnte: dass Verlust besonders schwer zu verwinden war.

Zu ihrem Leidwesen hatte Abigail keine Andenken an ihre Familie bis auf irgendwelche wertlosen Dinge im Haus ihrer Eltern – ein kaputtes Plastikspielzeug von Justin oder Pauls Steckschlüsselsatz, den sich ihr Vater von ihm geliehen hatte. Nichts Kostbares. Nichts Sentimentales. Sie bedauerte, nicht mehr Erinnerungsstücke gehortet zu haben. Sie bedauerte, keine bessere Ehefrau gewesen zu sein, keine bessere Mutter, kein besserer Mensch. Unterm Strich all dieser Selbstvorwürfe blieb jedoch die Tatsache, dass sie, egal, was sie hätte tun können, ihr Bestes getan hatte, und das tat sie bis heute.

»Bert, kann ich Sie mal was fragen?«

»Klar.«

»Sie sind doch ein Mann der Wissenschaft, der Logik – warum glauben Sie an …?« Sie deutete zum Lampenhaus.

Bert dachte einen Augenblick nach. »Obwohl die Idee des Atoms erstmals im Jahr 500 v. Chr. von einem griechischen Philosophen aufgestellt wurde, hat doch erst 1857 ein Wissenschaftler identifiziert, was er ein ›negatives Korpuskel‹ nannte, ein Elektron, das erste atomare Teilchen. Das ist eine etwas versponnene Art, um auf den eigentlichen Punkt zu kommen, nämlich den, dass es viele Dinge gibt, die wir nicht sehen können, aber sie sind trotzdem da. So viele Dinge, die wir nicht schmecken oder berühren oder hören können, aber sie sind trotzdem da. Seit ich ein Kind war, haben Leute behauptet, sie hätten den Geist von Mr. Jasper gesehen. Ich kenne niemanden persönlich, kann auch nicht mit Bestimmtheit sagen, ob sonst irgendwer einen kennt. Aber so wird eine Geschichte eben zu einer Geschichte. Die Leute reden über irgendetwas, bis das, was vielleicht Fiktion ist, zu einem Fakt wird. Vielleicht! Niemand kann genau sagen, ob Mr. Jaspers Geist hier ist oder nicht.«

»Ich habe etwas getan«, gestand Abigail jetzt. »Ich habe den Öleimer im Lampenhaus verstellt. Es war ein Test, um zu sehen, ob er sich von selbst zurückstellen würde. Nicht sehr wissenschaftlich, was?«

»Und hat er sich zurückgestellt?«

»Ich war zu ängstlich, um nachzusehen.«

»Würden Sie sich denn besser fühlen, wenn der Eimer an derselben Stelle wäre?«

»Ich bin mir nicht sicher. Ich wollte eine Art Bestätigung, nehme ich an.«

»Würden Sie sich denn besser fühlen, wenn Sie eines von beidem herausfinden, egal, was?«

»Auch da bin ich mir nicht sicher.«

»Soll ich für Sie nachsehen?«

»Würden Sie das tun?«

Bert nickte, gern bereit zu helfen.

»Werden Sie keine Angst haben?«

»Was mir Angst macht, ist das da.« Er wies auf den Ozean und den Horizont dahinter.

»Der Hurrikan?«

»Ich verstehe nicht viel von dieser Welt. Aber von Physik verstehe ich etwas. Ein Hurrikan ist eine Naturgewalt. Da kann sonst nichts mithalten.«

»Sie haben Angst vor diesem Hurrikan.«

»Man kann Angst vor dem Bekannten oder dem Unbekannten haben«, entgegnete Bert. »Ich persönlich entscheide mich lieber für das Bekannte. Aber wenn ich die Wahl hätte, dann würde ich mich lieber dafür entscheiden, gar keine Angst zu haben.«

»Ich auch, Bert. Ich auch.«

U

Usus|fruk|tus [uːzʊsˈfrʊktʊs], *m.* (*römisches und Zivilrecht)* das Recht, alle Nutzungen einer fremden Sache oder eines fremden Rechts zu ziehen. [> lat. *ūsus (et) frūctus* »Gebrauch (und) Fruchtgenuss; Nutznießung«]

Das Cottage des Leuchtturmwärters sah aus wie ein Abbruchhaus. Mit den Sperrholzplatten vor den Fenstern und der abblätternden Farbe hätte ein zufälliger Betrachter es für unbewohnt gehalten. Abigail musste sich selbst in Erinnerung rufen, dass sie dort lebte.

»Das hätten wir«, erklärte Denny, während er den letzten Nagel in das Holz hämmerte. »Besser geht's nicht.«

»Nur dass ich nicht werde sehen können, wenn der Sturm kommt.«

»Sie werden ihn nicht sehen müssen«, sagte Bert. »Sie werden ihn hören können.«

»Das ist so schlimm«, pflichtete Denny bei. »Das klingt, als ob die ganze Welt auf Sie einstürzte.«

»Ihr seid mir ja eine schöne Hilfe, Jungs.«

»Entschuldigung.«

»Wir sollten los«, gab Bert Denny zu verstehen, der nur ungern gehen wollte.

»Haben Sie alles, was Sie brauchen?«, fragte Denny. »Gibt's nichts, was wir noch tun können? Gar nichts?«

»Ich denke, ich bin versorgt.« Dann wurde Abigail bewusst, dass sie eigentlich *gar* nichts von dem hatte, was sie brauchte. Sie hatte ganz vergessen, sich im Supermarkt mit Lebensmitteln und Wasser einzudecken. »Stopp!«, rief sie dann, »vielleicht doch nicht.«

»Ich fahre über das Dorf«, sagte Denny.

Er öffnete ihr die Beifahrertür des Lastwagens, als sei er ihr persönlicher Chauffeur. Er duldete keine Widerrede. Und so zwängten sich die drei auf den Vordersitz, Abigail einkeilt in der Mitte.

»Wo soll ich Sie absetzen, Abby?«

»Bei Merle, bitte.«

Bert schnalzte mit der Zunge, so wie er es im Waschsalon getan hatte.

»Vielleicht sollten Sie zuerst zu Weller's. Da wird das Nötigste bald ausverkauft sein. Falls es das nicht schon ist.«

»Ich bin im Café, wenn Sie fertig sind«, sagte Denny, als sie vom Lastwagen kletterten. »Sie können mich abholen kommen, dann fahre ich Sie nach Hause. Tür-zu-Tür-Service«, sagte er grinsend.

»Gehen Sie mit ihm dorthin, Bert?«

»Hab sonst nicht viel zu tun. Der Waschsalon ist wegen des Hurrikans geschlossen. Warum?«

»Ach nichts. Nur so.«

Bert schien sich über ihr Interesse zu freuen. »Na schön. Dann bis später.« Er nickte ihr kurz zu und schlurfte davon.

Ein gefährlicher Hurrikan raste auf Chapel Isle zu, aber für Denny und Bert war es einfach nur ein weiterer gewöhnlicher Tag. Entweder hatten sie sich mit dem Sturm abgefunden, oder sie zogen eine überzeugende Show ab. Sich tapfer zu geben war schön und gut für stoische Inselmänner. Aber Abigail hatte schon Unvorstellbares erlebt, und sie konnte nicht so tun, als hätte sie keine Angst.

Die Regale im Supermarkt waren größtenteils leer gefegt. Abigail konnte nicht nehmen, was sie wollte, sondern eher, was noch da war. Sie belud ihren Einkaufswagen mit den restlichen Wasserflaschen, Obst, Milch und Müsli. Der letzte Laib Brot war ein Pumpernickel, aus dem sie sich nicht viel machte. Sie nahm es trotzdem.

Auf der anderen Seite des Gangs warf eine Mutter mit zwei kleinen Mädchen Saftkartons in ihren Einkaufswagen. Eine ihrer Töchter bettelte um Süßigkeiten.

»Wir haben Süßigkeiten zu Hause.« Die Mutter blieb hart. »Wir sind nicht hier, um Süßigkeiten zu kaufen. Nicht heute.«

Nicht heute. Das sagte schon alles.

Abigail schnappte sich ein paar Rollen Toilettenpapier, als sie auf einmal im nächsten Gang eine vertraute Stimme hörte.

»Himmel noch mal, dieser Hurrikan. Nichts als Scherereien. So viel zu tun. Franklin hasst es, evakuiert zu werden. Eine solche Strapaze für ihn. Und ich, ich habe diese Insel nicht mehr verlassen, seit … ach Gott, seit Jesus ein kleiner Junge war.«

Franklin, dachte Abigail. Hieß so nicht Lotties Mann?

Als sie ihren Einkaufswagen um die Ecke schob, sah sie ihre Vermieterin mit einer anderen Frau ein Schwätzchen halten.

»Die Insel nicht mehr verlassen, seit Jesus ein kleiner Junge war?«, herrschte Abigail Lottie an. »Und was ist mit dem Unfall Ihrer Cousine? Haben Sie mich die ganze Zeit belogen, Lottie?«

Die andere Frau entschuldigte sich rasch, überließ es Lottie, sich allein gegen eine aufgebrachte Abigail zur Wehr zu setzen.

»Abby, Liebes. So eine Überraschung, Sie hier zu treffen. Du liebe Güte, gut sehen Sie aus. Rank und schlank. Wie schaffen Sie es bloß, Ihre Figur zu halten? Sie müssen mir Ihr Geheimnis verraten.«

Abigail hätte sich dafür ohrfeigen können, dass sie nicht schon längst zwei und zwei zusammengezählt hatte. Lottie hätte ihren an den Rollstuhl gefesselten Ehemann unmöglich so lange allein gelassen. Die Geschichte von der Fahrt aufs Festland war ein Trick gewesen, eine Vermeidungstaktik. Sheriff Larners Kommentar, dass Lottie »sich rarmachte«, schoss ihr durch den Kopf. Abigail kam sich wie eine Idiotin vor. Jeder im Dorf wusste genau, was Lottie tat, nur sie nicht.

»Lottie, hören Sie schon auf. Seien Sie ausnahmsweise ein Mal ehrlich. Wieso lügen Sie wegen etwas so … Lächerlichem?«

Die kleine Frau schien noch kleiner zu werden, während sie eine Antwort zusammenstammelte.

»Es tut mir leid, Abby. Wirklich. Von dem Augenblick an, als Sie mich aus Boston anriefen, wusste ich, dass Sie den Leuchtturm unbedingt so wollten, wie Sie ihn sich vorstellten, wie Sie ihn sich erträumten. Und ich wusste, dass er das nicht sein würde. Ich wollte einfach nicht, dass Sie traurig sind.«

Die Wahrheit versetzte Lotties übersprudelndem Temperament einen schweren Dämpfer. Sie rang die Hände, während sie darauf wartete, dass Abigail ihr Urteil fällte.

Obwohl Lottie sie ausgetrickst und angelogen und gemieden hatte, wusste Abigail ihre Absicht zu schätzen.

»Ist schon gut, Lottie«, sagte sie, gleich ein wenig getröstet.

Die Miene der Immobilienmaklerin hellte sich augenblicklich auf. Erleichtert stieß sie einen ihrer unverkennbaren Lacher aus.

»Großer Gott, ich dachte schon, Sie würden mir gleich den Kopf abreißen. Ich habe gehört, was in der *Kaffeekanne* passiert ist. Wirklich, Abby, mit Ihnen würde ich mich lieber nicht anlegen. Nie wieder, meine ich«, berichtigte sie ihre Feststellung.

Abigail nahm eine harte Haltung ein. »Ist das versprochen?«

»Aber ja. Ja. Ich schwör's. Hoch und heilig.«

Während Lottie davonhuschte, musste Abigail zugeben, dass sich das Debakel im Café allmählich zu ihren Gunsten entwickelte. Es hatte durchaus versteckte Vorteile, die »Boston-Boxerin« zu sein. Sie konnte ihre Vermieterin einschüchtern. Vielleicht war sie ja wirklich knallhart geworden. Aber es gehörte noch ein bisschen mehr dazu, sich im Angesicht eines heraufziehenden Hurrikans stark zu fühlen.

Die Schlangen an den Kassen waren lang und bestanden hauptsächlich aus Frauen. Janine saß an einer der Kassen. Die Frau, die Abigail mit Janines Mann zusammen gesehen hatte, arbeitete an der anderen. Abigail entschied sich für die Geliebte statt der Ehefrau. Die Damen in der Schlange sprachen über frühere Hurrikane.

»Ich hab 96 meine vorderen Fenster eingebüßt«, erzählte eine von ihnen. »Junge, war mein Mann sauer, als er die alle ersetzen musste.«

»Ich habe in dem Jahr *alle* Fenster eingebüßt. Wenigstens habe ich bei diesem Hurrikan brandneue Fensterläden für uns bekommen«, bemerkte eine andere.

»Ich musste nach dem Sturm 92 das Dach erneuern lassen«, klagte eine Frau, während sie ihrer Tochter übers Haar strich. »Hoffentlich muss ich das jetzt nicht wieder.«

Die einhellige Meinung schien zu sein, dass der Hurrikan, auch wenn er lästig war, kommen und gehen würde. Man konnte nur das Beste hoffen. Abigail hatte in letzter Zeit nicht viel Hoffnung gehabt. Und wenn, dann war es zumeist die Hoffnung, dass irgendetwas nicht geschah: Sie hoffte, sie würde keine Albträume bekommen, sie würde nicht zu weinen anfangen, ihre Erinnerungen würden sie nicht erdrücken. Abigail wünschte, sie könnte einen Teil der Hoffnung dieser Frauen sich selbst zu eigen machen.

Als sie an der Reihe war, tat die Frau an der Kasse, als würde sie sie nicht erkennen. Abigail tat dasselbe. Während Abigail wartete, ließ eine grauhaarige Frau mit einer Gehhilfe in Janines Schlange versehentlich eine Tüte mit Orangen fallen, sodass sie über den Boden kullerten. Als

Abigail rasch hinzutrat, um das Obst einzusammeln, sah sie sich auf einmal Janine gegenüber, die sich im selben Augenblick bückte.

»Danke«, sagte Janine zu Abigail.

In ihrer Stimme lagen weder Ärger noch Ironie, aber dieses eine Wort war dennoch alles, was sie zu geben bereit war. Ein Hurrikan im Anzug ließ keine Zeit für Feindseligkeiten, ob gerechtfertigt oder nicht. Sie waren beide in Gefahr, und damit standen sie auf einer Stufe.

Eine Nachricht wartete auf Abigail an der Hintertür zu Merles Laden. Sie lautete: *Abby, musste einem Freund Werkzeug bringen, damit er seine Fenster vernageln kann. Ihre Sachen stehen neben der Kasse.*

Merle, der Gedankenleser, dachte Abigail.

Als sie durch die Küche in den Laden ging, lief sie einem stämmigen Mann mit Hosenträgern genau in die Arme.

»Hey, Abby. Na, machen Sie sich für Ms. Amelias Ankunft bereit?«

»Äh ... ja«, gab sie zögernd zu.

Dann fiel ihr wieder ein, wer der Mann war – der Barkeeper aus dem *Weißen Wal* und der Ausrufer vom Bingo-Abend.

»Ein paar Leute könnten allmählich anfangen, sich zu wundern.«

»Worüber?«

»Sie kommen hierher, und siehe da, schon kommt ein dicker großer Hurrikan daher. Manche würden vielleicht sagen, Sie bringen Chapel Isle die falsche Art Glück.«

Der Mann machte einen Witz. Trotzdem verspürte Abigail einen Stich. Hatte sie ihr Unglück aus Boston vielleicht mit hergeschleppt, außer Stande, es hinter sich zu lassen oder vor ihm davonzulaufen?

»Hey, war nur Spaß. Irgendein Glück ist besser als gar kein Glück, oder?«

»Das werden wir wohl erst nach dem Hurrikan sagen können.«

»Da haben Sie allerdings Recht«, erwiderte er und ging weiter.

Der Barmann war nicht allein im Laden. Zwei andere Männer liefen umher, nahmen sich Gegenstände von den Regalen. Bevor sie gingen, schrieben sie, was sie sich genommen hatten, auf ein Klemmbrett, das Merle neben der Kasse liegen hatte. Abigail staunte, wie viel Vertrauen er in andere Leute setzte. Er entschied zu glauben, dass sie ihn nicht bestehlen würden, dass sie ehrlich waren. Und soweit Abigail erkennen konnte, waren sie das tatsächlich. Wie die Hoffnung erforderte auch Vertrauen ein gewisses Maß an Ignoranz. Deswegen tat sie sich damit so schwer.

Als sie mit ihren Einkäufen fertig war, ging Abigail hinüber zur *Kaffeekanne,* um Denny zu finden. Das Café war leer bis auf ein paar Männer, darunter Bert und Denny, die mit Sheriff Larner am Tresen saßen. Ein Radio lief, brachte den neuesten Bericht zum Hurrikan.

»Hey, Abby.« Denny winkte sie aufgeregt herüber. »Hören Sie sich das an. In der letzten Meldung haben sie gesagt, Hurrikan Amelia entwickle sich zur Kategorie fünf. Das ist, na ja, echt riesig. Wir werden evakuiert werden müssen.«

»Das letzte Wort dazu hat die bundesstaatliche Polizei«,

ergänzte Larner. »Denny, das heißt, du und dein Dad, ihr werdet rund um die Uhr fahren müssen.« Er wandte sich an Abigail. »Ich empfehle Ihnen, möglichst bald zu fahren. Die Notunterkünfte füllen sich rasch. Sie wollen doch sichergehen, dass Sie noch ein Bett kriegen.«

Das Ausmaß des Ereignisses sorgte dafür, dass Abigail der Kopf zu dröhnen begann.

»Sie scheinen enttäuscht«, sagte Bert.

»Ich bin eben erst angekommen, und jetzt muss ich schon wieder abfahren.«

»Chapel Isle läuft Ihnen nicht davon, Abby.«

Sie wusste, dass das stimmte. Aber es tat trotzdem gut, es zu hören.

»Ja, die Notunterkünfte sind nicht die besten«, bemerkte Denny. »Aber wenigstens können Sie danach in ein hübsches Haus voller schöner Möbel zurückkommen.«

Bert knuffte Denny mit dem Ellenbogen in die Seite.

»Autsch.«

So schnell, wie sich Gerüchte im Dorf verbreiteten, würde Lottie spätestens am nächsten Morgen von den Möbeln wissen, sodass es Abigail erst recht bedauerte, ihre Zelte abbrechen zu müssen.

»'tschuldigung«, flüsterte ihr Denny in dem Augenblick zu, als Ruth mit einer Papiertüte in der Hand aus der Küche kam.

»So, bitte sehr, Caleb. Ein Cheeseburger und ein Hamburger und ein paar saure Gurken dazu. Hey, Abby. Was ist los? Sie sehen ja aus, als hätten Sie ein Ge…« Ruth bremste sich.

Alle schwiegen bis auf den Nachrichtensprecher im Radio, der in diesem Augenblick Windgeschwindigkeiten von hundertachtzig Meilen in der Stunde und sechs Meter hohe Wellen vor der Küste Floridas meldete.

Sheriff Larner reichte Ruth einen Zehner, nahm sein Essen entgegen und ging mit den Worten: »Stimmt so.«

Ruth sah ihm nach. »Bin ich es, oder ist Caleb mürrischer als sonst?«

»Er hat mit diesem Hurrikan bestimmt viel um die Ohren«, sagte Abigail, während Bert auf den Boden starrte.

»Bestimmt.«

»Dann sehe ich euch drei morgen früh an der Fähre, nehme ich an?«, fragte Abigail.

»Mich auf jeden Fall«, plapperte Denny fröhlich.

Weder Bert noch Ruth erwiderten etwas.

»Hieß es im Radio nicht, die Evakuierung sei zwingend vorgeschrieben?«

»Zwingend vorgeschrieben, wen interessiert das denn?«

»Dito«, fügte Bert hinzu.

Abigail war noch nicht sehr lange auf Chapel Isle, und doch hasste sie die Vorstellung, von dort abzufahren.

»Wenn ihr beide euch nicht evakuieren lasst, warum sollte ich es dann tun?«

»Sie haben so etwas noch nie mitgemacht«, sagte Ruth. »Das ist einfach albtraumhaft.«

»Wenn es so albtraumhaft ist, warum bleiben Sie dann?«

Die Antwort war dieselbe wie Merles. Ruth und Bert hatten fast ihr ganzes Leben auf Chapel Isle verbracht. Wenn sie sterben sollten, dann hier, in ihrem Zuhause.

»Denny, du sorgst dafür, dass Abby morgen mit dir auf die Fähre kommt, hörst du?« Ruth klang eindringlich.

»Ja, Ma'am.«

»Sie sollten ein paar Sachen packen, Süße.«

Bei dem Gedanken, schon wieder ihre Taschen zu packen, verkrampfte sich Abigails Herz.

»Können wir los, Denny?«

»Na klar.«

»Vergessen Sie nicht, heute Abend ist Bingo«, erwähnte Ruth noch. »Ein letztes Hurra, falls es Sie interessiert. Bringt Sie auf andere Gedanken.«

Denny leerte seine Limonade. »Bert, kommst du?«

»Nein, ich kann zu Fuß gehen. Bis dann, Abby«, sagte er mit einem Wink.

V

ve|ri|disch [ver'i:dɪʃ], *Adj.* 1. wahrheitsliebend. 2. *psych.* übereinstimmend mit der Wirklichkeit (Visionen o.ä.). [> lat. *vēridicus* »wahr sprechend«, aus ver(us) »wahr« + dicus »sprechend«. Abl.: Ve|ri|di|zi|tät, *f.*]

Die Temperatur war tief gefallen. Denny fuhr die Fenster des Lastwagens hoch und warf die Heizung an.

»Es wird gleich warm werden.«

»Es ist alles gut. Es geht mir gut.«

»Aber Sie verhalten sich nicht gut, wenn ich das sagen darf.«

Der Ärger schnürte ihr die Kehle zu. Das Feuer hatte ihr alles geraubt. Jetzt diktierte ihr der Hurrikan das Leben. Abigails eigene Wünsche schienen gar nichts zu zählen.

»Ich bin ein echt guter Zuhörer, wenn Sie reden wollen.«

»Es gibt nichts zu reden, Denny.«

»Ich weiß, Sie sind neu im Dorf, und wir sind irgendwie Fremde …«

»Nein, ich bin hier die Fremde.« Ihre Stimme wurde schriller. »Es war so eine idiotische, impulsive Idee. Ich hätte nicht herkommen sollen.«

Denny holte einmal tief Luft. »Vielleicht haben Sie Recht. Vielleicht hätten Sie das nicht tun sollen.«

»Was?«

»Wenn es Ihnen nicht gefällt, dann sollten Sie nicht bleiben.«

»Ich habe nicht gesagt, dass es mir nicht gefällt.«

»Warum haben Sie dann gesagt, es sei eine idiotische Idee gewesen?«

Entnervt kniff sich Abigail in den Nasenrücken. »Das ist nicht so einfach.«

»Doch, das ist es. Sie wollen hier sein, oder Sie wollen es nicht.«

»Denny, es gibt ein paar Dinge, die Sie nicht verstehen.«

Selbst im Profil, den Blick auf die Straße geheftet, sah er verletzt aus. »Ich bin vielleicht nicht so schlau wie ein paar andere Leute, aber ich bin schlau genug, um zu wissen, dass es auf dieser Welt nur zweierlei Dinge gibt. Die, bei denen man mitreden kann, und die, bei denen man es nicht kann. Und schlau zu sein heißt, die beiden unterscheiden zu können.«

Er bog in die Kiesauffahrt ein und wartete darauf, dass Abigail ausstieg.

»Denny …«

»Ich muss nach Hause. Dad wartet auf mich.«

Nachdem Abigail ihre Einkaufstüten von der Ladefläche eingesammelt hatte, fuhr Denny davon. Sie sah seinem Laster nach, bis er um die Kurve verschwunden war.

Das schien ihr ja großartig gelungen zu sein.

Abigail konnte den Ozean brüllen hören, auch wenn sie ihn durch die vernagelten Fenster nicht sehen konnte. Die Wellen schlugen gegen die Felsen, machten ihr bewusst, wie nah am Wasser der Leuchtturm stand. Wie eine Galionsfigur am Bug eines Schiffs würde der Leuchtturm am stärksten zu spüren bekommen, was immer von dort kam. Doch dieser Leuchtturm stand schon seit einer Ewigkeit da. Das war nicht der erste Hurrikan, dem er standgehalten hatte.

Für Abigail war es jedoch der erste Hurrikan. Sie musste versuchen, ebenso unerschütterlich zu bleiben wie der Leuchtturm.

Sie schaltete alle Lichter ein und stellte das Radio an, um die neuesten Wettermeldungen zu hören. Amelia toste über die Küste, richtete verheerende Schäden in Miami an. Der Reporter berichtete von horizontalem Regen und Palmen, die in alle Himmelsrichtungen geweht wurden. Abigail legte Taschenlampen, Ersatzbatterien und Wasserflaschen auf den Esszimmertisch. Sie war bereit.

Sie schaltete das Radio aus, hatte genug gehört. Abigail würde ihre Sachen packen und mit der Morgenfähre abfahren. Der Hurrikan war eines der Dinge, bei denen sie nicht mitreden konnte. Dadurch fühlte sie sich gefangen.

Aber nicht so gefangen, wie sich Nat Rhone fühlen muss, dachte sie.

Sie versuchte, nicht mehr an ihn zu denken. Sie würde auch nicht mitreden können, wenn es darum ging, was mit Nat geschah.

Nachdem sie etwas Kleidung für ein paar Tage in ihren Seesack gestopft hatte, begann Abigail, ziellos durchs Haus zu streifen. Sie ging im Schlafzimmer auf und ab und schlenderte dann weiter ins Arbeitszimmer, prägte sich alles ein, nur für den Fall, dass sie es nicht mehr wiedersehen sollte.

Der Liebesroman, den sie gelesen hatte, lag aufgeschlagen auf dem Bücherregal. Ihr Puls beschleunigte sich. Sie hatte ihn nicht dorthin gelegt.

Dann erinnerte sich Abigail, dass Nat das Buch auf das Regal gelegt hatte, als sie die Möbel umgeräumt hatten. Sie dachte an ihn in seiner Zelle und die Parabel seines Lebens. Seine Eltern waren gestorben, hatten ihn allein und wurzellos zurückgelassen, und was ihm widerfahren war, schien eine Tragödie zu sein, die sein eigenes Machwerk war. Abigail war ebenfalls verlassen worden. Wie standen Nat Rhones Chancen nach einem solchen Start ins Leben? Und wie ihre?

Am nächsten Tag würde sie nicht mehr da sein, und der Leuchtturm würde dem Sturm ohne sie trotzen. Und doch würde sie immer ihrem eigenen Sturm trotzen, den schneidenden Winden, die ihre Trauer mit sich brachte, den Fluten von Tränen, den Wogen von Erinnerungen und dem Regen der alltäglichen Realität ohne ihren Mann und ihren Sohn. Es war ein Sturm, den sie würde abwarten müssen, egal, wo sie war.

Wo sie jedoch sein wollte, war Chapel Isle.

Abigail griff nach dem Liebesroman, setzte sich an ihren neuen Schreibtisch und ließ sich wieder von der Geschichte in den Bann ziehen.

Fiktion als Form war im Grunde nicht viel anders als ein Wörterbuch. Jedes Gefühl und jeder Sachverhalt, selbst die Etymologie der Emotion, waren zwischen den Buchstaben von A bis Z zu finden. Die Alphabetisierung diente als der Plot, und jedes Wort war eine Figur mit einer eigenen Persönlichkeit. Selbst ohne sich entwickelnde Handlung, ohne Höhepunkt oder Auflösung erzählte das Wörterbuch eine aufrichtige Geschichte.

Dasselbe galt nicht unbedingt für den Liebesroman, den Abigail las. Es bereitete ihr dennoch Vergnügen, ihn zu verschlingen. Der Held ging als Sieger aus seinem Kampf hervor, der Schurke bekam seine Strafe, die getrennten Liebenden wurden vereint, und diejenigen, die dazu bestimmt waren, glücklich und zufrieden bis ans Ende ihrer Tage zu leben, taten es. Auch wenn *glücklich und zufrieden bis ans Ende ihrer Tage* nicht im Wörterbuch stand, wollte Abigail gern glauben, dass dieses Konzept nicht ausschließlich der Fiktion vorbehalten war.

»Herzlichen Glückwunsch, Erbin«, sagte sie lächelnd und lehnte sich zurück. »Und dir auch, Kapitän. Viel Spaß beim gemeinsamen Segeln auf hoher See.«

Im Haus war es inzwischen so kalt, dass Abigail ihren eigenen Atem sehen konnte. Sie war am Verhungern und nicht in der Stimmung, Feuer zu machen. In der Bingo-Halle der Feuerwache würde es warm sein, und Denny würde dort sein. Sie musste sich bei ihm entschuldigen. Und es gab dort Hotdogs. Lieber Junkfood als gar kein Essen.

Als die Schlüssel schon in der Haustür steckten, sah Abigail den Anrufbeantworter des Telefons blinken. Sie hatte schon längst ihre Eltern anrufen wollen. Vermutlich waren sie außer sich vor Sorge. Sie hatte ein schreckliches Gewissen, ihnen das zuzumuten. Es war egoistisch. Aber sie hasste es, danach ausgequetscht zu werden, wie es ihr ging. Sie wollte wieder normal sein, und wenn sie das nicht sein konnte, dann wollte sie in Ruhe gelassen werden.

Ihre Eltern waren erleichtert, als sie sie anrief. Sie hatten in den Nachrichten von dem Hurrikan gehört und sorgten sich um ihre Sicherheit. Abigail verbrachte die nächste halbe Stunde damit, ihnen zu versichern, dass sie nicht in Gefahr war und dass sie zu einer Notunterkunft evakuiert werden würde, um den Sturm dort abzuwarten. Unerwähnt ließ sie den Zustand des Leuchtturmhauses und seinen ehemaligen – oder auch nicht so ehemaligen – Bewohner. Stattdessen schwärmte sie von den unberührten Stränden und dem Charme des kleinen Städtchens.

Sie konnte spüren, dass ihre Eltern sie lieber bei sich zu Hause hätten. Ihre Mutter fragte sie, ob sie sich gut ernährte. Abigail log und sagte, ja, das täte sie. Ihr Vater nahm ihr das Versprechen ab, öfter anzurufen. Nach dem Auflegen musste sie zugeben, dass ihr ungutes Gefühl vor diesem Anruf weitaus schlimmer gewesen war als der Anruf selbst. Sie drückte sich die Daumen, dass dasselbe auch für den Hurrikan gelten würde.

Der Saal der Feuerwache war brechend voll, die Stimmung festlich, als sei am nächsten Tag der 4. Juli, keine Zwangsevakuierung. Abigail sah Ruth nah bei der Bingo-Tafel sitzen. Sie hatte einen ganzen Klapptisch mit Karten eingedeckt.

»Konnte nicht widerstehen, zum Bingo zu kommen«, sagte Abigail zu ihr.

Ruth nahm ihre Handtasche von dem Stuhl neben ihrem. »Wer kann das schon? Hatte schon so eine Ahnung, dass Sie aufkreuzen würden. Ich hab ein paar Karten für Sie auf die Seite gelegt.«

Der Mann mit den Hosenträgern, dem Abigail an diesem Nachmittag in Merles Laden über den Weg gelaufen war, nahm seinen Platz am Mikrofon ein und begrüßte feierlich alle zum Spiel.

»Diese Amelia ist vielleicht größer als wir und schneller als wir, aber beim Bingo kann sie uns nicht schlagen«, erklärte er, womit er einen lauten Jubel in der Menge auslöste.

»Halten Sie mir diese Karten noch einen Augenblick warm«, sagte Abigail zu Ruth. »Ich muss noch rasch etwas erledigen.«

Denny stand mit seinem Vater in der Essensschlange an.

»Das geht auf mich«, sagte sie zu dem Mädchen hinter der Theke.

»Ist schon okay«, sagte Denny, noch immer verletzt. »Ich kann selbst für mich zahlen.«

»Denny, bitte. Ich entschuldige mich für das, was ich gesagt habe.«

»Was ist denn los, Denny?«, fragte sein Vater schroff.

»Gar nichts, Dad.«

»Wenn gar nichts ist, dann gib dem Mädchen, was du ihm schuldest, und dann gehen wir zu unserem Tisch. Das Spiel geht gleich los.«

»Denny, es tut mir wirklich leid. Sie zu einem Hotdog einzuladen ist das Mindeste, was ich tun kann. Und Sie auch, Mr. Meloch.«

Dennys Vater war so verdutzt, dass er errötete.

»Wie wär's mit ein paar Limos?«

»Was meinst du, Dad?«

»Augenblick. Worum geht es hier eigentlich?«, wollte sein Vater wissen.

»Es geht darum, dass Ihr Sohn mir den schlauesten Ratschlag gegeben hat, den ich je gehört habe.«

Jetzt war es an Denny zu erröten. »Im Ernst, Abby?«

»Aber ja. Ich würde gut auf Ihren Sohn hier hören, Mr. Meloch. Sie könnten viel von ihm lernen.«

Der stets ernste Mann verfiel in ein verblüfftes Schweigen, über das Denny grinsen musste.

»Senf und Relish?«, fragte Abigail.

»Warum nicht?« Mr. Meloch zuckte die Schultern.

Sie ließ Denny und seinen Vater mit ihrem Essen allein und nahm sich selbst einen Hotdog mit an Ruths Tisch. Hungrig, wie sie war, hatte sie ihn halb aufgegessen, bevor sie ihren Platz erreichte.

»Passen Sie auf, dass Sie sich nicht auch noch die Finger abbeißen«, warnte Ruth sie. »Sie werden sie noch brauchen, um diese Bingo-Karten zu markieren.«

Zwischen zwei Bissen sagte Abigail: »Ich habe den ganzen Tag noch nichts gegessen.«

»Ich selbst habe mir den Bauch so vollgeschlagen, als ob dieser Bingo-Abend ein Marathon wäre. Heute muss ich gewinnen. Ich kann sehen, dass die Karten heiß sind. Heute ist mein Abend.«

Fünf Minuten später brüllte ein Junge: »Bingo.«

»Jetzt reicht's. Ich werde nicht mehr von den Karten reden. Das bringt mir nur Unglück. Kein Wort mehr.«

Der Ausrufer begann mit dem nächsten Spiel, und Ruth sagte keinen Ton mehr.

»Wie wär's mit einem anderen Thema?«, schlug Abigail vor.

»Nur zu.«

Obwohl Sheriff Larner sie zur Verschwiegenheit verpflichtet hatte, flüsterte sie Ruth die Geschichte von Hank Scokes' Tod ins Ohr und verblüffte sie damit so, dass sie ganz mit dem Spielen aufhörte.

»Sie dürfen es niemandem sagen, Ruth. Keiner Menschenseele.«

»Hand aufs Herz, das werde ich nicht.«

»Ich habe es Ihnen nur erzählt, weil ich mir sicher bin, dass Nat nichts damit zu tun hat. Ich weiß nicht, wie ich Larner klarmachen soll, dass er sich in ihm täuscht.«

»Ich glaube auch nicht, dass Nat es war, aber es steht mir nicht zu, zu sagen, warum.«

»Ich verstehe nicht.«

Sie gab Abigail ein Zeichen, leiser zu sprechen. »Hank hat sich mir anvertraut. Hat mir ein paar private Dinge erzählt. Sehr private.«

»Ruth, Sie sind weder Priester noch Anwalt.«

»Ich bin auch kein Arzt. Hält die Leute nicht davon ab, mich um Rat zu fragen. Wenn ich gefragt werde, dann gebe ich einen.«

»Ruth, bitte«, beschwor Abigail sie.

»Na schön, aber sagen Sie es niemandem weiter. Schlimm genug, dass ich es Ihnen sage. Hank ist eines Abends bei mir vorbeigekommen, nicht lange nachdem seine Frau gestorben war. Er hatte nicht getrunken. Er war stocknüchtern.

Ich habe mit ihm auf meiner Veranda gesessen, und er hat gesagt, er überlege, na ja, sich etwas anzutun. Er sagte, er wolle bei seiner Frau im Himmel sein. Dass er nicht die Geduld habe zu warten.«

»Sie glauben, er hat sich das Leben genommen?«

»Er hat mich angefleht, kein Wort zu sagen. Hat gesagt, er würde sich dafür schämen, es auch nur erwähnt zu haben. Er wollte nicht, dass irgendjemand anders davon erfährt. Ich habe ihm gesagt, ich hätte selbst mit dem Gedanken gespielt, als Jerome starb. Danach schien es ihm etwas besser zu gehen.«

Abigail hätte lügen müssen, um zu behaupten, Selbstmord sei für sie keine verlockende Option gewesen. Dann würde zumindest der Schmerz aufhören, hatte sie in jenen ersten düsteren Tagen gedacht, und dann würde sie bei ihrem Mann und ihrem Sohn sein. Die Logik ließ sie damit nicht davonkommen. Paul hatte gewollt, dass sie lebte. Deswegen hatte er sie gerettet.

»Ruth, Sie haben meine Frage nicht beantwortet.«

»Weil mir die Antwort nicht behagt.«

»Wenn Hank sich das angetan hat, dann würde Nat versuchen, seine Ehre zu schützen. Er würde dafür in den Knast gehen.«

»Genau das macht mir Sorgen. Wir müssen einfach darauf vertrauen, dass Caleb versteht.«

»Das tut er nicht, und das wird er nicht. Und jetzt versucht er, Nat auch noch die Einbrüche anzuhängen.«

Bei diesen Worten festigte sich Ruths Entschlossenheit. »Ich werde morgen zu Caleb gehen und mit ihm reden.«

»Danke, Ruth. Danke.«

Der Ausrufer verkündete die nächste Nummer. »B-9. Die Nummer ist B-9.«

Ruths Blick fiel auf ihre Karten, und sie erstarrte.

»Bingo«, flüsterte sie. Bald wiederholte sie es immer lauter. »Bingo. Bingo. Bingo.« Sie sprang von ihrem Stuhl auf, schwenkte ihre Pappkarte.

»Wir haben einen Gewinner«, brüllte der Ausrufer.

»Was habe ich gewonnen? Was habe ich gewonnen?« Ruth hüpfte auf und ab wie ein Kind.

»Dieses Spiel war achtundfünfzig Dollar wert. Sie können es sich nach der Endrunde abholen.«

Strahlend setzte sich Ruth wieder. Sie musste sich mit ihrer Siegerkarte Luft zufächeln. »Ich habe schon so lange nicht mehr gewonnen, ich kann es Ihnen gar nicht sagen, Abby. Ich habe das Gefühl, ich habe Hitzewallungen. Nur viel, viel besser.«

Leute kamen und klopften Ruth auf die Schulter. Sie aalte sich in der Aufmerksamkeit, genoss den Augenblick. Während sie sie beobachtete, erhaschte Abigail einen Blick auf ihre Zukunft. Ruth war zur Witwe geworden, und doch konnte sie sich wieder freuen und Spaß haben. Es war nicht unbedingt so viel wie *glücklich und zufrieden bis ans Ende ihrer Tage*. Aber der Teil mit dem *glücklich* war vielleicht mehr als genug.

W

wal|len ['valən], *Vb.* sieden, quellen, sich wogend bewegen, innerlich erregt sein. [> ahd., asächs. *wallan* »wogen, sieden«, mhd. *wallen* »aufkochen, sprudeln, wogen«, mnd., mnl. *wallen*, aengl. *weallan* »sprudeln, bewegt fließen«, ahd. *wellan* »wälzen, rollen, drehen«; > indogerm. Wurzel *uel* »drehen, winden, wälzen«; vgl. verwandte indogerm. Sprachen: aind. *válati* »sich wenden, drehen«, griech. *eileīn* »drehen, rollen«, lat. *volvere* »rollen, wälzen, wirbeln«, russ. *volna* »Welle«; s. a. Walze, walzen, walken, Wurzel]

Abigail wachte auf, nicht sicher, ob es Morgen war oder Nacht. Die Bretter in den Fenstern hielten das Tageslicht ab, verwandelten das Schlafzimmer in eine Höhle. Sie tastete auf dem Nachttisch nach ihrer Brille und ihrer Armbanduhr, die auf dem Logbuch lagen. Es war fast sechs. Sie fragte sich, wie früh der Fährbetrieb beginnen würde, und hoffte, dass es nicht so früh war.

Der Boden war eiskalt. Abigail scherte sich nicht um Socken. Heute war ihr letzter Tag im Leuchtturmhaus. Sie wollte alles möglichst tief in sich aufnehmen, selbst wenn das kalte Füße bedeutete.

Sie schenkte sich ein Glas Milch ein und schlürfte sie in dem Ohrensessel. Das fehlende natürliche Licht verlieh dem Zimmer die Aura eines Museumsmodells, das nachgebaut worden war, um den heutigen Menschen zu zeigen, wie ihre Vorfahren gelebt hatten. Das Haus war wie eine Zeitkapsel. Es gab dort weder Heizung noch Klimaanlage, weder Fernseher noch Mikrowelle, weder Waschmaschine noch Trockner. Ein Mindestmaß an modernem Komfort wie die Sanitäranlagen und den Herd mit Ofen gab es, wenn auch in einem kaum funktionsfähigen Zustand. Und es gab vielleicht oder vielleicht auch nicht einen Geist.

Trotz alledem fühlte sich Abigail auf der Insel zu Hause, das spürte sie in diesem Augenblick ganz deutlich.

Ironischerweise war der Teil des Hauses, der ihr am liebsten war, der Ort, den sie am wenigsten genutzt hatte. Sie war nicht mehr in den Leuchtturm hochgestiegen, seit sie sich den Plan mit dem Öleimer ausgedacht hatte, und sie hatte die Gelegenheit versäumt, Berts Angebot anzunehmen, für sie nachzusehen.

»Jetzt könntest du es tun«, murmelte sie.

Sie wartete auf ein Geräusch, irgendeine missbilligende Reaktion aus dem Lampenhaus. Das Haus war still. Vielleicht hatte Wesley Jasper ja gar nichts dagegen, was sie mit dem Haus angestellt hatte. Um sicherzugehen, würde ihr ein Aufstieg in den Leuchtturm allerdings nicht erspart bleiben. Bei diesem Gedanken verließ Abigail der Mut jedoch schon wieder. Sie könnte nach dem Eimer sehen, wenn der Hurrikan vorbei war. Das war eine vernünftige Überlegung.

Tagelang hatte sie es vermieden, ins Lampenhaus hochzusteigen und sich ihren Ängsten zu stellen; dem Sturm jedoch würde sie sich nicht entziehen können.

Dunkle Wolken brauten sich über ihr zusammen, während Abigail den Kombi packte. Als sie fertig war, war es Zeit zum Aufbruch. Der Abschied fiel ihr schwer. Sie stand an der Tür und starrte ins Haus.

»Ich bin bald zurück«, sagte sie, ein Versprechen an das Haus und sich selbst.

Das Gras vor dem Haus war bereits sichtlich nachgewachsen. In einer Woche würde es wieder gemäht werden müssen. Abigail wollte wieder da sein, um das Gras zu mähen. Das wollte sie mehr als irgendetwas sonst in den letzten Monaten.

Autos verstopften die schmalen, sandigen Straßen der Insel. Familien saßen eingezwängt in Lastwagen und Kleintransportern, Gepäck auf die Dächer geschnallt. Jeder war auf dem Weg zur Fähre, und der Massenexodus entwickelte sich zu einem Stau.

So musste es am Labor-Day-Wochenende zugehen. Nur dass es diesmal etwas anderes war. Diesmal war es eine Evakuierung.

Bald kam Abigails Wagen gar nicht mehr weiter. Sie konnte nicht weit genug sehen, um festzustellen, wieso. Sie entschied, den Stau zu umfahren und eine kleine Seitenstraße zu nehmen, verfuhr sich aber. Sie hatte absolut keine Ahnung, wo sie war.

Abigail überquerte mehrere Straßen, bis sie einen Orientierungspunkt sah, den sie erkannte: Merles Haus. Seine

Fenster waren vernagelt, und der Blumenkranz an der Tür war abgehängt worden.

»Sie sollten auf der Fähre sein.«

Merle stand an seiner Anlegestelle, als sie nach hinten in seinen Garten ging.

»Ich habe im Stau gesteckt. Und dann habe ich mich verfahren.«

»Das sind zwei Sätze, die man auf Chapel Isle im Allgemeinen nicht hört«, sagte er, während er eine Kühlbox in sein Boot legte.

»Halten Sie es für klug, bei diesem Wetter zum Fischen zu fahren?«

»Was für einem Wetter?«

»Sehen Sie sich doch mal den Himmel an. Es fängt gleich an zu regnen, und es ist nicht gerade windstill.«

»Noch regnet es nicht, und das bisschen Wind! Ich fahre ja nicht zum Fischen. Ich sehe nach meinen Netzen. Wollen Sie mitkommen?«

»Ich?«

»Warum nicht? Die erste Fähre haben Sie sowieso verpasst. Die Schlange für die nächste wird so lang wie die Chinesische Mauer sein. Oder noch länger.«

»Wenn Sie es so ausdrücken, wie könnte ich da widerstehen?«

Merle kletterte vorsichtig in seinen Außenborder. Bei seiner Größe hätte das Boot leicht kentern können, wenn er zu schnell einstieg. Und mit seinem verletzten Knöchel ging er es erst recht langsam an. Als er Abigail ins Boot half, war sie bereits dabei, ihre Entscheidung zu überdenken.

»Wenn dieser alte Kahn mich trägt, dann wird er Sie auch tragen, Abby. Aber trotzdem, Sie können doch schwimmen, oder?«

»Das ist ja sehr beruhigend.«

Der Regen ließ auf sich warten, Gewitterwolken hingen am Himmel. Das Boot lag tief im Wasser, als Merle aufs Meer hinausfuhr.

»Waren Sie schon mal fischen?«

»Nur ein Mal. Die Firma meines Mannes hat einmal zu einer Kreuzfahrt eingeladen, mit Schnorcheln und Hochseeangeln. Und danach gab es ein Dinner und Tanz.«

»Das ist kein Fischen. Das ist Jachtsegeln.«

Die Details dieses Betriebsausflugs waren bis zu diesem Augenblick in den tiefsten Winkeln ihres Herzens verborgen gewesen. Abigail erinnerte sich, Pauls Kollegen und ihren Ehefrauen vorgestellt worden zu sein. Es gab Vorspeisen und eisgekühlten Wein und leise Musik. Sie erinnerte sich, dass es gegrillten Heilbutt und zum Dessert ein Sorbet gegeben hatte. Paul war damals neu in der Firma und damit beschäftigt gewesen, Smalltalk und einen guten Eindruck zu machen. Er stahl sich für eine Sekunde davon, um zu ihr herüberzukommen, ihr zu sagen, wie hübsch sie in ihrem weißen Baumwollsommerkleid aussähe, und sie zu küssen. Einen Augenblick lang glaubte Abigail, diesen Kuss spüren zu können. Aber es war nur der Wind, der ihr ins Gesicht blies.

»Da sind wir schon.«

Merle drosselte den Motor, als sie in eine kleine Bucht fuhren, in der ein paar hohe Holzpfähle aus dem Wasser ragten.

»Was ist das denn?«

»Stauanlagen.«

Während er zwischen den Pfählen hindurchsteuerte, löste er die Leine an einem davon und befestigte sie an einem Haken an der Bootswand. Merle wiederholte das Verfahren, bis ein Netz voller zappelnder Fische an die Oberfläche trieb.

»Dann wollen wir mal sehen, was wir da haben.«

Nachdem er ein paar Algenklumpen aus dem Netz gefischt hatte, warf er die ungewollten Pfeilschwanzkrebse und die kleineren Fische beiseite.

»Zum Glück muss ich sie nicht abmessen, wie die kommerziellen Fischer. Jeder Fang über dreizehn Zoll ist in der Bucht legal. Vierzehn Zoll sind im Ozean legal.«

Er wählte eine fleischige Flunder aus und ließ das Netz dann fallen, damit die anderen entkommen konnten.

»Das ist aber viel Aufwand für einen einzigen Fisch.«

»Ich bin ein alter Mann. Hab sonst nicht viel zu tun. Übrigens, das vorhin tut mir leid.«

»Vorhin?«

»Als ich das Fischen erwähnte, schien Sie das, na ja, an die Vergangenheit zu erinnern. Ich hab zufällig gehört, wie Ruth Ihnen von meiner Exfrau und meinem Jungen erzählt hat. Wollte Ihnen nur sagen, dass es mir manchmal auch so geht. Man geht einfach seinem Alltag nach, und auf einmal sagt irgendjemand irgendetwas, das einen an sie erinnert. Überrumpelt einen aus dem Hinterhalt.«

»Merle, ich habe meine Nase nicht in Ihre Angelegenheiten gesteckt. Ich …«

Er tat ihre Besorgnis mit einer Handbewegung ab. »Hab

ich auch nicht gedacht. Ich hab's nur erwähnt, weil ich mit Ihnen mitfühlen kann.«

Merle legte den zappelnden Fisch in eine Kühlbox und klappte den Deckel zu. Im ersten Augenblick erschien das Abigail gefühllos. Aber was hatte er sonst für eine Wahl? Ihn zu Tode prügeln? Ihm mit einem Messer den Rumpf aufschlitzen? Ersticken war verglichen damit eine sanfte Methode.

»Was soll ich machen?«, fragte Abigail ernsthaft.

»Womit?«

»Mit mir, meinem Leben, was davon noch übrig ist?«

Merle dachte angestrengt nach, bevor er antwortete, während der Fisch noch immer in der Kühlbox um sich schlug.

»Ich weiß noch, wie ich zum ersten Mal diesen Satz hörte«, sagte er dann, »dass das Einzige, was im Leben sicher ist, der Tod und die Steuern sind. Ich habe ihn immer so aufgefasst, dass es nur sicher sei, dass *ich* sterben würde und dass *ich* würde Steuern zahlen müssen. Hat eine Weile gedauert, bis es in meinen dicken Schädel gegangen ist, dass es vielmehr heißt, dass es keinem von uns erspart bleibt, jemanden zu verlieren, den wir lieben. Man kann nicht wissen, wann man selbst gehen wird oder wann jemand, der einem etwas bedeutet, gehen wird. Man kann nur hoffen, dass es eher später als früher sein wird.«

Trotz Merles Vorliebe für verzerrte Logik hatte er das ganze Ausmaß der Trauer in einer schlichten, objektiven Wahrheit zusammengefasst. Die Objektivität war das, was Abigail zu schaffen machte.

Wörterbücher waren dazu gedacht, unparteiisch und genau zu sein, und doch spiegelte der Akt des Definierens eines Wortes die Leidenschaften und Vorurteile des Definierenden wider. Wörterbücher erforderten das Vertrauen des Benutzers, ein Vertrauen darauf, dass das Wörterbuch über Subjektivität erhaben war, und doch stammten die besten Wörterbücher von den Leuten mit den stärksten Persönlichkeiten, den Eiferern und Idealisten, die lehren und predigen, politisieren und moralisieren wollten. Abigail konnte versuchen, ihre Trauer objektiv zu betrachten und als das anzusehen, was sie war, oder sie konnte sie nach ihren eigenen subjektiven Empfindungen definieren und sie so spüren, wie sie eben kam. In beiden Fällen trug die Definition nicht dazu bei, den Schmerz schneller zu lindern.

»Wie machen Sie es denn, Merle?«, fragte sie. »Das Einzige, woran ich denken kann, ist das Davor, und das Einzige, was ich habe, ist das Danach. Was mache ich denn *nach* dem Danach?«

»Soll ich Ihnen das Geheimnis verraten?«, wollte er wissen, während er die Leinen wieder an den Pfählen befestigte.

»Es gibt ein Geheimnis? Was denn für ein Geheimnis?«

»Sind Sie sicher, dass Sie es hören wollen?«

»Aber ja, natürlich. Was denn?«

»Es sind die Schuhe.«

»Wie bitte?«

»Schuhe.«

»Ihr Geheimnis, um über Ihre Exfrau hinwegzukommen, hat mit Schuhen zu tun?«

»Großes Indianerehrenwort.«

Merle setzte sich, um es zu erklären, und das kleine Boot schaukelte bei der Verlagerung des Gewichts.

»Jeden Morgen«, begann er, »bin ich aufgewacht und habe den Gedanken gehasst, dass ich wach war. Ich bin stundenlang im Bett liegen geblieben und habe versucht, wieder einzuschlafen. Hab Wochen gebraucht, um überhaupt aus dem Bett zu kommen. Und sogar noch länger, um mir etwas anzuziehen. Eine Zeit lang konnte ich nicht viel mehr tun. Ich hab in Pantoffeln zu Hause herumgewerkelt. Konnte das Haus nicht verlassen. Nur dass ich immer wusste, wenn ich irgendwann wieder meine Schuhe anziehen könnte, dann würde ich es schaffen. Hat nicht auf Anhieb geklappt. Ich hab sie im Schrank stehen lassen und ihn nicht aufgemacht. Dann, eines Tages, hab ich mir ein Paar Halbschuhe herausgenommen und sie angezogen und bin nach draußen gegangen. Bin bis zum Ende meiner Anlegestelle gelaufen. Das war's. Weiter hab ich es eine ganze Weile nicht geschafft. Aber mit der Zeit wurde es leichter. Ich hab meine Schuhe einfach immer wieder angezogen.«

»Merle, ich habe meine Schuhe an. Und es geht mir nicht besser.«

»Noch nicht. Aber der Punkt ist, Abby, Sie haben sie an.«

Aus der Kühlbox war nichts mehr zu hören. Sie war völlig reglos. Genau wie Abigails Herz.

X

Xe|no|do|chi|um [kseno'dɔxiʊm], *n.* altkirchliche Fremden-, Pilgerherberge. [> altgriech. *xenodocheion*, aus *xenos* »Fremder« + *dechomai* »aufnehmen«, spätlat. *xenodochium* »Gasthaus, Hospital«; Abl.: Xe|no|do|chie, *f.*]

Merle begleitete Abigail zu ihrem Wagen. Sie wollte ihm gern sagen, was Ruth ihr über Hank Scokes anvertraut hatte, aber sie hätte Ruth die Sache mit Nat Rhone gar nicht erst erzählen sollen. Merle und Hank waren Freunde gewesen, auch wenn sie unterschiedliche Wege eingeschlagen hatten. Merle ging seinen noch immer, mit fest geschnürten Schuhen.

»Ziehen Sie weg?«, fragte er mit Blick auf den riesigen Seesack auf der Rückbank des Kombis.

»Habe ich zu viel eingepackt?«

»Diese Stürme sind im Allgemeinen nach ein, zwei Tagen vorbei. Und in den Notunterkünften gibt's keine Kleiderordnung. Da wird kein feines Abendessen oder so serviert.«

»Ich war mir nicht sicher, wie lange ich fort sein würde.«

»Nicht lange«, versicherte er ihr. »Versuchen Sie lieber,

die nächste Fähre zu erwischen. Wenn Sie dachten, die Straßen hier seien verstopft, dann warten Sie mal, bis Sie aufs Festland kommen.«

»Danke.«

»Für den Tipp mit der Fähre?«

»Nein, dafür, dass Sie mit mir zum Fischen gefahren sind.«

»War mir ein Vergnügen, Abby.«

Auf der Hauptstraße fädelte sie sich in eine Autokolonne ein, die sich inzwischen endlos zu erstrecken schien. Der Verkehr kroch im Schneckentempo über die Insel. Abigails Tachometer sprang nicht ein einziges Mal über die Zehn-Meilen-Marke. Vierzig Minuten später kam die Anlegestelle endlich in Sicht. Ein Mann in Uniform stand an der Spitze der Prozession, ein Streifenwagen parkte in der Nähe. Da es nicht Sheriff Larner war, musste es sein Stellvertreter sein.

Dutzende von Fahrzeugen warteten auf einen Platz auf der Fähre, die noch nicht vom Festland zurück war. Die Hin- und Rückfahrt nach Chapel Isle dauerte über zwei Stunden. Da die Fähre nur eine begrenzte Zahl von Fahrzeugen aufnehmen konnte, rechnete sich Abigail aus, dass sie bis spät in den Nachmittag warten würde, bis sie an der Reihe war.

Die Minuten verstrichen träge. Während Kinder am Hafen spielten und Erwachsene aus ihren Autos stiegen, um sich die Beine zu vertreten, starrte Abigail missmutig auf die Uhr. Sobald die Fähre ankam, winkte der stellvertretende Sheriff die Autos an der Spitze der Schlange an Bord, und schon legte das Schiff wieder ab.

Selbst nachdem die Fähre noch dreimal zurückgekommen war, war Abigail noch lange nicht am vorderen Ende der Schlange. Mit jeder Sekunde, die verstrich, wurde sie wütender auf sich selbst, da ihr eingefallen war, dass sie ihre Bücher zurückgelassen hatte.

Was, wenn der Hurrikan das Haus niederriss? Was, wenn ihre Bücher verloren gingen? Dann würde sie gar nichts mehr haben.

Während sie noch überlegte, was sie tun sollte, verdunkelte sich die Wolkendecke, und Regen setzte ein. Eltern, die miteinander geplaudert hatten, scheuchten ihre Kinder zu ihren Autos. Abigail war nicht am Ende der Schlange, aber sie war auch noch nicht annähernd in der Mitte. Wenn sie wegfuhr, würde sie ihren Platz verlieren. Es war ihr egal. Sie würde nicht lange brauchen. Vermutlich war sie sogar vor der Fähre wieder da.

Regen trommelte auf das Dach des Kombis, und die Scheibenwischer wälzten das Wasser von der Windschutzscheibe. Um Zeit zu sparen, nahm Abigail eine Nebenstraße, überzeugt, dass sie die Straße zum Leuchtturm kreuzte. Nur dass sie sich irrte. Sie hatte keine Ahnung, wo sie war, und das Wetter machte die Sache nicht einfacher. Abigail versuchte es mit einer anderen Straße, beschwor sie, sich mit der, die sie kannte, zu kreuzen. Sie tat es nicht. In ihrer Hast landete sie schließlich in der eleganten Enklave großer, moderner Häuser, zu der Merle sie geschickt hatte, um für ihn Lotties Häuser zu inspizieren.

»Denk nach. Du warst doch schon mal hier. Merle hat diese Häuser auf der Karte markiert. Augenblick. Die Karte!«, mahnte sie sich.

Abigail fuhr an den Straßenrand und hielt an. Die Karte lag nicht in den Sitztaschen, unter den Sitzen oder hinter der Sonnenblende. Sie musste im Haus sein. Bei ihren Büchern. Die Fenster waren beschlagen. Aber selbst wenn sie es nicht gewesen wären, hätte es nichts geändert. Sie hatte sich verirrt. Sie hatte sich selbst in diesen Schlamassel gebracht. Jetzt musste sie sehen, wie sie wieder herauskam.

Abigail legte den Gang ein, drückte aufs Gaspedal. Der Kombi rührte sich nicht vom Fleck.

»O nein. Bleib jetzt bitte nicht liegen!«, flehte sie.

Als sie sanft mehr Gas gab, surrten die Räder. In der Annahme, mit einem Ruck könnte sie den Wagen vielleicht in Schwung bringen, trat sie das Pedal durch. Die Reifen gruben sich in den Sand. Jetzt war sie eindeutig liegen geblieben.

Abigail zog die Kapuze ihrer Windjacke hoch und wagte sich in den Regen hinaus. Die Hinterräder steckten tief in einer Furche, die das Regenwasser rasch in eine Senkgrube verwandelte. So viel zum Thema Abkürzungen. Eine Windböe peitschte ihr die Kapuze vom Kopf, in null Komma nichts war sie durchnässt. Abigail kletterte wieder in den Wagen. Für sie würde es keine Abkürzungen mehr geben, weder auf dieser Insel noch um ihre Trauer.

Jetzt musste sie sich nur noch entscheiden: bleiben oder zu Fuß gehen. Das Zu-Fuß-Gehen gewann. Zur Vorbereitung zog sie ihre durchnässte Hose aus und schlüpfte in eine andere aus ihrem Seesack. Ihr einziges unentbehrliches Stück, ihre Brille, steckte sie in die Tasche. Die Jacke zugezogen, die Kapuze festgeschnürt, stellte sich Abigail dem Regen. Es war wirklich ein schöner Tag für einen Spaziergang.

Während sie durch den Schlamm trottete, hielt sie nach Anzeichen von Leben Ausschau. Diese Gegend der Insel war ausschließlich Mietferienhäusern vorbehalten. Trotz der Größe der Häuser, ihres Luxus und ihrer Kosten war Abigail eindeutig auf der falschen Seite des Dorfs. Was auf ihrer Route für Merle eine zwanzigminütige Fahrt gewesen war, würde sich zu einem mörderischen Fußmarsch entwickeln.

Sie zog die Schultern ein und hielt den Kopf tief gesenkt – und wieder einmal retteten sie lateinische Verben.

»Ambulo, ambulare, ambulavi, ambulatum.

Erro, errare, erravi, erratum.«

An einer Kreuzung musste Abigail sich entscheiden, welche Richtung sie als Nächstes einschlagen wollte. Sie würde sich auf ihren Orientierungssinn verlassen müssen, und der hatte sich in letzter Zeit als nicht sehr verlässlich erwiesen.

»Auf Gedeih und Verderb ausgeliefert. Mit Betonung auf *Verderb*«, klagte sie.

Sie stand im Regen, im wörtlichen und übertragenen Sinn. Aber dieser Regen würde aufhören. Und wenn Merle Recht hatte, dann würde ihr persönlicher Sturm es auch tun. Sie hatte ihre Schuhe schon an. Sie musste nur laufen.

Die Begriffe *Tag* und *Nacht* hatten binnen der nächsten halben Stunde ihre Bedeutung verloren. Der Regen war so stark, die Wolken waren so bedrohlich und der Himmel so dunkel, dass es Mitternacht hätte sein können. Abigail konnte nicht weiter als ein paar Schritte vor sich sehen. Die Füße taten ihr weh, sie klapperte unkontrolliert mit den Zähnen, und sie war bis auf die Haut durchnässt.

Sie trottete weiter, bis sie die Häuser in der Ferne erkannte. Sie war in der Timber Lane, der Straße, in der sich der jüngste Einbruch ereignet hatte. Abigail beruhigte sich damit, dass Diebe selten Einbrüche bei schlechter Witterung begingen. Das hatte sie mal irgendwo gelesen. Niemand wollte im Regen schwere Arbeit tun.

Die Timber Lane kreuzte eine Hauptstraße, die Abigail entweder zum Leuchtturm oder direkt ins Dorf nehmen konnte. Von ihrem Standort aus war beides gleich weit entfernt. Jemanden zu finden, der ihr mit ihrem Wagen helfen konnte, hatte Vorrang, wenn sie vorhatte, die Insel zu verlassen. Nur dass sie gern noch ihre Bücher aus dem Leuchtturmhaus holen wollte. Der Wunsch nahm ihr die Entscheidung ab.

Eine Stunde später erreichte sie den Leuchtturm. Im Vorgarten, wo normalerweise ihr Volvo parkte, stand Sheriff Larners Streifenwagen. Er musste ihren Wagen gefunden haben. Vielleicht konnte er Denny anfunken, damit sie die letzte Fähre noch kriegte.

Im Streifenwagen saß niemand. Die Haustür stand angelehnt. Wegen der Bretter vor den Fenstern konnte sie nicht sehen, ob Licht brannte.

O Gott, dachte Abigail, du wurdest ausgeraubt. Der Sheriff ist gekommen, um zu sehen, was gestohlen wurde.

Vorsichtig öffnete sie die Tür. Das Licht in der oberen

Diele brannte, erhellte das Treppenhaus. Ihr CD-Player stand auf dem antiken Beistelltisch.

Wenn du ausgeraubt wurdest, warum ist das alles dann noch hier?, fragte sie sich.

Schritte hallten aus dem ersten Stock. Sie wollte eben schon Larner zurufen, aber ihre Stimme gehorchte ihr nicht.

Was, wenn es nicht er war?

Sie musste irgendetwas finden, wo sie sich verstecken konnte. Das Wohnzimmer und die Küche waren zu offen. Die Kellertür würde knarren. Abigail stürzte auf die Tür zum Leuchtturm zu, schlüpfte in dem Augenblick hinein, als Schritte die Treppe herunterkamen.

Das Lampenhaus.

Abigail ging einen Schritt die Wendeltreppe hoch, ließ die unterste Stufe aus, da sie sich erinnerte, dass sie schepperte. Ihr Verstand zwang ihren Körper innezuhalten. Das Lampenhaus war der letzte Ort, an dem sie sein wollte, denn dort würde sie in der Falle sitzen. Und wenn sie versehentlich doch auf eine Stufe trat, die wackelig war, würde der Einbrecher sie hören.

Das Lampenhaus oder der Einbrecher. Sie saß in der Zwickmühle.

Im Schacht des Leuchtturms herrschte völlige Finsternis. Abigails Augen weiteten sich, und ihre Angst wurde größer. Durch den Türspalt konnte Abigail ins Wohnzimmer äugen. Eine Gestalt kam die Treppe herunter. Es war Sheriff Larner. Er trug einen Stapel Logbücher im Arm, legte sie auf ihren CD-Player und schickte sich dann an, alles zusammen zu seinem Wagen zu bringen.

Abigail schlug alle Logik in den Wind und platzte durch die Leuchtturmtür ins Zimmer. »Was machen Sie denn da?«, rief sie.

Larners Hand schoss an sein Pistolenholster. Abigail erstarrte. Dann ging ihr ein Licht auf. Die Ereignisse rund um die Einbrüche ergaben auf einmal alle einen Sinn. Larner hatte sie am Abend eines Einbruchs angehalten. Am Abend des nächsten war er nicht in seinem Büro gewesen.

»Merle hatte Recht. Er wusste, dass es ein Einheimischer war, jemand von Chapel Isle.«

Larner empörte sich über die Andeutung, dass ihn jemand verdächtigte. Er warf einen Blick zum Telefon. Abigails Magen verkrampfte sich. Er hatte eine Pistole. Sie hatte nichts, um sich zu verteidigen, keine Waffe, nur Worte.

»Merle dachte, wer immer die Häuser ausraubt, bräuchte Geld. Brauchen Sie das Geld? Ist das der Grund?«

»Spielt das eine Rolle?«

Die Frage hatte zu viele Bedeutungen, keine davon war positiv.

»Ist es für Ihre Tochter?«

Larner war zu verblüfft, um zu antworten.

»Ruth hat mir erzählt, dass sie krank ist. Dass sie ihre Arztrechnungen nicht bezahlen kann.«

Larner senkte den Blick für einen Moment, lenkte ein klein wenig ein.

»Die Mietferienhäuser sind von der Versicherung abgedeckt. Die Eigentümer würden kein Geld verlieren. Das wussten Sie. Sie dachten, hier würde es teure Antiquitäten zu holen geben, nach dem, was Denny in der *Kaffeekanne* gesagt hat. Die Möbel sind vielleicht ein paar hundert Dollar wert, aber ich bezweifle, dass Sie für mein Radio oder diese Logbücher viel bekommen werden.«

Der Sheriff starrte Abigail an, ohne mit der Wimper zu zucken, weigerte sich, etwas zu sagen.

»Ich kann Sie diese Dinge nicht mitnehmen lassen, Caleb. Ich habe nicht mehr viel auf dieser Welt, und auch wenn das meiste davon gar nicht mir gehört, kann ich es Ihnen nicht überlassen.«

Larner versteifte sich.

»Daher werde ich Ihnen einen Deal vorschlagen.«

»*Sie* wollen *mir* einen Deal vorschlagen?«

Abigail holte tief Luft, um den bedrohlichen Ton in seiner Stimme wegzustecken. »Ich werde Sie nicht den Behörden auf dem Festland melden, und Sie werden Nat Rhone gehen lassen.«

Er blinzelte sie ungläubig an.

»Es ist mir egal, was Sie gestohlen haben oder warum. Ich bin nicht von hier, aber ich will hierbleiben. Wenn das heißt, dass ich Ihr Geheimnis für mich behalte, dann müssen Sie etwas für mich tun.«

»Ich höre.«

»Ruth hat Ihnen heute von Hank erzählt. Haben Sie ihr geglaubt?«

Larner zuckte die Schultern.

»Sie hat keinen Grund zu lügen.«

»Nat schon.«

Abigail sah auf den Stapel, den Larner in der Mitte des Wohnzimmers aufgetürmt hatte, und sagte: »Wir haben alle einen Grund zu lügen.«

»Sie wollen, dass ich meine Karriere dagegen tausche, dass ich einen möglichen Mörder frei herumlaufen lasse?«

»Nein, ich will, dass Sie einen Fehler gegen ein Missverständnis tauschen.«

Er kaute auf der Innenseite seiner Wange. »Wenn ich mich darauf einlasse, wie soll das dann ablaufen?«

»Ich bin mir nicht sicher. Ich habe so etwas noch nie gemacht.«

»Tun wir dann so, als ob es heute Abend nie gegeben hätte?«

»Das könnte ein vernünftiger Ansatz sein.«

»Sie haben keinen Beweis. Sie können mich später nicht erpressen.«

»Ich bin nicht daran interessiert, Sie noch mehr zu erpressen, als ich es bereits tue, Sheriff.«

»Hand drauf.«

Abigail zögerte. Wenn Larner irgendetwas versuchen sollte, dann in dem Augenblick, wenn er ihre Hand umklammert hielt. Sie ging das Risiko ein, gab nach und schüttelte ihm die Hand. Er ließ als Erster los.

»Sind Sie in ihn verliebt? Ist das der Grund, weshalb Sie das tun?«

»Nicht ein bisschen.«

»Warum dann?«

Abigail hatte fast zehn Jahre mit ihrem Mann und nur vier mit ihrem Sohn verbracht – nicht genug, aber mehr als manch anderer. Nats Eltern waren ihm zu früh entrissen worden, weitaus früher, als er verdient hatte. Wenn sie sich auf eine Weise um ihn kümmern konnte, auf die es das Schicksal nicht getan hatte, dann würde Abigail genau das tun. Im Gegenzug würde das Schicksal vielleicht ihr einen Gefallen erweisen.

»Spielt das eine Rolle?«, wiederholte sie seine Frage von vorhin.

Abigail vertraute darauf, dass Larner sein Wort halten würde, dass er Nat freiließ. Im großen Weltenplan spielte es keine Rolle, weshalb sie sich für ihn einsetzte. Wichtig war nur, dass sie es tat.

Y

Yin [jɪn], *n.* und **Yang** [jaŋ], *n.* eigentl. »Nebel- oder Schattenseite des Berges und »Sonnen- oder Lichtseite des Berges«, in der chin. Philosophie (5. Jh. v. Chr.) die dunkle weibliche, empfangende Urkraft und die lichte männliche, schöpferische Urkraft, die für zwei polare Grundprinzipien mit fließendem Übergang stehen.

Der Regen hatte sich von einem Wolkenbruch in eine Sintflut verwandelt. Er schlug gegen die Fenster und hämmerte auf das Dach des Leuchtturmhauses wie auf eine Trommel. Der Wind peitschte so hart, dass die Sperrholzplatten in den Fensterverkleidungen bebten.

»Sie sollten nicht allein hierbleiben«, sagte Larner.

»Mein Wagen ist in einem Graben auf der anderen Seite der Insel liegen geblieben. Ich kann nirgends hin. Ich habe Vorräte. Ich kann den Sturm hier abwarten.«

Kaum hatte Abigail den Satz beendet, ging das Licht aus. Im Haus war der Strom ausgefallen. Larner knipste seine Taschenlampe an.

»Wie wär's, wenn ich Sie zu Ruth fahre und Sie bei ihr bleiben? Dann sind Sie nicht allein.«

»Sheriff, Sie wollten mich eben ausrauben. Verzeihen

Sie, wenn mir diese plötzliche Welle der Besorgnis ein bisschen scheinheilig vorkommt.«

»Es war nicht persönlich gemeint, Abby.«

»Diese Insel ist zu klein, um es nicht persönlich zu meinen. Haben Sie das nicht selbst zu Merle gesagt?«

»Sie sind einer von diesen Leuten, die sich alles merken, stimmt's?«

Das stimmte. Abigails Gedächtnis war ihr größtes Plus. Und es war auch die Quelle ihres größten Schmerzes. Dennoch war sie dankbar dafür. Binnen einer Sekunde traf sie eine Entscheidung.

Der Wind schaukelte den Streifenwagen, während Larner ihn über die rutschigen Straßen steuerte. Die Windschutzscheibe war zu einer grauen Wand geworden. Das Prasseln des Regens und das Knacken der Äste waren unheimlich.

»Das ist gefährlich, oder?«

Larner nickte und funkte die Wache an. »Was gibt's Neues, Ted?«

»Die schlechte Nachricht ist, dass bei uns der Strom ausgefallen ist«, funkte der stellvertretende Sheriff zurück. »Die gute Nachricht ist, dass die bundesstaatliche Polizei eine Meldung herausgegeben hat, dass der Sturm an uns vorbeiziehen wird. Das Radar sagt, dass er sich bereits gedreht hat und aufs Meer hinausgeht.«

Es würde immer gute Nachrichten und schlechte Nachrichten geben. Nach den Gesetzen der Wahrscheinlichkeit würde es beide zu gleichen Teilen geben. In letzter Zeit hatte der Zufall nicht zu Abigails Gunsten entschieden. Aber die Mathematik log nicht. Das Schicksal war Abigail ein paar gute Nachrichten schuldig, und sie hatte sie bekommen. Der Hurrikan würde Chapel Isle nicht treffen.

»Kann ich Sie auf die Wache begleiten? Ich würde gern dabei sein, wenn Sie Nat gehen lassen.«

»Ist das denn schlau? Wir wollen doch nicht, dass er ahnt, dass Sie bei seiner Freilassung die Hand im Spiel hatten, oder? Er oder irgendjemand sonst.«

Abigail dachte darüber nach. »Wie wär's, wenn ich sage, ich sei per Anhalter bei Ihnen mitgefahren, nachdem mein Wagen liegen geblieben war?«

Als er ihre Absichten erkannte, willigte Larner ein. »Ich denke trotzdem, Sie sollten zu Ruth fahren. Es wird eine raue Nacht werden.«

»Vielleicht könnte Nat mich hinfahren.«

»Das wäre das Mindeste, was er tun könnte.«

Regenwasser überflutete das Kopfsteinpflaster des Marktplatzes, und die Boote, die am Pier festgemacht waren, schlingerten wild in der Brandung, kläglich knarrend. Eine Windböe blies vom Wasser herüber und warf Abigail fast um. Larner hielt sie am Arm fest, während er sie in die Wache führte.

Ted kauerte zusammengekrümmt über dem Radio, als könnte er sich an ihm wärmen. Sein nasses Haar tropfte ihm über Hals und Kragen. »Bin ich froh, dass du wieder da bist, Caleb.«

»Ted, das hier ist Abby Harker. Sie ist die neue Wärterin drüben im Leuchtturm.«

»Freut mich, Sie kennenzulernen, Ma'am.« Er wischte

sich die Hand an der Hose ab. »Entschuldigung. Alles ist nass.«

»Ich kenne das Gefühl.« Abigail schlüpfte aus ihrer triefend nassen Regenjacke.

»Wusste gar nicht, dass wir eine neue Wärterin haben.«

Die Tatsache, dass ihre Ankunft noch nicht an Teds Ohr gedrungen war, überzeugte Abigail, dass ihr Pakt mit Sheriff Larner vertraulich bleiben würde. Geheimnisse kamen nur ans Licht, wenn ihre Hüter es zuließen, wenn sie persönlich nichts zu verlieren hatten. Weder sie noch Larner würden es dazu kommen lassen.

»Setzen Sie sich, Abby«, sagte er, und dann nahm Larner Ted beiseite und flüsterte kurz mit ihm.

Abigail hörte ihn Ruths Namen erwähnen und irgendetwas davon, dass sich Hank den Tod seiner Frau sehr zu Herzen genommen habe.

»Oh«, erwiderte der stellvertretende Sheriff. »Nehme an, du willst, dass ich ihn rauslasse, was?«

»Ja, genau das will ich von dir.«

Ted verschwand in den hinteren Bereich der Wache. Bald kam Nat mit ihm herausgetaumelt. Er hatte geschlafen. Sein Haar war zerzaust, seine Kleider waren zerknautscht. Abigail lächelte ihn matt an, und Ted händigte ihm seine persönlichen Sachen aus, darunter seinen Hut, den sich Nat tief ins Gesicht zog.

»Sie lassen mich gehen?«

Larner nickte, nicht gewillt zuzugeben, dass er sich geirrt hatte. »Du musst ein paar Papiere unterzeichnen, und dann kannst du deiner Wege gehen.«

Nat unterschrieb. »Das war's? Kann ich gehen?«

»Du kannst gehen.«

»Können Sie mich vielleicht mitnehmen?«, fragte Abigail. »Mein Wagen ist liegen geblieben.«

Nat beäugte die beiden anderen Männer.

»Ich würde die beiden ja fragen, aber sie haben alle Hände voll zu tun jetzt, wo der Strom auf der Insel ausgefallen ist.«

Zu erschöpft, um sich zu streiten, gab Nat ihr ein Zeichen, ihm zu folgen. Er stapfte tapfer in den Regen hinaus, während Abigail mit dem peitschenden Wind kämpfte, um mit ihm Schritt zu halten.

»Der Laster steht am Pier.«

Hanks Laster war das einzige Fahrzeug auf dem Parkplatz. Nat holte einmal tief Luft und stieg ein. Als der Schlüssel schon in der Zündung steckte, zögerte er einen Moment, bevor er den Motor anließ.

»Hat Larner Ihnen erzählt, was passiert ist?«

»Ja. Das mit Hank tut mir leid. Ich weiß, dass Sie ihm nahestanden.«

»Was hat er gesagt?«

»Dass Hank mit seinem Netz abgegangen ist. Absichtlich.«

Das zu hören tat Nat weh. »Wenn Larner das geglaubt hätte, dann hätte er mich gar nicht erst eingesperrt.«

»Jetzt sind Sie ja frei.«

»Wissen es alle?«

Sie schüttelte den Kopf. »Die anderen waren zur Genüge mit dem Hurrikan beschäftigt.«

Der Regen trommelte auf die Motorhaube des Lasters, und jede neue Windböe erschütterte das Führerhaus. Der leere Parkplatz war ein gefährlicher Aufenthaltsort. Sie waren leichte Zielscheiben. Nat konnte es nicht über sich bringen, den Motor anzulassen.

»Hank hat es schon mal versucht«, gestand er. »Er hatte Pillen genommen. Ich hab ihn gefunden. Er hat sie erbrochen. Mein Gott, war Hank sauer deswegen. Er hat ständig davon geredet, dass sein Körper ihn nicht sterben lassen wolle.« Nats Kiefer verkrampfte sich, als kämpfte er gegen die Worte an, während er sprach. »Es war seine Idee, an dem Morgen fischen zu fahren. Hat behauptet, der Sturm würde einen Riesenfang aufpeitschen. Ich hab ihm gesagt, er soll's vergessen, aber er hat nicht damit aufgehört. Ich hab gesehen, wie er die Netze herausgelassen hat. Er hat aufs Wasser gestarrt. Ich hab mich für eine Sekunde abgewandt. Nur eine Sekunde. Es ging alles so schnell. Ich dachte, es würde ihm allmählich besser gehen.« Seine Stimme schwankte. »Ich dachte, er würde langsam darüber hinwegkommen.«

Nicht jeder konnte über das, was er mitgemacht hatte, hinwegkommen. Abigail war sich nicht sicher, ob es ihr eines Tages gelang, aber sie musste es versuchen.

Sie legte Nat eine Hand auf die Schulter. Sie hätte ihm sagen können, dass sie verstand, dass sie in der unglücklichen Lage war, genau zu wissen, wie ihm zu Mute war. Aber sie tat es nicht. Es hätte nichts geholfen. Weder Nat noch ihr.

»Ich glaube, Ihnen wäre es lieber, wenn die Leute glauben würden, es war Ihre Schuld, was Hank sich angetan hat.« Er blinzelte, wie zur Bestätigung. »Nur dass ich nicht glaube, dass Hank das gewollt hätte. Und Sie?«

Endlich drehte Nat den Schlüssel in der Zündung, ließ den Laster an und fuhr los.

Ruth Kepshaws Haus hatte eine breite Veranda, und Nat fuhr so nah an sie heran, wie er konnte.

»Alles okay mit Ihnen?«, fragte Abigail. »Was den Sturm angeht, meine ich. Haben Sie Kerzen und Essen und ...«

»Ich komme schon klar«, sagte er.

Abigail begriff, dass sie Nat so behandelte, wie ihre Eltern sie behandelten. Ihr war durchaus bewusst, dass es nicht lustig war, im Namen des Mitgefühls von anderen Leuten gelöchert zu werden. Abigail wusste auch, dass verglichen mit dem, was jetzt auf Nat zukam, der Hurrikan nebensächlich war. Hanks Tod brachte unzählige Aufgaben mit sich, von den Vorkehrungen für seine Beerdigung und der Verständigung der Verwandten bis hin zur Abbestellung seiner Post und der Abwicklung seiner persönlichen Dinge. Es würde viel zu tun geben. Die erste schwere Aufgabe würde darin bestehen, zu der Wohnung über Hanks Garage zu fahren, wo Nat alles an seinen Freund erinnerte.

»Danke fürs Mitnehmen.«

Nat sagte nichts. Abigail verstand. Es gab nichts, was einer von ihnen noch sagen könnte.

Die Kapuze über den Kopf gezogen, eilte sie von seinem Laster zu der Veranda und drückte auf die Klingel. Nat fuhr nicht ab, bevor Ruth an die Tür kam.

»Ich werde Dennys Kopf, sobald ich kann, auf einer Anrichteplatte servieren«, knurrte Ruth, während sie Abigail ins Haus führte.

Kerzen brannten im Wohnzimmer, warfen einen goldenen Schimmer auf die Eichentäfelung. Die Möbel erinnerten an längst vergangene Zeiten, aber sie waren gut erhalten. Das Haus mutete eher wie ein Mietferienhaus am Meer als wie ein ständiger Wohnsitz an. Eine Dose Diätlimo und ein Kreuzworträtselbuch lagen neben einem Sessel.

»Kleine Planänderung«, erklärte Abigail.

»Was Sie nicht sagen. Geben Sie mir diese nassen Kleider, ich hole Ihnen etwas Trockenes zum Anziehen. Das Bad ist am Ende des Flurs.«

Abigail hängte ihre durchnässten Sachen über die Duschstange und stand bibbernd in ihrer Unterwäsche da, bis Ruth die Tür einen Spalt breit öffnete und ihr ein Flanellnachthemd hinhielt.

»Nicht sehr hübsch, aber es wird den Zweck erfüllen.«

Abigail schlüpfte in das viel zu große Nachthemd und ging dann zurück ins Wohnzimmer, wo Ruth ihre Aufmachung musterte.

»Besser, Sie sehen ein bisschen altmodisch aus, als dass Sie mir noch länger auf den Teppich tropfen. Jetzt setzen Sie sich erst mal. Sie sehen ja völlig geschafft aus.«

Abigail ließ sich auf die Couch fallen. »Ich fühle mich auch geschafft.«

»Hab gesehen, dass Nat Rhone Sie hier abgesetzt hat. Ist er darauf gekommen, dass Sie es waren, die ihn aus dem Kittchen geholt hat?«

»Aber nein.«

»Und Sie wollen, dass es dabei auch bleibt?«

»Aber ja.«

»Ich werde schweigen wie ein Grab.« Ruth nippte an ihrer Limonade.

»Danke, dass Sie mit dem Sheriff geredet haben.«

»Komisch – heute Morgen schien es Caleb noch piepegal zu sein, was ich über Hank zu sagen hatte. Offenbar hat er sich eines Besseren besonnen.«

»Offenbar.«

Falls Ruth ahnte, was Abigail getan hatte, ließ sie es sich jedenfalls nicht anmerken. Dafür zollte Abigail ihr noch mehr Respekt.

»Und, was meinen Sie, Abby, werden Sie hierbleiben nach allem, was Sie auf Chapel Isle durchgemacht haben? Eine Schlägerei in der *Kaffeekanne,* ein Selbstmord, ein Hurrikan, Bingo?«

»Und Sie an meiner Stelle, was würden Sie tun? Würden Sie bleiben?«

»Kommt drauf an.« Ruth stellte ihre Limonade ab und faltete die Hände im Schoß. »Haben Sie von der *Mätresse* gehört?«

»Ob ich davon gehört habe? Das war doch dieses Schiff, das gesunken ist, als Wesley Jasper der Leuchtturmwärter war.«

Abigail begriff zu spät, dass es eine Fangfrage war. Wie üblich wusste Ruth die Antwort bereits.

»Dieses Schiff war nach einem echten Bischof benannt. Er war Matrose gewesen, ein Seebär durch und durch. Hat die Seefahrt aufgegeben, um das Evangelium zu predigen. Es heißt, dass er, nachdem er jahrelang Geistlicher war, das Meer so vermisste, dass er aus dem geistlichen Stand ausscheiden wollte. Nur dass er das nicht konnte. Der

Herr war seine erste Liebe. Das Meer würde seine zweite sein müssen. Ob Sie hier auf Chapel Isle bleiben oder die nächste Fähre nach Hause nehmen, wird es kein bisschen ändern. Es ist, als ob man versuchte, zwei Herren zu dienen. Sie haben Ihre Trauer, und Sie haben Ihr Leben. Die Wahl, wem von beiden Sie dienen wollen, steht Ihnen frei.« Dass sie eine Wahl hatte, war Abigail gar nicht in den Sinn gekommen. Ruth hüstelte und griff nach ihrem Getränk. »Genug davon. Dieses ganze ernste Gerede hat mir die Kehle ausgedörrt. Hören Sie, Süße, ich habe ein Gästebett. Warum legen Sie sich nicht einfach hin und lassen ein altes Mädchen sein Kreuzworträtsel machen?«

»Sind Sie sicher, dass ich nicht mit Ihnen aufbleiben soll?«

»Ganz sicher.«

»Nacht, Ruth.«

»Nacht, Abby.«

Abigail hatte nichts mehr dagegen, Abby genannt zu werden. Sie hatte eben erst angefangen, mit *Abby* Bekanntschaft zu schließen, aber sie war bereit, ein Risiko einzugehen und sie besser kennenzulernen.

Z

ze|te|tisch [tseˈteːtɪʃ], *Adj.* (philosop.) erforschend, untersuchend, heuristisch. [> altgriech. *zetetos* »Suche, Untersuchung«, Verbaladj. zu *zetein* »suchen, erforschen«]

Abigail erinnerte sich selten an ihre Träume. Aber als Ruth sie am nächsten Morgen weckte, war sie überzeugt, dass das, wovon sie geträumt hatte, etwas Angenehmes gewesen war.

»Sie sollten sich was anziehen«, warnte Ruth sie. »Sie haben Besuch.«

Nat Rhone saß im Wohnzimmer und wirkte nervös. Er stand auf, als Abigail eintrat, nahm sogar den Hut ab.

»Gestern Abend haben Sie doch gesagt, Ihr Wagen sei liegen geblieben. Dachte, Sie würden vielleicht Hilfe brauchen.«

»Äh … ja. Dafür wäre ich sehr dankbar.«

»Ich habe noch Jeromes altes Werkzeug, falls ihr irgendwas davon braucht.«

Ruth führte sie in die Garage, wo sich Nat eine Schaufel und ein paar Stück Holz nahm.

»Das reicht schon.« Er ging aus der Garage auf seinen Laster zu. »Kommen Sie?«, sagte er zu Abigail.

Sie sah fragend Ruth an, die die Schultern zuckte.

»Vielen Dank für alles«, murmelte Abigail.

Ruth grinste. »Kein Problem, Süße.«

»Wo steht Ihr Wagen denn?«, fragte Nat, während sie sich anschnallte.

»Das ist eine sehr gute Frage. Ich habe keine Antwort darauf. Ich hab mich verfahren, und dann bin ich im Graben stecken geblieben.«

»Sie haben sich verfahren? Auf diesem Fleckchen Insel?«

»So klein ist sie nun auch wieder nicht.«

»Bleiben Sie lange genug hier, dann werden Sie schon sehen, wie klein sie ist.«

Eine scheinbar greifbare Stille erfüllte den Wagen, entfernte sie beide noch mehr voneinander, während sie auf der Suche nach Abigails verlassenem Volvo eine Landstraße nach der anderen abfuhren. Nat lehnte sich gegen die Fahrertür. Abigail kauerte sich in die andere Ecke des Führerhauses.

»Gefällt Ihnen Ihr Job?«, fragte er, scheinbar bemüht, Smalltalk zu machen.

Abigail begann sich zu sorgen, er könnte durchschaut haben, welche Rolle sie bei seiner Freilassung gespielt hatte.

»Sie meinen, als Leuchtturmwärterin?«

»Nein, Ihr richtiger Job. Die Lexikografie.«

»Ja, ja, das gefällt mir. Oder es hat mir gefallen.«

»War es gut bezahlt?«

»Das Gehalt war anständig.«

»Lange Arbeitszeiten?«

»Ging so. Warum? Wollen Sie den Beruf wechseln?«

»Hab mich nur gefragt, warum Sie damit aufgehört haben. Und warum Sie hergekommen sind. Chapel Isle ist nicht unbedingt die Welthauptstadt der Lexikografie.«

»Tempowechsel. Tapetenwechsel.«

»Ah.«

»Ich bin nicht getürmt, falls Sie das meinen.«

Abigail bereute ihre Wortwahl augenblicklich.

»Nach meiner Erfahrung ziehen die Leute meistens um, um wegzukommen.«

»Ein paar ziehen auch um, um näher zu kommen«, hielt sie dagegen.

Nat war bereit gewesen, für Hanks Tod in den Knast zu gehen, um ihn in Ehren zu halten. Abigail war einer ähnlichen Verstellung zum Opfer gefallen. Sie war nach Chapel Isle gezogen, überzeugt, das Andenken ihres Mannes und ihres Sohns in Ehren halten zu können, indem sie den Ort liebte, den Paul geliebt hatte, und sie war voller Angst, sie könnte, sosehr sie es auch versuchte, den beiden nicht gerecht werden. Nat Rhone bewies ihr, dass das Gegenteil stimmte.

In der Ferne sah Abigail ihren Kombi. Blätter klebten an den Scheiben, und die Hinterräder steckten tief in einem Schlammloch.

»Da ist er.«

»Als Sie sagten, liegen geblieben, meinten Sie ja wirklich, liegen geblieben.«

Nat stieg aus, um den Wagen zu inspizieren. Er sank tief im Schlamm ein, als er versuchte, die Räder freizulegen. Dann klemmte er unter jedes Rad ein paar Holzstücke.

»Lassen Sie den Motor an und geben Sie ganz langsam Gas.«

Abigail sprang in den Volvo. Als sie das Gaspedal drückte, drehten die Räder durch. Im Rückspiegel konnte sie Nat sehen, der sich gegen die Stoßstange stemmte, den Wagen mit aller Kraft anschob.

»Mehr Gas. Sachte. Sachte.«

Sie hielt das Gaspedal gleichmäßig gedrückt, und der Wagen begann, sich langsam vorwärtszuschieben.

»Ein bisschen noch«, keuchte er unter Anstrengung.

Auf einmal machte der Kombi einen Satz nach vorn. Schlamm spritzte auf, Nat wurde von Kopf bis Fuß in Mitleidenschaft gezogen. Abigail lenkte den Wagen auf festen Boden, sprang heraus und eilte zu ihm.

»Es tut mir so leid.«

Sein Gesichtsausdruck war nicht zu übertreffen. Abigail fuhr sich mit einer Hand an den Mund, um ein Lachen zu unterdrücken.

»Sie finden das witzig?«

Er wischte sich den Schlamm von den Wangen, und Abigail zwang sich zu einer ernsten Miene, die ihr aber sofort wieder entglitt. Sie prustete los. Nats verzerrter Gesichtsausdruck entspannte sich zu einem vorsichtigen Lächeln.

»Irgendwie schon.«

Sie standen zusammen mitten auf der schlammigen Straße, und dann hielt auch Nat nichts mehr. Sie lachten und lachten – wie zwei Menschen, die Freunde sein könnten, wenn nicht jetzt schon, dann vielleicht eines Tages.

Merles Laster parkte vor dem Leuchtturm, als Abigail zurückkam. Ihr treuer Freund stand auf einer Leiter und entfernte die Sperrholzplatten aus den Fensterrahmen im ersten Stock.

»Ich muss beliebter sein, als ich dachte. Die Leute überraschen mich heute immer wieder.«

»Die letzten paar Tage gab's jede Menge Überraschungen. So viel kann ich sagen.« Merle stieg von der Leiter. »Ich hab das mit Nat Rhone gehört. Schon seltsam, wie Caleb seine Meinung geändert hat«, bemerkte er vielsagend.

»Es ist schon Seltsameres vorgekommen.«

»Stimmt.«

»Hey, Sie haben ja meine Fensterläden gerichtet. Sieht toll aus.«

»Freut mich, dass es Ihnen gefällt. Nicht gefallen wird Ihnen nämlich, was ich Ihnen jetzt sagen muss. Lottie ist auf dem Weg hierher.«

»Hat sie das mit den Möbeln und dem Streichen erfahren?«

»Nein, Ma'am. Sie hat mich vom Festland aus angerufen, um mir zu sagen, dass es ihr und Franklin gut geht, und hat erwähnt, dass sie bei Ihnen vorbeischauen wolle, um Ihnen noch ein paar von diesen Liebesromanen zu bringen.«

»Was soll ich denn jetzt machen? Die Veränderungen sind nicht gerade leicht zu übersehen. Andererseits hat sie mich über den Zustand des Hauses belogen. Damit sollten wir eigentlich quitt sein. In einem merkwürdigen, Chapel-Isle-mäßigen Sinn. Oder?«

»Abby, mir scheint, Sie haben ein Händchen dafür, die Leute dazu zu bringen, genau das Gegenteil von dem zu tun, was sie eigentlich tun wollten. Das heißt, ich bin sehr zuversichtlich, dass Sie Lottie dazu werden bringen können, bei irgendwelchen ... unüberlegten Aktionen in diesem Haus ein Auge zuzudrücken. Vor allem wenn Sie, sagen wir mal, darauf anspielen, dass sie die Antiquitäten vielleicht nicht ihrer Versicherung gemeldet hat, um nicht noch mehr für den Versicherungsschutz bezahlen zu müssen«, deutete Merle grinsend an. »Und wenn Sie schon mal dabei sind, könnten Sie ihr auch gleich vorschlagen, ein paar überfällige Instandsetzungsarbeiten an diesem Haus vornehmen zu lassen. Das heißt, falls Sie noch so lange hier sein werden, um sich am Ergebnis erfreuen zu können.«

Abigail hatte ihre Entscheidung getroffen. Sie würde bleiben.

»Das werde ich.«

»Gut.«

Merle sammelte die Sperrholzplatten ein, die er von den Fenstern entfernt hatte, und bot an, sie in den Keller zu tragen.

»Du liebe Güte. Ist ja unglaublich, was Sie aus dem Haus gemacht haben.« Der Stapel Logbücher, den Sheriff Larner am Abend zuvor aufgetürmt hatte, stand noch immer da, wo er ihn deponiert hatte. »Noch nicht fertig mit dem Umräumen?«

»Fast.«

»Sie haben gute Arbeit geleistet«, sagte er, während er auf einen der Ohrensessel klopfte, als sei er ein lange verloren geglaubter Freund.

»Jetzt kapiere ich es. *Sie* haben die Antiquitäten in den Keller geräumt. Sie wollten nicht, dass ich oder irgendjemand sonst davon erfährt, wegen der Einbrüche.«

»Das gefällt mir an Ihnen, Abby. Sie sind ein logisch denkender Typ.«

»Chapel-Isle-Logik ist die einzige Logik, derer ich mich erfreuen kann«, zitierte sie ihn.

»Das ist alles, was Sie brauchen.«

Merle hatte Recht. Das war alles, was sie brauchen würde.

»Wenn Sie die Antiquitäten aus dem Keller hochgeschafft haben«, fragte er, »was haben Sie denn dann mit den ramponierten Möbeln gemacht, die Lottie hier stehen hatte?«

»Sie … äh … haben ein neues Zuhause gefunden.«

Er lächelte. »Klingt nach jemandem, den ich kenne.«

Nachdem Merle gegangen war, räumte Abigail die Logbücher und den CD-Player wieder an ihren alten Platz. Jetzt, da die Fenster nicht mehr vernagelt waren, wurde das Haus von warmem Sonnenlicht durchflutet. Der Hurrikan hatte den Himmel klar gefegt. Obwohl der Strom noch immer ausgefallen war, vermisste Abigail nichts. Der Sonnenschein genügte ihr.

Sie legte die Batterien, die sie gekauft hatte, in das Radio und schaltete es ein, um etwas Gesellschaft zu haben, während sie zum zweiten Mal seit ihrer Ankunft auf Chapel Isle auspackte. Dr. Walter war auf Sendung.

»An Hurrikan Amelia sind wir ja noch mal knapp vorbeigekommen«, witzelte er. »Nennen Sie es Glück, Schicksal oder göttliche Intervention. Nennen Sie es, wie Sie wollen. Wir sind dankbar, hier zu sein, um die Geschichte des Hurrikans zu erzählen, den es nie gegeben hat. Und was haben wir heute für Geschichten zu erzählen! Unser Thema sind ältere Autofahrer. Sollte ihnen der Führerschein entzogen werden? Sollte es eine Altersbeschränkung geben? Rufen Sie an und sagen Sie uns, was Sie davon halten. Sie können mitreden. Ihre Meinung zählt.«

»Das stimmt«, pflichtete Abigail bei. »Ich kann mitreden.«

Nachdem sie fertig ausgepackt hatte, ging sie nach unten und räumte den Esszimmertisch auf, verstaute das Arsenal an Batterien und Taschenlampen in der Küche, in der Hoffnung, sie in absehbarer Zeit nicht mehr zu brauchen. Als das erledigt war, wartete nur noch eine Aufgabe auf sie. Nach dem Öleimer zu sehen.

Die weiß getünchten Wände des Leuchtturms blendeten sie im hellen Sonnenlicht. Abigail stieg zügig die Stufen hoch, bevor sie es sich anders überlegen konnte.

»Du schaffst das«, sagte sie sich. Ein schwaches Echo hallte durch den Leuchtturm, wiederholte den Satz.

Die Aussicht vom Lampenhaus war atemberaubend. Der Atlantik lag spiegelglatt und friedlich da. Der Horizont schien grenzenlos. Abigail schloss die Augen und wandte sich zu der Stelle um, wo sie den Öleimer abgestellt hatte. Ihr wurde schwindelig vor Angst. Sie konnte spüren, wie hoch oben sie war, wie weit entfernt von der Erde. Einmal holte sie tief Luft und schlug dann die Augen auf.

Der Öleimer stand genau dort, wo sie ihn abgestellt hatte, schräg unter der Plakette. Aber Abigail spürte, dass ihr der Beweis, den sie gesucht hatte, gar nicht mehr wichtig war. Der Beweis war nicht das, worauf es ankam. Ob Mr. Jaspers Geist existierte oder nicht, er hatte diesen Leuchtturm geliebt. Er gehörte hierher. Und sie gehörte ebenfalls hierher.

Abigail wurde bewusst, dass sie von einem Geist verfolgt worden war. Sie war verfolgt gewesen von dem *Niemals*. Das *Niemals* war es, das sie verfolgt und worüber sie sich definiert hatte: der Ehemann, mit dem sie niemals alt werden würde, der Sohn, der niemals zu einem Mann aufblühen würde, das Leben, das sie niemals zurückerlangen würde. Es lag an ihr, wie sie das, was kommen würde, bezeichnete. Von der Spitze des Leuchtturms aus, mit der ganzen Welt zu ihren Füßen, war das *Niemals* auf einmal nicht mehr wichtig.

Es war nur ein Wort.

Danksagung

Ein großes Dankeschön gilt meinen Freunden für ihre Ermutigung und Unterstützung. Eine alphabetische Reihenfolge schien noch nie so passend. Danke an Sarah Baldassaro, Ann Biddlecom, Ruth Blader, Claudia Butler, Alice Dickens, Anne Englehardt, Beth Foster, Debra Keeler, Amy und Brad Miller, Alex Parsons, Grace Ray, Sally Smith, Heather Stober, Caroline Zouloumian und Sue Zwick.

Nichts von alledem wäre möglich gewesen ohne meine wundervolle Agentin Rebecca Oliver und meine talentierte Lektorin Danielle Perez. Ein Dank gilt auch den zahlreichen echten Lexikografen, die gekommen und gegangen sind, denn ohne Wörterbuch wäre mein Job weitaus schwerer und deutlich weniger interessant.

Ein Interview mit Ellen Block
Geführt von der Hauptfigur Abigail Harker

Eine Figur hat selten die Gelegenheit, ihre Schöpferin zu interviewen, daher hoffe ich, Abigail Harker, etwas über die Autorin dieses Buchs zu erfahren, während ich Ihnen, dem Leser, einen Einblick in die Person vermittle, die mich zum Leben erweckt hat.

Abigail Harker: Sie haben mich als eine durch und durch logisch denkende Figur gestaltet, und dann haben Sie mich in einem Leuchtturm leben lassen, in dem es angeblich spukt, eine Vorstellung, die der Vernunft und dem gesunden Menschenverstand klar widerspricht. Das wirft die Frage auf: Glauben Sie an Geister, oder wollten Sie mich einfach schwitzen sehen?

Ellen Block: Beides! Ich war schon immer fasziniert vom Paranormalen – das Leben nach dem Tod, die Existenz der Seele ohne einen Körper und die Frage, warum sich ein Geist entscheiden sollte, an einem Ort zu bleiben, der nicht länger sein eigener ist. Ihre Aufgabe als Lexikografin ist es, Wörter zu bestimmen und Definitionen genau festzulegen. Meine Aufgabe als Autorin ist genau das Gegenteil. Ein Roman soll die Leser zum Nachdenken über

Dinge anregen, mit denen sie sich in ihrem Alltagsleben normalerweise nicht befassen würden. Spukhäuser gelten im Allgemeinen als Horrorfilmschauplätze. Was, wenn das Spuken weit verbreitet wäre? Würde ein Ort, an dem es »spukt«, dadurch unheimlicher werden?

AH: Aber natürlich! Sie haben mich in dieses unheimliche alte Haus gesteckt, und ja, am Anfang war es beängstigend … die grauenhafte Einrichtung und die ramponierten Möbel haben ihr Übriges getan. Danke, übrigens dafür. Und Sie, würden Sie gern in einem Spukhaus leben?

EB: Ich würde vielleicht einmal dort übernachten, um zu sehen, ob irgendetwas Seltsames passiert, aber nein, ehrlich gesagt, bezweifle ich, dass ich mich dort häuslich niederlassen würde. Ich denke mir lieber Spukszenen aus, als selbst von einem Spuk heimgesucht zu werden.

AH: Apropos seltsam, warum in aller Welt haben Sie Bingo als allseits beliebte Freizeitbeschäftigung der Bewohner von Chapel Isle ausgewählt?

EB: Bingo ist ein tolles Spiel! Es geht dabei nicht um Geschicklichkeit, Konkurrenz oder darum, seinen Gegner zu bezwingen. Es geht um Glück, ein Thema, das in die Geschichte eingeflochten ist. Außerdem habe ich Bingo einmal gespielt, als ich die Insel besuchte, der ich den Schauplatz nachempfunden habe, und habe einen Angelausflug gewonnen. Wie hätte ich das Spiel also *nicht* einbeziehen können?

AH: Ich war zwar nicht mit allem glücklich, was Sie in diesem Buch geschrieben haben, zum Beispiel, wie Sie aus mir eine hammerschwingende Wachschutzfrau gemacht und mich gezwungen haben, mich der Frage zu stellen, wie sich mein Leben nach dem Feuer verändert hatte, aber andererseits haben Sie mir erlaubt, eine Reihe erstaunlicher, schrulliger Figuren auf Chapel Isle kennenzulernen. Welche von ihnen war Ihnen die liebste? Abgesehen von mir natürlich.

EB: Natürlich! Na ja, das ist eine knifflige Frage. Es ist schwer zu sagen. Ich liebe Merle Braithwaites Verständnis von Freundschaft, Lottie Gilquists Lachen aus tiefstem Herzen, Bertram Van Dorsts bescheidene Brillanz, Ruth Kepshaws urkomische, spontane Offenherzigkeit, Sheriff Larners Wunsch, das Richtige für seine Familie zu tun, Denny Melochs unschuldige Überschwänglichkeit und Nat Rhones Loyalität. Eine gute Figur ist wie ein guter Freund. Manchmal schätzt man sie wegen ihrer liebenswerten Eigenschaften. Manchmal will man sie wegen ihrer charakterlichen Fehler am liebsten erwürgen. Aber die meiste Zeit ist man einfach froh, die Gelegenheit gehabt zu haben, sie kennenzulernen.

AH: Da Sie meine Figur als glühende Liebhaberin und Meisterin der Wörter gestaltet haben, muss ich die Frage stellen: Was ist Ihr Lieblingswort?

EB: Ich würde »überschwänglich« wählen. Es leitet sich von dem mittelhochdeutschen *überswanc* ab, was so viel wie

»Überfließen oder -strömen, Ent- oder Verzückung« bedeutete, und steht oft verstärkend vor Wörtern, die große Gefühle umschreiben, wie zum Beispiel »Begeisterung« oder »Freude«. Für mich klingt immer so ein fröhlicher, optimistischer Ton darin an, was der Grund ist, weshalb es mir so gut gefällt. Voller Lebensfreude, Leidenschaft und Schwung zu sein ist toll für ein Wort, und es ist auch toll, selbst so zu sein.

Die Geschichte hinter der Geschichte

Die Idee zu diesem Buch entstand aus einer Reihe glücklicher Erinnerungen sowie einer einzigen herzzerreißend traurigen.

Die Trauer spottet jeder Beschreibung. Das abgrundtiefe Entsetzen, das nach den Anschlägen vom 11. September herrschte, lässt sich nicht in Worte fassen. Im Nachbeben einer solch verheerenden Katastrophe schien die Sprache schmerzlich unzulänglich zu sein. Für eine Schriftstellerin wie mich war das ein schwieriges und verwirrendes Gefühl. Eine Woche nach den Anschlägen sah ich in der Fernsehsendung *60 Minutes* eine Frau aus meiner Heimatstadt Summit, New Jersey, die dabei gezeigt wurde, wie sie von einem Krankenhaus zum anderen fuhr, auf der vergeblichen Suche nach ihrem Mann, der zur Zeit des Unglücks in den Twin Towers gewesen war. Sie war eine Frau, der ich unzählige Male im Lebensmittelladen begegnet war, und da war sie auf einmal im staatlichen Fernsehen, weinend, verängstigt, trauernd, ein Opfer.

Wie so viele andere war auch ich tief erschüttert von den Ereignissen dieses Tages. Ich konnte das Ausmaß der Trauer eines einzigen Überlebenden nicht begreifen, geschweige denn das der Trauer vieler tausender. Seit den Anschlägen wollte ich immer eine Figur erschaffen, deren

Leben Sprache und Definitionen gewidmet war, die aber mit etwas fertigwerden muss, das sich nicht definieren lässt. Die Figur, die daraus schließlich entstand, war eine Lexikografin namens Abigail Harker, eine Witwe, die ihre ganze Familie beim Brand ihres Hauses verloren hat. Gequält vom Tod ihres Mannes und ihres Kindes, entschließt sie sich, auf eine entlegene Insel namens Chapel Isle zu ziehen, auf der ihr Mann als Kind so viele Sommer verbracht und von der er ihr so viel erzählt hat, und dort als Wärterin des Leuchtturms tätig zu sein. Dort erfährt Abigail von den Bewohnern, dass im Leuchtturm der Geist seines früheren Wärters spukt.

Die fiktive Insel ist Ocracoke Island auf den Outer Banks vor North Carolina vage nachempfunden, wo ich in meiner Kindheit viele Sommer verbracht habe. Ich denke sehr gern an meine Reisen dorthin zurück und habe mich immer gefragt, wie es auf der Insel nach dem Ende der Saison sein würde. Das Gefühl von Abgeschiedenheit und tiefer Isolation, gepaart mit der engen Verbundenheit einer kleinen Gemeinschaft, machte sie zu einem idealen Ziel für eine Figur am Scheideweg und zu einem passenden Schauplatz für eine Frau, die mit sich selbst im Widerspruch steht, einer Expertin für Wörter, die mit ihrem eigenen unbeschreiblichen Leid zu kämpfen hat.

Die Leute fragen sich oft, was ein Autor mit seinen Figuren gemeinsam hat. Meine Protagonistin Abigail Harker und ich haben eine gemeinsame Hauptbeschäftigung. Für sie als Lexikografin ist die Sprache die Grundlage ihrer beruflichen Existenz. Für mich als Autorin ist sie mein Herzblut.

Um ihre Trauer und die Möglichkeit der Existenz eines Geistes in dem Leuchtturm, in dem sie wohnt, zu bewältigen, muss Abigail die Unantastbarkeit der Sprache und damit sich selbst infrage stellen. Ihr verbissenes Streben nach Definitionen hat die Notwendigkeit, etwas zu fühlen, nahezu ausgelöscht. Der Umzug nach Chapel Isle zwingt sie jedoch, sich ihren Emotionen zu stellen, indem er die Fragen aufwirft: Was ist echt? Was nicht? Und sind es Worte, die den Unterschied ausmachen?

Ich denke, Abigail würde mir Recht geben, dass Worte begrenzend und grenzenlos zugleich sind. Während meines Schreibens an *The Language of Sand* habe ich mich bemüht, die Sprache in ihren unterschiedlichsten Facetten vorzuführen, während ich gleichzeitig versucht habe, ihre vielen aufreibenden Unzulänglichkeiten aufzuzeigen, ein Kontrast, der Konfliktpotenzial, aber auch Einsichten birgt. Und wofür sind Bücher – und Worte – da, wenn nicht dafür?